HIS DARK MATERIALS

The Golden Compass

黃金羅盤

✦ 黑暗元素三部曲 I ✦

PHILIP PULLMAN

菲力普．普曼————著　王晶————譯

……進入狂野深淵，
這是「自然」的子宮或墓地，
既非海洋或海岸，也非空氣或火焰，
它們深刻地交纏
混淆卻必須永遠爭鬥，
除非至高的造物者定令
使祂的黑暗元素創造出更多世界。
機警的惡魔，在進入狂野深淵時
站在地獄邊緣凝視，
思索他的旅程……

——約翰・彌爾頓《失樂園》第二部

《黃金羅盤》是三部曲中的第一部。故事背景設定在和我們有點類似、又有許多差異的宇宙中。第二部《奧祕匕首》的故事背景設定在我們熟知的宇宙中。第三部《琥珀望遠鏡》的故事背景則穿梭在各個宇宙間。

※書中提到的「守護精靈」（dæmon）一詞，和英文的「惡魔」（demon）一字發音相同。

目錄

第一部 牛津

第一章
托考伊葡萄酒瓶

萊拉和她的守護精靈躡手躡腳穿過逐漸昏暗的食堂，小心翼翼地沿著牆壁而行，避開廚房僕役視線可及之處。食堂中，三張長度幾乎和食堂等長的大桌上，早已擺好餐具；銀製餐具和玻璃杯反射出點點微光，長板凳也拉好位置，等候客人光臨。幽暗的牆壁上高掛著歷任院長的肖像。萊拉走到高臺邊，轉頭看看廚房敞開的門，見一個人影也沒有，便拾階走上高臺。臺上的主桌擺設的是金製餐具，十四張座椅也不是一般的橡木板凳，而是鋪著天鵝絨坐墊的紅心木椅。

萊拉站在院長的座椅旁，用指甲輕輕彈了最大的玻璃杯，清脆的聲音響徹整間食堂。

「妳不是故意的吧，」守護精靈在她耳邊悄聲說：「別搗蛋了。」她的守護精靈叫作潘拉蒙，目前是黑棕色飛蛾的模樣，這樣一來，在黑暗的食堂中才不會過於顯眼。

「他們在廚房裡更吵，根本聽不到這裡的聲音。」萊拉也悄聲說：「總管不到第一聲鈴響時不會出現。別大驚小怪！」

但她還是用手掌包住餘音裊裊的水晶玻璃杯。潘拉蒙振翅向前飛到高臺的另一端，進入院長休息室微啟的門內。過一會兒，他又出現了。

「裡面沒人，」他悄聲說：「可是我們動作一定要快。」

蹲在主桌後的萊拉，拔腿衝入院長休息室，然後站定，環視四周。這裡唯一的光源來自壁爐，萊拉望過去，一疊圓木燒得發亮，一股火花向上衝入煙囪。萊拉的一生都在學院中度過，可是她從沒來過院長休息室——只有學者和他們的客人才准來此，嚴禁女性。連女僕也不許來此打掃，這是男管家一個人的工作。

潘拉蒙降落在她的肩上。

「高興了吧？我們可以走了嗎？」他悄聲說。

「別傻了！我要到處看看。」

這是個很大的房間，光亮的橢圓形紅木桌上，擺滿各式酒瓶、玻璃杯、銀色的菸草碾磨器和一架子的菸斗。附近的餐具櫃上有只融油碟和一籃罌粟蒴果。

「他們很懂得享受嘛，不是嗎？」她屏氣凝神地說。

萊拉在綠色的扶手椅上坐下。椅子很深，她發現自己幾乎躺下去，便馬上跪坐起來，把雙腿墊在屁股下，看著牆上的肖像。

那裡有更多老學者：他們身穿罩袍，嘴上蓄著鬍子，一臉陰沉不快的模樣，從畫框內嚴肅、不滿地注視著外面的世界。

「你猜他們都聊些什麼？」萊拉說（或正打算這麼說）。她的問題還沒說完，就聽到門外的聲音。

「躲到椅子後……快點！」潘拉蒙小聲說，萊拉立刻滑下扶手椅，蹲在椅背後。這不是個最佳的藏身處：她選了一張坐落在房間正中央的椅子，除非她能安靜無聲……

門忽然打開了，房內的光線也跟著改變。進房的人中，有人帶來一盞燈，並把它放在餐具櫃上。萊拉可以看見他的腿，穿著暗綠色長褲和閃閃發光的黑鞋。這是個僕人。

一個低沉的聲音說話了：「艾塞列公爵抵達了沒？」

是院長。萊拉屏住呼吸，忽然看見僕人的精靈（一隻狗，正如所有僕人的精靈一樣）小跑進來，安靜地坐在他腳邊。接著院長的腳也出現了，一雙他老是穿著的破黑鞋。

「還未抵達，院長。」男管家說：「也沒有來自航空站的消息。」

「我想他抵達時會很餓，屆時你直接帶他進食堂吧。」

「是，院長。」

「你替公爵將那特別的托考伊葡萄酒倒入酒瓶中了嗎？」

「是的，院長，一八九八年份的。我記得這是公爵最偏愛的酒。」

「很好，出去吧。」

「您需要燈嗎，院長？」

「是的，將燈留下。晚餐時記得順便修剪燈心。」

男管家微微鞠躬後轉身離開，他的精靈也乖乖跟在身後。萊拉從不怎麼像樣的藏身處後，看著院長走向角落的橡木大衣櫃旁，將長袍從衣架上拿下，吃力地穿上。院長過去也是個強而有力的人，但他現在已經年過七十，動作也變得生硬遲緩。院長的精靈是隻渡鴉，等院長一穿上長袍後，就從衣櫃跳到她習慣的老地方——院長的右肩上。

雖然潘拉蒙一言不發，但萊拉感覺到他緊張得毛髮豎立，她自己則興奮異常。院長提到的訪客艾塞列公爵，正是她伯父，也是個讓她又景仰、又畏懼的人物。聽說他涉身政治高層、祕密探險活動及遠方的戰爭，萊拉永遠不知道他什麼時候才會出現。公爵個性暴躁，如果萊拉在這裡被他逮到，鐵定會受到嚴厲處罰，但她還是覺得很值得。

萊拉接下來看到的畫面，卻讓事情完全改觀。

院長從口袋裡拿出一個摺好的紙包，放在桌上，拔開酒瓶瓶塞，打開紙包，將白色粉末如細線般倒入酒瓶，把紙揉成一團，丟進壁爐。然後他從口袋裡拿出鉛筆，將酒攪拌一陣子，直到藥粉溶解為止，最後塞上瓶塞。

院長的精靈輕叫了一聲。院長小聲對她說了些什麼，還用陰鬱的雙眼掃視房間一遭，才離開。

萊拉輕聲說：「潘，你看見了沒？」

「當然！現在趁總管還沒出現，我們趕快溜出去！」

他話才說到一半，食堂盡頭遠遠傳來鈴聲。

「那是總管的鈴聲！」萊拉說：「我以為我們有足夠的時間。」

潘拉蒙迅速飛到通向食堂的門邊，又飛回來。

「總管已經準備就緒，」他說：「妳沒辦法從那個門溜出去……」

另一扇門，也就是院長進來和離開的門，正好面對圖書館和學者休息室的忙碌走廊。每天這時候，走廊上總擠滿了學者，他們不是忙著穿上長袍準備用餐，就是先將文件或公事包留在學者休息室內。萊拉原打算趁著總管鈴響前幾分鐘，從她進來的路線離開。

如果萊拉沒有看見院長將藥粉倒入酒瓶，她可能會冒著總管大發雷霆的風險現身，或孤注

明；可是男管家也知道，公爵正故意盯著他鼓起的口袋，因此決定住嘴。

「我應該讓院長知道您的到訪嗎？」

「無妨。你可以替我端些咖啡來。」

「是的，閣下。」

男管家鞠躬後匆匆離去，他的精靈也乖乖跟在腳後。萊拉的伯父走到壁爐旁，雙手舉到頭上伸懶腰，還如獅子般打了個呵欠。他仍然穿著旅行裝，萊拉想起每次看到他時，他都是這身打扮，也想起自己有多畏懼他。現在是不可能偷溜出去了——她只能坐好並開始祈禱。

艾塞列公爵的精靈是隻雪豹，正站在他的身後。「你要在這裡放映投影片嗎？」她靜靜地說。

「沒錯。在這裡比到演講室簡單多了。他們會想看一些標本，我待會兒會叫門房過來。史特拉，現在時機不對。」

「你應該休息的。」

他坐在扶手椅上舒展身軀，萊拉無法看見他的臉。

「沒錯，沒錯，我也應該換衣服。這裡有些老舊的繁文縟節，可以因為我穿著不當而罰我繳交一打酒。我應該好好睡個三天三夜，事實上……」

有人敲門，男管家端著銀色托盤，上面有一壺咖啡和一只杯子。

「謝謝你，倫恩。」公爵說：「那邊桌上擺的是托考伊酒嗎？」

「院長特別囑咐替您裝在酒瓶中，閣下。」男管家說：「一八九八年份的，現在只剩下三打了。」

「好東西不久存。將托盤放在這裡。噢，叫門房將我留在小屋內的兩個木櫃送過來。」

「這裡嗎，閣下？」

「是，這裡。我還需要一個螢幕和投影燈，就在此時此地。」

男管家驚愕得想張嘴抗議，但還是壓抑住開口詢問或抗議的衝動。

「倫恩，別忘了你的身分，」公爵說：「不要質問我，照我說的去做。」

「是的，閣下。」男管家說：「閣下，請容我建議您，最好讓卡森先生知道您的計畫，否則他可能會大吃一驚，如果您了解我的意思。」

「很好，那就告訴他吧。」

卡森先生就是總管，他和男管家間是人盡皆知的老敵人。總管的位階較男管家高，可是男管家有較多機會可以迎合學者，而且絕不會錯過。男管家很高興能利用這個機會，讓總管知道他比對方更了解院長休息室內的動靜。

男管家鞠躬後離開。萊拉看著伯父倒了杯咖啡，一飲而盡，接著又倒了一杯細細品味。萊拉興奮得無法自抑：裝著標本的木櫃？投影燈？公爵到底要讓學者看什麼緊急又重要的東西？

公爵站起來離開壁爐，這下她可以看到他全身。萊拉訝異地發現，他和男管家臃腫的身軀及彎腰駝背、疲憊無力的學者之間有著天壤之別。艾塞列公爵身材高大、肩膀粗壯、面容黝黑凶猛，眼睛似乎總閃爍著殘酷的笑容。他的表情永遠準備主宰或戰鬥，從不流露施恩或憐憫。公爵動作大，平衡感十足，彷彿是隻野生動物。他待在這樣的房間中，感覺就像關在小籠子裡的野獸。

有一會兒，公爵的表情看起來遙遠、若有所思。他的精靈走過來把頭靠在他的腰部，他深不可測地凝視了她一會兒，然後轉身走向紅木桌。萊拉看著公爵拔起托考伊葡萄酒瓶的瓶塞，將酒倒入酒杯中，她覺得自己的胃忽然一緊。

「不要！」

她想也沒想就低聲叫出。公爵聽到了，迅速轉過身來。

「誰在那裡？」

萊拉無法自抑。她東倒西歪地跌出衣櫃，上前將他手中的酒杯一把奪下。酒液潑灑在桌邊和地毯上，酒杯也掉到地上砸得粉碎。公爵一把抓住她的手腕，開始用力扭轉。

「萊拉！妳在搞什麼鬼？」

「放開我，我才告訴你！」

「我會先打斷妳的手臂。妳膽子不小，竟敢進來這裡？」

「我剛剛才救了你一命！」

好半晌，他們動也不動，萊拉雖然痛得臉部扭曲，仍忍著不大叫出聲，公爵弓身對著她，皺起眉來厲聲質詢。

「妳剛才說什麼？」他稍微輕聲地問。

「酒裡有毒，」她咬緊牙根說：「我看見院長把一些粉末倒進去。」

公爵放開她的手，她跌到地板上，潘拉蒙焦慮地飛到她肩膀。公爵忍著不發作，低頭看著萊拉，她沒膽直視他的眼睛。

「我只是進來看看這個房間長得什麼樣子，」她說：「我知道我不該這麼做。我本來打算在別人進來前溜出去，可是院長進來後我就出不去了。衣櫃是唯一可以藏身的地方，後來我看到院長把藥粉倒入酒中。如果我沒有……」

有人在敲門。

「是門房，」公爵說：「回到衣櫃中。如果我聽到任何聲音，妳就死定了。」

萊拉馬上跑回衣櫃裡，她一把門關上，就聽到公爵說：「進來。」

正如他所說，進來的是門房。

「閣下，放在這裡嗎？」

萊拉看到老人狐疑地站在門口，身後則是一個大木櫃的邊緣。

「沒錯，夏特。」公爵說：「把兩個木櫃都拿進來，放在桌旁。」

萊拉稍微放鬆了些，開始感到肩膀和手腕上的劇痛。如果她是那種愛哭的女孩，這足以讓她嚎啕大哭。可是她咬緊牙關，輕輕轉動肩膀，直到放鬆些為止。

接著是打破玻璃杯和翻倒汁液流出的汩汩聲。

「該死，夏特，你這個粗心的老笨蛋！看看你做了什麼！」

萊拉剛好看見事情發生的經過。她伯父將托考伊酒瓶從桌上打落，卻故意弄得像是門房做的。老人小心地將木箱放在地上並開始道歉。

「我真的很抱歉，閣下……我一定是太靠近桌子了……」

「找東西把這團亂清理掉。快點，在酒汁浸透地毯前！」

門房和他的小助手匆匆跑出去。公爵走到衣櫃邊低聲說話。

「既然妳人已經在這裡，就好好利用這個機會吧。等院長進來時仔細觀察他的表情。如果妳能告訴我他是否神色有異，我會讓妳免除更大的麻煩。了解嗎？」

「是的，伯父。」

「如果妳發出任何聲音，我就不能幫妳了。全靠妳自己了。」

公爵走到壁爐旁，轉身背對著壁爐，門房拿著刷子、小畚箕、水桶和抹布回來，清理玻璃碎片。

「我只能再次道歉，閣下，我真的萬分抱歉。我不知道自己……」

「把這團亂清理掉就是了。」

門房正忙著將酒液從地毯上吸乾時，男管家和公爵的男僕索羅德敲門進來。兩人提來一只有著黃銅把手的光亮木櫃，看來很沉重。他們一看到門房的舉動，馬上停下來。

「沒錯，是托考伊酒，太可惜了。」公爵說：「那是燈嗎？索羅德，請你把它放在衣櫃旁。我要把螢幕立在房間的另一端。」

萊拉了解，如此一來，她就可以從門縫中看到螢幕上的東西。男僕攤開僵硬的亞麻布，把它掛在架子上時還製造出一些噪音。萊拉低聲說：

「看，來這裡還是很值得的，不是嗎？」

「或許是。」潘拉蒙用小小飛蛾的聲音嚴厲地說：「或許不是。」

公爵站在壁爐旁喝完咖啡，嚴肅地看著索羅德打開投影燈箱、打開鏡頭、檢查油槽。

「閣下，裡面還有很多油。」他說：「您要我找個操作員嗎？」

「不用，我自己操作。謝謝你，索羅德。倫恩，他們用完餐了嗎？」

「我想快用完了，閣下。」男管家回答：「卡森先生說院長和客人一知道您已經抵達，就不會多所耽擱。您要我拿走咖啡托盤嗎？」

「拿走吧。」

「是的，閣下。」

男管家稍微鞠躬後，拿著托盤離開，索羅德也跟在他身後。等門一關上，公爵直視著衣櫃，萊拉幾乎感覺到他的眼光穿透櫃門，就像是一支箭或矛。接著他轉頭輕聲和他的精靈說話。

她平靜地走過來坐在他身旁，機警、高雅又危險，綠色的眼睛環視整個房間，當朝食堂方向的大門門把開始轉動時，她和公爵黑色的眼睛也同時轉動，注視著大門。

「院長，」公爵說：「是的，我回來了。帶著您的客人一塊進來吧。我要讓諸位看些有趣的東西。」

第二章 北地傳奇

「艾塞列公爵。」院長吃力地說著，上前和他握手。從萊拉的躲藏處，正好可以看到院長的眼睛。的確，他的眼神迅速飄到原先放著托考伊酒瓶的桌子。

「院長，」公爵說：「我來得太遲了，不願打擾您用餐，不過我在這裡倒很舒服。嗨，副院長，您看起來好極了。抱歉我衣著不整，我剛剛才到。是的，院長，托考伊酒已經沒了，我想您正站在它上面，門房把它從桌上打翻了，但那是我的錯。嗨，牧師，我興致勃勃地拜讀您最新的大作……」

公爵和牧師一起走開，萊拉可以清楚看見院長臉上的神情。他雖然看起來面無表情，肩上的精靈卻坐立不安地整理羽毛，還心神不定地移動左右腳。公爵已主控了整個房間，雖然他在院長的領土上，謹慎地對院長保持應有的禮節，可是真正的權力所在已不言自宣。

學者與造訪者寒暄時，也移步進入房間，有人圍坐在桌旁，有人則坐在扶手椅上，很快，嗡嗡的說話聲填滿了院長休息室。萊拉看得出來，學者對木櫃、螢幕和投影燈都很好奇。她很了解這些學者：圖書館長、副院長、研究員和其他人；她和這些人生活了一輩子，他們教導她、處罰她、安慰她、送她小禮物、追著她把她趕離花園裡的果樹，他們就像是她的家人。如果萊拉懂得什麼叫作家人，她可能會有這種感覺；不過她若真了解這個詞的意義，可能會覺得學院僕人更像她的家人。比起疼愛一個莫名降臨、野氣未脫的小女孩，學者們總有更重要的事情要做。

院長在一只精巧的銀製融油碟下點起酒精燈，將些許奶油融化後，再將罌粟蒴果切半丟進去。晚宴後總會來點罌粟，這可以讓頭腦清晰、口舌鋒利，使對話更豐富有趣。照慣例，院長總會親自燒煮。

在奶油融化的滋滋聲和說話的嗡嗡聲中，萊拉坐立不安，想找個更舒服的位置。她小心地選擇了一件禮袍——整件都是毛皮——從衣架上拿下後鋪在衣櫃地板上。

「妳應該挑件舊禮袍，」潘拉蒙小聲說：「如果太舒服，妳會睡著的。」

「如果我真睡著了，你應該負責把我叫醒。」她回答。

萊拉坐著聆聽學者的對話：這真是再無聊不過了，幾乎全都和政治有關，特別是倫敦方面的政治情勢，完全沒提到讓人振奮的韃靼人。煮沸的罌粟和菸草香味飄進衣櫃，萊拉不只一次發現自己在打瞌睡。最後，她聽到有人敲敲桌子，談話聲立刻消失，院長接著說話了。

「諸位，」他說：「我代表大家向艾塞列公爵表示歡迎之意。他的來訪雖然稀罕，卻珍貴無比，我相信今晚他會讓我們看些有趣的事物。如各位所知，目前政治情勢緊張，公爵明天一早必須動身前往白廳；他今晚的報告一結束，就得搭上引擎已經啟動的火車前往倫敦，因此我們最好善用時間。等他報告完後，各位可能會有些問題，請長話短說，只提重點。艾塞列公爵，請您開始。」

「院長，謝謝。」公爵說：「首先，我想請各位看看幾張幻燈片。副院長，我想從這裡您可以看得更清楚些。或許院長可以坐在衣櫃邊的椅子?」

老副院長幾乎已經全盲,挪出位置讓他坐在螢幕前,是對他的禮遇。如果副院長要把位置移到前面,就意味著院長必須坐在圖書館長旁邊,離萊拉蹲著的衣櫃只有一碼之遙。院長坐進扶手椅後,萊拉聽到他喃喃低語。

「該死!他知道酒中下藥的事,我百分之百確定。」

圖書館長也輕聲回答:「他會開口要求資金。如果他強迫我們投票……」

「如果他真那麼做,我們一定要雄辯滔滔,抗議到底。」

公爵用力把空氣灌入投影燈,投影燈發出嘶嘶聲。萊拉稍微移動位置,以便能看清螢幕,螢幕上一個白色的圓圈開始發亮。公爵叫道:「誰去把油燈調暗?」

一個學者起身照做,房間馬上暗了下來。

公爵說話了:

「諸位也許知道,一年前我因外交任務,前往晤見北地的拉普蘭國王。那只是個幌子,事實上,我真正的目的是深入更北方,進入冰雪區,嘗試了解古曼的探險隊到底出了什麼事。古曼送回柏林學院的一份報告中,提到一種在北地才看得到的天然現象,因此我決定要調查那件事,以及古曼出了什麼事。現在我要讓你們看的幻燈片,和上述事件並沒有直接關係。」

公爵將第一張幻燈片放入畫格內,滑入鏡頭後方,一幅清晰、圓形的黑白影像立刻出現在螢幕上。這張照片是在滿月之夜拍攝的,正中央有間木造小屋,小屋本身黑色的牆壁,和環繞四周與屋頂上沉重的白雪正好成對比。小屋旁陳列了一堆哲學儀器,對萊拉而言,看起來就像從電子遊樂場到揚頓鎮上沿路的風景:天線、電線、瓷製絕緣體,都在月光照射下閃閃發光,還被一層厚厚的霜覆蓋住。有個男人穿著毛皮大衣站在照片前方，臉孔被大衣深厚的風帽蓋住，因此看不清表情。他一隻手微微抬起，像是在打招呼。他身邊則站著一個小小的身影。月光將大地的一切都灑上蒼白的光輝。

「這張照片是用標準的硝酸銀感光乳劑拍攝的。」公爵說：「現在請各位看看另一張，這是一分鐘後在同一地點拍攝的，利用一種新的特殊感光乳劑。」

公爵取出第一張照片後放進另一張。這張看起來暗多了，月光彷彿全被過濾掉。地平線仍然清晰可見，深色小屋的外型和白雪覆蓋的屋頂更為突出，複雜的儀器卻隱藏在黑暗中。男人的形象也為之改觀：他沐浴在光線中，一大串發光的粒子似乎從他抬起的手中流出。

「這道光，」牧師說：「是向上還是向下照射？」

「向下。」公爵說：「但它不是光，是『塵』。」

公爵說出「塵」的神態，讓萊拉覺得這不是普普通通的灰塵。學者的反應證實了她的猜測，公爵的話造成全體一陣沉默，接著爆發難以置信的驚歎。

「但怎麼可能……」

「我相信……」

「這是不可能……」

「各位先生！」牧師說話了，「請讓公爵解釋。」

「這的確是『塵』。」公爵又強調一次，「它以光的形式出現在感光板上，『塵』的粒子在感光乳劑中造成的效果，正如光度在硝酸銀感光乳劑中造成的一樣，這項測試也是我前往北地探險的部分原因之一。正如各位所見，這個男人的影像清晰可見，但請各位看看他左邊這個陰影。」

他用手指著一個模糊的小身影。

「我以為那是男人的守護精靈。」研究員說。

「不是。當時他的精靈是以蛇的模樣纏繞在他脖子上。您可以隱約看到的身影是一個小孩。」

「一個有缺陷的小孩……」有人說，他尚未說完的話，表示他知道這是個不能公開的祕密。

這次的沉默更加凝重了。

公爵鎮靜地說：「一個完整的小孩。以『塵』的本質而言，這正是此事的重點，不是嗎？」

接下來幾秒鐘內，沒有人開口。牧師又說話了。

「哈，」他說，彷彿飢渴的人剛喝了一大口水，放下玻璃杯後，讓喝水時閉住的呼吸繼續進行一般，「這流動的『塵』……」

「……從天上降落下來，照射在小孩身上，看起來像是光線。我會將這張照片留下，您可以仔細檢視這張照片。現在我要示範這種新感光乳劑的效果。這是另一張照片。」

公爵換了一張照片。這張照片是在夜裡拍攝的，卻沒有月光。照片前方是一小群帳篷，和若隱若現、低矮的地平線成對比，帳篷旁有堆亂七八糟的木箱和一架雪橇。這次照片的重點是在天上：大片流動著、隱藏著的光線彷彿是片帷幕，用隱形的吊鉤懸掛在幾百哩高的空中，或被一種難以想像的風吹歪了方向。

「那是什麼？」副院長說。

「極光。」

「這是一張非常精緻的照片，」帕門講座教授說：「是我所看過最好的一張了。」

「原諒我的無知。」年老的讚美詩領唱人顫抖的聲音出現了，「如果我曾學過關於極光的知識，也已經忘記了。這是所謂的『北極光』嗎？」

「是的，它有許多名稱，主要是由電荷粒子風暴和太陽光組成，有著強烈、驚人的力量——本身雖然無形，但和大氣層互動時會產生耀眼的光線。如果我有時間，我很樂意將這張幻燈片上色，讓各位看看它的顏色，它的主要部分是淡綠和淡紅色，但在帷幕部分較低的邊緣卻是猩紅色。這張照片是以普通的感光乳劑拍攝的，現在請各位看看以特殊感光乳劑拍攝的照片。」

公爵取出幻燈片，萊拉聽到院長悄聲說：「如果他強迫投票，我們可以嘗試訴諸居住期條款。過去五十二個禮拜來，他在學院居住的時間不到三十個禮拜。」

「他已經順利贏得了牧師的支持……」圖書館長也低聲回應。

公爵將新的幻燈片放入幻燈機中。這張和上一張的風景一樣，但和前張比起來，許多原先在普通燈光下看來很清楚的特徵已變得黯淡，包括天空中帷幕般的光線。

極光仍高懸於荒涼地景之上，但在其正中央，萊拉可以清楚看見一個固體的形狀。她把臉貼在門縫，好看清楚些，她還注意到靠近螢幕的學者也都傾身向前。她看得愈仔細，一種驚歎也在心中萌生，坐落在空中的影像竟然是一座城市的輪廓：高塔、圓頂、圍牆、建築和街道，全都懸掛在天上！萊拉驚訝得幾乎喘不過氣來。

卡森頓學者說：「這看起來像是……一座城市。」

「沒錯。」公爵說。

「毫無疑問，這是另一個世界中的城市？」學監輕蔑地說。

艾塞列公爵不理會他說的話。學者間瀰漫著一種興奮的氣氛，彷彿他們曾撰寫有關獨角獸存在的論文，卻從沒看過真正的獨角獸，現在他們終於有機會親眼目睹牠的廬山真面目了。

「這和巴納德─史托克斯理論有關吧？」帕門講座教授說：「不是嗎？」

「這正是我想調查的。」公爵說。

公爵站在發光螢幕的一旁，萊拉看見他黑色的眼睛正在學者間逡巡。學者抬眼看著展示極光的幻燈片，公爵的精靈則站在他身邊，綠眼反射出螢光。所有年高德劭的頭顱都向前傾斜，他們的眼鏡也都閃閃發亮，只有院長和圖書館長向後靠著扶手椅背，兩人的頭也靠在一塊。

牧師說話了：「艾塞列公爵，您說您在追查古曼探險隊的下落，古曼博士也在調查這個現象嗎？」

「我相信他也在做同樣的調查，而且獲得許多相關訊息。可惜他再也無法告訴我們這些，因為他已經過世了。」

「不會吧。」牧師說。

「很抱歉，但我有證據在此。」

休息室內充斥著一種焦慮的興奮感。在公爵的指示下，兩、三個年紀較輕的學者將木櫃搬到房間前方。公爵取出最後一張幻燈片，卻沒關掉燈，在圓形燈光戲劇化的照射下，他彎身打開箱子。萊拉聽到釘子拉出潮溼木頭時的刺耳聲。院長站起來觀看，擋住了萊拉的視線。公爵開口說：

「如果各位還記得，古曼探險隊在十八個月前失蹤了。德國學術界送他到遠達磁極的北地做些天體觀測，在這趟旅途中，他發現這個我們剛剛看到的奇妙現象。不久後，他就消失了。

有人說他發生意外，他的屍體一直躺在一個冰縫中。事實上，這並不是件意外。」

「那是什麼？」學監說：「是個真空容器嗎？」

起初公爵並未回答。萊拉聽到金屬夾子「啪」一聲打開的清脆聲，接著是空氣湧入容器內的嘶嘶聲，所有人都沉默了。可是沉默並沒有維持太久，一會兒後，萊拉聽見一陣陣困惑的聲調：害怕的尖叫聲、大聲抗議、因憤怒和恐懼而提高的聲音。

「但這是什麼……」

「……一點都不像是人……。」

「……它怎麼被……」

「它到底出了什麼事？」

院長的聲音壓住全場的聲音。

「艾塞列公爵，以神的名義，告訴我們這是什麼東西吧？」

「這是沙坦斯勞斯．古曼的人頭。」公爵說。

在一陣嘈雜的喧鬧聲中，萊拉聽到有人跌跌撞撞地奪門而出，還發出一連串痛苦的哀嚎。萊拉希望自己也能看看這顆人頭。

公爵說：「我在斯瓦巴的冰地上，發現他的屍體保存良好，頭顱遭敵人以這種方式處理，各位注意到這種特殊的頭皮特徵了嗎？副院長，我想您對此應該頗為熟悉吧？」

老人說話的聲音非常沉著：「我見過韃靼人下手。各位可以在西伯利亞和通古斯克的原住民中發現這種技術。當然，這項技術也延伸到斯克林，我知道這項活動已在新丹麥遭禁。公爵，我可以進一步檢視它嗎？」

「查理斯，沒人會喜歡這個主意。問題是不這麼做，下場會比袖手旁觀更嚴重。唉，有時天意會加以干涉，這次卻沒有出現。我只覺得對您相當抱歉，拖累您了。」

「沒有，沒有。」圖書館長抗議，「不過我希望您能多告訴我一些真相。」

院長沉默一會兒才開口，「是的，或許我真該這麼做。真理探測儀警告說，如果艾塞列公爵繼續這項研究，將會帶來可怕的後果。除此之外，這孩子也會受牽連，我希望能保護她愈久愈好。」

「艾塞列公爵的行動與『教會風紀法庭』新成立的機構有無關係？他們怎麼稱呼它？『奉獻委員會』？」

「艾塞列公爵……不，不，剛好相反。『奉獻委員會』也不需完全對教會風紀法庭負責。這是個半私人的行動，由一個怨恨艾塞列公爵的人主導。查理斯，他們兩人間的過節讓我膽寒。」

這次輪到圖書館長沉默了。自從教宗約翰．喀爾文將教廷遷至日內瓦，並設立教會風紀法庭後，教會在日常生活各方面的影響力就達到顛峰。教宗制度在喀爾文過世後已取消，但一種混合法庭、大學和議會的綜合體，通稱為「教誨權威」的勢力，卻開始滋長。這些單位不一定相互串連，有時彼此還會互相抗衡。在上個世紀大部分的時間中，最有勢力的單位是「教宗大學」，但近年來，活動最頻繁的教會風紀法庭逐漸取而代之，還讓所有的教會單位心驚膽戰。

但總會有些獨立的單位，在教誨權威其他單位的保護下逐漸茁壯，圖書館長提到的奉獻委員會就是一個例子。圖書館長對奉獻委員會所知不多，可是他不喜歡且害怕他所聽到的一切，因此他可以了解院長的憂慮。

「帕門講座教授曾提到一個名字，」圖書館長停頓了一會兒後說：「巴納德—史托克斯？這到底是個什麼樣的人物？」

「唉，查理斯，這不是我們熟知的領域。據我所知，教會教導我們一共有兩個世界：一個是每件事都可以看見、聽到、接觸到的世界，另一個則是天堂和地獄的宗教世界。巴納德和史托克斯是兩個人的名字——我該如何形容呢——他們是叛教的神學家，兩人主張還有別的世界，就和我們所處的世界一樣，不是天堂和地獄，而是物質和罪惡的世界。這些世界就在我們附近，卻隱藏著無法觸摸到。教會自然不會贊同這類邪說異端，因此巴納德和史托克斯就被消音了。

「對教誨權威來說，不幸的是，關於這種另類世界的學說，有些相當合理的數學立論。我從沒仔細研究過，但卡森頓學者告訴我這些理論相當可靠。」

「現在艾塞列公爵拍攝到一張另類世界的照片。」圖書館長說：「我們卻資助他前去尋找。我懂了。」

「沒錯。對奉獻委員會及其有力的保護者來說，約旦學院正是支持這些異端學說的溫床。查理斯，在教會法庭和奉獻委員會間，我必須尋得一個平衡點；同時，這孩子也漸漸長大。他們不會忘記她的。遲早她都會介入這件事，不管我希望保護她與否，她一定都逃不掉了。」

「看在老天爺的分上，您怎麼會知道這些？難道又是探測儀？」

「沒錯。萊拉也有角色要扮演，而且是相當重要的角色。諷刺的是，她必須參與一切，卻完全不了解自己在做些什麼，雖然別人可以試著幫助她。如果我的托考伊酒瓶計畫成功，她還可以安穩地過一段日子。我希望她不用造訪北地。我真希望可以對她解釋這些……」

「她才聽不下去呢。」圖書館長說：「我太了解她了，如果想正經地告訴她一件事，她會正襟危坐聆聽五分鐘後，就開始坐立不安。如果下次問她到底聽進去多少，她會說全都忘光了。」

「如果我對她提提『塵』這件事呢？您認為她會聽下去嗎？」

圖書館長發出一個不雅的聲音，表示他的懷疑。

「為什麼是她呢？」他說：「為什麼一個遙遠的神學之謎，會吸引一個健康、粗率的孩子呢？」

「因為她必須經歷的一切，其中還包括驚人的背叛……」

「誰會背叛她？」

「不，不，這是最可悲的事：她會是那位背叛者，這個經驗會異常恐怖。當然，她不能事先知道這些，因為她沒有理由知道有關『塵』的一切。查理斯，或許您錯了，如果我們能用簡單的方法表達，說不定她會對此感興趣。這可能會在稍後對她有所幫助，至少可以讓我不至於對她這麼操心。」

「這是長者的責任吧，」圖書館長說：「替幼者擔憂受怕。而幼者的責任則是輕蔑長者的焦慮。」

兩人又坐了一會兒，才互相道別。天色已暗，兩人年邁又心焦。

第三章
萊拉的約旦學院

約旦學院是牛津最宏偉、最富有的學院，大概也是幅員最廣的學院，儘管沒人能確定。它的建築環繞著三個不規則的中院，建造時間可以追溯到中世紀早期到十八世紀中期。建築本身並未事先規畫，只是左一爿、右一爿地搭建，因此過去和現在重複交疊在每個角落中，最後形成一種混亂和壯麗的大雜燴。有些建築看起來總是搖搖欲墜，而帕斯洛家族五代以來，都受學院雇為全職石匠和鷹架工。當今的帕斯洛先生正在教他兒子手藝，兩人和其餘三個雇員就像勤勞的白蟻，每天攀爬到圖書館角落的鷹架或教堂屋頂上，將光亮的新石、閃亮的鉛條或梁木牽引上去。

學院在全英國都擁有土地和財產。聽說從牛津走到布里斯托，或往另一個方向前往倫敦，卻還不會離開約旦學院的領地。全國各地都有染坊、磚窯、森林和原子工藝作坊要付租稅給學院，財務司庫和他的職員每季會把總帳合計後向學院議會報告，然後訂購一對天鵝當作宴會大餐。有些錢用來轉投資（學院議會剛同意在曼徹斯特購置一棟辦公大樓），結餘則用來支付學者微薄的薪俸和僕人的工資（還有帕斯洛家族，及其餘為學院擔任工匠或商人的家族）。除此之外，還要使酒窖中的好酒不虞匱乏，替圖書館添購書籍和傳真電報機——這座巨大的圖書館

得洋洋得意，或對別的小鬼作威作福。她從沒想到要進一步深思探索。

萊拉就這樣度過她的童年，像隻被放任的野貓。唯一的例外，是在艾塞列公爵造訪學院時。一個有錢有勢的伯父是最佳的吹牛本錢，代價則是會被身手最矯捷的學者一把逮到，送到管家那裡清洗，穿上最乾淨的上衣，最後被護送（伴隨著恐嚇）到資深學者休息室和公爵喝下午茶。有些資深學者也會應邀前往。萊拉會桀驁不馴地癱在扶手椅中，直到院長嚴厲地叫她坐好，她就會對他們怒目以視，直到連牧師也忍不住笑出聲為止。

這些尷尬、正式的會面場合，總是一成不變。喝過茶，院長和其他學者會讓萊拉和伯父獨處，公爵會要萊拉站在他面前報告自從他上次離開後她學到的東西。萊拉會咕噥些任何可以想到的幾何學、阿拉伯語、歷史或電子學內容，他會深坐在椅子內，蹺著腿，深不可測地看著她，直到她再也說不出一個字為止。

去年公爵在前往北地之前，詢問過萊拉：「妳沒在念書時，如何打發日子？」

萊拉吞吞吐吐地說：「就是玩耍呀。在學院附近。只是……玩呀，真的。」

他接著說：「孩子，讓我看看妳的手。」

萊拉伸出手讓伯父檢查，他握住後翻向另一面，查看她的指甲。公爵的精靈像隻人面獅身獸般趴在地毯上，偶爾甩動尾巴，凝神注視著萊拉。

「很髒，」公爵說，還推開她的手。「這裡的人不幫妳清洗嗎？」

「有呀。」她說：「可是牧師的指甲也髒髒的。他的指甲比我還髒。」

「牧師是個學者。妳的理由是什麼？」

「我一定是在洗手後又弄髒的。」

「妳在哪裡把手弄得這麼髒？」

萊拉一臉狐疑地看著公爵。她隱約明白，爬到屋頂上是被禁止的，雖然從未有人真的提到過。「在一些老房間裡。」最後她說。

「還有哪裡？」

「有時候在泥床。」

「還有呢？」

「耶利哥和渡口草原。」

「其他地方？」

「沒了。」

「妳說謊。昨天我才看到妳在屋頂上。」

她咬緊嘴脣，一言不發，公爵嘲諷地看著她。

「所以，妳也在屋頂上玩，」他繼續說：「妳進去過圖書館嗎？」

「沒有，但我在圖書館的屋頂上找到一隻白嘴鴉。」她說。

「真的？妳抓到牠了嗎？」

「牠的腳受傷了。我本來打算殺死牠烤來吃，可是羅傑說我們應該治療牠。所以我們就給了牠一些剩菜和酒，牠復原後就飛走了。」

「羅傑是誰？」

「我朋友。廚房小弟。」

「我知道了。所以妳爬過全部的屋頂……」

「不是全部。我沒辦法爬到希爾頓大樓，因為得從朝聖塔跳過一個裂口。那裡有個大缺口，我個子太矮，沒辦法跳過它。」

「除了希爾頓大樓，妳已經爬過所有的屋頂了。地下呢？」

「地下？」

「學院之上有東西，學院之下也有呀。我很驚訝妳還沒發現。好，我馬上就要離開了。妳看起來很健康。來。」

公爵在口袋中找些什麼，最後抓出一把零錢，他從其中挑出五枚金幣。

「他們從沒教妳說謝謝嗎？」他說。

「謝謝。」她小聲說。

「妳有聽院長的話嗎？」

「噢，有呀。」

「有沒有尊敬學者們？」

「有。」

公爵的精靈輕聲笑了，這是她發出來的第一個聲音。萊拉的臉瞬間就紅了。

「去玩吧。」公爵說。

萊拉轉身衝到門邊，大大地鬆了一口氣，還記得轉身喊道：「再見。」

在萊拉決定潛入院長休息室，而第一次聽到「塵」的那天之前，她就是這麼過日子。

當然，圖書館長認為萊拉會對「塵」興趣缺缺是大錯特錯了。現在她會對任何向她提及

「塵」的人全神貫注地聆聽。在未來幾個月，她將聽到更多相關消息，最後她會比世上任何一個人都清楚「塵」到底是什麼；但是目前，約旦學院精采的生活仍等著她去探索呢。

除此之外，還有別的事要擔心。有個傳言在街上已經散播了好幾個禮拜。這項傳言會讓某些人嗤之以鼻，某些人沉默不已，就像聽鬼故事一樣，有人會嘲笑，有人怕得不得了。孩子們開始無故失蹤了。

事情發生的經過可能會是這樣：

向東行的艾瑟斯河的廣大航道上，群集著無數緩慢而行的運磚平底船、載送瀝青的船舶和穀物油船，一路下行穿過亨利、美登赫，最後到達泰丁頓——這是日爾曼海潮汐和河水交會之處。繼續往下行，會來到摩特雷克，穿越大魔術師狄博士的住宅，也會經過福克歇爾。這裡到處是行樂園，白天時點綴著色彩繽紛的噴泉和旗幟，夜間則布滿了街燈和煙火；河流接著會穿過白廳王宮，國王每週在此舉行國是會議；越過製彈塔，這裡會有無數滋滋作響的融鉛流入骯髒的河中。這時已變得寬廣汙穢的河水，在掉轉過一個大彎後朝南流去。

這裡是萊姆屋區，有個孩子失蹤了。

他的名字叫作托尼．馬克瑞斯。他母親認為他今年九歲，可是她的記憶因酗酒而每下愈況；因此他可能是八歲，或十歲。他的姓是個希臘姓，可是正如他的年齡一樣，這也只是個揣測而已，因為他看起來更像中國人。或許他母親的家族還有一點愛爾蘭、斯克林和拉斯卡的血統。托尼並不聰明，但他有種笨拙的溫柔，有時會給媽媽一個粗魯的擁抱，或在媽媽臉上貼上一個黏膩的吻。這可憐的女人通常爛醉如泥，無法主動對托尼摟摟抱抱，但至少她一旦了解怎麼回事時，總會給予溫暖的回應。

此時，托尼正在派街的市場亂逛。天色已暗，他肚子也餓了，可是家裡沒有東西可以餵飽他。托尼的口袋裡有一先令，那是個阿兵哥叫他傳信給女朋友的賞金，托尼不打算把金錢浪費在食物上，因為可以順手牽羊。

托尼在市場中的二手衣、幸運籤、水果和炸魚攤子間晃蕩，他的精靈（一隻燕子）則站在他肩上東張西望；當攤子主人和她的精靈同時轉頭朝別處看時，小燕子發出一聲清脆的叫聲，托尼的手快速伸出又縮回他寬鬆的襯衫裡，手中會多出個蘋果或幾粒堅果，最後還出現一份熱呼呼的餡餅。

攤子主人看見了，開始破口大罵，她的精靈是隻貓，一躍而上，然而燕子早就飛往高處，托尼也跑到半條街外了。攤子主人的詛咒和叫罵聲在身後響起，可惜聲音傳得並不遠。托尼在聖凱瑟琳小禮拜堂外止步，坐在階梯上，拿出仍然熱呼呼的碎爛戰利品，襯衫上還留著一條細細的湯汁。

有人正在看著他。一位年輕美麗的女士，穿著修長的紅黃色狐毛大衣，在她縫綴著毛皮的風帽邊緣陰影下，深色頭髮優雅地垂落，還閃閃發光。她正站在小禮拜堂門口，離下方托尼坐的地方只有幾步之遙。或許禮拜儀式剛結束，禮拜堂內的燈光從她站的門後照射出來，風琴聲在門內響起，女士手上拿著一本鑲珠的祈禱書。

托尼對此毫無警覺。他心滿意足地吃著餡餅，腳趾頭朝內彎曲，後腳跟靠攏在一塊兒。托尼狼吞虎嚥地吃著餡餅，他的精靈則變成小老鼠，正在梳理她的鬍鬚。

年輕女士的精靈從狐毛大衣中爬出，是隻猴子，但不是普通的猴子：他的毛如絲線般細長，是種充滿光澤的深金色。他邪惡地慢慢接近男孩，並坐在男孩上方一階的距離。

小老鼠忽然感到不對勁，一下就變成燕子，探頭斜視，還在階梯上跳了一、兩步。

猴子看著燕子，燕子也回看猴子。

猴子緩緩伸出手來，他的小手是黑色的，指甲則是完美的角質爪子，他的動作輕柔又吸引人。小燕子無法拒絕這樣的誘惑。她向前跳了跳，又向前跳，再往前跳些，最後輕輕飛入猴子的手掌心。

猴子將她緩緩抬起，仔細看了她一眼後，站起來轉身面朝女士，順便抓住燕子。女士低頭，香氣逼人，開始輕聲細語。

托尼馬上難以自制地轉過頭來。

「萊特！」他叫道，滿嘴食物，稍微警覺了些。

燕子也唧唧地叫了叫。那裡一定很安全，托尼吞下食物後盯著眼前的人。

「你好。」美麗的女士說：「你叫什麼名字？」

「托尼。」

「托尼，你住在哪裡？」

「克萊爾斯巷。」

「餡餅裡的餡料是什麼？」

「牛肉。」

「你喜歡喝熱巧克力嗎？」

「喜歡！」

「是這樣的，我剛好有很多巧克力，一個人喝不完。你願意過來幫我喝一些嗎？」

托尼已經迷失了。當他反應遲鈍的精靈跳進猴子的手掌中，他就迷失了。托尼跟著美麗的女士和金色猴子，沿著丹麥街走到漢曼碼頭，走下喬治王階梯，最後來到一座高聳倉庫的綠色小側門。女士敲敲門，有人打開門，兩人走進倉庫，門又關上了。托尼再也不曾走出來過——至少從這個入口。他再也無法看見他母親。這個可憐的醉鬼，一心認為托尼跑掉了，每當她想起他，仍覺得這全是她的錯，接著她會為自己的境遇而嚎啕大哭。

小托尼並不是唯一被伴隨金猴子的女士誘拐的小孩。他在倉庫的地下室中發現十二個小孩，有男孩也有女孩，沒有一人的年齡超過十二歲。既然每個人的身世背景都和托尼相近，因此沒有人確定自己真正的年齡。當然，托尼沒注意到的是，他們全都有個相同之處：在這個溫暖、冒著蒸氣的地下室中，沒有一個小孩的年齡接近青春期。

這位友善的女士看著他找到一張靠牆的木凳坐下，一名沉默的女僕從鐵爐鍋上倒出一杯熱巧克力。托尼吃掉剩下的餡餅，喝著又熱又甜的巧克力，完全沒留意周圍的一切，周遭的事物也沒注意到他：他年齡太小，不會對任何事造成威脅；反應過於遲鈍，也無法讓加害者心生滿足。

有個男孩問了個顯而易見的問題。

「嗨，夫人！您為什麼帶我們來這裡？」

他外貌強悍，黑色的巧克力還黏在上脣，身旁有隻瘦弱漆黑的老鼠精靈。女士站在門邊，正對一個看來像是水手的健壯男人說話，她轉頭回答男孩的問題。在滋滋作響的石腦油燈照射下，她看來彷彿是個天使，所有的孩子都安靜了。

「我們需要你們的幫忙。」她說：「你們不介意幫我們吧？」

沒有人說話。孩子們看著夫人，突然害羞了起來。這些孩子從沒看過這樣的女士，她是如此優雅、甜蜜和仁慈，他們覺得自己實在太幸運了，不管她說什麼，他們都很樂意照她的話去做，只希望她能停留久一點。

她告訴孩子，他們要去旅行。吃穿都不成問題，他們可以寫信給家人，讓家人知道他們很平安。曼格納森船長很快就會把他們接上船去，等開始漲潮時，他們就會啟程前往大海，航向北地。

很快地，幾個想寫信回家的孩子，開始圍坐在美麗女士身旁，女士寫下幾行他們的口述，最後還讓他們在信底笨手笨腳地畫上一個大X，再把信紙放入有香味的信封，並寫下他們告訴她的地址。托尼也想送信給媽媽，可是他也很清楚母親不識字。他抓住女士狐皮大衣的袖子，低聲說他希望讓媽媽知道他去哪裡了，女士彎下優雅的頭，近得可以聽到這個骯髒的小身體在說什麼，她摸摸他的頭，說她會把消息傳到。

最後孩子聚在一塊兒說再見。金猴子摸摸所有精靈的頭，他們也都摸了摸狐毛以求好運，或者認為他們可以從女士身上找到一些力量、希望或善意。女士向他們道別，看著他們在粗壯船長的照顧下，爬上一艘停泊在碼頭的汽船。天已經完全暗下來了，河上映出一大片燈火。女士站在碼頭邊對他們揮手，直到她再也看不清他們的臉孔為止。

她走回倉庫，金猴子偎在她胸前，就在她從原來的入口離開前，她將那一小束信件丟到火爐裡。

試戲弄幾個死去的學者，把他們頭顱中的硬幣互換，這樣他們就有不同的精靈。潘拉蒙對萊拉的惡作劇表現得非常焦躁，他變成蝙蝠飛上飛下、放聲尖叫，還在她眼前揮動翅膀，萊拉理也不理：這個惡作劇太棒了，怎可錯失？但是稍後她為此付出代價。萊拉窄小的房間坐落在第十二階梯頂端，當晚有種恐怖的夜氣降臨到她床邊，她尖叫著醒來，看見三個穿著罩袍的身影站在她面前，伸出細瘦的手指對她指指點點，接著還掀開風帽，露出被砍去頭顱、血跡斑斑的殘肢。潘拉蒙馬上變成獅子對他們大吼，他們才慢慢退後，一直退到牆內：先是剩下他們的手臂、接著是黃灰色的角質手掌、扭動的手指，最後終於消失。第二天早上，萊拉起床後做的第一件事，就是跑到地下墓穴，把亂放的精靈硬幣物歸原主，還對頭顱輕聲說：「對不起！對不起！」

地下墓穴比酒窖大多了，可是再大也有極限。萊拉和羅傑尋遍每個角落，確定吞人獸並沒有躲在那裡，就把注意力轉到別處——有一天，他們離開地窖時被祝禱師逮個正著，兩人都被叫進小禮拜堂。

祝禱師是個圓胖的老人，大家都叫他海斯特神父。他執行學院中所有的禮拜儀式，還包括說教、祈禱和聆聽懺悔。萊拉年紀還小時，他曾興致勃勃地想啟發她的宗教情操，最後卻對她奸詐的冷漠和不誠懇的悔悟大惑不解。神父最後下了這樣的結論：萊拉在性靈上沒有天分。

萊拉和羅傑聽到神父叫他們時，心不甘情不願地轉身，拖拉著腳走進發霉、晦暗的小禮拜堂。蠟燭在聖像前方四處閃爍；風琴頂部遠遠傳來模糊不清的卡噠聲，顯然有人正在維修；有個僕人正忙著擦亮黃銅製的讀經臺。海斯特神父從法衣室的門邊向他們招手。

「你們到哪裡去了？」他問他們，「我看見你們來這裡兩、三次了。你們想做些什麼？」

神父的聲調不像在指責他們，語氣彷彿真想知道他們在做些什麼。神父的精靈，一隻蜥蜴，正蹲在他的肩上對他們吐舌頭。

萊拉說：「我們想看看地窖。」

「為什麼？」

「棺材……我們想看看所有的棺材。」她說。

「為什麼？」

萊拉聳聳肩。每次別人逼她時，她總是這樣回應。

「還有你。」神父繼續說，轉身看看羅傑。羅傑的精靈焦躁地搖搖尾巴邀寵，現在她是一隻㹴。「你叫什麼名字？」

「羅傑。神父。」

「如果你是僕人，你在哪裡工作？」

「廚房。神父。」

「你不是應該待在那裡嗎？」

「是的。神父。」

「快走啊。」

羅傑轉身就跑。萊拉則左右晃著身子。

「萊拉，至於妳，」神父說：「我很高興妳對小禮拜堂下方的東西感興趣。妳是個幸運的孩子，有這麼多歷史環繞著妳。」

「嗯。」萊拉說。

「我卻質疑妳對同伴的選擇。妳是個寂寞的孩子嗎？」
「不是。」她說。
「妳……妳會想要同階層的孩子為伴嗎？」
「不會。」
「我不是指廚房小弟羅傑，我的意思是和妳一樣的孩子，那種出身高貴的孩子，妳希望能有那樣的同伴嗎？」
「不希望。」
「可是別的女孩……」
「不要。」
「妳知道，我們不希望妳錯過正常童年的樂趣和遊戲。有時我在想，在這個充滿老學者的地方，妳一定會覺得很寂寞。萊拉，妳有那種感覺嗎？」
「沒有。」
神父交握雙手，輕敲兩隻大拇指，不知該怎麼和這個固執的孩子說話。
「如果妳有什麼心事，」他最後說：「妳知道妳可以來告訴我，我希望妳知道可以這麼做。」
「好。」她說。
「妳有禱告嗎？」
「有。」
「好孩子。那麼，走吧。」
萊拉毫不掩飾地鬆了一口氣，轉身離開。既然無法在地下找到吞人獸。萊拉又回到街上了，她覺得那裡更自在些。

萊拉對吞人獸喪失興趣時，吞人獸卻在牛津出現了。

起先，萊拉聽說她認識的一個吉普賽家庭的小男孩失蹤了。

這是馬市即將開市的期間，運河流域擠滿了窄船、小船、商人和旅人。耶利哥碼頭到處充滿馬具閃爍的金光、達達的馬蹄聲和商人講價的喧鬧聲。萊拉很喜歡到馬市，她可以趁機偷騎沒人照顧的馬，更別提無數個發動戰爭的機會了。

今年萊拉心中有個大計畫，主要是從去年擄獲窄船時得到的靈感：她決定在自己被逮到前先來趟水上之旅。如果她和學院廚房的夥伴可以航行到亞平頓，那他們可以在堰上大鬧一場。

可是今年沒有戰爭。這天早上豔陽高照，萊拉和幾個小鬼沿著梅鐸港船塢邊閒逛，輪流抽著一根偷來的菸，還虛有其表地吐出一大堆煙霧。突然，她聽到熟人的叫聲。

「你說，你對他做了什麼，你這個混球？」

這是個有力的聲音，女性的聲音，卻中氣十足。萊拉馬上朝她的方向看去，那是可斯塔媽媽，她曾兩次揍得萊拉兩眼昏花，卻三次給她熱呼呼的薑汁麵包。可斯塔媽媽家族的船以宏偉華麗著稱，他們是吉普賽人的王公貴族，萊拉很尊敬可斯塔媽媽，這次她卻對可斯塔媽媽有所顧忌，因為上次她劫持的正是可斯塔家的船。

萊拉的一個小鬼同伴一聽到可斯塔媽媽的叫聲，想也不想就從地上撿起一顆石頭，萊拉卻說：「放下石頭。可斯塔媽媽正在發脾氣，她可以像折斷樹枝一樣打斷你的背脊。」

事實上，可斯塔媽媽的焦慮勝過憤怒。她質問的男人是個馬販，他聳聳肩，兩手一攤。

買魚當晚餐，卻再也沒回家，也沒人看見她。他們找遍了市場和每個地方。」

「我從沒聽過這件事！」萊拉憤怒地說。她認為她的子民不立刻向她報告發生的事情，是件可悲的錯誤。

「唉，那只是昨天的事。她現在可能已經回家了。」

「我會去問問別人。」萊拉說，轉身準備離開。

她還來不及跨出門，就被門房叫住了。

「嗨，萊拉！今天傍晚妳不准出去。院長的命令。」

「為什麼不准？」

「我說過，這是院長的命令。他說如果妳一進門，就不准再出去了。」

「那你得先抓到我再說。」她說，老人還來不及離開門口，她已經逃之夭夭。

萊拉跑過狹隘的巷子，一頭衝到科芬德市場貨車卸貨的巷子。這時市場已經歇業，只有幾輛貨車停在那裡，幾個年輕人站在聖米迦勒學院高聳石牆對面的大門前吸菸聊天。萊拉認識其中一人，他今年十六歲，是萊拉心目中的英雄，因為他能把痰吐得比誰都遠。萊拉走過去，卑微地等他把注意力放在她身上。

「噯？妳有什麼事？」他終於開口了。

「聽說潔西．瑞諾斯失蹤了？」

「對呀。怎樣？」

「今天有個吉普賽小孩也失蹤了。」

「他們老是失蹤，這些吉普賽人。每次馬市結束後，他們都會失蹤。」

「還有馬匹。」他的一個朋友也說。

「這次不一樣。」萊拉說：「這是個小孩。我們找了他一整個下午，別的小孩說他被吞人獸給抓走了。」

「什麼東西？」

「吞人獸。」萊拉說：「難道你沒聽說過吞人獸？」

對別的男孩來說，這也是個新聞。他們仔細聆聽萊拉的敘述，不時丟出幾個粗魯的評論。

「吞人獸。」萊拉認識的人開口了，他名叫狄克，「胡說八道。這些吉普賽人總有些亂七八糟的想法。」

「他們說幾個星期前，吞人獸才在班柏利出現。」萊拉堅持，「有個小孩被抓走了。他們現在可能已經來到牛津，打算把我們也抓去。一定是他們抓走了潔西。」

「考利街那裡也有個小孩失蹤了。」另一個男孩說：「我現在想起來了。我伯母昨天也在那裡，她用貨車賣炸魚和薯條，她聽到這個新聞……有個小男孩，就是這樣……可是我沒聽說過吞人獸。他們不可能是真的，吞人獸，這只是個傳聞。」

「他們是真的！」萊拉說：「吉普賽人曾親眼看過他們。吉普賽人認為他們吃掉他們抓到的小孩，而且……」

萊拉的話戛然而止，她突然想起一件事。在那個詭異的晚上，她躲在院長休息室中，艾塞列公爵曾展示一張幻燈片，上面顯示一串光流從一個男人的手中流出；他身旁還有個小身影，看起來比較沒那麼明顯；公爵曾說那是一個小孩，接著有人問道那是不是個有缺陷的小孩，她伯父說不是，還說那正是重點。萊拉記得缺陷的另一個意思其實是切割。

接著，有件事突然閃進她的腦海：羅傑到哪裡去了？

她從一早就沒看見他的影子……

她突然被恐懼籠罩。潘拉蒙——此時化身為迷你獅子——跑到她手臂上開始咆哮。萊拉對門邊的年輕人道別，安靜地走回土爾街，接著全力衝刺跑回約旦學院，全身發抖地穿過大門，她的精靈則變成一隻獵豹。

門房一副自以為神聖的模樣。

「我必須打電話給院長，告訴他真相。」他說：「他非常不高興呢。即使給我一大筆錢，我也不想處在妳目前的情況。」

「羅傑到哪裡去了？」她叫道。

「我沒看見他。他也要受罰。噢，如果卡森先生逮到他……」

萊拉跑進熱騰騰的廚房，一路上都是鍋盤的鏗鏘聲和蒸氣的喧鬧聲。

「羅傑到哪裡去了？」她叫道。

「走開，萊拉！我們很忙！」

「他到哪裡去了？他到底回來了沒？」

沒有人在意。

「他到哪裡去了？你一定知道！」萊拉對著大廚叫道。大廚賞了她一耳光，萊拉氣嘟嘟地衝出去。

麵包師父伯尼試著安慰萊拉，可是她什麼都聽不進去。

「他們抓到他了！那些該死的吞人獸。應該要有人早點把吞人獸抓住殺死他們！我恨他們！你們一點都不在乎羅傑……」

「萊拉，我們在乎羅傑……」

「你們才沒有，不然你們會立刻放下工作出去找他！我恨你們！」

「一定有很多原因讓羅傑到現在還沒回家。冷靜想想。我們必須在一個小時內準備好晚餐和上菜；今天院長在他宅邸內有幾個客人，他會在那裡用餐。這表示大廚必須盡快準備食物，免得它變涼；不管怎樣，生活總是要繼續呀，萊拉，我想羅傑一定會回家的……」

萊拉轉身跑出廚房，撞倒一疊銀製的碟蓋，她假裝沒聽到身後一大串叫罵聲。她跑下階梯、穿過禮拜堂和帕門樓塔的中院，進入學院裡最古老的一棟建築——耶克斯里中院。

潘拉蒙跑在萊拉前頭，一路衝到樓梯頂端，那裡是萊拉的房間。她一頭衝進房間，把歪歪扭扭的椅子拖到窗邊，推開窗扉爬出去。窗戶下沿有條一呎寬、上鉛的石製導水管，萊拉在導水管上站穩腳步後，向上攀爬到凹凸不平的傾斜面，一直爬到屋頂上站定，開始放聲尖叫。潘拉蒙一到屋頂上就變成鳥，在天上一圈又一圈地盤旋，還像隻白嘴鴉一樣叫著。

傍晚的天空彷彿被桃色和杏色的奶油刷洗過，寬闊的橘色天空裡有團柔軟的冰淇淋雲。牛津四周的尖塔和樓塔看起來一般高：東邊和西邊分別聳立著維爾城堡和懷特鎮。一些白嘴鴉不知道正在哪裡喧譁著，鐘聲也不時響起，從牛欄傳來規律的引擎噴氣聲，宣布從倫敦來的皇家郵件飛船即將起飛。萊拉看著它緩緩飛過聖米迦勒禮拜堂的尖塔，她舉起手臂，飛船一開始看起來像小指尖一般大小，接著它逐漸縮小再縮小，最後變成桃色天空中的一個黑點。

萊拉轉身往下看看陰影籠罩的中院，學者穿著黑袍的背影已開始一個個、一雙雙地朝食堂邁進，他們的精靈不是跟在身旁高視闊步、振翅飛翔，就是冷靜地蹲坐在他們的肩上。食堂內的燈光已亮起，萊拉可以看見彩色玻璃的窗戶愈變愈明亮，僕人開始到桌前將石腦油燈點亮。總管的鈴聲響了，宣布再過半小時就是用餐時間。

這是萊拉的世界。她希望這個世界永遠都不會改變，可是很多事物逐漸開始變化，因為外面有人在偷別人的小孩。萊拉坐在屋頂邊緣，用雙手包住下巴。

「潘拉蒙，我們應該去救他。」她說。

潘拉蒙從煙囪上用鳥叫聲回答。

「可能會很危險。」他說。

「這還用說，我知道。」

「記得他們在院長休息室中說的話嗎？」

「什麼？」

「極區那裡的小孩。那個沒有吸引『塵』的小孩。」

「他們說那是一個完整的小孩……怎麼樣？」

「他們可能會這樣對付羅傑、吉普賽人和其他的小孩。」

「什麼？」

「唉，『完整』到底是什麼意思？」

「不知道。他們大概把小孩切成一半吧。我猜他們大概逼小孩當奴隸，那樣還比較有用。他們大概在那裡有些礦坑，製作原子工藝的鈾礦。我猜那正是原因。如果他們把成人送到礦坑裡，他們會死掉，用小孩比較便宜。他們打算這麼對付羅傑。」

「我認為……」

想聽聽潘拉蒙的想法必須等等，因為有人忽然從窗戶下方大叫。

「萊拉！萊拉！妳給我馬上下來！」

有人在窗邊敲打。萊拉認出說話人的聲音和缺乏耐心的語氣：是管家羅斯黛太太。沒有人能逃得過她的魔掌。

萊拉萬般不情願地滑下屋頂，在導水管上停步，再爬進窗戶。羅斯黛太太正在一個小破盆中接水，水管中傳來大聲的呻吟聲和衝撞聲。

「告訴過妳好幾次不要爬出去……看看妳！看看妳的裙子——髒死了！馬上脫掉，趕快清洗，我要找找看有沒有乾淨的衣服。妳為什麼不能保持清潔和整齊……」萊拉心情壞到甚至懶得問她為什麼要清洗更衣，反正大人從來不會提供正當的理由。萊拉一把將上衣從頭上拉出，丟到她窄小的床上，開始漫不經心地清洗。潘拉蒙則變成金絲雀，一步步跳著接近羅斯黛太太的精靈，一隻遲鈍的獵狗，努力想戲弄他卻徒勞無功。

「看看這衣櫥！妳都沒有掛好衣服！看看這件衣服上的皺紋……」

看看這，看看那……萊拉什麼也不想看。她用毛巾開始擦臉時，閉上了眼睛。

「只好穿這件了。沒時間熨平它了。老天保佑我，女孩，妳的膝蓋——看看它們骯髒的模樣……」

「不然就不要看嘛……」萊拉小聲說。

羅斯黛太太用手打了萊拉的腿。「洗乾淨。」她生氣地說：「把上面的土都洗掉。」

「幹嘛？」萊拉最後終於問，「我通常都不用洗膝蓋，沒有人會看到我的膝蓋。我為什麼要清洗？妳也不在乎羅傑，就和大廚一樣。我是唯一在乎……」

她的腿又被打了一下。

「別胡說八道。我也是帕斯洛家的人，跟羅傑爸爸一樣。他是我的二堂弟，我猜妳根本就不知道這件事，因為妳從來沒開口問過，萊拉小姐，我猜妳根本想也沒想過。別說我不在乎那個男孩。老天知道，我甚至在乎妳，如果妳能給我一些理由和感激。」

羅斯黛太太用法蘭絨用力擦抹萊拉的膝蓋，力道之大使她的膝蓋開始轉紅、痠痛，但至少看起來很乾淨。

「清洗妳的理由，是因為妳要和院長與客人一起用餐。願上帝保佑妳乖乖表現。別人問話時才說話，要安靜有禮，好好地微笑，別人問話時，不准說『我哪知道』。」

羅斯黛太太將萊拉最好的一件洋裝套進她細瘦的身體，把衣服拉直後，又從抽屜中糾纏不清的線頭中抽出一段紅色緞帶，接著又用骯髒的梳子幫她梳頭。「如果他們早點通知我就好了，我會好好給妳洗個頭。嗯，看起來還可以。只要他們不仔細看……好了。現在站直，妳最好的漆皮鞋到哪裡去了？」

五分鐘後，萊拉敲敲院長住所的大門。這間宏偉、陰鬱的宅邸正對著耶克斯里中院，後方則是圖書館花園。潘拉蒙為了禮貌之故，也變成一隻貂，乖乖靠在萊拉的腳邊。院長的僕人考森斯開了門，他是萊拉的敵人之一，兩人都清楚這是休戰的時刻。

「羅斯黛太太叫我來的。」萊拉說。

「是的。」考森斯說，退後一步。「院長在客廳裡。」

他帶著萊拉進入面對圖書館花園最大的一個房間內。夕陽最後一道餘暉從圖書館和帕門樓塔照進來，替客廳中的掛畫和院長蒐集的陰沉銀器添色不少。至少它照亮了客人的容顏。萊拉了解他們為什麼不在食堂用餐了：客人全是女性。

「哈，萊拉。」院長說：「很高興妳來了。考森斯，請你拿些果汁來。漢娜夫人，我想您尚未見過萊拉……她是艾塞列公爵的姪女。」

漢娜．雷夫夫人是女子學院院長，一位頭髮已經斑白的老太太，她的精靈是隻狨。萊拉盡可能有禮地和她握握手，接著又引見其餘客人，她們和漢娜夫人一樣，也是從別的學院來的學者，看起來非常無聊。院長介紹最後一位客人給萊拉。

「考爾特夫人。」院長說：「這是萊拉。萊拉，過來和考爾特夫人打招呼。」

「嗨，萊拉。」考爾特夫人說。

她看起來年輕又漂亮，絲線般的黑色秀髮勾勒出雙頰的輪廓。她的精靈是隻金猴子。

第四章 真理探測儀

「我希望用餐時妳能坐在我旁邊。」考爾特夫人一面說，一面在沙發上挪出空間讓萊拉坐下。「我不習慣院長宅邸的氣派，待會兒妳要教我怎麼使用刀叉。」

「您是位女性學者嗎？」萊拉說。她對女性學者有種約旦學院慣有的輕蔑態度：是有這類人，天可憐見，她們不比動物穿衣表演更被當回事。另一方面來說，考爾特夫人看起來完全不像萊拉見過的女性學者，至少不像另兩位嚴肅的老太太。事實上，考爾特夫人身上有種魅力，使萊拉以為考爾特夫人會回答「不是」；她像中了邪，無法將目光從夫人身上移開。

「不完全是。」考爾特夫人說：「我是漢娜夫人學院的會員之一，但我大部分的工作都在牛津之外進行……說些妳的事，萊拉，妳一直都住在約旦學院嗎？」

五分鐘內，萊拉已告訴夫人她野氣未脫的生活方式：她最喜歡攀爬的屋頂路線、和泥床小孩的戰爭、她和羅傑逮到白嘴鴉烤熟來吃的經過，及想要偷吉普賽人的窄船，航行到亞平頓的願望。萊拉甚至（先看看四周，然後降低聲音）告訴夫人，她和羅傑在地下墓穴對死人頭顱玩的把戲。

「這些鬼就來了，他們脖子上空空如也地來到我房間！他們沒辦法說話，只好製造些咯咯的聲音，可是我知道他們要什麼。所以第二天早上我就下去把他們的圓幣都放回去，不然他們大概會殺了我。」

「妳一點都不怕危險？」考爾特夫人崇拜地說。這時她們已經開始用餐，正如夫人所願，她坐在萊拉身旁。一頓飯下來，萊拉完全忽視坐在自己另一邊的圖書館長，全神貫注地和考爾特夫人說話。

女性們用完餐後離開餐桌，開始享用飯後咖啡，漢娜夫人說：「告訴我，萊拉……他們打算送妳上學嗎？」

萊拉立刻變得面無表情。「我哪知……我不知道。」她說：「或許不會吧，」她趕快加上一句以策安全，「我不想給他們找麻煩，」她虔誠地說：「或是負擔。最好讓我繼續待在約旦學院，等學者有空時教我一些東西。反正他們人已經在這裡了，又完全免費。」

「艾塞列公爵對妳有任何安排嗎？」另一位女士說，她是另一所女子學院的學者。

「是的，」萊拉說：「我想是如此。但不是去上學，他打算下次去北地時帶我一塊兒去。」

「我記得他對我這麼說過。」考爾特夫人說。

萊拉驚訝地眨眼。兩位女性學者也稍微坐直身子，但她們兩人的守護精靈不是過於守禮，就是太麻木了，除了相視一眼，別無反應。

「我在皇家極地學會見過他，」考爾特夫人繼續說：「事實上，上次的會晤也是促成我今天來此的部分原因。」

「您也是位探險家？」萊拉說。

「多少是。我曾到過北地幾次，上次我花了三個月的時間在格陵蘭觀察極光。」

大局已定。除了考爾特夫人，萊拉眼中再也沒有別人。她敬畏地看著夫人，全神貫注地聆聽有關愛斯基摩人圓頂小屋的建築、獵海象以及和拉普蘭女巫斡旋的經過。另兩位女性學者沒有精采的故事好說，就安靜地坐著直到男性出現為止。

客人準備告別時，院長對萊拉說：「萊拉，等會兒留下來，我想和妳聊幾分鐘。到我的書房去，孩子，坐在那裡等我。」

萊拉困惑又疲倦，還有點興奮過度，就乖乖照著院長的話做。僕人考森斯帶著萊拉進入書房，並有意讓門開著，以便他在走廊幫客人穿上大衣時，能看到萊拉是否在書房裡搞鬼。萊拉想看看考爾特夫人，可是她已不見蹤影。院長走進書房後把門帶上。

院長重重地坐進靠近火爐旁的扶手椅。他的精靈振翅飛上椅背，坐在他的頭邊，陰暗的雙眼緊盯著萊拉不放。檯燈嘶嘶作響，院長開口了：

「所以，萊拉。妳和考爾特夫人聊過了，喜歡她告訴妳的一切嗎？」

「喜歡！」

「她是一位傑出的女性。」

「她好神奇，是我所見過最神奇的一個人。」

院長歎了一口氣。他身著黑色西裝，搭配黑色領帶，看起來和他的精靈並無二致。萊拉忽然開始幻想，或許這天很快就會來臨，院長會埋葬在小禮拜堂下方的墓穴中，有個藝術家會替他在棺材的黃銅牌上，雕刻他精靈的模樣，兩者的名字將會長相左右。

「我該在事前找時間和妳談談，萊拉。」過一會兒後，院長開口了，「反正我一直都希望能這麼做，可是我以為時機未到。妳在這裡一直都很安全，親愛的。我想妳也很快樂。妳可能不喜歡遵守我們的規矩，但我們很喜歡妳，妳也不是個壞孩子。妳的本性中有很多優點和樂趣，意志也相當堅定，有一天，妳會用得到它們。我一直希望把妳留在約旦學院，好在這個大千世界中保護妳，可是這再也不可能了。」

萊拉緊盯著院長不放。他們要把她送走了嗎？

「妳知道自己遲早要去上學，」院長繼續說：「在這裡我們教了妳一些東西，卻不是最好的，也缺乏一些系統。我們的知識是另一種知識。妳要學習的東西，不是老人能教妳的，尤其是在妳現在的年齡。妳自己大概也注意到了，妳不是僕人的孩子，我們無法把妳放在城中的寄養家庭，他們多少能照顧妳，但妳的需要不同。我想跟妳說的是，萊拉，妳在約旦學院的生活即將結束了。」

「不要。」萊拉說：「我不要離開約旦學院。我喜歡這裡。我要永遠待在這裡。」

「當妳年輕時，妳會認為事情永遠不會改變。不幸的是，它們總是會變。萊拉，過不了多久——最多幾年——妳會變成一位年輕的小姐，再也不是小女孩。一位年輕的小姐。相信我，那時妳會發現約旦學院不是個舒服的地方。」

「但這裡是我的家呀！」

「它過去可能是妳的家，可是現在妳需要別的東西。」

「不要學校。我不要上學。」

「妳需要女性同伴。女的監護人。」

對萊拉來說：「女性」二字意味著女性學者，一聽之下，她不由自主做了個鬼臉。從富麗堂皇、以人才濟濟著稱的約旦學院，被驅逐到牛津北邊最盡頭、用骯髒磚塊搭建的寄宿學院，和像剛才一起用餐的兩個衣著邋遢、身上還有包心菜和樟腦丸味道的女性學者過日子！

院長看到她的表情，也看到臭鼬潘拉蒙的眼睛轉紅了。

他說：「如果是考爾特夫人呢？」

潘拉蒙的毛皮瞬間從骯髒的棕色轉為鬆軟的雪白色。萊拉則張大了眼睛。

「真的？」

「她和艾塞列公爵很熟。妳伯父當然也很關心妳將來的福祉，當考爾特夫人聽到妳的事，馬上提出照顧妳的意願。對了，考爾特先生過世了，她是寡婦，她先生在幾年前因意外不幸喪生，如果妳要問夫人這件事，最好先三思。」

萊拉興致勃勃地點頭，說：「她真的要……照顧我？」

「妳喜歡這個主意？」

「喜歡！」

萊拉興奮得幾乎坐不住。院長微笑了。他因為不常微笑，臉部看起來有點僵硬，如果有人看到院長這副表情（萊拉此時已興奮得視而不見），會說這是副悲慘的鬼臉。

「好了，那我們最好請她進來談談。」院長說。

院長離開房間，一分鐘後帶著考爾特夫人進來了。萊拉站起來，興奮得再也坐不住。夫人微笑了，她的精靈露出雪白的牙齒，也像個頑童般地微笑。夫人經過萊拉身邊向扶手椅走去時，還輕輕撫摸萊拉的頭髮，萊拉立刻感到一陣暖流通過全身，臉也轉紅了。

院長替考爾特夫人倒了些布蘭提溫酒，夫人說：「所以，萊拉，我是不是會有個新助手？」

「是。」萊拉簡短地說。此時的她，會對任何事都說「是」。

「我有很多工作需要妳幫忙。」

「我可以工作！」

「我們可能要旅行。」

「我不介意。我可以去任何地方。」

「可能會很危險噢。我們可能必須去北地。」

萊拉再也說不出話了，最後她終於開口：「很快嗎？」

考爾特夫人笑了，接著說：「可能。妳必須努力工作，要學數學、航海學，還有一些天文地理。」

「妳會教我嗎？」

「當然。妳必須幫我做筆記、整理檔案、執行種種基本計算等等。我們必須拜訪一些重要人物，替妳買些漂亮的衣服。有好多好多東西得學呢，萊拉。」

「我不介意。我全部都要學。」

「我相信妳會的。等妳再回到約旦學院，妳會成為知名的旅行家。明天一大早我們就動身，搭乘凌晨的飛船，所以妳最好趕快上床睡覺。我們早餐時碰面。晚安！」

「晚安。」萊拉說，還記得禮節，在門邊轉身對院長說：「晚安，院長。」

他點點頭說：「好好睡。」

「還有謝謝您。」萊拉對考爾特夫人說。

萊拉最後終於睡著了，可是潘拉蒙一直不肯入睡，直到她對他大呼小叫，結果他變成一隻

長不要讓考爾特夫人知道……

唉，真令人不解。考爾特夫人和善又聰明，而萊拉親眼看到院長想對艾塞列公爵下毒。她到底該聽誰的話呢？

萊拉匆忙擦乾身體後，跑回客廳。當然，沒有人動過她的外套。

「好了嗎？」夫人說：「我們到皇家極地學會用餐。我是那裡罕見的女性會員之一，所以我們應該充分利用這項特權。」

兩人走了二十分鐘的路，眼前出現一座壯麗的石建築。她們坐在寬廣的餐廳中，桌上鋪的是雪白的桌布，用的是發亮的銀製餐具，兩人享用了小牛肝和煙燻豬肉。

「小牛肝的味道還好。」考爾特夫人告訴她：「海豹的味道也不錯，如果妳受困在極地斷糧時，絕對不要吃熊肝。熊肝裡有毒，沒幾口就會把妳送上西天。」

兩人在用餐時，考爾特夫人還一一指出用餐的其他會員。

「看見那位繫著紅色領帶的紳士嗎？那是卡彭上校。他是第一位乘坐熱氣球飛越北極的人。那位在窗邊剛剛起身的高大男士，是斷箭博士。」

「他是斯克林人嗎？」

「是的。他在大北海地區標示出海洋潮流的路線。」

萊拉懷著好奇和敬畏的心情看著他們，這些偉大的男性。他們無疑都是學者，但也是探險家。斷箭博士一定很清楚熊肝的事，萊拉卻懷疑約旦學院的圖書館長知不知道。

用完午餐，考爾特夫人帶她到學會圖書館看了些珍貴的極地遺物：捕殺巨鯨葛瑞斯德所用的魚叉、探險家魯克公爵（最後孤獨地凍死在帳篷裡）發現的石頭碑文——沒人能了解上面的文字、哈德森船長帶到凡泰倫之地所用的來福槍。夫人說明了每件物品的故事背景，萊拉心中則鼓漲著對這些偉大、勇敢和久遠英雄的崇敬。

接著兩人去購物。對萊拉來說，在這特殊的日子，每件事都是新奇的經驗，但購物最讓人目眩神迷。她們進入一棟滿是漂亮衣服的高樓大廈，在那裡試穿無數新衣，並在鏡中注視著自己……而這些衣服看起來真漂亮……萊拉的衣服都是羅斯黛太太給的，大部分都是別人穿過或經過修改的衣服。萊拉很少有新衣，如果真有件新衣服，也是為了實用而買，並非美觀。萊拉從沒替自己選過任何衣服，現在考爾特夫人卻一下子建議這件、一下子誇獎那件，最後全都買下來，隨後還有……

買完衣服後，萊拉周身疲倦、臉色暈紅、眼睛發亮。考爾特夫人添購了更多衣物，並利用送貨到府的服務，因此兩人走回公寓時，夫人隨身只提了一、兩件衣服。

接著是香噴噴的泡泡澡。考爾特夫人進浴室替萊拉洗頭，但她不像羅斯黛太太一樣用力擦抹或刮磨，而是溫柔地搓洗。潘拉蒙好奇地看著她們，直到夫人轉頭瞪了瞪他，他了解夫人要他轉頭，就像金猴子一樣，將眼神避開女性身體的神祕部位。可是潘拉蒙和萊拉之間從來沒有祕密的。

洗過澡後，萊拉喝了杯混合牛奶和香草的溫熱飲料，穿上印著花朵、扇形褶邊的全新法蘭絨睡袍和染成淺藍色的羊皮拖鞋，然後上床睡覺。

這張床真柔軟呀！床邊桌上的電子燈看起來多溫煦！在這間舒適的睡房內，有小小的櫃子和化妝檯。衣櫃裡有很多抽屜，可以放進新買的衣服。房內鋪有地毯，美麗的窗簾上有星星、月亮和其他星球的圖案！萊拉全身痠痛地躺在床上，因為太疲倦而無法入睡，太暈眩而無法懷疑任何事情。

考爾特夫人祝萊拉有個甜蜜的好夢後便離開了。潘拉蒙拉了拉她的頭髮，她推開潘拉蒙，他開口問：「那東西在哪裡？」

萊拉立刻了解他在說什麼，她破舊的外套已掛在衣櫃裡。不一會兒，萊拉又回到床上，盤腿坐在燈光中，打開黑天鵝絨，看看院長給她的東西，潘拉蒙也在旁仔細觀看。

「這叫什麼？」她輕聲問。

「真理探測儀。」

追究這個詞的意思是沒有意義的。探測儀沉沉地躺在萊拉的手中，水晶表面閃爍發亮，黃銅機身精工打造。它看起來很像時鐘或羅盤，因為它有幾根指針，可是指針指的不是時間，而是一個個小小的圖案，每個圖案都描繪得相當精細，就像是用最精緻、細長的黑貂毛筆在象牙上作圖。萊拉慢慢旋轉探測儀，好看清楚全部的圖案，其中有錨、頂著一個頭顱的沙漏、公牛、蜂巢……總共有三十六個圖案，萊拉無法猜測它們的意義。

「看！這裡有個轉軸。」潘拉蒙說：「看妳能不能轉動它。」

事實上，探測儀上一共有三個小小的轉軸，每個轉軸都可以轉動三根短針中的一根。短針在羅盤上輕鬆地轉動，發出一種令人滿意的喀喀聲。可以把短針轉動到想要的圖案上，可是一旦它們指向正確的位置，也就是圖案的正中央，便文風不動了。

最後一根指針看起來比較細長些，和另三根短針比起來，它似乎是用某種更鈍重的金屬製成。萊拉根本無法控制它的運動，它就和羅盤的指針一樣，總是自行轉動，差別只在它不會乖乖靜止下來。

「探測儀的意思是測量，」潘拉蒙說：「就像是溫度計。牧師告訴過我們。」

「對，這是最簡單的部分。」萊拉小聲說：「你認為它是用來做什麼的？」

兩人都猜不出來。萊拉花了很長一段時間，把三根短針分別轉到不同的圖案上（天使、頭盔、海豚；地球、圓規、魯特琴；蠟燭、雷電、馬），接著觀察長針自動旋轉，雖然她不了解其中的意義，卻對這個複雜和細膩的過程感到雀躍不已。潘拉蒙變成小老鼠靠近探測儀，還把細小的掌心放在探測儀邊緣，他看著長針轉動時，鈕扣般的眼睛裡裝滿了好奇。

「你認為院長提到艾塞列伯父是什麼意思？」她說。

「或許我們應該把探測儀保存好，最後交還給他。」

「可是院長本來要對他下毒！或許他想說的剛好相反。或許院長想說的是，不要把探測儀交給他。」

「不對。」潘拉蒙說：「我們不該讓她知道才對……」

有人在門上輕輕敲了敲。

考爾特夫人說：「萊拉，如果我是妳，我會把燈關掉。妳已經很累了，明天我們還有得忙呢。」

萊拉馬上把探測儀塞到被子裡。

「好的，考爾特夫人。」她說。

「晚安了。」

「晚安。」

萊拉傾身將燈關掉。她在睡著前，還把探測儀收到枕頭下面，以防萬一。

萊拉，然後一起從吞人獸的手中救回羅傑。

雞尾酒會當天下午，夫人帶萊拉到時髦的美髮沙龍做頭髮。萊拉堅硬的深金色頭髮被整理得鬆軟、鬈曲，她的指甲被修剪整齊還上光，沙龍裡的女士甚至幫她在眼部和脣部化妝，並教她怎麼做。接著她們去取夫人特地替萊拉買的宴會新裝，又添購幾雙漆皮鞋，最後回家檢查鮮花、換上新裝。

「別背著妳的肩包，親愛的。」正當萊拉從房間裡出來，一副自我陶醉的神態時，夫人說道。

為了能隨身攜帶探測儀，萊拉不管去哪裡，都會帶著她的白色皮肩包。此時夫人正在整理花瓶中擠成一團的玫瑰，看到萊拉沒有動靜，就用眼睛瞄了瞄房門。

「噢，拜託，考爾特夫人，我真的很喜歡這個包包。」

「萊拉，在室內不行。在自己家裡背肩包看起來很不得體。把它放回房間，然後過來幫我檢查玻璃杯……」

讓萊拉突然固執起來的，不完全是夫人嚴厲的語氣，而是「在自己家裡」這句話。潘拉蒙飛到地板上，變成一隻臭鼬，弓起身子靠在萊拉的白色短襪旁。萊拉受到潘拉蒙的鼓勵，開口說：

「反正這也不是我家。而且我真的很喜歡這個包包，我認為真的很搭……」

萊拉的話還沒說完，考爾特夫人的精靈已從沙發上如金色閃電般衝來，潘拉蒙還來不及溜走，已被壓制在地毯上。萊拉嚇得尖叫，覺得恐懼又痛苦，潘拉蒙東扭西扯、尖叫和咆哮，卻無法掙脫金猴子的掌心。一眨眼，金猴子已經制伏住潘拉蒙，將深黑色的手掌按在他的喉間，後腳掌抓住他的後腿，接著又用另一隻手抓住他的耳朵輕拉，似乎打算就此扯下。可是金猴子似乎也不怎麼生氣，只是出於一種冰冷好奇的暴力。這種情況恐怖得令人不敢目睹，更遑論感受了。

萊拉驚嚇得嗚咽起來。

「不要！拜託！不要傷害我們！」

考爾特夫人從眼前的玫瑰花中抬頭看了看她。

「那麼照我說的去做。」她說。

「好。」

金猴子鬆手讓潘拉蒙離開，彷彿他忽然厭倦了。潘拉蒙馬上逃回萊拉的懷裡，她把他抱在眼前親吻安慰他。

「現在，萊拉？」夫人說。

萊拉轉身把房門用力甩上，沒多久，關上的門忽然打開，夫人站在一、兩步之外。

「萊拉，如果妳表現得如此粗俗野蠻，我們會再起衝突，而且我一定會獲勝。馬上拿掉那個包包，控制臉上那對醜陋的皺眉。不管我聽不聽得到，永遠不准妳再甩一次門。第一批客人馬上就到了，他們會看到妳舉止端莊、甜蜜、迷人、天真、殷勤，各方面都討人喜歡。我特別希望如此，萊拉，聽懂了沒？」

「聽懂了，考爾特夫人。」

「過來親親我。」

夫人彎身靠上臉頰，萊拉必須踮起腳尖才吻得到夫人。萊拉注意到夫人的臉頰非常光滑，還有一種複雜的體味：雖然香氣十足，可是又有種金屬味。萊拉退後將包包放在梳妝檯上，跟著夫人走到客廳。

「親愛的，妳認為鮮花看起來如何？」夫人甜蜜地說，彷彿什麼事都沒發生。「我想玫瑰花不可能裝飾得太難看，可是花若太多也許又會過頭……酒席承辦人帶來足夠的冰塊嗎？做個乖小孩，過去問問看。溫熱的酒讓人無法下喉……」

萊拉發現故作無知或可愛易如反掌，雖然她也注意到潘拉蒙每分每秒的輕蔑，以及他對金猴子的怨恨。門鈴響了，房間裡很快就擠滿了打扮時髦的女士和英俊高貴的紳士。萊拉遊走在人群之間，或供應開胃薄餅，或在他們問話時甜蜜一笑、得體應話。萊拉覺得自己就像是一隻公共寵物，她的腦海中一浮現這個想法，潘拉蒙立刻伸展他金翅雀的翅膀，大聲啁啾起來。

萊拉可以感受到潘拉蒙洋洋得意，他說對了，因此覺得有些不好意思。

「親愛的，妳在哪裡上學？」一位老夫人說，還透過長柄眼鏡檢視萊拉。

「我沒有上學。」萊拉告訴她。

「真的？我以為妳母親會送妳上她的母校，一所非常好的學校……」

萊拉一頭霧水，最後終於了解老夫人搞錯了。

「噢！她不是我母親！我只是來這裡幫她，我是她的私人助手。」她自以為是地說。

「我了解了。妳出身哪個家族？」

萊拉得再次想想，才了解她到底在問些什麼。

「我父母是伯爵和伯爵夫人。」她說。「他們兩人在北地的飛航意外中喪生了。」

「哪位伯爵？」

「貝拉克伯爵，他是艾塞列公爵的弟弟。」

老夫人的精靈是隻深紅色的金剛鸚鵡，開始焦躁地變換腳步。老夫人因好奇而雙眉深鎖，萊拉甜蜜一笑後便離開。

萊拉在經過大沙發旁的一群男士和一位年輕女子時，忽然聽到「塵」那個字。她現在已經老練得足以了解男女間的打情罵俏，深感興趣地旁觀整個過程；事實上，她對「塵」更感興趣，便止步聆聽。這些男性似乎是群學者，從年輕女性詢問他們的模樣，萊拉猜她可能是個學生。

「它是由一位莫斯科維人發現的——如果您已經聽過了，請告訴我——」一位中年男性說，年輕女人則以仰慕的神情望著他。「他叫作魯薩可夫，所以人們通常以『魯薩可夫粒子』稱之。這些基本粒子間不會互動，非常難以偵測，但有趣的是，它們似乎被人類吸引。」

「真的？」年輕女子張大眼睛說。

「更有趣的是，」他繼續說：「有些人比另一些人更能吸引粒子。成人會吸引這些粒子，可是小孩就不會，至少不多，直到小孩長成為青少年為止。事實上，這正是……」他忽然降低聲音，還向前靠近年輕女人，並自信地把手放在她的肩上，「奉獻委員會成立的原因。就如這裡的女主人會告訴妳的一樣。」

「真的？她和奉獻委員會有關？」

「親愛的，她正是奉獻委員會。這全是她的個人計畫……」

男人正打算進一步告訴年輕女人時，忽然注意到萊拉在一旁聆聽。萊拉眼也不眨地盯著男人，或許他酒喝得太多，或許他想取悅那位年輕女性，所以他繼續說：

「我想這位小姐知道一切。奉獻委員會對妳而言安全無虞，是不是，親愛的？」

「噢，當然。」萊拉說。「這裡每個人都對我無害。我從前住的地方，也就是牛津，那裡有各種危險。那裡有吉普賽人——他們會把孩子賣給土耳其人當奴隸。在梅鐸港，月圓時會有隻狼人從高斯陶的女修道院裡出現，有次我還聽到他的狼嚎。那裡還有吞人獸……」

「那正是我的意思，」男人說。「所以他們才被稱作奉獻委員會[1]，不是嗎？」

萊拉忽然感覺潘拉蒙正在發抖，卻力持鎮定。兩個成人的精靈，一隻貓和一隻蝴蝶，完全沒發現蹊蹺。

「吞人獸？」年輕女人說。「多麼特殊的名稱！為什麼要叫這些人吞人獸？」

萊拉正打算告訴女人，她在牛津時用來嚇其他小鬼的血淋淋故事，男人卻已先開口了。

「來自他們的縮寫嘛。事實上，這是個非常古老的想法。在中世紀，父母把孩子送到教會當修士或修女，這些倒楣的小鬼被稱作奉獻，意思是犧牲、祭獻之類。因此在調查『塵』的時候，就沿用了相同的想法……我們的小朋友可能很清楚。為什麼妳不過去和波萊爾公爵說說話？」他直接對萊拉說：「我相信他很樂意見見考爾特夫人的門生……就是他，那位銀髮紳士，他的精靈是條蛇……」

萊拉明白男人的意圖，他一心想擺脫萊拉，好與年輕女性談些親密話。可是年輕女人似乎對萊拉的興致很高，反而起身離開男人。

1　編注：「奉獻委員會」原文「General Oblation Board」，縮寫為「ＧＯＢ」，與「狼吞虎嚥」（gobble）諧音，而此字正是「吞人獸」（gobbler）的由來。

「等一下……妳叫什麼名字？」

「萊拉。」

「我叫作艾德麗．史特敏，是個記者。我們可以私下聊聊嗎？」

對萊拉來說，別人想和她聊天是天經地義的事，她只簡單地說：「好呀。」

史特敏的蝴蝶飛到空中，東飛飛、西飛飛，最後落下來對她輕聲說了些什麼，她便說：「我們到窗邊的沙發坐坐。」

這正好是萊拉最喜歡的一個位置，可以俯瞰河流。每晚此時，南方河堤的街燈使高漲的河面波光粼粼。一隊駁船正被拖拉著朝上游前進。史特敏坐下，稍微整理靠枕，替萊拉挪出一些空間。

「達克教授說妳和考爾特夫人有關係？」

「是的。」

「什麼關係？妳不是她的女兒吧？我想我應該知道……」

「不是！」萊拉說：「當然不是。我是她的私人助手。」

「私人助手？妳是不是太年輕了？我以為妳是她的親戚之類的。她是個怎麼樣的人？」

「她很聰明。」萊拉說。今晚之前，她可能會說得更多，但現在情勢逆轉了。

「是的，但私底下呢？」史特敏堅持，「我的意思是，她是友善、缺乏耐心或怎麼樣？妳和她住在一起嗎？她私底下是個什麼樣的人？」

「她人很好。」萊拉遲鈍地說。

「妳替她做什麼？妳怎麼幫她？」

「我做些計算，譬如在航海方面。」

「哈，我知道了……妳是從哪裡來的？再說一次妳的名字？」

「萊拉。我是從牛津來的。」

「為什麼考爾特夫人要選妳……」

她的聲音突然消失了，考爾特夫人本人就在眼前。從史特敏抬頭看夫人的神情，以及她的精靈在她頭旁焦躁揮動翅膀的模樣，萊拉猜想她根本就不是宴會的客人。

「我不知道妳的姓名，」夫人安靜地說：「但我會在五分鐘內查出來，並讓妳永遠也不能在這行混下去。現在安靜地起身離開，不要多言。我可以告訴妳，那個帶妳來的男人也會很難受。」

夫人身上似乎帶著一種電子力。萊拉注意到她身上的氣味都改變了：一種熾熱的味道，猶如發燙的金屬。正如萊拉先前所感受到的，只是這次直接針對另一人，可憐的史特敏完全無力抗拒。她的精靈跌落在她肩上，昏倒前還鼓動一、兩次美麗的翅膀。史特敏自己似乎無法站直身子，只得稍微曲著身子離開。她穿過一群大聲聊天的客人後離開客廳，還必須把一隻手放在肩膀上，扶住暈倒的蝴蝶。

「怎麼樣？」夫人對萊拉說。

「我沒有告訴她什麼重要的事。」萊拉說。

「她問妳什麼？」

「我在做些什麼和我是誰之類的話。」

對話進行的當中，萊拉突然發現夫人單獨一人，她的精靈並不在身邊。這怎麼可能？一會兒後，金猴子就回來了，夫人彎身握住他的手，輕柔地將他甩到肩上。整個人似乎立刻平靜下來。

「如果妳再碰到任何未受邀的客人，馬上過來找我。聽到了沒？」

熾熱的金屬味消失了，或許萊拉剛才只是在幻想罷了。她又可以聞到夫人身上的香氣，還有玫瑰、雪茄和其餘女人的芳香味。夫人以一種奇怪的方式對萊拉微笑，彷彿在說：妳我都了解這類事情，不是嗎？接著她離去和別的客人打招呼。

潘拉蒙在萊拉耳邊低語。

「她人在這裡時，她的精靈從我們的房間出來。他在監視我們！他已經發現探測儀了！」

萊拉心裡清楚潘拉蒙說的可能是事實，卻無能為力。那個先前提到吞人獸的教授呢？萊拉四處張望，想再找到他，卻發現門警（為了今晚的宴會而做僕人裝扮）和另一個男人正拍拍教授的肩膀，低聲對他說了些什麼，教授的臉色馬上變得十分慘白，起身隨著他們一起離開。整個過程只花了幾秒鐘，卻做得如此完美無瑕，沒人注意到任何不對勁。這使萊拉覺得焦慮又沒有安全感。

萊拉在兩個正在進行宴會的大房間裡晃蕩，一面聆聽周圍的對話，一面想像不准她嘗的雞尾酒滋味，心中卻愈來愈煩躁。萊拉沒注意到有人正在看她，直到門警出現在她身旁彎身說：

「萊拉小姐，壁爐邊的那位紳士想和您聊聊。如果您不知道他的大名，他是波萊爾公爵。」

萊拉抬頭望向房間的另一端。一位威嚴的銀髮男士正直直地盯著她，他們的眼神一接觸，他立刻點點頭打了個招呼。

萊拉雖然覺得有點不甘願，還是很好奇地走過去。

「晚安，孩子。」他說。他的聲音相當圓潤，帶有命令的意味。他的精靈是隻蛇，正盤坐在他頭上，在牆上雕花玻璃燈罩的反射下，翠綠色的眼睛閃閃發亮。

「晚安。」萊拉說。

「我的老友，約旦學院院長，近來如何？」

「非常好，謝謝您。」

「我猜他們對妳的離去，一定感到若有所失吧。」

「是的。」

「考爾特夫人讓妳過得很忙碌嗎？她教妳些什麼？」

萊拉覺得心生不滿又渾身不自在，就沒有用標準答案或她平日天馬行空的幻想力回答這個恍如施恩口吻的問題，反而說：「我正在學習魯薩可夫粒子和奉獻委員會的事。」

波萊爾公爵全身立即聚焦起來，就像電子燈中的電波聚焦一般。公爵對她全神貫注。

「妳能告訴我妳知道些什麼嗎？」

「他們正在北地進行一些實驗。」萊拉說。她現在有點不顧後果了。「就像古曼博士一樣。」

「繼續說。」

「他們有種特別的照片可以看到『塵』。你可以看到一個男人，所有的光線都照在他身上，卻沒照在小孩身上，至少不多。」

「考爾特夫人讓妳看那樣的照片嗎？」

萊拉遲疑了一會兒，這不僅是說謊而已，她不知道該如何回應。

「沒有。」過一會兒後她才說：「我是在約旦學院看到的。」

「誰讓妳看的？」

「他並沒有真正讓我看，」萊拉老實說：「我只是剛好經過才看到。後來我的朋友羅傑被奉獻委員會抓走了。但是……」

「是誰出示那張照片？」

「我伯父艾塞列公爵。」

「這是什麼時候的事？」

「上次他在約旦學院的時候。」

「我了解了。妳還學會些什麼？妳剛才提到奉獻委員會？」

「是的。但我不是從我伯父那裡知道的，我是在這裡聽到的。」

萊拉想，這可是如假包換的真話。

公爵瞇著眼看她，萊拉也故作天真地望回去。最後他點了點頭。

「考爾特夫人大概認為妳已準備就緒，可以幫她進行那項工作了。非常有趣。妳開始參與了嗎？」

「還沒。」萊拉說。他到底在說些什麼？潘拉蒙變成最不引人注意的模樣，一隻飛蛾，以掩飾她真正的想法。萊拉相信自己看起來一派天真。

「她告訴妳那些孩子最後怎麼樣了嗎？」

「沒有，她還沒告訴我。我只知道『塵』的事，而那些小孩算是一種犧牲。」

這也不算是謊話，萊拉想，她並沒有說這些是夫人告訴她的呀。

「犧牲一詞聽起來有點戲劇化。但這是為了他們，也是為了我們大家好。當然他們都是心甘情願地接近考爾特夫人，這也是她貢獻卓越的原因。這些小孩一定很想參與這件事，有哪個小孩能拒絕得了夫人呢？如果她打算利用妳來吸引更多小孩，那是再好不過了。我很高興聽到這些。」

公爵以一種夫人慣用的方式對她微笑：彷彿他們都是密謀者。萊拉也微笑回應，最後他轉身對別人說話。

萊拉和潘拉蒙可以感受到彼此的恐懼。她想要跑開，安靜地和潘拉蒙談談；她想離開這裡；她想回到約旦學院，回去第十二階上破舊的小房間；她想要找艾塞列公爵……彷彿萊拉的願望被應許了，她忽然聽到有人提及公爵的名字。萊拉裝作沒事般地靠近一群正在聊天的人，故意從盤子中拿片開胃薄餅。穿著紫色主教罩袍的人正在說話：

「……我想，艾塞列公爵不再是個阻礙了。」

「您說他被關在哪裡？」

「聽說在斯瓦巴的城堡中，由龐瑟彪恩監視，您知道，就是武裝熊族——不容輕視的種族！公爵就是再活一百年也逃不出來。事實是，我的確認為方法顯而易見，非常清楚……」

「上個實驗確認了我一直堅信的：『塵』是由黑暗本源中脫離出來的，而……」

「這是否可以稱作異端邪說？」

「過去稱作異端邪說……」

「如果我們可以分離黑暗本源……」

「您說，斯瓦巴？」

「武裝熊族……」

「奉獻委員會……」

「我相信那些小孩並沒有受苦……」

「艾塞列公爵被關在……」

萊拉覺得自己聽夠了，她轉身和潘拉蒙一起悄悄離開，進入房間後關起房門。門外宴會的喧鬧聲立刻變得模糊。

「怎麼樣？」萊拉說。潘拉蒙變成金翅雀站在她肩膀上。

「我們要逃跑嗎？」他輕聲說。

「當然。如果這些人在場，她可能不會注意到我們溜走了。」

「他會。」

潘拉蒙指的是考爾特夫人的精靈。萊拉一想到他柔軟的金色身軀，就忍不住發抖。

「這次我會和他打，」潘拉蒙勇敢地說：「我可以變形他卻不行。我會變得很快，讓他抓不住我。這次我一定會贏，妳等著看好了。」

萊拉心不在焉地點點頭。她該穿些什麼？她該怎樣躲過別人的目光逃出去？

「你去外面監視，」她輕聲說：「等沒人注意時，我們就溜出去。變成飛蛾。」她補充，

「記得，沒人注意的瞬間……」

萊拉打開一道門縫，潘拉蒙慢慢飛出去，黑色的身軀在溫暖、粉色燈光照耀的走廊上，看起來格外顯眼。

萊拉迅速穿上最暖和的衣服，並將一些衣服塞入當天下午她們在時髦商店中拿到的煤絲購物袋。考爾特夫人對萊拉很大方，給零用錢就像給零食一樣慷慨。雖然萊拉任意花用，最後還

是剩下幾枚金幣，她把它們塞進深色狼皮外套的口袋裡。

最後，萊拉將探測儀收入黑天鵝絨布裡。那隻恐怖的猴子到底有沒有發現探測儀？他一定發現了，他一定已經告訴夫人了。唉，如果她有好好藏好就好了！

萊拉躡手躡腳地走到門邊。幸運的是，她的房門正對著走廊盡頭，離門廳很近，而大部分的客人都聚集在走廊另一端的兩個大房間中。那裡傳來談笑聲、喧嚷聲、廁所裡馬桶安靜的沖水聲、玻璃杯的碰撞聲，一隻飛蛾的聲音突然在她耳邊響起：

「現在！快！」

萊拉穿過房門溜進走廊，幾秒鐘後，她已經打開公寓大門，輕巧地穿門而過，並將門輕輕關上。她和變成金翅雀的潘拉蒙衝下樓梯，拔腿就跑。

第六章 捕人網

萊拉迅速離開河岸，因為泰晤士河堤非常寬廣，照明設備又充足。而介於河堤和皇家極地學會間那幾條糾纏、複雜的窄巷子，是萊拉唯一有把握找到的地方，她匆忙走入黑暗中的迷宮。

如果萊拉對倫敦能像對牛津一樣熟悉就好了！她會知道該避開哪幾條巷子，在哪裡可以乞討食物，最棒的是，在哪裡可以找到棲身處。在這個天寒地凍的夜裡，四周陰暗的巷弄似乎都復活了，裡面藏著數不清的活動和祕密，萊拉卻對它們一無所知。

潘拉蒙變成野貓，用能看透黑暗的眼睛掃瞄每個角落。他常會突然停步、毛髮豎立，萊拉就會從她正打算進入的巷口轉身離去。夜，充滿了各種聲音：醉鬼突然放聲大笑、兩個路人粗聲粗氣地高歌、地下室內生鏽機器傳來的隆隆聲。萊拉輕巧地穿過巷道，她和潘拉蒙的感覺相互交融、擴大，他們專挑陰暗、狹隘的小巷前進。

有時，萊拉必須穿過開闊、照明十足的街道，那裡的街車在電纜下嗡嗡作響、閃閃發亮。穿越倫敦的街道，必須遵守某些交通規則，可是萊拉一點也不在意，每次有人對她破口大罵時，她拔腿就跑。

能夠重享自由真好。萊拉知道一旁的野貓潘拉蒙和她的感受一樣，正充分享受身在戶外的樂趣——即使倫敦朦朧的空氣中瀰漫著蒸氣、煤灰和刺耳的噪音。他們稍後必須仔細想想在考爾特夫人公寓中聽到的那些話，可是現在時機不對，他們得先找個地方落腳。

十字路口旁有間巨大的百貨公司，窗戶裡面燈火通明，燈光還映照在潮溼的人行道上。那裡有個賣咖啡的小攤子：車輪上有間小屋，木製的活動邊板像個雨篷豎起，下方還有個櫃檯。小屋內閃爍著黃色的光輝，咖啡的香味飄散在空氣中。穿著白色外套的店老闆，正彎身和櫃檯前兩、三個顧客聊天。

這實在太吸引人了。萊拉已走了將近一個小時的路，渾身覺得又冷又溼。潘拉蒙變成燕子，兩人一起上前，她踮起腳尖想引起店老闆的注意。

「請給我一杯咖啡和火腿三明治。」她說。

「親愛的，現在已經很晚了。」一位戴著高帽和白色圍巾的紳士說。

「是呀。」她說，轉身看看忙碌的十字路口。有間劇院的表演剛剛結束，觀眾在明亮的大廳內走來走去，有人忙著叫計程車，有人則穿上大衣。另一個方向則是奇宋尼克車站的入口，更多人在那裡進出。

「來了，甜心。」咖啡店老闆說：「兩先令。」

「我替她付帳。」高帽子男人說。

萊拉想，這沒什麼大不了的。我跑得比他快，以後我可能更需要用錢。高帽子男人將一個圓幣放在櫃檯上並對她微笑。他的守護精靈是隻狐猴，正抱著他的翻領，用圓滾滾的眼睛盯著萊拉。

萊拉咬了口三明治，注視著忙碌的街道。她不知道自己身在何處，因為她從沒看過倫敦的地圖，甚至不了解倫敦到底有多大，或她必須走多久才能到達鄉下。

「妳叫什麼名字？」男人問。

「愛麗絲。」

「這是個美麗的名字。讓我在妳的咖啡中倒入一點這個……讓妳覺得更暖和些……」

他打開一個銀色的保溫瓶。

「我不喜歡那個，」萊拉說：「我只喜歡咖啡。」

「我猜妳從沒喝過這麼好的白蘭地。」

「我喝過，結果我吐了一地。事實上，我幾乎喝掉一整瓶。」

「隨便妳。」男人說，將保溫瓶中的汁液倒入他的咖啡中。「妳一個人要去哪裡？」

「找我爸爸。」

「他是做什麼的？」

「殺人犯。」

「什麼？」

「我告訴你，他是個殺人犯，那是他的工作。他在晚上工作。我替他準備一些乾淨的衣服，因為他工作完後，全身都沾滿了血跡。」

「哈！妳在開玩笑。」

「才沒有。」

狐猴輕輕地製造出咪咪聲，還緩慢地從男人的腦袋後方爬了上來，定定地注視著萊拉。萊拉毫無感覺地喝著咖啡，並吃掉她最後一口三明治。

「晚安。」她說：「我爸爸來了，他看起來有點生氣。」

高帽子男人轉頭張望，萊拉起身鑽入劇院散場的觀眾中。雖然她很想看看奇宋尼克車站（考爾特夫人曾說過，那裡不是她們這個階層的人該去的地方），可是警覺到可能會困在地下，最後決定還是待在開闊的地面上，必要時她可以逃跑。

萊拉繼續往前走，街道也變得愈來愈陰沉、空曠。天空下起毛毛雨，不過即使城市上空一片雲也沒有，但由於光害之故，也看不到星星。潘拉蒙認為他們正朝著北走，可是誰知道呢？

看不見盡頭的街道，兩側聳立著一間間外觀一模一樣的磚造小屋，這些小屋的花園小得只容得下一個垃圾桶。一座座巨大、荒涼的工廠被鐵籬笆圍住，牆上孤伶伶地掛著一盞電子燈，夜間看守人正靠在小火盆邊打瞌睡。路上偶爾可以看見陰慘的小禮拜堂，它和倉庫唯一的區別，就是矗立在外面的十字架。有一次，萊拉嘗試推開教堂大門，卻聽到一呎外的黑暗中有人在呻吟。她才知道大門口早就睡滿了人，嚇得轉身就跑。

「潘，我們要在哪裡睡覺？」萊拉問，他們步履蹣跚地沿著一條商店街走著，商店大門和百葉窗都已關上。

「某家店門口吧。」

「可是我們不能被看見。這裡都這麼開闊。」

「那下面有條運河……」

潘拉蒙注視著左側一條小路，他確定這片黑色的粼光意味著開闊的河水，兩人好奇地往前探查。他們發現一處運河灣，停泊了十幾艘駁船，有些繫綁在高過水位的碼頭上，有些則綁在低矮、看起來像是絞首臺的起重機上。一間小木屋的窗內投出微光，金屬煙囪升起了一串串煙霧。剩餘的光線則來自倉庫高牆上或起重機的高架上，使得地表看起來一片昏暗。碼頭上堆滿了一桶桶煤灰、一疊疊巨大的圓木和覆蓋著藤蔓的電纜。

萊拉輕手輕腳地走到小屋旁，向裡面瞧了瞧。有個老人正在讀報上的漫畫，還一面吸著菸斗。他的守護精靈是隻猸，正蜷起身子在桌上睡覺。萊拉看著他起身，將已燒黑的水壺從鐵爐上拿開，把熱水倒入有裂縫的馬克杯中，最後坐下來繼續看報。

「潘，我們要不要問他，可不可以讓我們進去？」萊拉小聲說，潘拉蒙沒有回答，彷彿有什麼東西吸引住他的注意力。他變成一隻蝙蝠、貓頭鷹，最後又變回野貓。萊拉感受到他的慌張，也向四周看看。他們同時看到了：兩個男人正從不同的方向朝萊拉跑來，靠近她的那個人手中還拿著捕網。

潘拉蒙放聲吼叫，馬上變成豹，攻擊較近男人的精靈——一隻形貌凶殘的狐狸。潘拉蒙不斷逼迫她退後，最後害她絆到男人的腿。男人一面口出惡言，一面閃躲到一邊。萊拉跑過他身邊，朝開闊的碼頭奔去。她絕不能被逼到角落裡。

此時，潘拉蒙變成老鷹，俯身衝下對她大叫：「左邊！左邊！」

萊拉轉身朝左跑去，看見煤灰桶和波狀鐵皮小屋末端的一個空隙，她像顆子彈般地向前衝去。

可是這張捕網！

萊拉聽到空中傳來嘶嘶聲，有樣東西鞭打在她臉上，感覺相當刺痛，接著是該死的、塗上焦油的繩子，整個覆蓋住她的臉和手臂。萊拉的手不覺糾纏住了，她的行動也被限制，隨即跌倒了。她尖叫、拉扯、掙扎著，卻一點用也沒有。

「潘！潘！」

狐狸正在攻擊野貓潘拉蒙，萊拉的身體感到疼痛，潘拉蒙跌倒時，萊拉忍不住失聲痛哭。一個男人迅速地將捆綁用的繩索纏繞在她身上，綁住她的四肢、喉嚨、身體和頭，還在潮溼的地上將她捆了一圈又一圈。萊拉覺得好無助，自己就像隻被蜘蛛絲纏繞住的蒼蠅。受了傷的潘拉蒙拖著身體朝她爬去，背上則有隻讓人擔心的狐狸，潘拉蒙已經沒有力氣再變形了。另一個男人躺在水窪中，一支箭則穿過他的頸子……

忙著纏繞繩索的男人一注意到這個情景，整個世界似乎靜止了。

潘拉蒙坐起來眨眼，接著是細微的撞擊聲，撒網的男人一面嗆咳、一面喘氣，摔倒在萊拉面前。萊拉嚇得放聲尖叫：男人的身上有血噴出來！

接著是腳步聲，有人彎身把男人拖走，另一雙手則舉起了萊拉，並用一把刀砍斷一條條捕網的繩子。最後萊拉自己扯下網子，對它吐口水，轉身一把抱住潘拉蒙。

萊拉跪著轉頭看看新來的人。三個站在黑暗中的男人，一人手上拿著弓，另一人則拿著刀，萊拉轉頭時，拿弓的男人似乎嚇了一跳。

「那不是萊拉嗎？」

一個很熟悉的聲音，可是萊拉一時想不起來是誰。直到他走上前來，近處的燈光照在他臉上和蹲踞在他肩上的老鷹精靈，她立時恍然大悟。一個吉普賽人！一個真正的牛津吉普賽人！

「我是湯尼・可斯塔，」他說：「妳還記得我嗎？妳從前老和我小弟比利在耶利哥碼頭一起玩。在吞人獸抓走他之前。」

「噢，老天，潘，我們得救了！」萊拉哭著說，可是有個想法突然浮上腦海：那天她劫持的正是可斯塔家的船。他大概還記得吧？

「妳最好和我們一起走，」他說：「妳一個人嗎？」

「對。我逃跑了……」

「好，現在什麼都別說。安靜點。傑克斯，把這些屍體移到暗處。克林，四處看看。」

萊拉發抖地站起來，緊抱住潘拉蒙。潘拉蒙正掙扎著想看看什麼，萊拉跟隨著他的目光，不由得也好奇心大發：死人的守護精靈會變得怎麼樣？他們正在消失，沒錯，就像原子煙一樣消褪後飄走，卻仍掙扎著希望能挨近他們的主人。潘拉蒙閉上眼睛，萊拉則匆匆忙忙、腳步凌亂地跟在湯尼的身後。

「你在這裡幹嘛？」她問。

「安靜，小女孩，我們的麻煩已經夠多了，別沒事找事。回船上後我們再聊。」

湯尼帶領她穿過一座小小的木造橋，進入運河灣中央，另外兩個男人也安靜地跟在身後。湯尼轉身沿著河岸前進，進入木造碼頭後，爬上一艘窄船，一把打開船艙的門。

「進去，」他說：「快。」

萊拉照著做，還拍拍袋子確定探測儀還在（即使身在網內，萊拉也從沒鬆過手）。在狹長的船艙內，萊拉藉著掛鉤上的燈籠，看見一個銀灰頭髮、粗壯有力的女人，正坐在桌旁讀報紙。萊拉馬上就認出她是比利的母親。

「這是誰？」女人開口了：「不會是萊拉吧？」

「是的，媽，我們得走了。我們在港灣殺了兩個人。起先我們以為他們是吞人獸，但我猜他們是土耳其商人。他們抓住了萊拉。現在先別提這個……離開後我們再談。」

「來這裡，孩子。」可斯塔媽媽說。

萊拉依言走過去，心裡憂喜參半。可斯塔媽媽的手看起來就像根棍棒：現在萊拉百分之百確定了，她、羅傑和學院其他小鬼的確劫持了可斯塔家的船。可斯塔媽媽將雙手放在萊拉的雙頰上，而她的守護精靈，一隻巨大、看起來像是狼的灰狗，也彎身輕輕舔了舔野貓潘拉蒙的頭。接著可斯塔媽媽用粗壯的手臂抱住了萊拉，緊緊抱在胸前。

「我不知道妳到這裡來做什麼，可是妳看起來累壞了。妳可以睡在比利的小床上，我先替妳準備一些熱飲。孩子，在那裡好好休息吧。」

可斯塔媽媽似乎已經原諒萊拉的惡行劣跡，或至少忘記了。萊拉躺在使勁擦洗過的松木桌頂後方一只有靠枕的板凳上，隆隆發動的引擎使整艘船開始搖動。

「我們要去哪裡？」萊拉問。

可斯塔媽媽正將裝著牛奶的平底鍋放在鐵爐上，並搖動爐柵重新生火。

「離開這裡。現在不要多話，明天早上再說。」

可斯塔媽媽不再多說，將牛奶加熱後倒一杯給萊拉。等船開始移動後，她跳上甲板，和男人們輕聲說了些什麼。萊拉一面喝著牛奶，一面抬起百葉窗的一角，看著迅速拋在身後的黑色碼頭。一、兩分鐘之後，她就沉沉入睡了。

萊拉醒來時，發現自己躺在一張窄小的床上，那種能安撫情緒的引擎聲則在底下隆隆作響。萊拉坐起來，不料卻撞到腦袋，她罵了幾句髒話，用手摸摸四周後小心翼翼地下床。細薄的灰色光線照出另外三張臥鋪，上面都空無一人，但都打理得相當整齊，其中一個臥鋪就在她床鋪正下方，另外兩張則在小小船艙的另一頭。萊拉翻身到另一側，發現自己只穿著內衣，她的上衣、狼皮外套都整齊地放在臥鋪另一頭。當然，還有她的購物袋，探測儀也還在。

萊拉立刻穿衣走出臥艙，發現自己身在有著鐵爐的船艙內，陣陣暖意襲來，艙裡卻空無一人。從窗戶看出去，船身兩側都被搖擺不定的灰沉大霧包圍，偶爾出現的黑影大概是兩岸的建築物或樹木。

萊拉還來不及走上甲板，外門就打開了，可斯塔媽媽走下來。她身上緊緊裹著一件舊斜紋軟呢，上面懸掛著的晨露彷彿幾千顆小小的珍珠。

「睡得好不好？」可斯塔媽媽問，還伸手拿起平底鍋。「現在坐下，不要擋路，我會替妳準備早餐。別站著，這裡沒有足夠的空間。」

「我們在哪裡？」萊拉說。

「大運河口。孩子，別讓他人看見妳。我不要妳到上頭去，我們有麻煩了。」

可斯塔媽媽在鍋裡放進幾條煙燻火腿，打了個蛋一塊炒起來。

「什麼麻煩？」

「只要妳不被別人看見，就不是什麼我們應付不了的麻煩。」

可斯塔媽媽不再說話，等萊拉吃完早餐。船速忽然遲緩下來，有個東西撞到船側，萊拉聽到男人憤怒的叫罵聲，接著某人說了個什麼笑話，所有人都放聲大笑。接著聲音漸漸遠去，船又開始向前移動。

湯尼跳進船艙內，和他母親一樣全身都溼透了。湯尼在鐵爐上方搖搖他的毛帽，水滴四下飛濺。

「媽，我們要告訴她嗎？」

「先問後答。」

湯尼將咖啡倒入錫杯後坐下。他是個孔武有力、面容黝黑的男子，萊拉在日光下可以看清楚他，卻發現他的表情悲傷、陰鬱。

「好，」他說：「萊拉，現在妳告訴我們，妳在倫敦做什麼？我們以為妳被吞人獸抓走了。」

「我和某位女士一起住……」

萊拉笨拙地回想事情發生的先後順序，就像打牌前得先洗好牌。除了探測儀，萊拉告訴他們所有發生過的事。

「昨天晚上在雞尾酒會中，我發現他們真正的勾當。考爾特夫人自己也是吞人獸，她打算利用我幫她抓更多的小孩。他們的方法是……」

可斯塔媽媽離開船艙，進入駕駛艙內。湯尼等門關上後說：

「我們知道他們怎麼做，至少知道一部分。我們知道被綁架到遙遠北地的小孩再也不會回來了，他們在孩子的身上做一些實驗。一開始，我們認為他們在孩子身上試驗各種疾病和藥物，可是沒有理由在兩、三年前才突然開始；接著我們想到韃靼人，或許在他們之間有什麼祕密協定，要共同開發出一條西伯利亞之路。韃靼人就和其他人一樣想要前往北地，那裡蘊藏了煤礦和火礦；另外還有比吞人獸更早出現的戰爭傳言。最後我們認為吞人獸利用小孩來換取韃靼頭目的信任，因為韃靼人喜歡吃小孩，不是嗎？他們把小孩烤來吃。」

「那不是真的！」萊拉說。

「是的。我還可以告訴妳更多可怕的故事。妳聽說過『納肯尼斯』嗎？」

萊拉說：「沒有。我和考爾特夫人住在一起時都沒聽過。他們是誰？」

「那是一種鬼，住在北地的森林。他們和小孩一般高，卻沒有腦袋。他們在夜裡到處摸索探路，如果妳睡在森林裡，他們會一把抓住妳，死也不放手。納肯尼斯是北地人的語言。還有『吸風人』，他們也很危險，他們在風中飄浮，有時妳會遇到一大群，或發現他們被荊棘勾住了。只要他們一接觸到妳，妳身上所有的力量都會消失。除了一些淡淡的微光之外，妳沒辦法看見他們。還有『斷氣人』……」

「他們是誰？」

「半死的戰士。一個人能活著是一回事，死了又是另一回事，但如果死到一半卻比兩者更慘。他們就是死不了，活著更不可能。他們必須永遠流浪。他們被稱作『斷氣人』，是因為別人對他們做的那件事。」

「什麼事？」萊拉瞪大眼睛說。

「北地的韃靼人劃破他們的肋骨，拉出他們的肺臟，這是一項高超的技術。韃靼人不用殺死他們就能做到，但他們的肺臟再也無法發揮功用，除非他們的守護精靈用手幫他們打氣，因此他們就介於呼吸與不呼吸之間，也就是生與死之間，等於死了一半。他們的守護精靈必須日夜幫他們打氣，不然就會和他們一起死去。聽說有時候妳會在森林裡碰到一大群『斷氣人』。還有龐瑟彪恩——妳聽說過他們嗎？這個詞的意思是武裝熊族。他們有點像是北極熊，除了……」

「有！我聽過他們！昨晚有個男人說，我伯父艾塞列公爵被關在一個由武裝熊族看守的城

萊拉如痴如醉地聆聽有關沼澤區住民、鬼狗黑查克，以及沼火從奇異的巫油泡泡中冒出的故事。雖然人還沒到沼澤區，萊拉早已認定自己是個吉普賽人。萊拉在離開考爾特夫人後，很快就變換回她原來的牛津口音，現在則活靈活現地模仿吉普賽人的口音，還能生動地運用沼澤——荷蘭區的俚語。可是可斯塔媽媽提醒她幾件事。

「萊拉，妳不是吉普賽人。妳可以勤加練習，但除了語言外，吉普賽人還意味著更多東西。我們體內流動著一種深沉、劇烈的水流。我們一直都是水上人家，妳卻不是，妳是火一般的人物。在吉普賽人的分類中，妳就像是沼火：妳的靈魂中藏著巫火。欺騙，那就是妳，孩子。」

萊拉覺得受傷了。

「我從沒騙過任何人，妳可以問……」

當然，這裡沒有人可以詢問。可斯塔媽媽仰頭大笑，可是沒有任何惡意。

「難道妳看不出來嗎？我是在誇獎妳呢，妳這個小傻瓜。」她說。萊拉馬上覺得心滿意足，雖然她不了解這到底意味著什麼。

他們在傍晚時分到達拜恩高地，夕陽正從猩紅的天空落下。墨色的低地、札爾大屋以及群集在四周的建築正好和天光成反比。幾縷細煙在靜止的空氣中升起，四下聚集的船隻也開始傳來陣陣炸魚、菸草和珍尼維酒的香味。

可斯塔家將船繫綁在札爾大屋旁，湯尼說這個停泊處是他們家族世代停泊的地方。在可斯塔媽媽的平底鍋上，幾尾肥美的鰻魚正嘶嘶作響、飛濺熱油，水壺也正在加熱，用來燒煮馬鈴薯粉。湯尼和克林開始在髮上抹油，又穿上他們最好的皮夾克，綁上藍色圓點領巾，手指上戴滿了銀戒指，出門和鄰近船隻的老友會面，並在附近酒館喝上一兩杯。他們回來時，還帶來一些重要的消息。

「我們剛好趕上。『揉拼』將在今晚舉行，城裡的人正在謠傳——你們聽聽這個——他們說失蹤的小女孩在吉普賽人的船上，而且今晚她會在『揉拼』上露臉！」

他開始放聲大笑，還揉亂萊拉的頭髮。自從他們進入沼澤區後，湯尼的脾氣就愈變愈好，彷彿他臉上粗暴的哀傷，只是他在外面世界的一種偽裝。萊拉狼吞虎嚥地吃飯和洗碟子時，心中也感到興奮，她小心地梳頭，並將探測儀塞入狼皮外套的口袋中，跳到岸上，和其他家族一起爬上斜坡邁向札爾。

萊拉起先以為湯尼在開玩笑。很快，她就發現這並不是個玩笑。她比自己想像中更不像吉普賽人，很多人目不轉睛地注視著她，有些小孩還對她指指點點。他們來到札爾的大門並走入群眾中時，那些人也向兩側讓路並替他們騰出些空間。

萊拉心中不覺七上八下。她緊跟著可斯塔媽媽，潘拉蒙盡可能變大成一隻豹來安慰她。可斯塔媽媽蹣跚地走上階梯，似乎整個世界都無法阻止她前進或逼她走得更快些，而湯尼和克林則像王子般驕傲地走在兩側。

大廳裡點燃了一些石腦油燈，明亮的燈火足以照亮觀眾的面孔和身軀，可是頭頂上高懸的椽木卻隱藏在黑暗中。現在進來的人必須掙扎著在地板上找到空間，板凳上早就坐滿了人。各家人互相挪動以騰出多餘的空間，孩子們坐在成人的大腿上，精靈不是蜷起身子躲在腳下，就是高踞在不占空間的木牆上。

札爾的正前方是座講臺，上面擺著八張雕刻木椅。當萊拉和可斯塔家人在大廳邊緣找到地方站好，八個男人也從講臺後方的陰影中出現，並在木椅前站定。觀眾間突然瀰漫著一種興奮的情緒，紛紛轉頭要鄰近的人住嘴，或擠到最近的板凳邊。大廳內一片沉默，講臺上的七人坐了下來。

唯一站著的男人，年齡大概七十多歲，高大、有著鬥牛般的頸子，看起來強壯有力。就像大部分的吉普賽人一樣，他也穿了件素色的帆布夾克和格子襯衫，除了一股力量和權威感外，他和一般吉普賽人並無二致。萊拉已學會辨識出這種特質：艾塞列伯父和約旦學院的院長都有這種氣質。這個男人的精靈是一隻烏鴉，看起來很像約旦學院院長的渡鴉。

「那是約翰・法，西吉普賽人之王。」湯尼輕聲說。

約翰・法的聲音低沉而緩慢。

「吉普賽人們！歡迎來到『揉拼』。我們來此傾聽並決定，你們都知道這次聚會的原因。這裡有許多家庭失去一個或兩個小孩，有人偷走了他們。當然，陸上人家也失去小孩，我們不打算和他們爭論這點。

「現在還有件關於某個小孩和獎賞的消息。我現在告訴你們真相，以終止所有傳言。這個孩子叫作萊拉・貝拉克，陸上人家的警察正在搜尋她，還提供一千金幣作為獎金。她是陸上人家的孩子，可是她在我們的保護之下，而且她會和我們待在一起。任何受到這一千金幣誘惑的人，最好別待在水上或陸上任何一處。我們不會放棄她。」

萊拉覺得從頭到腳都發熱了起來，潘拉蒙變成一隻飛蛾以躲過別人的注視。大廳裡的每雙眼睛都盯著他們看，萊拉只能看著可斯塔媽媽以尋求撫慰。

約翰・法又開口了：

「多說無益，如果真想改變什麼就必須採取行動。另一個事實就是：吞人獸——這些偷小孩的賊，把小孩子帶到遙遠的北地，也就是黑暗的故鄉。我不知道他們對這些孩子做了些什麼，有些人說他們殺了這些孩子，有些人則另有臆測。我們不知道真相。

「我們唯一知道的是，吞人獸得到陸上人家警察和教會的協助。陸上的每股勢力都在幫助他們。記住這點，這些人知道發生了什麼事，而且打算幫忙到底。

「我的提案並不是件容易做到的事，而且我需要你們的同意。我建議我們把一隊戰士送到北地，把孩子拯救回家。我還建議我們奉獻出所有的黃金、技術和勇氣。是的，雷蒙・凡・吉瑞，你有什麼問題？」

觀眾中有個人舉起手，約翰・法坐下來讓他說話。

「抱歉，約翰・法。陸上人家的孩子也被抓走了。您認為我們也要拯救他們嗎？」

約翰・法站起來回答。

「雷蒙，你的意思是，我們千辛萬苦前去拯救孩子，最後卻對他們說，你們當中有些人可以回家，有些人必須留下來嗎？不，你不是這樣的人。朋友們，你們贊成我說的話嗎？」

這個問題使群眾感到錯愕，一時竟然答不出話來；不一會兒，每個人都開始扯著喉嚨大叫，鼓掌聲也響徹大廳，有人舉起拳頭，有人更興奮地叫嚷。札爾的房椽開始搖晃，棲息在黑暗中睡著的鳥群，在恐懼中忽然驚醒，迅速地揮動著翅膀，一些灰塵也像雨水般落下。

約翰・法讓噪音持續一分鐘後，再度舉手要大家安靜。

「這需要時間來安排。我希望每個家族的家長能集結資金並召募人員。三天後我們再聚會一次。在這段期間，我、法德・克朗會和我先前提過的孩子談談，並在下次會面前做好計畫。各位晚安。」

約翰・法巨大、平易近人與率直的風采就足以安撫吉普賽人的心。吉普賽人開始往大門處移動，並進入刺骨的冷夜中，他們分別回到自己的船上，或到定居者擁擠的酒館中。萊拉對可斯塔媽媽說：

「講臺上的其他人是誰？」

「六個家族的家長，還有法德・克朗。」

萊拉很輕易就認出法德・克朗，他是講臺上年紀最大的一位。克朗走路時必須用枴杖，大部分時間他都坐在約翰・法的後面，彷彿得了瘧疾似地抖個不停。

「走吧。」湯尼說：「我最好帶妳去見約翰・法。妳可以叫他法王，我不知道他會問妳什麼問題，但妳最好老實回答。」

此時潘拉蒙變成一隻燕子，好奇地坐在萊拉的肩上，他的爪子深深地嵌入狼皮外套中。萊拉跟著湯尼穿過群眾，來到講臺前。

湯尼把萊拉舉高。萊拉知道大廳中殘留的人們正在看她，又警覺到自己忽然抬高的身價——一千金幣，不覺臉紅，猶豫了一會兒。潘拉蒙變成野貓衝到她懷裡，當他向四周眺望時還不時低聲嘶嗚。

有人在萊拉背後推了一下，她緊走兩步站在約翰・法的面前。他看起來嚴肅、巨大、面無表情，不像一個人，反而像根石柱，他向前彎身，伸出了手。萊拉也伸出她的小手，小手在大手的包裹下幾乎消失了。

「歡迎妳，萊拉。」他說。

萊拉和約翰・法靠得這麼近，覺得他的聲音彷彿地震般隆隆作響。若少了潘拉蒙的陪伴，萊拉應該會覺得很緊張，可是約翰．法冷漠的表情似乎放鬆了些，事實上，他很溫柔地對待萊拉。

「謝謝您，法王。」她說。

「我們到會議廳聊聊。」約翰．法說：「可斯塔家有好好餵妳嗎？」

「有呀。我們的晚餐是鰻魚。」

「我猜是貨真價實的沼澤鰻魚。」

會議廳是個很舒服的地方，裡面有火爐，壁櫥上陳列了銀器和瓷器，還有張經年磨光的暗色大桌，旁邊擺了十二張椅子。

講臺上其他的男人都已離開。只有年紀最大、發抖的老人還和他們在一起。約翰．法扶他入座。

「妳坐在我右手邊。」約翰．法對萊拉說，自己則坐在桌子盡頭的首位。萊拉發現自己坐在克朗的正對面，她對老人骷髏般的臉孔和不間斷的顫抖覺得有點害怕。但他的精靈是隻美麗、秋色般的大貓，她豎起尾巴大踏步跨過桌子，優雅地檢視潘拉蒙，輕輕碰碰潘拉蒙的鼻子後，回到克朗的懷中，半閉上眼睛，輕輕發出呼嚕聲。

一個萊拉先前沒注意到的女人，端著盛有玻璃杯的托盤從陰影中出現，她把托盤放在約翰．法的旁邊後，恭敬地轉身離開。約翰．法替自己和克朗從石壺中倒出小杯的珍尼維酒，還替萊拉倒了一點酒。

「所以，妳逃跑了。」約翰．法說。

「是的。」

「妳從哪位女士身邊逃跑？」

「她叫作考爾特夫人。我以為她是好人，後來才知道她也是吞人獸。我聽到有人說吞人獸真正的名字叫作奉獻委員會，考爾特夫人正是其中的主角，這全是她的主意。他們有些什麼計畫，我並不清楚，我只知道他們要我幫她抓更多的小孩。可是他們不知道……」

「他們不知道什麼？」

「嗯，首先，他們不知道我曉得有些小孩被抓走了。我的朋友，約旦學院的廚房小弟羅傑、比利·可斯塔，還有牛津科芬德市場的女孩，以及我伯父艾塞列公爵。我聽他們說他到北地去旅行，我想他和吞人獸沒有關係。因為我曾經偷窺約旦學院的院長和學者，我藏在除了他們之外，沒有人能去的院長休息室，聽到我伯父告訴他們他在北地的探險活動，還有他看見的『塵』；我還看到古曼博士的人頭，韃靼人在上面鑽了一個洞。現在吞人獸把我伯父關在北地某處，由武裝熊族看守，我要去拯救他。」

萊拉坐在那裡看起來義憤填膺且固執，小小的身子靠在雕刻椅的高背上。兩個老人忍不住微笑了，克朗爺爺的微笑中，似乎閃爍著遲疑、豐富和複雜的意味，就像太陽在多風的三月追趕著陰影。約翰·法的微笑則相當緩慢、溫暖、爽朗和仁慈。

「妳最好告訴我們，那天晚上妳伯父說的話。」約翰·法說：「別對我們隱瞞什麼，告訴我們一切。」

萊拉照著他的話做，這次比告訴可斯塔家的故事更緩慢，也更誠實些。她有點怕約翰·法，更害怕他的仁慈。萊拉說完故事後，克朗爺爺第一次開口了。他的聲音豐富得像音樂，多樣的音調就像他精靈身上的毛色一樣。

「這個『塵』，」他說：「他們有用特殊的名稱稱呼它嗎？」

「沒有，只是『塵』而已。考爾特夫人告訴我它是一種基本粒子，但她也稱它為『塵』。」

「難道他們認為如果對小孩做些什麼，他們就可以發現更多有關『塵』的事？」

「對。但我不知道是什麼。除了我伯父……我忘記告訴你們一件事。他給他們看幻燈片時，就是另外一張。裡面有『激光』……」

「什麼？」約翰．法說。

「極光。」克朗爺爺說：「對吧，萊拉？」

「對，沒錯。『激光』裡面有個看起來像城市的東西。有樓塔、教堂和圓頂，看起來有點像牛津，至少對我來說有點像。我猜，艾塞列伯父對這個東西更感興趣，但院長和其他學者對『塵』的興致比較高，就像考爾特夫人和波萊爾公爵等人一樣。」

「我了解了。」克朗爺爺說：「很有趣。」

「現在，萊拉，」約翰．法說：「我打算告訴妳一些事。克朗爺爺是個智者，他是個先知。他一直在想辦法了解『塵』、吞人獸、艾塞列公爵和其他事情發生的經過，他甚至想辦法了解妳。每次可斯塔家人或其他家族到牛津時，他們都會帶回來一些消息。一些有關妳的消息，孩子。妳知道嗎？」

萊拉搖搖頭，突然升起一種毛骨悚然的感覺。潘拉蒙用很低的聲音開始咆哮，聲音低得沒有人能聽見，可是萊拉從放在他毛皮中的指尖可以感受得到。

「噢，是的。」約翰．法說：「所有妳做過的事，都會傳到克朗的耳裡。」

萊拉再也忍不住了。

「老實說，我們沒有破壞它！上面只是沾了一點點泥土！我們從沒能……」

「孩子，妳在說些什麼？」約翰．法問。

克朗爺爺放聲大笑了起來。他開始大笑時，顫抖便停止了，他的臉孔看起來明亮又年輕。

可是萊拉笑不出來。她嘴唇發抖地說：「如果我們真的找到栓塞，我們也絕不會拔起來！那只是開個玩笑！我們絕沒有想把它弄沉，絕對沒有！」

約翰．法也開始大笑了。他粗大手掌拍在桌上的力道是如此強勁，連桌上的玻璃杯都搖晃了起來，他魁梧的肩膀隨之晃動，還必須用手擦擦流出來的眼淚。萊拉從沒看過這樣的情景，從沒聽過這樣的咆哮，聽起來就像是一座山在怒吼。

「噢，是的。」約翰．法好不容易止住了笑說：「我們也聽過那件事，小鬼！我想可斯塔家不管到哪去，都會被人提醒這件事。人們說：『湯尼，你最好在船上留個守衛，這附近有些凶惡的小女孩！』噢，這個故事傳遍了整個沼澤區，孩子。我們並沒有打算為此處罰妳。不會，不會！放心吧。」

萊拉看看克朗爺爺，兩個老人又忍不住大笑了，這次已沒有上回激烈。萊拉一下子就覺得安心和滿足。

約翰．法最後搖搖頭，又恢復嚴肅的表情。

「萊拉，我要說的是，從妳很小的時候我們就知道妳了，從妳還是個嬰兒時，因此妳也該知道我們知道的一切。我不曉得約旦學院的人是否知道妳的過去，他們可能並不知道整件事的真相。他們曾告訴過妳，妳的父母是誰嗎？」

萊拉不覺手足無措。

「是的，」她說：「他們說我——他們說我父母——他們說艾塞列公爵把我寄養在那裡，因為我父母在一場空難中過世了。他們是這麼說的。」

「啊，真的？唉，孩子，我現在要告訴妳一個故事，一個真實的故事。我知道這是真的，這是一個吉普賽女人告訴我的，所有的吉普賽人都對約翰．法和克朗說實話。這是有關妳的真相，萊拉。妳的父親並沒有在空難中喪生，因為他正是艾塞列公爵。」

萊拉只能目瞪口呆地坐著。

「事情是這樣的，」約翰．法說：「公爵還年輕時，在北地四處探險，也賺得了一大筆財富。他是個精力充沛、脾氣暴躁且熱情如火的男人。

「妳母親也是個非常熱情的女人。雖然她出身較低，卻相當聰明，甚至還是個學者。看過她的人都說她美麗動人，她和妳父親初見時就愛上了彼此。

「問題是，妳母親那時早已結婚。她嫁給一位政治家，他是國王最信任的顧問。一位步步高升的政治明星。

「不久，妳母親發現自己懷孕了，她不敢告訴丈夫肚子裡的孩子不是他的。孩子出生後——那就是妳——很顯然，妳和她丈夫長得一點都不像，因為妳很像妳真正的父親，她認為最好把妳藏起來，並宣布妳已經死了。

「妳被帶到牛津，妳父親在那裡有地產，並將妳託付給一個吉普賽女人照顧。可是有人告訴妳母親的丈夫真相，他一路狂奔到牛津，先毀了吉普賽女人居住的小屋，女人飛奔到大宅去，妳母親的丈夫震怒不已，一心只想殺人。

「那時妳父親正好出外狩獵，但有人已通知他發生的事，他騎馬趕回家時，和站在大樓梯

案，只是讓指針自由地旋轉。等指針轉動完畢，你就會知道答案是什麼。我會知道這些，是因為我曾在烏普薩拉看過一個智者做過，那也是我一生中唯一看過的一次。妳知道這東西有多稀有嗎？」

「院長告訴我，天下只有六個。」萊拉說。

「不管有幾個，絕不會太多。」

「就像院長告訴妳的，妳沒有讓考爾特夫人知道？」約翰·法說。

「沒有。可是她的精靈總喜歡到我房間裡去。我猜他一定發現了。」

「我了解了。唉。萊拉，我不知道我們是否有機會發現全部的真相，但以下是我最佳的猜測。艾塞列公爵託付院長照顧妳，並阻止妳母親前去見妳。院長在過去十多年中的確盡心盡意做到了，可是考爾特夫人在教會的朋友幫她設立了奉獻委員會，我們不清楚設立的目的，但考爾特夫人變得和公爵過去一樣有權有勢。妳的雙親都是強而有力、極富野心的人，約旦學院的院長必須在兩人間找到平衡點。

「但院長是個非常忙碌的人，他最關心的自然是學院本身與在那裡的學者。如果他看到哪裡出現了威脅，他必須重新找到新的平衡點。萊拉，近年教會變得愈來愈吹毛求疵，總出現這個議會或那個議會，甚至還出現倡議重開教會風紀法庭部門的討論，希望老天別讓此事成真。院長必須審慎地在不同勢力間找到平衡點。他必須讓約旦學院站在教會的一邊，否則學院就無法生存下去。

1 編注：真理探測儀原文為「alethiometer」。

「院長的另一層擔心就是妳，孩子。伯尼總是很清楚地提到這點。約旦學院的院長和其他學者愛妳如己出。他們願意做任何事來保護妳的安全，不僅因為他們對公爵的承諾，也是因為妳的緣故。如果院長一方面對公爵許下承諾不放棄妳，一方面又將妳交給了考爾特夫人，除了表面上發生的一切，他一定是認為妳和考爾特夫人待在一起，要比待在約旦學院中更安全些。當院長決定要對公爵下毒時，他一定是認為公爵正在進行的某件事可能會危害學院全體，或許還包括我們和整個世界。我能了解院長面對極端困難的決定，他不管做何決定，都會造成傷害；但如果他做對抉擇，傷害會比他做錯來得少。感謝老天我不需做出這類決定。

「院長必須讓妳離開時，送給妳這個符號解讀器，並吩咐妳好好保存它。我不清楚他為什麼要這麼做，真不知道他到底在想些什麼？」

「院長說這是艾塞列公爵從前送給約旦學院的。」萊拉一面說，一面努力回想。「院長本來正要說些什麼，忽然有人敲門，所以他就不多說了。我原本以為他叫我不要讓公爵知道。」

「或是完全相反。」約翰．法說。

「約翰，你認為是怎麼樣？」克朗說。

「他可能在想，讓萊拉把符號解讀器還給公爵，以作為對他下毒的一種歉意。或許他認為公爵所帶來的危機已經解除，或公爵在讀到這個解讀器中的智慧後，會控制自己不再採取行動。現在公爵被囚禁了，這個解讀器或許可以幫他逃走。嗯，萊拉，好好收藏這個符號解讀器。既然到目前為止，妳都能好好保存它，我就不用擔心妳會把它搞丟。如果有天我們需要諮詢它時，我們會借來用用。」

約翰．法用天鵝絨布包住探測儀，把它推過桌面送到萊拉面前。萊拉心中有無數個問題想問他，可是面對這雙銳利、仁慈的小眼睛，眼睛還深陷在無數皺紋中的巨人，她忽然有點害羞。

但有件事她一定要問。

「是哪個吉普賽女人照顧我？」

「當然是比利・可斯塔的媽媽，這還要問嗎？她不會告訴妳這些的，因為我不准她這麼做。她知道我們現在正在討論這些，所以真相也就大白了。

「現在妳最好回到她那裡。孩子，妳有一大堆事必須好好想想。三天後，我們會舉行另一次揉拼。做個乖女孩。晚安，萊拉。」

「晚安，法王。晚安，克朗爺爺。」她恭敬地說，緊緊地將真理探測儀抓在胸前，和潘拉蒙一起跳下椅子。

兩個老人慈祥地對她笑笑。可斯塔媽媽在會議廳外等她，彷彿自萊拉誕生後什麼事都沒發生過似的，用粗壯的手臂緊抱住萊拉、親親她，並吩咐她上床睡覺。

第八章

萊拉的挫折感

萊拉必須重新適應自己的新身世，可是這無法在一天內完成。知道艾塞列公爵是她父親是一回事，但要接受考爾特夫人是她母親並不容易。當然，如果事情在幾個月前發生，她可能會樂昏了頭，萊拉自己心裡也很清楚這點，因此覺得非常困擾。

可是萊拉並沒有自尋煩惱，畢竟沼澤區有這麼多城鎮要去探索，自己還有數不清的故事，可以去驚嚇這些吉普賽小孩。三天不到，萊拉已成為撐篙高手（至少她自己是這麼認為），她還告訴這群小鬼，她偉大的父親是如何不公平地遭到囚禁。

「有天晚上，土耳其大使到約旦學院用餐。他在蘇丹王的支使下打算殺死我父親，大使的手指上有個空心戒指，裡面裝滿了毒藥。上酒時，他故意把手伸到我父親的杯上，偷偷倒出毒藥。整個過程進行得這麼快，沒人注意到發生什麼事，除了……」

「什麼樣的毒藥？」一個臉頰瘦削的女孩突然問。

「土耳其一種特別的毒蛇，」萊拉自編自導說：「他們演奏一種笛子把毒蛇引誘出來，然後把浸潤過蜂蜜的海綿丟在牠面前，毒蛇咬住海綿時便無法鬆開毒牙，他們就一把抓住牠，擠出毒液。反正，我父親看到土耳其人在他酒裡下毒，就說：『紳士們，我要敬約旦學院和伊茲默學院友誼長存。』伊茲默學院就是那個土耳其大使讀的學院。我父親繼續說：『為了展現我們的誠意，我建議我們交換酒杯喝酒。』

「大使立刻面臨進退兩難的局面，如果他拒絕喝酒就是一種侮辱，可是他也不能交換酒杯，因為酒裡已經下毒了。他的臉色立刻轉白，昏倒在桌邊。等他醒來時，他們仍坐在那裡看著他，等著。大使只有兩個選擇，喝掉酒杯裡的酒，或是招供。」

「他怎麼做呢？」

「他喝下了酒。毒藥整整花了五分鐘才殺死他，受盡折磨的五分鐘。」

「妳看到這件事嗎？」

「沒有，因為女孩不准接近主桌。但事後我看到他的屍體被拖出來，他的皮膚就像風乾的蘋果一樣縮水，眼睛也懸在頭顱外。事實上，他們得把大使的眼睛推回眼眶中……」

萊拉還有更多精采的故事呢。

此刻，警察也在沼澤區的周邊地帶搜尋，他們挨家挨戶敲門，搜索小閣樓和庫房，檢查文件並質問任何曾看過金髮小女孩的人；牛津地區的搜索更為嚴苛。在約旦學院中，從灰塵遍布的儲藏室到最陰暗的酒窖，都經歷了地毯式搜索，連加百利和聖米迦勒學院也遭到相同的命運。直到所有學院的院長呈上一封聯合抗議書，申明他們古老的權益後才終止。萊拉對此唯一的概念，就是空中不斷飛過的飛船帶來瓦斯引擎的嗡嗡聲。可是它們的存在也不易察覺，因為雲層過低，飛船飛過沼澤區時，必須維持一定的高度，可是誰知道他們攜帶什麼樣狡猾的偵察器呢？每次萊拉一聽到這聲音，就會找個地方躲起來，或蓋上防水油布以遮住她亮眼的髮色。

萊拉還詢問可斯塔媽媽她出生時的詳情，並將所有的細節編織成一塊想像的掛氈，最後記得比她杜撰的所有故事更清楚詳細。萊拉一次又一次地活在小屋中的打鬥、她和可斯塔媽媽躲在衣櫃裡、她父親嚴厲地開口挑戰、接著是劍擊聲……

「劍擊聲？老天爺，孩子，妳在做夢嗎？」可斯塔媽媽說：「考爾特先生持著一把槍，艾塞列公爵用手將槍打落，一拳擊倒考爾特先生。接著是兩聲槍響，當時妳還小，我不知道妳記不記得，妳應該還記得吧。第一聲槍響是考爾特先生撿起槍後發射的，第二聲則是公爵再次從他手中把槍搶走後，向他瞄準發射的，結果正中眉心，連腦漿都噴出來了。最後公爵冷靜地說：『可斯塔太太，帶著嬰兒出來吧。』因為妳哭得實在不像樣，妳的精靈也是。公爵把妳抱過去放在肩上，興致高昂地在死人身邊來回走著。接著他叫人拿酒來，最後還叫我把地板拖乾淨。」

萊拉聽了第四遍故事後，已確信她記得事情的經過，還加油添醋地描繪考爾特先生外套的顏色，以及掛在衣櫃中大衣和毛皮大衣的顏色，使得可斯塔媽媽忍不住捧腹大笑。

萊拉一個人獨處時，總喜歡拿出探測儀，像戀愛中的人凝視愛人的照片般，深深地凝視著探測儀上的圖案。每個圖案都有好幾層意義，不是嗎？她怎麼笨得沒有想到？她真是艾塞列公爵的女兒嗎？

萊拉記得克朗爺爺說的話，試著對著三個隨意挑選的圖案專心冥想，然後把短針指向它們。萊拉發現，如果她不疾不徐地將探測儀放在手掌心凝視思考，長針就會開始有意識地轉動，而不是沒目的地一圈接著一圈亂轉。有時長針會指向三個圖案，有時則是兩個，有時甚至會指向五個或更多個，雖然她完全不懂到底是什麼意思，卻會從中得到一種安詳深沉的喜悅，她從未體驗過這種感覺。潘拉蒙會趴在探測儀旁，有時變成小貓，有時則是老鼠，長針轉動時，他的頭也會跟著轉動。有一、兩次，萊拉和潘拉蒙同時靈光一閃，就像一道陽光從雲層中顯現，照亮了遠方的山丘——有什麼東西遙不可及，難以猜測。這時，她總會興奮地發抖，就像她一聽到「北地」一詞時就亢奮不已。

三天過去了，人群在諸多船隻與札爾之間來回，絡繹不絕。到了第二次「揉拼」會議的時刻，這次大廳湧入更多人，如果還擠得下。萊拉和可斯塔一家正好來得及進入大廳，坐到前排的椅子。燈光閃爍時，大廳已擠得水泄不通，約翰·法和克朗爺爺走上講臺坐在桌邊。約翰·法並沒有伸手要求群眾安靜，只是把一雙巨掌平放在桌上，凝視講臺下的群眾，七嘴八舌的聲音很快就消失了。

「嗯，」他說：「你們做到了我的要求，而且比我期望得更好。我打算請六大家族的家長上前，繳交他們的黃金，重申他們的承諾。尼可拉斯·洛克比，你先。」

一個身強體壯、蓄著黑色落腮鬍的男人爬上講臺，將一只沉重的皮袋放在桌上。

「這是我們的黃金，」他說：「我們可以提供三十八人。」

「謝謝你，尼可拉斯。」約翰·法說，克朗爺爺則做了些筆記。約翰·法召喚第二人時，第一人則站在講臺後方，然後是下一個。每人上來時，都將一只袋子放在桌上，並宣布可以召集到多少人。可斯塔家是史蒂芬斯基家族的人，湯尼自然是第一個志願者。萊拉注意到，當史蒂芬斯基將錢放在桌上，並允諾提供二十三人時，湯尼的老鷹精靈，兩隻腳正不停跺踏，還伸展她的翅膀。

等六大家族的家長都輪流說過話後，克朗爺爺將他記錄下來的紙片交給約翰·法。約翰·法站起來對群眾再度講話：

「朋友們，這裡一共有一百七十人在名單上。我滿心感激，並為各位感到光榮。至於黃金，我可以從它的重量，知道你們幾乎都掏空了私人保險箱，對此我也深深感謝。

「接下來我們要做的是：包租一艘大船航向北地，找到孩子們，將他們帶回家。就我所知，我們可能會面臨戰爭。這不是我們的第一場戰爭，也不會是我們的最後一場，可是我們從沒和綁架孩子的人交手過，因此我們必須格外狡猾。但我們不打算空手而回。德克·凡瑞斯，請說。」

一個男人站起來說話：「法王，您知道他們為什麼要抓這些孩子嗎？」

「聽說這是為了神學上的問題。他們正在進行一項實驗，但內容為何我們並不清楚。老實說，我們甚至不知道他們如何對待這些孩子。不管好壞，他們都沒有權利在夜裡出來，把小孩子從他們家人的懷中搶走。雷蒙·凡·吉瑞，請說。」

這名曾在上次會議中發言的男人站起來，說：「法王，您提到陸上人家正在搜尋的小孩，就是那個坐在前排的小孩，我聽住在沼澤區邊緣的人說，警察為了這個孩子，把家家戶戶徹頭徹尾搜遍了。我也聽說，就在今天，議會可能會為了這個孩子，打算通過法案廢止我們自古以來即有的權益。是的，朋友們，」他提高聲音壓過人群中爆發的耳語，「他們打算通過一條法案，剝奪我們自由進出沼澤區的權益。現在，法王，我們想知道：這到底是誰家的孩子？我聽說她並不是吉普賽人的孩子。一個陸上人家的小孩，為什麼會把我們全都捲入危險？」

萊拉抬頭看看約翰·法巨大的身軀，她因為心跳太大聲，以至於無法聽到約翰·法回答的頭幾個字。

「雷蒙，把你心裡的話都說出來，別害羞，」他說：「你要我放棄這個孩子，把她交給追捕她的人，是不是？」

男人固執地皺皺眉頭，一句話也沒說。

「嗯，或許你會這麼做，或許你不會，」約翰．法繼續說：「如果任何人想這麼做，三思而後行。這個小女孩是艾塞列公爵的女兒。對已經忘記這段歷史的人，我可以提醒你們：當初正是艾塞列公爵對土耳其人說項，才保住了山姆．伯克曼一命。是公爵允許吉普賽人的船隻自由進出他領地的運河。此外，是公爵在議會中廢除了水道條款，使我們永遠受惠。最後，是公爵在一九五三年水災時，日夜防堵水患，還兩度撲入水中搶救小魯德和奈里．庫曼。你們都忘記這些了嗎？真是不知羞恥呀。

「今天，同一個艾塞列公爵被關在最遙遠、最寒冷、最黑暗的野地，也就是斯瓦巴的城堡中。你們知道是哪種生物在看守他嗎？現在我們替他照顧他的小女兒，而雷蒙卻為了息事寧人，決定將她交給有關當局。雷蒙，是不是？站起來回答我呀。」

雷蒙卻縮身在他的椅子內，似乎沒有什麼可以讓他再站起來。大廳內傳來一種不滿的噓聲，萊拉可以體會他所感受的羞恥，她也為自己勇敢的父親感到自豪極了。

約翰．法轉頭看看在講臺上的另一些人。

「尼可拉斯．洛克比，請你負責找尋船隻，並在我們開船後擔任船長。亞當．史蒂芬斯基，我要你負責武器和軍需品，並擔任戰鬥指揮。羅傑．凡波普，你照顧其餘所有的貯備，從食物到防寒衣物。賽門．哈特曼，你管財務和會計，好好運用我們的黃金。班傑明．德路特，我要你負責間諜工作，隨時向克朗匯報。麥可．坎則納，你負責協調前面四位領導人的工作，並向我做總報告，如果我死了，你位居第二順位，接手整個領導工作。

「現在，我已按照慣例安排好一切，如果有人不同意，可以自由發言。」

過了一會兒，有個女人站起來。

「法王，您不打算帶女人出發，好在救出小孩後有人可以照顧他們嗎？」

「不，奈爾。我們的空間有限。由我們來照顧這些拯救出來的孩子，一定會比先前那些人照顧得更好。」

「如果您發現沒有女性假裝成守衛或護士等，就沒辦法救出孩子呢？」

「嗯，我沒想到這點，」約翰．法承認，「我答應妳，等我們回到會議廳時，會針對這點仔細想想。」

女人坐下後，有個男人站起來。

「法王，我聽您說艾塞列公爵被關起來了。您計畫去拯救他嗎？如果他真是被我所想像的熊族所囚禁，那我們需要超過一百七十個男人才會成功。即使是對大恩人艾塞列公爵，我懷疑我們是否有義務要做到這個地步。」

「安卓．巴克斯，你說的沒錯。我的計畫是，當我們到達北地後，我們眼觀四面、耳聽八方，看看能否得到什麼訊息。或許我們能幫他些什麼，或許不能，但你可以信任我，我不會將大家提供的人力和黃金，用在拯救孩子和帶他們回家之外的目的。」

另一個女人站起來。

「法王，我不知道吞人獸到底對我們的孩子做了些什麼。我們都聽過這些可怕的傳言，我們聽說沒有頭的孩子、被切成一半的孩子再縫回來，還有其他太糟糕而說不出口的事。我很抱歉給各位帶來壓力，但我們都聽過這類事情，因此我要公開來討論。法王，如果您發現他們做出這些可怕的事，我希望您能夠盡全力報復。我希望您心中所有的慈悲和溫善的想法，不會阻止您的雙手全力去砍殺，並對邪惡的中心做出致命一擊。我相信我說出了許多失去孩子的母親心聲。」

她坐下時，很多贊同的耳語在大廳中響起，大部分的人也都點頭贊同。

約翰．法等大家安靜下來後，開口說：

「瑪格利特，除了我的判斷力，沒有什麼東西可以阻止我的雙手。如果我在北地沒有出手，我在南方就會下手得更猛烈。出手過早就像出手過遠一樣不妥。我相信妳話中熱烈的激情，可是如果妳被激情所主導，朋友們，你們將會做出我總是警告你們的事：你們將自身的滿足感置於使命之前。我們的首要使命是解救孩子，然後才是懲罰，這也許會使我們不痛快，可是我們的感覺不值一提。如果我們可以救出孩子，卻無法懲罰吞人獸，那我們已達成主要任務。如果我們想要先行懲處吞人獸，卻失去救出孩子的機會，那我們就失敗了。

「瑪格利特，我向妳保證，懲罰的時機來臨時，我們會給予最致命的一擊，使他們暈厥、心生畏懼，我們會澈底打擊他們，讓他們崩毀、腐朽、破碎成千千萬萬，讓四方的風將他們帶走。朋友們，我的鐵錘渴望鮮血，自從上回它在哈薩克大草原砍死韃靼戰士後，就一直懸掛在我的船上沉眠，現在它可以聞到來自北地風中的血味。昨晚它在夢中告訴我它的渴望，我對它說，夥伴，時機快到了，時機很快就到了。瑪格利特，妳可以擔心成千上百件事，但妳不用擔心約翰．法在時機來臨時，會因為不忍心而無法使出致命一擊。可是這個時機是否來到，憑藉的是判斷力而非激情。

「還有人想發言嗎？說出你心裡的話吧。」

沒有人出聲或發言，因此約翰．法高舉著結束鈴，用力搖晃，聲音之大使得整個大廳嗡嗡作響，連高椽上也傳出回聲。

約翰．法和其他人離開講臺前往會議廳。萊拉有點失望，難道他們不需要她參與嗎？湯尼聽到她的心聲後，不禁捧腹大笑。

「他們必須謀定計畫，」他說：「妳已經盡本分了，萊拉。現在是約翰．法和議會的責任了。」

「可是我什麼都沒做呀！」萊拉抗議。她心不甘情不願地跟著其餘人一起離開大廳，踏上前往碼頭的圓石子路。「我唯一做的事就是逃離考爾特夫人！這只是個開始。我要去北地！」

「跟妳說，」湯尼說：「我會替妳帶回海象牙，說到做到。」

萊拉一臉不快。猴子潘拉蒙則專心一意地對湯尼的精靈扮鬼臉，後者輕蔑地閉上黃褐色的眼睛。萊拉和她的新朋友在碼頭邊晃蕩，他們把搖晃的掛燈用線吊在黑漆漆的河上，以吸引瞪著眼的魚群，魚群緩緩游來後，他們就用尖銳的棍子向下猛戳，結果什麼也沒刺中。

萊拉的心思卻還在約翰．法和會議廳上。不久，她偷偷溜回石子路上，往札爾跑去。會議廳的窗旁有盞燈，萊拉太矮，無法看到窗裡的動靜，但她可以聽到屋裡的耳語。

萊拉走到門前，用力敲了五次門。屋內的動靜忽然消失，有張椅子在地板上摩擦，接著門打開了，溫暖的石腦油燈也照射出來。

「有什麼事？」開門的人說。

萊拉往他身後看去，每個人都坐在桌邊，桌上整齊地擺滿了黃金、紙張、鉛筆、杯子和一瓶珍尼維酒。

「我也要去北地，」萊拉大聲說，讓每個人都可以聽見，「我也要幫忙拯救其他的小孩，那也是我逃離考爾特夫人的原因。在那之前，我就已經決定要拯救約旦學院的廚房小弟羅傑。我也要幫忙。我可以導航，從極光中讀取電磁讀數，我還知道熊的身體哪些部分可以食用，還有其他有用的事情。如果你們到了北地後要用到我，卻發現我沒有跟去，你們會很後悔的。就像那個女人說的，你們可能需要女人擔任一些工作……嗯，你們可能也需要小孩呀。你們永遠都不知道，所以你們最好帶我一起去。法王，抱歉打斷你們的會議。」

萊拉現在已身在會議廳中，屋內每個人和他們的精靈都盯著她看，有些露出興致盎然的模樣，有些很不耐煩，可是萊拉眼中只有約翰．法。野貓潘拉蒙坐在萊拉的懷中，綠色眼睛看起來晶亮無比。

約翰．法說：「萊拉，我們不會帶妳去涉險，所以別再自欺欺人了，孩子。留在這裡幫助可斯塔媽媽，並注意自身的安危。這是妳應該做的事。」

「可是我正在學習如何解讀探測儀呀。現在我可以看得愈來愈清楚了！你們一定有用得到探測儀的時候……一定的！」

約翰．法搖搖頭。

「不行，」他說：「我知道妳一心想去北地，但我相信不只考爾特夫人想抓住妳。如果妳真想去北地，等危機過去後再說。離開吧。」

潘拉蒙安靜地嘶嘶作響，約翰．法的精靈從他的椅背上朝他們飛去，這並不是一種威脅的暗示，而是提醒他們應該注意自己的禮節。烏鴉飛過萊拉的頭頂又轉向約翰．法，萊拉只好轉身離開。門在她身後果斷地「卡噠」一聲關上。

「我們一定會去的。」萊拉對潘拉蒙說：「他們阻止不了我們。我們一定會去！」

第九章 間諜

在接下來幾天中，萊拉擬定了一連串計畫，但又不耐地全盤推翻，最後的問題全出在藏身處。如何才能躲在一艘窄船內？畢竟，真正遠航時搭乘的是大船，萊拉從不少故事中得知大船內有許多藏身處，例如救生艇、船艙和船底——不管它們到底在船上的哪裡。可是她得先上得了大船。而要離開沼澤區，就得用吉普賽人的方法。

就算萊拉能憑一己之力抵達海岸，也可能會搭錯船。如果躲在救生艇中，一覺醒來，卻發現自己正在前往巴西高原的路上，那就嗚呼哀哉了。

此時，萊拉周遭的人正日夜為探險活動而忙碌。萊拉在史蒂芬斯基身旁晃蕩，看他在一群自願者中挑選戰士。她也一頭熱地建議凡波普應該攜帶的必備品：他記得準備雪地護目鏡嗎？他知道該在哪裡買極地地圖嗎？

萊拉最想插手幫忙的，就是德路特的間諜工作。可是他在第二次「揉拼」大會結束後，一大早就離開了，沒人知道他什麼時候離開或回來。萊拉無計可施，只好和克朗爺爺親近了起來。

「克朗爺爺，我覺得我最好來幫你，」她說：「我可能比任何人都了解吞人獸，因為我自己差點也成為其中一員。或許你會需要我來幫你了解德路特先生蒐集到的情報。」

克朗爺爺對這個熱情、拚命的小女孩滿懷同情，所以沒叫她滾開，反而和她聊天，聆聽她敘述有關牛津和考爾特夫人的故事，並觀察她閱讀探測儀的過程。

「那本有著象徵圖案的書籍在哪裡？」有天萊拉問他。

「海德堡。」他說。

「世界上只有那一本嗎？」

「可能還有另外幾本，可是我只看過那本。」

「我猜在牛津的柏德里圖書館裡一定也有一本。」她說。

萊拉無法把目光移開克朗爺爺的精靈，這是她這輩子所見過最美麗的精靈了。潘拉蒙變成貓時，是隻精瘦的野貓，毛髮凌亂；可是索芙納克斯（克朗爺爺精靈的名字）卻有金黃色的眼睛，優雅得無法用筆墨形容。她大概是一般貓的兩倍大，毛髮相當豐美。陽光撫過她的身軀時，她的毛髮會閃爍著黃褐—棕色—葉色—淡褐色—穀色—黃金色—秋色—赤褐色的陰影，讓萊拉無法用言語描述。萊拉渴望能摸摸她的毛髮，搓揉她的雙頰，可是她只敢想想，碰觸別人的精靈是天底下最噁心、最無法想像、最冒犯禮節的行為了。精靈間會相互接觸或打架，可是人類和精靈間肢體接觸的禁忌，是如此根深柢固，即使在戰爭中，戰士也絕不會碰觸敵方的精靈。這是完全禁止的。萊拉不記得有人曾告訴過她這些，可是她就是知道，就像她直覺上知道反胃是不好的，舒適是好的一樣。萊拉雖然崇拜索芙納克斯的毛髮，甚至會想像能碰觸她的感覺，卻從不敢付諸行動，而且永遠也不會如此做。

索芙納克斯光澤、健康、美麗，克朗爺爺卻極為衰老虛弱。他可能生過病、中過風，使他不得不仰賴兩根枴杖走路，他老是如一片白楊葉般地顫抖著，可是他的心智敏銳、清晰且強壯，萊拉很快就受他的知識與堅定的指導方式所吸引。

「克朗爺爺，沙漏代表什麼意思？」萊拉會在陽光普照的清晨，拿著探測儀詢問，「長針一直走到這個圖案上。」

「如果妳看得更仔細點，就會發現線索。沙漏上那個小東西是什麼？」

萊拉瞇起眼睛仔細看。

「一具骷髏！」

「妳認為這是什麼意思？」

「死亡……這是死亡的意思嗎？」

「沒錯。在沙漏的意義範圍內是指死亡。其實它的順序是在時間之後，時間是第一層意義，死亡是第二層。」

「克朗爺爺，你猜我注意到什麼嗎？長針在第二次轉到那裡時才停住！第一次經過那裡時，長針稍微顫抖了一下，可是在第二次才停住。那麼第二層的意思才對嘍？」

「很可能。萊拉，妳問了些什麼？」

「我在想……」她頓住，對自己無意中問了個問題感到有點意外。「我只是選了三個圖案，那是因為……我剛才在想德路特先生，你看……我選擇了蛇、坩堝和蜂巢，問問看他的間諜工作進行得如何，而……」

「為什麼是這三個圖案？」

「我認為蛇是狡猾的意思，就像蛇的個性；坩堝是知識的意思，也是你蒸餾出來的東西；

蜂巢則是努力工作，就像蜜蜂一樣。所以努力工作加狡猾再加上知識，你看，這就是間諜的工作嘛。我把三根短針指向它們，在心裡問了問題，長針卻在死亡的圖案上停住了……克朗爺爺，你認為這真的很準嗎？」

「萊拉，它應該很準，問題是我們能不能正確解讀。這是一項奧祕的藝術。我懷疑……」

克朗爺爺的話還沒說完，有人急急敲門，只見一個年輕的吉普賽男人進來。

「抱歉，克朗，約伯．胡斯曼斯剛剛回來，他身受重傷。」

「他和德路特一塊出去的，」克朗爺爺說：「發生了什麼事？」

「他不願多說，」年輕人說：「克朗，您最好趕快過來，他可能撐不下去了，他內出血。」

克朗爺爺和萊拉交換一個警覺、訝異的眼色，可是只持續一秒鐘，克朗爺爺就蹣跚地拿起枴杖，盡快趕了過去，他的精靈則一頭領先。萊拉也跟在他身後，急得直跳腳。

年輕人帶領他們來到停泊在甜菜碼頭的船上，有個穿著紅色法蘭絨布圍裙的女人替他們開了門。她多疑地看了看萊拉，克朗爺爺說：「太太，讓這個女孩聽到約伯說些什麼很重要。」

女人站開讓他們進門，她的松鼠精靈則高踞在木鐘上方。臥鋪上的拼布被單下躺著一個男人，蒼白的臉上布滿汗珠，兩眼大而無神。

「克朗，我已經找人去叫大夫了。」女人發抖地說：「請不要驚動他，他正在受苦，他在幾分鐘前才從彼得．霍克的船上下來。」

「彼得呢？」

「正在繫船。他告訴我應該找您過來。」

「沒錯。嗨，約伯，你能聽到我說話嗎？」

約伯的眼睛轉了轉，看看坐在臥鋪對面一、兩呎外的克朗爺爺。

「嗨，克朗。」他喃喃自語。

萊拉看了看他的精靈，她是隻雪貂，一動也不動地蜷縮在約伯的頭邊，卻沒有睡著，因為她的眼睛睜著，只是和約伯的眼神一樣呆滯。

「發生什麼事了？」克朗爺爺問。

「德路特死了。」他回答。「他死了，吉拉德也被抓了。」

約伯的聲音沙啞，呼吸也很淺促。他停止說話時，他的精靈痛苦地伸展身體，還舔了舔他的臉頰。約伯似乎從這個小動作中得到力氣，繼續說：

「我們潛入神學部，因為德路特聽我們抓到的一個吞人獸說，他們的總部在那裡，所有的命令也是從那裡發出……」

他又住口。

「你們抓到一些吞人獸？」克朗爺爺說。

約伯點點頭，轉頭看了看他的精靈。精靈對其他人類說話很罕見，但偶爾還是會破例。她說話了：

「我們在克爾肯維爾抓住三個吞人獸，逼他們告訴我們他們替誰工作，命令從哪裡發出等等。他們不知道孩子被帶到哪裡去了，只說是北地的拉普蘭……」

她停下來喘口氣，在能繼續說下去前，小小的胸口還劇烈地起伏著。

「這些吞人獸告訴我們有關神學部和波萊爾公爵的事。德路特說他和吉拉德打算潛入神學部，法蘭斯和湯姆則去打探有關波萊爾公爵的消息。」

「他們這麼做了嗎？」

「我們不知道，他們還沒回來。克朗，他們似乎能未卜先知，知道我們採取的每一步行動，法蘭斯和湯姆一接近波萊爾公爵，大概就被他生吞活剝了。」

「說說德路特的事。」克朗爺爺說，他注意到約伯的呼吸愈來愈急促，雙眼也疼痛地閉上了。

約伯的精靈滿懷焦慮和深情，輕輕發出叫聲。站在一旁的女人向前走了一、兩步，還是忍住沒有開口。約伯的精靈有氣沒力地說：

「德路特和吉拉德到達神學部後，發現一個看管不嚴的側門，他們兩人開鎖進入，我們則在門外等待。他們進門才不到一分鐘，我們就聽到一聲慘叫，德路特的精靈飛出來向我們求救，又飛入門內。我們拿出刀子跟在她身後，才發現那是個伸手不見五指的地方，裡面充滿了怪形怪狀的東西和聲音。我們正大惑不解時，突然從上方傳來一陣害怕的叫聲，德路特和他的精靈從頭上的階梯一路摔了下來，他的精靈又拉又扯地想抓住他，卻是徒勞，一瞬間，他們就摔到石板上同時喪命了。

「我們看不到吉拉德，可是頭頂上突然傳來他的尖叫聲，我們嚇得動彈不得，一支箭忽然射中我們的肩膀，深深地刺穿了……」

精靈的聲音更微弱了，約伯則開始呻吟。克朗爺爺傾身，輕輕地拉開床單一角，約伯的肩膀上突出一支箭羽尾，還有一大塊凝結的血塊。箭頭和箭身深深插入這可憐男人的體內，只留約六吋長的箭身在體外。萊拉猛然覺得一陣暈眩。

碼頭外忽然傳來腳步和說話聲。

克朗爺爺坐起來說：「約伯，醫生來了。我們現在要離開了。等你覺得好些，我們再好好談談。」

克朗爺爺離開船艙時，用手拍拍女人的肩膀。萊拉緊跟在克朗爺爺身旁，因為碼頭四周已擠滿人，不停地交頭接耳，指指點點。克朗爺爺要求彼得立刻去見約翰．法，並說：

「萊拉，等確定約伯是否逃過一劫後，我們必須再談談真理探測儀的事。孩子，妳現在先離開做些別的事，待會我們會再叫妳。」

萊拉一個人到處晃蕩，最後走到蘆葦堤防邊坐下，開始對著河裡丟泥塊。她心裡很清楚一件事：對於自己能解讀探測儀的能力，並不覺得很開心或自豪——事實上，她心中充滿了恐懼。那個能使指針轉動和停止的東西，就像個有智慧的生物一樣知曉事情。

「我猜那是個鬼魂。」萊拉說，突然有種想把探測儀丟到沼澤裡的衝動。

「如果那裡面真有鬼魂，我會看得出來。」潘拉蒙說：「就像是在高斯陶的老鬼，我看到他時，妳卻看不到。」

「鬼魂有很多種，」萊拉不屑地說：「你沒辦法看見每一種。對了，記得那些無頭的老學者嗎？我就看得見他們。」

「那只是一種夜氣。」

「才不是。他們是真正的鬼魂，你自己心裡很清楚。不管是哪種鬼魂在移動這些指針，都不是我們看過的那種鬼。」

「這可能根本就不是鬼。」潘拉蒙固執地說。

「不然會是什麼？」

「它可能是……它可能是基本粒子。」

萊拉一臉冷笑。

「有可能！」潘拉蒙堅持，「妳記得在加百利的光子機嗎？那就對了呀。」

加百利學院裡有個非常神聖的物品，小心地存放在小禮拜堂的主祭壇上，還用黑色天鵝絨覆蓋住（萊拉現在想起來了），就和包裹探測儀的天鵝絨一模一樣。萊拉和約旦學院的圖書館長去那裡做禮拜時，曾看過那樣東西。在祝禱師祈願到最高潮時，他忽然掀開天鵝絨，在微光中露出一個像是玻璃圓頂的東西，萊拉因為距離太遠看不清楚。後來祝禱師拉起連在上方百葉窗的一條繩子，讓一道光線照在圓頂上。這下萊拉才看清楚了：那是一個看起來像風標的小東西，四片翼板的顏色一側是黑色，另一側是白色，光線一照到風標，就會開始轉動。祝禱師解釋道，這就像是一種道德教訓，黑色代表無知，所以會逃離光線，而代表智慧的白色，卻會盡情擁抱光線。萊拉把祝禱師的話當真，可是在走回約旦學院的路上，圖書館長告訴萊拉，小小風標和道德教訓完全無關，它是由光線作為動力的。

或許潘拉蒙猜對了。如果基本粒子可以推動光子機，或許也可以使輕巧的指針轉動，但她還是滿腹狐疑。

「萊拉！萊拉！」

湯尼站在碼頭向她招手。

「過來這裡，」他叫道：「到札爾去見約翰．法。快跑，女孩，事情很緊急。」

萊拉找到約翰．法、克朗爺爺和其餘領袖，他們看來都愁眉深鎖。

約翰．法說話了：

「萊拉，孩子，克朗告訴我有關妳解讀那個儀器的事了。我很遺憾地告訴妳，可憐的約伯剛剛過世了。我們畢竟還是得帶妳一塊走，雖然這和我的期望不符。對此我很煩惱，可是我們似乎沒有別的選擇。等約伯按照習俗埋葬後，我們就啟程出發。懂了嗎？萊拉，妳也會跟我們一塊離開，可是這不是什麼值得高興的事，未來有許多困難和危機正等著我們呢。

「我決定讓妳跟在克朗身邊，不要打擾他或為他帶來危險，否則我會處罰妳。現在趕快回去向可斯塔媽媽解釋事情經過，並盡快打包準備出發。」

接下來的兩個禮拜，是萊拉有生以來活得最忙碌的時刻，可惜，雖然忙碌卻不夠快。在大部分時間裡，她都無聊地等待著，藏身在潮溼、亂七八糟的櫃子裡，從窗戶看著一幕幕陰暗潮溼的秋天景色。接著又躲起來，睡在靠近瓦斯蒸汽引擎旁，一覺起來伴隨著惱人的頭痛。最糟糕的是：永遠都不准到戶外沿著河堤跑一跑，或爬到碼頭上、打開水閘或接住從水閘邊丟來的停泊繫繩。

當然，萊拉必須躲起來。湯尼告訴她沿岸酒館的傳言：全國正在進行一場捉拿金髮小女孩的行動，找到的人會得到一筆犒賞，藏匿不報者則會處以重罰。除此之外，還有各種光怪陸離的傳聞：人們說這個金髮小女孩是唯一從吞人獸手中逃走的小孩，身上持有驚人的祕密；另一個傳言則說她根本就不是人類小孩，而是有著人類和精靈外形的鬼魂，是從地獄送到人世間來摧毀人類的；最後一個傳言則說她根本就不是小孩，而是個發育完全的成人，她利用魔法縮小身體，受韃靼人雇用來偵察善良的英國人，並替韃靼人鋪好入侵之路。

萊拉在聽到這些傳言時，起先沾沾自喜，接著又變得意氣消沉。這些人全都對她又怕又恨！她一心希望能離開這個盒子大小的船艙，渴望他們現在已經身在北地，在皚皚的白雪中注視耀眼的極光。有時她則希望能再回到約旦學院，當總管的鈴聲宣布再過半個小時就要用餐時，她和羅傑則忙著在屋頂匍匐而上。廚房裡充滿了隆隆聲、嘶嘶聲以及叫喊聲……有時萊拉一心希望什麼都沒有改變，她可以永永遠遠是約旦學院的萊拉。

唯一能夠安撫她的無聊和煩躁的就是探測儀。現在她每天都會把玩它，有時和克朗爺爺一起解讀，有時自己研究。萊拉發現自己愈來愈快進入那種冷靜的境界中，象徵的意義也變得愈來愈明朗，彷彿太陽照射在群山後，逐漸顯現清晰的景象。

萊拉嘗試對克朗爺爺解釋這種感覺。

「就像你對某個人說話，只是你聽不清楚對方在說些什麼，你覺得自己有點像傻瓜，因為對方比你聰明多了，只是不易了解罷了……克朗爺爺，他們知道這麼多事情！他們似乎知道所有的事，幾乎是一切！考爾特夫人很聰明，她知道很多事情，但這是不一樣的知識……我猜有點像是一種領會……」

克朗爺爺會問些特定的問題，萊拉就嘗試找尋答案。

「考爾特夫人目前在做些什麼？」他會這麼問，萊拉的雙手馬上開始移動，接著克朗爺爺就會問：「告訴我妳怎麼做？」

「嗯，聖母代表考爾特夫人，當我把手放在這個圖案上時，心裡想的是我的『母親』。螞蟻代表『忙碌』——這很簡單，這是第一層意義。沙漏本身也有時間的意思，某部分意義就是『現在』。然後我就把心思專注在這上面。」

「妳怎麼會知道這些意義？」

「這有點像是我能看到這些意思，正確地說是能感覺到它們。就像你在夜裡攀爬梯子，你把腳放在梯級上後還會有另一個梯級。嗯，當我全神貫注時，如果還有另一層意思，我多少可以感覺出來那是什麼意思，最後我把這些意義都融合在一起。這需要一點小技巧，就像雙眼合視的原理。」

「做做看呀，看它怎麼說？」

萊拉照他的話做。長針立刻開始精確地旋轉、靜止、旋轉、再靜止。克朗爺爺滿心感動地看著萊拉優雅、有力的模樣，彷彿在看小鳥學飛一樣。他隔著桌子看到長針停止下來的圖案，也看著小女孩用手把頭髮往後撥，輕輕咬著下脣。她的眼睛起先跟著長針一起轉動，等長針行徑固定後，就看看羅盤其他部位，但也不是漫無目的地觀看。克朗爺爺自己是個西洋棋高手，心裡很清楚棋手下棋時的神態。高手能看穿棋盤上的局勢分布，因此會光看較強的棋勢而忽略較弱的部分。萊拉的眼睛正以這種方式移動，她正追隨著一種只有她可以看見的磁力，而他卻看不見。

長針指向雷電、嬰孩、蛇、大象，最後指向一個萊拉不知道叫什麼的動物上：牠看起來像隻蜥蜴，有大大的眼睛，尾巴捲在棲身的小樹枝上。萊拉觀察著長針一再重複相同的順序。

「那隻蜥蜴代表什麼？」克朗爺爺說，打斷了她的思路。

「這沒有道理……我能看見它在說什麼，但我一定是讀錯了。雷電的意思應該是憤怒，而嬰孩……我想是指我……我本來快要知道那隻蜥蜴的意思了，可是克朗爺爺，你一和我說話，我就失去了。看，它又開始亂轉。」

「是的，我看得出來。抱歉，萊拉。妳很累了嗎？妳要停止嗎？」

「不，我不要。」她說，可是她雙頰火紅、雙眼發亮。萊拉全身都呈現焦躁、興奮過度的徵狀，而長期關在這個空氣不流通的小地方，使情況雪上加霜。

克朗爺爺從窗戶看出去。天色已暗，這是抵達海岸前最後一段航程。在荒涼的天空下，大片棕色的浮渣在河口逐漸擴散，不遠處有些煤油槽，和生鏽、長滿蜘蛛網的輸送管堆在一塊，精鍊廠旁一層又厚又髒的煙霧正緩緩向上飄升，最後與雲層混為一團。

「我們在哪裡？」萊拉說：「克朗爺爺，我可以到外面一下下嗎？」

「這是科比水道，」他說：「科爾河的河口。等我們抵達城鎮後，我們會把船繫綁在煙市，然後走路到碼頭，再過一、兩個小時就到了……」

天愈來愈黑，在寬闊、荒蕪的小灣中，除了他們自己及遠方一艘正進入精鍊廠的運煤駁船外，什麼也沒有。萊拉雙頰發紅、身心俱疲，她已經被關在裡面這麼久了，最後克朗爺爺說：

「嗯，我想，讓妳出去幾分鐘應該沒關係。我不會稱這個叫作新鮮的空氣，從海洋吹來的才是新鮮空氣，妳可以坐在船頂上眺望，等我們接近陸地時再進來。」

萊拉一躍而起，潘拉蒙立刻變成海鷗，急切地想到外面伸展羽翼。船外天寒地凍，即使萊拉全身包裹得圓滾滾的，仍冷得直打哆嗦。另一方面，潘拉蒙則興奮地呱呱叫，一下躍上空中盤旋、一會兒低空飛掠或俯衝到船頭，現在則飛到船尾了。萊拉滿心雀躍，心中也和潘拉蒙一起翱翔，還鼓勵潘拉蒙，向老舵手的鸕鶿精靈挑戰比賽。可是她對潘拉蒙理也不理，只是睡眼惺忪地站在舵手旁的把手上。

在這片苦寒、枯黃的曠野上，看不到任何生物的影子，只有引擎穩定的軋軋聲，以及船首劃過水面濺起的水聲，打破了廣大的靜謐。雲層厚重低沉，可是還未下雨，雲層下方的空氣則因煙霧而變得汙濁。只有潘拉蒙優雅快速地飛過天空，顯示出一點生命和喜悅。

潘拉蒙向上高飛後俯身衝下，白色寬大的翅膀在灰色的天空中特別搶眼。此時，空中突然出現一個黑色的東西，朝他猛然撞去。潘拉蒙又驚又痛地側滾一下，萊拉也放聲驚叫，馬上感到體內的劇痛。另一個黑色的小東西也加入第一個攻擊者，它們行進的方式看起來不像是鳥類，反而像是飛行中的甲蟲，沉重、直接，還發出一種嗡嗡聲。

潘拉蒙從空中跌下來，努力扭動著想飛向船身及萊拉張開的臂膀，可是那些黑色的東西不斷攻擊他，殘酷冷血，還持續嗡嗡作響。萊拉則因自己和潘拉蒙的恐懼幾乎發狂了。接著有樣東西從她身邊掠過朝空中飛去。

那是舵手的精靈，雖然看起來沉重、笨拙，飛行時卻相當順暢有力。她開始轉頭東齧西咬——黑色羽翼用力鼓翅、白色羽翼開始抖動——那個黑色的小東西從空中一路跌下來，最後跌到萊拉腳邊塗了柏油的船艙屋頂，此時潘拉蒙也安全降落在萊拉張大的雙臂中。

萊拉還來不及安慰潘拉蒙，潘拉蒙已變成野貓，躍向那隻小東西，它正快速地想匍匐溜走。潘拉蒙一把將它拍回屋頂邊，伸出爪子緊緊壓住它，還抬頭看看愈來愈暗的天空。鶻鵟黑色的翅膀正向上盤旋，追逐另一個入侵者。

最後鶻鵟迅速降落，並對舵手低聲說了些什麼。舵手說：「那隻逃走了，可是別讓另一隻逃走。來……」他把手中錫製寬口杯中的渣滓倒出，將杯子丟給萊拉。

萊拉立刻用杯子倒扣住那個東西。它在裡面嗡嗡作響，像個小機器般地咆哮。

「蓋緊了。」克朗爺爺在萊拉身後對她說，並蹲下來將一張紙插入杯緣下方。

「克朗爺爺，那到底是什麼東西？」萊拉心有餘悸地問。

「我們進去仔細瞧瞧。萊拉，小心拿著，緊緊抓好。」

萊拉看見舵手的精靈經過身邊時，本想開口道謝，她卻閉上眼睛，因此萊拉改口向舵手道謝。

「妳應該待在裡面。」他只如此回答。

萊拉拿著杯子進入船艙，克朗爺爺找到一個啤酒杯，把寬口杯上下顛倒蓋在啤酒杯上，然後抽掉兩個杯子間的紙板，那個小東西就跌到啤酒杯裡。克朗爺爺舉起杯子，兩人可以清楚地看見杯內有隻憤怒的小東西。

它看起來只有萊拉的拇指那麼長，顏色並不是原先所想的黑色，而是深綠色。它的鞘翅高舉，就像瓢蟲打算起飛的模樣，翅膀拍動得如此劇烈，乍看之下只是模糊一片。它六隻帶爪的腳，正攀抓著光滑的玻璃。

「這是什麼？」萊拉問。

野貓潘拉蒙蹲在桌子半呎遠處，綠色的眼睛追隨著在玻璃杯內繞圈子的生物。

「如果妳把這個玩意兒拆開來看，」克朗爺爺說：「妳會發現裡面並沒有生命。它不是動物也不是昆蟲。我曾看過這東西一次，可是沒想到會在這麼北方看到它。這是個非洲的玩意兒。它體內有個發條裝置，已經轉到啟動的部位，正中心有個施過法術的惡毒魂氣。」

「是誰送出這個東西？」

「萊拉，妳不需要讀象徵圖案，也能像我一樣猜到。」

「考爾特夫人？」

「當然。看來她不僅到過北地探險。妳可以在南方野外看到很多這種奇怪的東西，上次我是在摩洛哥看到的。這是種極端危險的東西，只要裡面的惡靈不消失，它就永遠不會停止，如果妳突然讓裡面的惡靈得到自由，憤怒的惡靈會殺了它碰到的第一個東西。」

「它是用來做什麼的？」

「刺探情報。我這個該死的傻子，不該讓妳出去，我也不該打斷妳思考那些象徵圖案的過程。」

「我知道了！」萊拉突然興奮地叫道：「那個蜥蜴的意思是空氣！我看到這層意思，卻無法了解它的意義，我嘗試找出答案時卻失去它了。」

「哈，」克朗爺爺說：「我也知道了。那不是蜥蜴，這正是原因。那是變色龍，變色龍代表空氣，因為牠們不吃不喝，只要呼吸就可以活下去。」

「那大象……」

「非洲，」他說：「啊哈。」

兩人互相看看對方，他們愈了解探測儀的力量，就愈心生敬畏。

「它時時刻刻告訴我們這類事情，」萊拉說：「我們真該聽它的話。克朗爺爺，我們該怎麼對付這個小東西？我們可以殺死它或怎麼樣嗎？」

「我不知道該怎麼辦。我們先把它好好關在盒子中，永遠也別讓它溜出來。我擔心的是逃走的另一隻，它可能已回到考爾特夫人那裡，報告曾看到妳的消息了。該死，我真是個老糊塗。」

克朗爺爺在櫃子裡東翻西找，最後找到一個直徑大約三吋長的菸葉錫罐，原先是用來放置螺絲的。他倒出裡面的東西，用破布在裡面抹一抹，最後將蓋著紙板的玻璃杯倒轉過來。

在這個轉送的高難度過程中，小生物的腳從錫罐中伸出來，並以驚人的力量想掙扎逃出，最後它終於就範了，他們緊緊地旋牢蓋子。

「等我們一上大船後，我會找些焊接劑把邊緣焊起來以策安全。」克朗爺爺說。

「難道它不用上發條嗎？」

「如果是一般的發條裝置，妳需要時時替它上發條。如我先前說過的，這個小生物被施法固定在上緊發條的狀態，因此它愈掙扎，發條就會上得愈緊，力量就變得更大。現在我們把這個小傢伙放在一旁……」

克朗爺爺用法蘭絨布將錫罐包住，以降低不斷作響的嗡嗡聲，然後把錫罐放在他的臥鋪下。

天色已經完全暗了，萊拉從窗內觀察科比城逐漸接近的燈色。沉重的空氣逐漸轉成濃厚的霧色，當他們將船繫在煙市碼頭時，眼前一切已變成柔和朦朧的一片。黑色的陰影在倉庫、起重機、市場木造攤子以及聳立多根煙囪的無數花崗岩建築（市場因此而得名）上，覆蓋珍珠銀灰色的面紗。夜以繼日，魚隻懸掛在散發橡木香氣的燒煙中燻製。煙囪內排出的煙霧使原已厚重的空氣更加溼黏，甚至可以在圓煤塊中嗅聞到煙燻鯡魚、鯖魚、鱈魚的濃郁氣味。

萊拉穿上防水油布，拉上風帽以遮蓋她耀眼的髮色，走在克朗爺爺和舵手之間。三隻精靈都在戒備，謹慎地偵察前方的每個角落、後方的動靜，聆聽每個最細微的腳步聲。

他們是街上唯一可見的生命跡象。科比城人全都躲在屋內，或在生起的爐火旁啜飲珍尼維酒。他們一直走到碼頭邊才碰到人跡，那是守門的湯尼。

「謝謝老天爺，你們安全抵達了。」他安靜地說，一面讓他們進門。「我們剛剛聽說傑克．

弗霍文被射殺了，他的船也被擊沉。沒人知道你們在哪裡。約翰．法已經上船了，正迫不及待要出發呢。」

萊拉覺得這艘船看起來真是巨大無比：倉庫、船體中部的煙囪、高聳的艄樓，堅固的轉臂起重機坐落在帆布覆蓋的艙口上方，舷窗和艦橋上閃爍著淺黃色的微光，桅頂上則是白色的燈光。有三、四人在甲板上匆匆地忙碌著，只是她看不清他們在忙些什麼。

萊拉跑在克朗爺爺前面，一頭先衝進木製舷門內，興奮地東張西望。潘拉蒙變成猴子，一下子就爬上起重機，可是萊拉馬上叫他下來，克朗爺爺要他們乖乖待在艙內或船下。

他們一起走下階梯（或稱為艙梯），那裡有間會客廳，約翰．法和尼可拉斯正沉靜地談話，後者負責整艘船的事務。約翰．法不疾不徐地處理一切，萊拉等待他歡迎她的到來，可是約翰．法在談完潮水和領港的細節後，才轉頭對他們說話。

「晚安，朋友們。」他說：「可憐的傑克死了，我猜你們已經聽說了，他的人也被抓走了。」

「我們也有壞消息。」克朗爺爺說，並告訴約翰．法有關他們和飛行惡靈的接觸經過。

約翰．法搖搖他的巨頭，並沒有出聲指責他們。

「那個東西現在在哪裡？」

克朗爺爺把菸葉錫罐放在桌上。錫罐內傳出激烈的嗡嗡聲，還開始在木桌上緩緩移動。

「我曾聽說過發條惡魔，但從未親眼看過它，」約翰．法說：「我只知道我們沒辦法馴服它，或解除它的發條裝置，也沒辦法用鉛塊將它砸碎或丟到海裡，因為錫罐最後會生鏽破裂，這個惡魔會追蹤這個孩子到天涯海角。不行，我們必須好好保管它，並提高警覺。」

萊拉是船上唯一的女性（約翰．法經過深思，決定不讓其餘女性同船），因此有間自己的船艙。當然，這不是什麼富麗堂皇的船艙，只是間比櫃子稍大、裝得下臥鋪和有個窗戶的小船艙，這個窗戶的正確名稱應該叫作舷窗。萊拉將隨身攜帶的一點東西塞入臥鋪下的抽屜，然後興匆匆地跑上欄杆旁，打算看著英格蘭在眼前消失，最後卻失望地發現，人還沒爬上欄杆，英格蘭已在霧中失去蹤影。

船下滔滔作響的浪花、空氣中的各種活動、船燈勇敢地在夜色中兀自發光、隆隆的引擎聲，還有鹽、魚、煤油的味道，就足以使萊拉興奮得手足無措了。不久，他們進入日爾曼海時，萊拉將會有一番前所未有的新體會。有人叫萊拉下來吃晚餐，她卻發現自己沒有想像中餓，為了潘拉蒙，她覺得自己最好躺下來，因為可憐的潘拉蒙正渾身不舒服呢。

萊拉終於啟航前往北地了。

第二部　波伐格

第十章 領事和熊

約翰・法和其他領袖決定取道前往拉普蘭的主要港口特洛塞德。女巫在那裡有個領事館，約翰・法知道少了她們的協助，就沒有機會拯救失蹤的孩子；至少要請她們保持友好的中立。

第二天，萊拉的暈船症狀減輕不少後，約翰・法將他的想法解釋給萊拉和克朗爺爺聽。這是個豔陽高照的好天氣，綠色的海浪拍打著船首，波浪退下時伴隨著一圈圈白色的泡沫。甲板外徐風輕拂，海面閃爍著亮光和起伏的波濤，波光粼粼，萊拉覺得自己已不再暈船，潘拉蒙也發現當海鷗或海燕的樂趣，時時飛掠海浪。萊拉感受到他的雀躍，也滿心歡喜，忘了當新水手的種種不適。

陽光暖暖地灑在身上，約翰・法、克朗爺爺和兩、三人坐在船尾，商討下一步該怎麼做。

「克朗認識這些拉普蘭女巫，」約翰・法說：「如果我沒記錯，他們之間有項必須遵守的義務。」

「沒錯，約翰，」克朗爺爺說：「這是四十年前的事了，可是四十年對女巫來說，算不了什麼。有些女巫可以活得比這長好幾倍。」

「克朗，這項義務是如何產生的？」史蒂芬斯基問，他負責作戰部隊的調度。

「我救過一個女巫，」克朗爺爺解釋，「當時她被一隻我從沒見過的紅色巨鳥追逐，最後從空中掉下來，身受重傷跌入沼澤，我動身尋找她。當時她幾乎淹死了，我把她救上船來並射下大鳥，遺憾的是，那隻大鳥也跌入沼澤內，他和麻鵜一樣巨大，全身火紅。」

「噢！」其他人回應，顯然都被克朗爺爺的故事吸引住了。

「我把她救上船後，」克朗爺爺繼續說：「讓我大吃一驚的是，那個年輕女人並沒有守護精靈。」

這句話就和「她沒有頭」的意思一樣，想想就讓人反胃作嘔。男人聽後忍不住戰慄起來，他們的精靈也毛髮豎立、搖晃身軀或沙啞地叫著，男人開始安撫他們的精靈。潘拉蒙也躲到萊拉的懷裡，兩人的心跳合而為一。

「至少，」克朗爺爺說：「那是當時看起來的狀況。從她跌下天空的模樣推斷，我多少可以猜到她是個女巫。她和年輕小姐看起來沒兩樣，只是比某些女人更纖瘦，長相也更標致，可是她沒有精靈，這的確令我相當震驚。」

「難道女巫沒有精靈嗎？」坎則納說。

「我猜她們的精靈是隱形的。」史蒂芬斯基說：「他可能一直都在那裡，只是克朗看不到他。」

「不，亞當，你說錯了。」克朗爺爺說：「他並不在那裡。女巫有能力使自己和精靈分隔兩地，兩者間的距離遠得超過我們所能想像。如果有必要，她們可以用風、雲或海洋將精靈送到國外。我發現的這個女巫，在休息了大概一個小時後，她的精靈終於趕來，因為他可以感受到女巫的恐懼和傷痕。雖然這位女巫從未確認我的猜測，可是我相信自己射下的那隻大紅鳥，是另一名女巫的精靈，當時正在追殺我拯救的那個女巫。老天爺！一想到這點，就會讓我頭皮發麻。我不該多管閒事的，不管在陸上或海上我都小心防範，不過這件事終究還是發生了。無論如何，我救了她是事實，她為了報答我，告訴我只要我需要協助，可以隨時召喚她。有次我被斯克林人的毒箭射傷，她也趕來營救。我們還有別的關係……我已有好多年沒看見她了，可是她一定還記得這些。」

「這個女巫住在特洛塞德嗎？」

「不是。她們住在森林和凍原，而不是人聲鼎沸的海港。她們的工作總是和野地脫不了關係。可是她們在特洛塞德派任了一個領事，毫無疑問，我可以靠他傳遞消息。」

萊拉一心想知道更多有關女巫的事，他們卻開始討論油料、儲備等事。萊拉蠢蠢欲動地想探索船上其他角落，她沿著甲板走到船首，很快就和一等水手混熟了。萊拉把早餐省下來的蘋果籽丟向他，對方是個粗壯沉著的男人，開口對萊拉罵了一串髒話，萊拉也以牙還牙，兩人因此成了好友。他叫作傑瑞。在傑瑞指導下，萊拉發現抑制暈船的妙方就是沒事找事做，即使是擦抹甲板也會讓人很有成就感，而且是以討海人的方式來擦抹。萊拉很喜歡這個主意，接著她以討海人的方法摺疊床單、把東西在衣櫥裡擺好，而且以水手所用的字眼「收拾」來稱呼這個過程，而不是一般所說的「整理」。

過了兩天的海上生活後，萊拉判定這是最適合她的生活。她已徹頭徹尾地跑遍整艘船，從引擎間到艦橋，還很快就知道每個船員的暱稱。船長洛克比讓她拉拉蒸汽笛的把手，向荷蘭快速帆船打招呼；廚師在混合葡萄乾布丁時，也必須忍受她的干擾；萊拉唯一一次被約翰．法大聲斥責，是她想爬到前桅的鴉巢內觀看地平線。

大船快速地朝北地前進，天氣也一天比一天更冷了。船員在船上的儲藏室中找到一些防水油布，剪裁後讓萊拉穿上。傑瑞還教萊拉如何裁縫，萊拉心甘情願地向傑瑞學習，可是在約旦學院時，每次羅斯黛太太想教她，她總是嗤之以鼻。萊拉和傑瑞一起替探測儀縫了個防水袋，讓她可以隨身攜帶在腰間，萊拉說這是為了預防她不慎落海。有了這個防水袋，萊拉可以穿上防水油布，在刺臉的波浪痛擊船首以及大浪拍打甲板時，緊抓住欄杆而無後顧之憂。萊拉仍然偶爾會覺得暈船，特別是在起風或船穿越新月般的灰綠高浪時，此時潘拉蒙的責任就是幫她分心，他會變成海燕穿越大浪，讓她感受他乘風破浪時的快感，好忘記自己的不適。有時潘拉蒙還會變成魚，有次甚至加入一群海豚的行列，讓海豚驚喜不已。萊拉發抖地站在艏樓，看著心愛的潘拉蒙光滑、有力地和幾隻行動矯捷的灰色生物一起從海中躍起，忍不住放聲大笑。可是這並不是一種單純的喜悅，反而夾藏著一種痛苦和恐懼。如果潘拉蒙喜歡當海豚，遠超過喜歡她呢？

傑瑞剛好也在附近，他在調整遮蓋前艙門上的帆布時不覺停下來，看到小女孩的精靈正和海豚一起滑行跳躍。他自己的精靈海鷗則站在絞盤上，把頭藏在羽翼下。他了解萊拉的感覺。

「我記得自己第一次出海時，我的精靈貝里沙瑞雅還沒有定型。那時我還很年輕，她喜歡當鼠海豚，我擔心她最後會就此定型了。在我的第一艘船上，有個老水手一輩子都不能上岸，因為他的精靈最後變成海豚，使他永遠也離不開水。他是個頂尖的水手，也是我所認識最傑出的航海家，他可以在漁業上大賺一筆，可是他還是快快不樂。他一直到死後葬在海裡，都覺得不快樂。」

「為什麼精靈必須定型？」萊拉問，「我希望潘拉蒙永遠可以變來變去，就像現在一樣。」

「哈，他們遲早總會定型的，那是成長的一部分。等時機到了，妳會開始厭倦他不斷改變，最後妳會希望他定型下來。」

「我才不會！」

「噢，妳會的。妳會想和其他女孩一樣長大。反正定型也有定型的好處。」

「什麼好處？」

「知道自己是個什麼樣的人。就以我的老貝里沙瑞雅來說吧，她是海鷗，那說明我多少也是海鷗。我既不偉大、出色，也不漂亮，可是我是個強悍的老傢伙，能在任何地方生存，總可以找到一點食物和朋友，這是件值得知曉的真相。等妳的精靈定型後，妳就會了解自己是什麼樣的人。」

「如果你的精靈變成你不喜歡的形狀呢？」

「嗯，那妳就不會滿意，是不是？很多傢伙希望他們的精靈是獅子，最後他們卻成為獅子狗。除非他們學會認識自己是個什麼樣的人，否則他們多半會憤憤不平。這實在是浪費精力。」

但萊拉覺得她永遠都不會長大。

有天早上，空氣中有種特殊的氣味，船身的移動也有些怪異，不像平常一樣前搖後傾，反而東搖西晃。萊拉一醒來就跑到甲板上，貪婪地注視著陸地：看慣了海天一色後，這真是個奇怪的景象——他們不過在海上航行幾天而已，萊拉卻覺得已經出海好久好久了。船的正前方有座山脈高聳而立，側向蔓延成綠色一片，山頭上還有皚皚白雪，一座小小城市和海港正好坐落在下方：那裡有屋頂陡峭的木造屋、小禮拜堂的尖塔、海港的起重機，還有一大群海鷗在空中盤旋尖叫。空氣中有種魚腥味，還和山裡傳來的松脂、土地、動物和麝香味混淆在一塊兒；另外還有寒冷、單純和狂野的味道，可能是雪的味道。這是北地的味道。

海豹環繞著船隻跳躍，牠們在海中露出小丑般的面容，又沒入水中，不激起一道浪花。海風掀起鑲著白邊的波濤，讓人覺得出乎意料地寒凍，還毫不留情地入侵到萊拉狼皮外套的每個縫隙間，她的手很快就凍得發痛，臉也開始發麻。潘拉蒙變成貂，蜷曲在萊拉的脖子上幫她取暖，如果待在外面什麼都不做，即使只是看看海豹，還是會覺得太冷。萊拉回到船艙內吃早餐粥，在會客廳內的舷窗朝外觀望。

港口內的海水看起來平靜多了，船隻行經巨大的防波堤，晃動大幅減緩，萊拉一時反而感到不穩。她和潘拉蒙貪婪地看著船隻緩慢笨重地前進到碼頭邊，最後引擎聲轉換成較安靜的背景聲：人們的叫喊命令或詢問、繩子用力拋出去、舷門降低了，最後艙口打開了。

「走吧，萊拉，」克朗爺爺說：「妳都打包好了嗎？」

萊拉一醒來看見陸地後，就把自己的一點東西打包好了。現在她只要跑回船艙拿起購物袋，就可以上路了。

萊拉和克朗爺爺上岸後的第一件事，就是去造訪女巫領事館。他們很輕易便找到那個地方。這個小小城鎮的建築均集結在海灣邊，只有小禮拜堂和總督宅邸看起來較具規模。女巫領事住在一間可以眺望海景的綠色木屋中，他們拉扯門鈴時，整條靜謐的街道都迴盪著刺耳的鈴聲。

僕人將他們帶入一間小小會客廳，並端出咖啡招待，領事也出面迎接他們。他是個寬胖、面色紅潤的人，身穿莊重的黑色西服，叫作馬丁．蘭塞里，有隻小蛇精靈，緊張明亮的綠眼與主人的眼睛如出一轍，這是他身上唯一像巫師的地方——雖然萊拉並不確定自己期待中的女巫長得什麼模樣。

「法德・克朗，有我可以效勞的地方嗎？」他說。

「蘭塞里博士，我有兩件事需要您的協助。第一，我迫切地想和一位多年前認識的女巫女士聯絡，那時是在東英格蘭的沼澤區。女巫的名字是席拉芬娜・帕可拉。」

蘭塞里博士用銀色鋼筆在一張紙條上書寫。

「你們在多久前認識的？」他問。

「大概有四十年了。我想她一定還記得。」

「那第二件事呢？」

「我代表一些失去小孩的吉普賽家庭。我們有理由相信某個組織抓走了這些孩子，包括吉普賽和其他人的小孩，還因為一些未知的理由將他們帶到北地去。我想知道您或您的同僚是否知道事情的原委？」

蘭塞里博士面無表情地喝了口咖啡。

「我們不可能不注意到眼下正在進行的活動，」他說：「您也了解，我的人和北地人關係良好，我不願去打擾他們。」

克朗爺爺點點頭，表示他很了解。

「我相信，」他說：「如果我可以從別處得到這些訊息，我也不會打擾您了。這也是我剛剛詢問女巫女士的原因。」

蘭塞里博士點點頭，表示他也了解情況。萊拉既困惑又敬佩地觀察兩人你來我往。在這個遊戲的表面下暗潮洶湧，萊拉看得出來女巫領事已做出決定。

「我明白了，」他說：「當然，老實說，法德．克朗，我們對您的名字並不陌生。帕可拉現在已成為恩納拉湖區女巫族的女王。對於您另一個問題，如果有人問起，您不是從我這裡得到答案的。」

「當然。」

「嗯，這個小城有家叫作『北地前進探險公司』的分公司，表面上在找尋礦脈，事實上卻由倫敦一個叫作奉獻委員會的機構所控制，我剛好知道這個機構正進口小孩。城裡的人並不知道這件事，諾若威政府對此也一知半解。孩子們待在這裡的時間不長，稍後，他們就被帶到遙遠的內陸去了。」

「蘭塞里博士，您知道他們被帶去哪裡嗎？」

「我不清楚。如果我知道，我會告訴您的。」

「您知道那些孩子最後怎樣了嗎？」

蘭塞里博士第一次注意到萊拉的存在，萊拉也呆呆地回望著博士。綠色小蛇精靈從領事的領子間昂首，吐著舌頭對領事輕聲說了些什麼。

領事說：「我聽說『梅史達特步驟』一詞與此事有關。我想他們故意利用這個名稱來掩人耳目。我也聽說過『切割』一詞，可是我不清楚那到底指的是什麼。」

「目前城裡有任何小孩嗎？」克朗爺爺說。

克朗爺爺搓揉他精靈的毛，她警戒地坐在他大腿上。萊拉注意到她已不再發出呼嚕呼嚕聲。

「沒有，我想應該沒有。」博士說：「一個禮拜前，大約有十二個孩子被送來此地，可是前天就送走了。」

「啊！前天？這倒給了我們一些希望。蘭塞里博士，他們是用什麼交通工具？」

「雪橇。」

「您不清楚他們去哪裡了？」

「不清楚。那並不是我們感興趣的議題。」

「的確。先生，您已清楚回答我的問題了，現在只剩下最後一個問題。如果您是我，您會問女巫領事什麼樣的問題？」

在這次會晤當中，博士第一次咧嘴微笑了。

「我會詢問，哪裡可以得到武裝熊族的協助？」他說。

萊拉瞬間坐直身子，還感到潘拉蒙的心臟在她掌中狂跳。

「我聽說武裝熊族目前替奉獻委員會效力。」克朗爺爺也驚愕地說：「我的意思是，他們正替北地前進探險公司或不管他們怎麼稱呼的公司做事。」

「有一隻熊例外。您可以在蘭露克街末端的雪橇維修站找到他。他正在那裡工作，可是他的壞脾氣及驚嚇狗群的事，可能會使他工作的任期縮短。」

「所以，他是個叛徒嘍？」

「似乎是的。他的名字叫作歐瑞克．拜尼森。您問我我會問些什麼，現在我也告訴您了。現在我告訴您我會怎麼做：我會掌握機會，雇用一隻武裝熊，即使機會渺茫。」

萊拉幾乎坐不住了。可是克朗爺爺知道在這種會議中應注意的禮節，就從盤內拿起一塊調味蜂蜜蛋糕，開始嚼食。博士轉頭看看萊拉。

「聽說妳有個真理探測儀？」他問。萊拉不覺大吃一驚，他怎麼會知道？

「是的，」她說，潘拉蒙輕輕咬了她，鼓勵她繼續說：「您想看看它嗎？」

「我很樂意。」

萊拉粗手粗腳地從防水布袋中掏出天鵝絨布袋，交給博士。博士打開天鵝絨，小心翼翼地舉起來觀看，就像學者正注視著罕見的手稿。

「何等精緻呀！」他說：「我曾看過一個樣品，可是沒有這個細膩。妳有解讀的書嗎？」

「沒有。」萊拉正打算開始解釋時，克朗爺爺已經搶先開口了。

「沒有，可惜的是，萊拉雖然擁有探測儀，卻無法解讀出它的意義。」他說：「這就像印度人用墨池來解釋未來一樣神祕。我知道最近的一本解讀書在海德堡的聖約翰修道院中。」

萊拉知道克朗爺爺為什麼如此說：他不希望蘭塞里博士知道她的能力。可是萊拉也看得出來克朗爺爺忽略的事，那就是博士的精靈突然表現出很煩躁的模樣，萊拉了解偽裝是沒必要的。她說：「其實我可以解讀它。」萊拉裝作一面對蘭塞里博士、一面對克朗爺爺解釋的模樣。這次則是領事先有了反應。

「那妳一定很有智慧了，」他說：「妳是在哪裡得到這個探測儀的？」

「牛津約旦學院的院長給我的，」她說：「蘭塞里博士，您知道是誰製造這些探測儀嗎？」

「有人說它們是在布拉格城裡製造的。」領事說：「第一個發明探測儀的人，顯然想根據天體學的原理，測量其他星球對地球的影響。他希望發明一個能反映出火星、金星及北地間相互影響的羅盤。雖然他最後失敗了，可是他發明的這個機械裝置，顯然對某些東西有所反應，雖然沒人知道那到底是什麼。」

「他們從哪裡找到這些象徵圖案？」

「噢，那是在十七世紀。當時符號和徽記到處都是，無論建築或圖像，都是設計來閱讀的，就如書籍一樣。每件事都代表某些意義，如果妳找到正確的字典，妳甚至可以讀出『自然』的意義。哲學家會利用這種象徵主義來分析神祕的知識來源，也就不令人驚訝了。但是妳知道，它們已有兩個世紀的時間沒這樣正式使用了。」

博士將儀器還給萊拉，並說：

「我可以問妳一個問題嗎？如果沒有解答書，妳是怎麼解讀的？」

「我只是讓自己的頭腦變得很清楚，就像從水裡看東西一樣。讓自己的眼睛找到正確的焦距，因為只有一個特定的焦距能看得見東西，有點像是這樣。」

「我可以要求妳示範給我看嗎？」他說。

萊拉看看克朗爺爺，心裡雖然想馬上說好呀，還是等待克朗爺爺的允許。老人點了點頭。

「我應該問什麼？」萊拉問。

「韃靼人對堪察加半島的態度如何？」

這並不難。萊拉把指針轉向駱駝，這代表亞洲，也意味著韃靼人；然後把另一根指針指向羊角狀的盛器，因為堪察加半島有金礦；接著是螞蟻，代表活動，也有目的或意願的意思。萊拉坐直身子，讓她的心思將三層意義交疊聚焦，全身放鬆後等待答案出現，答案幾乎馬上就出現了。長針先在海豚圖案上抖動了一下，接著是頭盔、在錨和嬰孩間跳動，最後指向坩堝。萊拉的眼睛毫不遲疑地追隨著長針複雜的移動方式，可是整個過程對兩個旁觀者來說，卻是一頭霧水。

長針轉動好幾次後，萊拉終於抬起頭來。她眨了眨眼，似乎從恍惚的狀態中醒來。

「他們要假裝攻擊它，但沒有真正動武的打算，因為距離太遙遠了，征途會拉得太長。」她說。

「妳能告訴我，妳是如何讀出來的嗎？」

「海豚最深的一層意思是遊戲，有點像是玩弄，」她解釋道，「我會知道這個，是因為長針在那裡停止了許多次，在其他層次上都沒有這個層次的意義來得清楚。頭盔代表戰爭的意思，兩個加在一起就是假裝要打仗，可是又不是很認真的意思。嬰兒的意思是困難——意思是發動攻擊，對他們來說會很困難；錨解釋了原因，他們必須像錨繩一樣緊緊地延長征途。我就是這樣看懂的。」

博士點點頭。

「太傑出了，」他說：「我非常感激，我永遠也不會忘記這一幕。」

博士忽然詭異地看看克朗爺爺後，又看了看萊拉。

「我可以要求妳，再做一次示範嗎？」他說：「在後院裡，妳會在牆上看見幾根雲松枝。帕可拉使用過其中一枝，妳可以分辨出來到底是哪一枝嗎？」

「可以！」萊拉說，她總是隨時準備好要自我表現。她拿著探測儀馬上衝出去，一心想看看雲松，因為女巫利用它們來飛行，她從未有機會親眼看過。

站在窗邊的兩個人，看著她穿越雪地。潘拉蒙就像野兔在她身邊蹦蹦跳跳，萊拉站在木棚前，低下頭來，開始操作探測儀。幾秒鐘之後，她向前伸出手，在許多松枝中毫不猶豫地選出了其中一枝，然後把它舉起來。

博士點點頭。

滿懷著好奇的萊拉，高舉雲松枝跳起來，在雪地裡奔跑，想成為一名女巫那樣飛翔。領事轉向克朗爺爺說：「你知道這孩子是誰嗎？」

「她是艾塞列公爵的女兒，」克朗爺爺說：「她母親是奉獻委員會的考爾特夫人。」

「除此之外呢？」

老吉普賽人搖搖頭，說：「我不知道。」他說：「這是我所知道的一切了。她是個奇怪、天真的小生物，我絕不會讓她遭遇任何危險。我不知道她怎麼會解讀探測儀，可是我相信她的解釋是正確的。您為什麼這麼問？蘭塞里博士，您還知道別的事嗎？」

「過去幾個世紀來，女巫們一直在談論這個孩子，」領事說：「女巫居住在靠近世界與世界之間帷幕最細薄的地方，她們不斷聽到不朽者的私語，也就是這些穿越在世界之間的神祇之聲。他們提到一個這樣的孩子，具有偉大的使命，可是必須在其他地方達成——不是在這個世界，而是在另一個遙遠的世界。如果沒有這個孩子，我們會全數毀滅。女巫是這麼說的。可是這個孩子必須不知不覺地完成她的使命，並在不知不覺的狀態下拯救我們。法德．克朗，您了解這點嗎？」

「不，」克朗爺爺說：「我無法說我真正了解。」

「這意味著她必須獲准自由犯錯。我們希望她最好不要犯錯，因為我們無法指導她。我很高興可以在死前看到這個孩子。」

「您如何辨認出萊拉就是那個特殊的孩子？您說穿越在世界間的神祇，指的又是什麼？我無法了解您的意思，蘭塞里博士。可是我認為您是個誠實的人……」

領事還來不及開口，門就打開了，萊拉得意洋洋地拿著一小根松枝。

「這枝！」她說：「我測試了每一枝，我想就是這根。可惜它不能載著我飛。」

「沒錯，」他說：「萊拉，這真是太令人驚異了。妳很幸運能有個像那樣的儀器，我希望妳能善加利用。我希望能送妳些什麼……」

領事將松枝折下一小截送她。

「她用這個飛行嗎？」萊拉敬畏地說。

「是的。但她那時是個女巫，而妳不是。我不能全部送妳，我需要它來聯絡她，可是光這一小截就綽綽有餘了，小心收著。」

「好，我一定會的，」她說：「謝謝您。」

萊拉將小樹枝塞入包包內，就放在探測儀旁，克朗爺爺似乎為了尋求好運，也摸了摸小樹枝，萊拉從沒看過他臉上出現這種表情：幾乎是一種渴求。領事將他們帶到門邊，他先和法德．克朗握手，最後也和萊拉握了握手。

「祝妳成功。」他說。在刺骨的風中，領事站在門邊看著他們離開小小的巷道。

「他在問我有關韃靼人的事前，就已經知道答案了，」萊拉對克朗爺爺說：「探測儀告訴我的，可是我沒有說出來。這是坩堝代表的意義。」

「我想他是在測試妳，孩子。但妳為了禮貌而沒有點破他是正確的，因為我們並不清楚他是否知道答案。有關熊的那點也很有用，我想我們無法從別處得到這類消息。」

兩人沿路找到雪橇維修站，幾間水泥倉庫坐落在長滿樹叢的荒廢野地上，野草也雜亂地叢生在灰色岩石和無數個雪泥潭間。一個板著面孔的男人在辦公室裡告訴他們，熊要到六點鐘才下班，如果他們想和他說話，動作要快，他下班後通常直接到艾納森酒吧的後院，他們會給他免費的酒喝。

克朗爺爺先帶萊拉到城裡最好的旅行用品店，給她買些適合的禦寒衣物。他們買了附風帽的馴鹿皮外衣，因為馴鹿毛是中空的，異常保暖；頭套邊緣還縫上狼獾毛皮，不但可以呼吸順暢，還能擋雪。他們還買了些由小馴鹿皮製成的內層衣物和靴子襯墊，另外還有大號的毛皮連指手套，和套在裡面的絲質手套。靴子和連指手套都由馴鹿的前腳皮製成，因為它特別強韌有力，靴子底則由有鬚海豹的皮製成，就像海象皮一樣堅韌，卻輕多了。最後還買了防水斗篷，由半透明的海豹腸子製成，可將萊拉整個人緊緊包裹住。

除此之外，還買了絲質圍巾、一對棉製耳套和一個可以拉起來罩住雙耳的兜帽。萊拉穿上這些衣物後馬上熱得渾身不舒服，可是他們要去的地方比這裡冷多了。

約翰．法正忙著監督船上的卸貨過程，他非常高興聽到女巫領事的建議，更高興聽到有關熊的故事。

「我們今晚就去和他聊聊，」他說：「克朗，你曾和這類生物說過話嗎？」

「不但說過話，還跟一隻打鬥過呢，不過謝天謝地，不是單打獨鬥。約翰，我們必須做好準備才能跟他打交道，說不定還要拿出大筆錢犒賞他。毫無疑問，他會要求一大筆錢，而且會很難駕馭，可是我們一定要雇用他。」

「當然，我們一定會的。你找到你的女巫了嗎？」

「唉，她在遠方，已經變成女王了，」克朗爺爺說：「我真希望她能收到我們的留言，可是我們可能要等很久才會有回音。」

「哈，這樣啊。老朋友，現在讓我告訴你，我發現了什麼。」約翰．法迫不及待想告訴他們一件事。他在碼頭邊遇見一個來自德州的新丹麥人，叫作李．史科比，有個裝備齊全的熱氣球。他原先打算加入的探險活動，在離開阿姆斯特丹後因資金不足而取消，以致受困此地。

「克朗，想想看，我們會有個熱氣球飛行員協助！」約翰．法說，還將兩隻巨掌搓揉在一塊兒。「我已要求他和我們訂下契約。看來到這裡是走對了。」

「如果我們清楚接下來要去哪裡，就更幸運了。」克朗爺爺說，可是沒人能折損約翰．法對整個活動的高度熱忱。

天黑了，所有儲備品和儀器也都安全地卸在碼頭上等待運送，克朗爺爺和萊拉沿著海岸尋找艾納森酒吧。他們很快就找到了：那是一間未加粉飾的水泥小屋，紅色的霓虹燈招牌懸掛在門上，不規律地閃爍著，結霜的窗內傳來陣陣喧鬧聲。

屋邊小巷旁是扇金屬板大門，正面對著後院，一間單坡屋頂小屋誇張地立在一層冰凍的泥土上。從酒吧後窗透露出來的微光，勾勒出一個巨大、蒼白的影子，低頭彎腰，手中拿著一塊肉正在大嚼特嚼。萊拉可以看到一個沾滿血跡的嘴臉，還有一雙帶著恨意的小小眼睛，及骯髒、粗厚、蒼黃的毛皮。他張口開始咬齧時，伴隨著一種可怕的咆哮、咬碎和吸吮聲。

克朗爺爺站在門口大叫：

「歐瑞克．拜尼森！」

熊忽然中止嚼食。兩個人可以看到熊的眼光直直射向他們，他們卻無法讀出他臉上的表情。

「歐瑞克．拜尼森，」克朗爺爺說：「我可以和你說話嗎？」

萊拉的心跳開始加快，熊讓她感覺到一種類似冷漠、危險、殘酷卻由智慧控制住的力量。這不是一種人類的智慧，事實上，和人類智慧截然不同，因為熊族沒有精靈。萊拉從未想像過這種奇怪又笨重的生物大啖其肉的畫面，她忽然對這個寂寞的生物產生一種崇敬和憐憫的感情。

熊將馴鹿腿丟到地上，四足落地向門邊走去。接著他用後足站起來，足足超過十呎高，彷彿要展示他的力量，又像暗示他們這道門的防禦力微不足道。他從高空中對他們說話。

「你們是誰？」

他的聲音之低足以撼動土地，而從他身上傳來的味道幾乎讓人無法忍受。

「我是法德．克朗，從東英格蘭來的吉普賽人。這個小女孩叫作萊拉．貝拉克。」

「你要幹什麼？」

「歐瑞克．拜尼森，我們想要雇用你。」

「我已經有工作了。」

熊四足重新落地。很難從他說話的語氣察覺他的想法，也聽不出來他說的話到底是諷刺或憤怒，因為他的聲音相當深沉平板。

「你在雪橇維修站做些什麼？」克朗爺爺說。

「修理損壞的機器和鋼鐵。我可以舉起笨重的東西。」

「對龐瑟彪恩來說，這算是什麼工作？」

「支薪的工作。」

熊身後的酒吧門稍微開了一點，有人放下一個大土罐後，抬頭看看他們。

「他們是誰？」他說。

「陌生人。」熊說。

酒保似乎打算開口問些什麼，熊突然蹣跚地朝他走去，男人警覺地關上了門。熊用爪掌抓住土罐的把手，舉起來就往嘴裡倒。萊拉可以聞到生酒精噴灑出來的味道。

熊吞了幾大口酒後，把酒罐放在地上，繼續啃食生肉，彷彿克朗爺爺和萊拉根本就不存在。後來他又說話了：

「你們要我做什麼工作？」

「應該是戰鬥，」克朗爺爺說：「我們要前往北地，找到囚禁孩子的地方。等我們找到後，我們要大戰一場才能救回孩子，然後我們會帶他們回家。」

「你們要用什麼付帳？」

「歐瑞克．拜尼森，我不知道你要些什麼。如果你喜歡黃金，我們有些黃金。」

「那算不了什麼。」

「那雪橇維修站付你什麼酬勞？」

「大塊肉和大壺酒。」

熊忽然安靜了，他將啃得稀巴爛的骨頭丟下，將酒罐舉到口鼻間，像喝水般大口灌入酒精。

「歐瑞克．拜尼森，恕我多言。」克朗爺爺說：「你可以在冰上獵食海豹和海象，過著自由、有尊嚴的生活，或是去打仗贏得殊榮。你為什麼要待在特洛塞德的艾納森酒吧？」

萊拉聽後忍不住全身發起抖來。她想這種問題可以算是一種侮辱，還可能會使巨熊大發雷霆，可是她也很佩服克朗爺爺發問的勇氣。熊放下酒罐，走到門邊定定地看著克朗爺爺。老人動也不動。

「我知道你要找的人，切割小孩的人，」熊說：「前天他們才帶著更多小孩前往北地。這裡沒有人會告訴你這些，他們裝作什麼事都沒發生，因為切割小孩的人帶來金錢和生意。既然我不喜歡切割小孩的人，我會很有禮貌地回答你。我之所以待在這裡喝酒，是因為這裡的人拿走了我的甲冑，沒有甲冑，我雖然可以捕食海象，卻不能作戰。我是一隻武裝熊：戰爭是我泅泳的海洋，呼吸的空氣。這個城裡的人給我酒喝，等我睡著後從我身邊偷走甲冑。如果我知道他們把甲冑藏在哪裡，我會把整座城撕爛找回甲冑。如果你要我的服務，代價很簡單：找回我的甲冑。如果你們找到了，我會加入你們，直到我戰死或你們獲勝為止。代價是我的甲冑。一拿回我的甲冑，我永遠滴酒不沾。」

第十一章　甲胄

回到船上後，克朗爺爺、約翰・法和其餘領袖在會議廳中花了很長的時間開會。萊拉回到自己的船艙中詢問探測儀，五分鐘後，她就知道熊的甲冑藏在哪裡，也明白為什麼很難把甲冑找回來。

萊拉不知道自己是否該到會議廳內告訴約翰・法等人，後來決定等他們開口詢問後再說，或許他們早就知道了。

萊拉躺在床上想著野蠻而力大無比的熊，他那種心不在焉喝著麻辣酒精的模樣，還有孤孤單單待在骯髒的單坡屋中的畫面。人類是多麼不同呀，總有個守護精靈可以說說話！在寂靜的船上，沒有金屬和木板持續的輾軋聲、引擎的隆隆聲或海浪的拍擊聲，萊拉終於進入夢鄉，潘拉蒙也在她枕邊沉沉地入睡。

萊拉正夢到被囚禁的偉大父親時，忽然毫無來由地醒了。她不知道時間，就把船艙內幽微的光線當作是月光。月光照射在船艙角落剛買的防寒新衣，一看到它們，萊拉就想再試穿一次。

穿上衣服後，她又想到外面甲板上晃晃。一分鐘後，她已開門爬上艙梯出去了。

萊拉立刻察覺天空的異象。起先她以為雲層正不安地移動著，潘拉蒙卻低聲說：

「極光！」

萊拉馬上被無以名狀的感動籠罩，她緊抓住欄杆以免跌倒。

極光布滿了北方的天空，面積廣大得讓人無法想像，看起來就像天堂。細膩的光線彷彿巨大的窗簾，懸掛在那裡搖動著，還發出淡綠色和玫瑰紅的光芒，透明得像是最纖細的織品，最底端則是暗深的猩紅色，彷彿地獄之火。它優雅、輕鬆地搖動、閃爍著，彷彿舞技高超的舞者。萊拉甚至可以聽到它的聲音，一種遙遠的沙沙聲。在逐漸消失的精緻極光中，萊拉感到一種類似她對熊所產生的深沉親近感。她不覺滿心感動：極光的美幾乎有種聖潔感，淚水刺痛了眼睛，斷續流下的眼淚甚至將折射的光線形成分光的彩虹。不久，萊拉進入一種恍惚狀態，就像她在詢問探測儀時的心境。她冷靜地告訴自己，或許使探測儀指針轉動的東西，也能使極光發光吧。這或許就是「塵」。萊拉沒有察覺到自己在想些什麼，而且很快就忘了。直到很久後，她才又記起這段插曲。

萊拉看著天空，城市的影像似乎在半透明的光幕後方逐漸形成：塔樓和圓頂、蜂蜜色的廟宇和廊柱、寬廣的林蔭大道和陽光普照的原野。萊拉注視著這一切，忽然產生一種暈眩感，彷彿她並不是朝上看，而是往下觀看，眺視了一個無人能橫越的寬闊海灣——有整個宇宙之遙。

可是天空裡似乎有什麼東西正在移動，萊拉想看清楚，反而覺得頭昏眼花，移動的小東西並不屬於極光或隱藏於其後的宇宙，而是在小城上方屋頂的空中。當她清楚看到移動的東西時，她已完全清醒，天空中的城市也消失了。

飛行物正逐漸靠近，還在船的上方開始盤旋、回轉，而後降落，它強而有力的翅膀猛然收住，最後在萊拉幾碼外的甲板上站定。

在極光中，萊拉看到一隻大鳥，一隻美麗灰色的鵝，頭上環繞著純白的環圈。可是他並不是鳥，他是隻守護精靈。甲板上除了萊拉外，空無一人，這使萊拉感到驚懼不安。

鵝說話了：

「法德．克朗在哪裡？」

萊拉突然了解這是誰了，這是部落女王帕可拉的精靈，克朗爺爺的女巫朋友。

萊拉結結巴巴地說：

「我……他在……我去叫他……」

萊拉轉身衝下艙梯跑到克朗爺爺的船艙，打開艙門對著黑暗大叫：

「克朗爺爺！女巫的精靈來了！他在甲板上等你！他一個人飛來……我看到他從天上飛來的……」

老人說：「告訴他在後甲板等我，孩子。」

鵝莊嚴地走到船尾，優雅又不馴地四下張望，萊拉心中不覺一涼，她覺得自己好像在招待鬼魂一樣。

克朗爺爺上來了，防寒大衣層層裹住身體，後面緊跟著約翰．法。兩位老人恭敬地鞠躬，他們的精靈也向來者打招呼。

「歡迎，」克朗爺爺說：「我很榮幸能再看到你，凱薩。你要進來船艙或情願待在外面？」

「法德．克朗，我情願待在外面，謝謝你。你們穿得夠暖和嗎？」

女巫和她們的精靈不會感到寒意，但她們知道人類會。

克朗爺爺告訴他，他們穿得很暖和，並詢問：「帕可拉還好嗎？」

「克朗，她向你問候，她很好也很健康。這些人是誰？」

克朗爺爺逐一介紹兩人。凱薩專注地看著萊拉。

「我聽說過這個孩子，」他說：「女巫們一直在談論她。你們是來引發戰爭的嗎？」

「不是戰爭，凱薩。我們是來解救被偷走的孩子。我希望女巫能助我們一臂之力。」

「並非全部的女巫都會幫忙。有些部族替『獵塵人』做事。」

「你們稱奉獻委員會為獵塵人？」

「我們不知道這個委員會是做什麼的，只知道他們是獵塵人。他們在十年前帶著一些哲學儀器來到我們的土地，付一大筆錢後，在我們的土地上建造基地，他們對我們非常有禮。」

「這『塵』到底是怎麼回事？」

「『塵』從天上落下。有人說『塵』一直都在，有人說它是最近才落下的。我很確定的是，人們開始注意到它時就心生恐懼，不找到答案絕不中止。可是女巫對這毫無興趣。」

「這些獵塵人現在在哪裡？」

「在東北方，離這裡有四天的路程，一個叫作波伐格的地方。我的部落和他們沒有交易，克朗，我們和你的交情深遠，所以我來此告訴你該如何找到這些獵塵人。」

克朗爺爺微笑了，約翰．法也滿意地拍手。

「多謝你的好意。」他對凱薩說：「請告訴我們：你知道這些獵塵人的任何消息嗎？他們在波伐格做什麼？」

「他們在那裡建造了水泥和金屬建築，還有地下室。他們燃燒煤油，這一定所費不貲。我們並不清楚他們在做什麼，可是那個區域附近充滿了恨意和恐懼。女巫可以看見人類看不到的東西。那地方連動物都不喜歡造訪，沒有鳥群飛過，旅鼠和狐狸也都逃開了，所以我們叫那個地方波伐格：惡魔之地。他們當然不這麼稱呼那裡，他們叫它『基地』，可是別人都稱它波伐格。」

「他們的武力如何？」

「他們擁有一群配備來福槍的北韃靼人。這些人是非常精良的戰士，可是缺乏訓練，自從基地建立以來，從沒有人攻擊過他們。另外還有鐵絲柵欄圍繞著建築物，上面充滿了電子力。他們可能還有些我們不清楚的防衛設施，可是我說過我們對此並無興趣。」

萊拉急著想問一個問題，凱薩感覺到了，轉過頭來看她，似乎准許她發言。

「為什麼女巫要談論我？」她問。

「因為妳父親，以及他對其他世界的知識。」凱薩回答。

三人都對這個答案感到意外。萊拉看看克朗爺爺，老人有點訝異地先看看萊拉，再看看約翰．法，後者一臉疑惑。

「其他的世界？」約翰．法說：「抱歉，先生，什麼樣的世界？您是說星星嗎？」

「不是。」

「或許是鬼魂的世界？」克朗爺爺說。

「也不是。」

「是在光裡面的城市？」萊拉說：「對不對？」

鵝莊重地轉頭看她。他的眼睛是漆黑色的，周圍有圈細細的天藍色，他專注地看著萊拉。

「是的，」他說：「女巫在過去幾千年來，一直都知道其他世界的存在。妳有時可以在北極光中看到它們，它們並不屬於這個宇宙。即使是最遙遠的星星也是這個宇宙的一部分，可是光內是個完全不同的宇宙。現在，就在這個甲板上，其他幾百萬個宇宙同時存在著，卻不知道彼此的存在……」

凱薩突然伸展他的翅膀，然後再收起。

「剛才，」他說：「我就已經拂過一千萬個其他的世界，可是它們對此一無所知。每個宇宙的距離如心跳般接近，卻無法碰觸、看見或聽到其他世界，除了在北極光中。」

「為什麼是北極光？」克朗爺爺說。

「極光中的帶電粒子使這個世界變得更稀薄些，因此我們可以暫時看到其他世界。女巫一直都知道這件事，可是我們很少談及它。」

「我父親相信這件事，」萊拉說：「我也知道，因為我聽他說過這件事，他還展示極光的照片。」

「這和『塵』有關嗎？」約翰．法說。

「沒人知道。」鵝說：「我唯一知道的是，獵塵人非常害怕它，彷彿它是一種致命毒藥。這也是他們囚禁艾塞列公爵的原因。」

「為什麼？」萊拉說。

「他們認為公爵想利用『塵』，搭建一座連貫這個世界和極光後面世界的橋梁。」

萊拉開始覺得頭暈目眩。

她聽到克朗爺爺在說：「他真打算這麼做嗎？」

「是的。」凱薩說：「他們不相信他做得到，他們認為他相信有其他世界的存在這件事，本身就有點痴顛。可是沒錯，他打算這麼做。公爵是如此強大，他們擔心他可能會破壞他們的計畫，就和武裝熊族訂下契約，將公爵逮捕囚禁在斯瓦巴的堡壘中，讓他不要耽誤大事。有人則說這些人幫助新的熊王得到寶座，而囚禁公爵則是交易的一部分。」

萊拉說：「女巫會幫助公爵建造這座橋嗎？女巫是站在公爵的一邊還是反對他呢？」

「這是個異常複雜的問題。首先，女巫本身並不團結，部族間的意見也不一致。再者，艾塞列公爵的橋梁將會引發女巫與其他力量間的戰爭，有些是在鬼靈世界中。而擁有橋梁，不管它是否存在，會替擁有者帶來無窮的利益。最後一點，帕可拉的部族——也就是我的部族——目前並不屬於任何聯盟，雖然兩邊的壓力不斷催逼我們選邊站。妳可以看到，這些問題都具有高度的政治性，因此很難回答。」

「熊族呢？」萊拉說：「他們屬於哪一邊？」

「付錢的那一邊。他們對上述的問題興趣缺缺，他們沒有精靈，也不關心人類的問題，至少過去一直是如此。可是我聽說新的熊王打算改變他們的態度……不論如何，獵塵人付錢叫他們囚禁艾塞列公爵，他們會把公爵關在斯瓦巴，直到最後一隻熊身上的血流乾為止。」

「但並不是所有的熊！」萊拉說：「有一隻熊並不在斯瓦巴。他是隻被驅逐的熊，他打算加入我們。」

凱薩對萊拉嚴厲地一望，她可以感受到他冷冷的意外感。

克朗爺爺不安地移動腳步，說：「事實上，萊拉，我想他大概不會。我們聽說他簽下勞力的定期契約，他並不像我們想像中自由，因為他正在服刑。不管有沒有甲冑，只要刑期未滿，他便無法加入我們，而且他也無法拿回自己的甲冑。」

「可是他說那些人騙了他！他們把他灌醉後偷走他的甲冑！」

「我們聽到的完全不是那麼回事，」約翰．法說：「我們聽說他是個危險的惡徒。」

「如果……」萊拉熱情地說，她激動得幾乎說不出話來，「如果探測儀說些什麼——我知道它每次都說實話，所以我就問它——它告訴我熊的確說了實話，他們真的騙了他，是那些人在說謊而不是熊。我相信他，法王！克朗爺爺，你也看到他了，你也相信他，對不對？」

「我的確相信他，孩子。只是我沒有妳的信心。」

「他們在害怕些什麼？他們認為熊一拿到甲冑就會四處殺人嗎？他現在就可以殺人如麻了。」

「他曾經殺過人，」約翰．法說：「嗯，雖然不是殺人如麻。當他們將他的甲冑拿走時，他的確四處破壞、尋找甲冑。他摧毀警察局和銀行，還包括其他地方，至少有兩人因此身亡。他們沒有開槍射殺他，是因為他在鐵器方面技藝高超，他們要利用他的勞力。」

「像對待奴隸一樣！」萊拉激憤地說：「他們沒有這個權利！」

「或許吧，他們可以因為他的謀殺罪而射殺他，可是他們沒有這麼做。熊必須替城裡服務，直到他償還所有的損失。」

「約翰，」克朗爺爺說：「我不知道你是怎麼想的，可是我覺得他們永遠也不會讓熊拿回他的甲冑。他們把他管束得愈久，他會變得愈生氣。」

「如果我們把他的甲冑拿回來，他就會加入我們，永遠也不會打擾他們，」萊拉說：「真的，法王。」

「我們該如何做？」

「我知道甲冑在哪裡！」

所有人突然沉默了，他們三人忽然意識到凱薩的存在，他正緊盯著萊拉，三人（包括他們的精靈）也轉頭看他。直到目前為止，這些精靈都因為禮貌之故，並沒有直接注視他——一隻沒有主人身體的精靈。

「妳大概不會覺得意外，」凱薩說：「能夠解讀真理探測儀，也是女巫對妳感興趣的原因之一，萊拉。我們的領事告訴我你們早上造訪的經過，我相信是蘭塞里博士告訴妳有關熊的事。」

「沒錯。」約翰．法說：「她和克朗前去拜訪領事。我敢說萊拉說的是實話，只是如果我們違反這裡的法律，我們也會捲入不必要的爭議中，而我們應該全力前往波伐格，不管有沒有熊。」

「哈，約翰，可是你沒有親眼看到他。」克朗爺爺說：「我相信萊拉。或許我們可以替他許下承諾，他可以使整件事情改觀。」

「先生，您認為如何？」約翰．法問女巫的精靈。

「我們曾和熊有過一些交易。他們的欲望對我們來說簡直是天方夜譚，反之亦然。如果這隻熊被驅逐出境，他可能比一般的熊更不可靠。你們必須自己做出決定。」

「我們會的。」約翰．法堅決地說：「但現在，先生，您能告訴我們該如何前往波伐格嗎？」

凱薩開始解釋，他提及一些村落和山丘、林木線、凍原以及如何觀星。萊拉聆聽一會兒後，就躺在甲板的椅子上，潘拉蒙則蜷曲在她的脖子間，兩人開始想像凱薩所描述的宏偉視野。搭建在兩個世界間的一座橋……這比她夢想過的任何東西都更雄偉壯麗！只有她偉大的父親才會想到這點。等他們拯救出那些孩子後，她會和熊到斯瓦巴去，將探測儀交給公爵，並用探測儀幫她父親逃走；他們會幫他一起造橋，而第一個過橋的人將是……

當晚約翰．法一定是將萊拉抱回她的船艙了，她發現自己在臥鋪上醒來。太陽低懸於離地平線只有一掌之寬的高處，放出淡淡微光，萊拉心想現在一定是正午了。等他們繼續朝北前進後，很快地，連太陽都會消失了。

她迅速穿好衣服，跑到甲板上觀望，那裡沒什麼好玩的。所有儲備品都已卸下，雇來的雪橇和狗隊也已整裝待發；看來每件事都已就緒，只是還未展開行動。大部分的吉普賽人都坐在面對大海、煙霧瀰漫的咖啡館裡，在一些滋滋、劈啪作響的老電子燈下的長條木桌旁，吃著調味蛋糕或喝著濃郁的甜咖啡。

「法王呢？」她說，一面在湯尼和他朋友身旁坐下，「還有克朗爺爺呢？他們打算替熊找到他的甲冑嗎？」

「他們正在和『希斯曼』說話，希斯曼就是城裡的總督。萊拉，妳看到那隻熊了嗎？」

「有！」她說，開始解釋有關他的一切事跡。她正滔滔不絕時，有人拉出椅子坐下加入他們。

「所以妳和老歐瑞克說過話了？」新到的人說。

萊拉訝異地看著新來者。他是個高大、細瘦的男人，嘴上有細黑的鬍鬚，窄小的藍眼睛和一副看起來心不在焉和老是充滿嘲笑的表情。萊拉很快就對這個男人產生強烈的感覺，卻不清楚自己到底是喜歡或討厭他。他的精靈是隻不體面的野兔，和他一樣乾乾瘦瘦、一副很強悍的模樣。

男人伸出手來，萊拉小心地和他握手。

「李．史科比。」

「熱氣球飛行員！」萊拉大叫：「你的氣球在哪裡？我可以上去嗎？」

「小姐，現在已經打包好了。妳一定就是有名的萊拉。妳是怎麼知道歐瑞克的？」

「你認識他？」

「我們在通古斯克戰役並肩作戰過。老天，我認識歐瑞克好多年了。熊族是不一樣的生物，可是他的確是個大麻煩。各位在場的紳士，有興趣來場危險的遊戲嗎？」

他手上不知從哪裡出現一副牌，把牌分成兩半交互切入洗牌，還發出很大的噪音。

「聽說吉普賽人牌技高超，」史科比說，用一隻手反覆切牌、洗牌，還用另一隻手從胸前口袋裡掏出一根雪茄。「我想，你們不會抗議給這個無趣的德州旅行家機會，讓我們在紙牌上做一次大對決吧？紳士們，你們怎麼說呀？」

吉普賽人對牌藝相當自豪，幾個有興趣的人已拉開椅子。他們和史科比商討該玩些什麼以及籌碼多少時，他的精靈卻對潘拉蒙搖搖耳朵，小松鼠潘拉蒙了解她的意思，就跳到她身邊去。

當然，她等於對著萊拉的耳朵說話一樣。萊拉聽到她悄聲說：「直接過去找熊，告訴他甲冑在哪裡。那些人在知道發生什麼事後，會立刻把甲冑移到別處。」

萊拉站起來，拿起她的調味蛋糕，沒人注意到她的動靜；史科比已經開始發牌，每雙疑神疑鬼的眼睛都盯著他的雙手。

慵懶的光線在漫長的下午逐漸消退，萊拉跑到雪橇維修站。她心知這是自己該做的事，卻覺得很不自在，也很害怕。

熊正在最大的水泥房外工作。萊拉站在開著的門外觀望，歐瑞克正在拆解一臺撞爛的瓦斯引擎牽引機，引擎外的金屬已經扭曲變形，其中一個轉子向上彎出。熊輕鬆地扯下金屬，彷彿它是張厚紙板，並用他的巨掌左摺右疊，似乎在測試物品的品質一般，最後用後掌壓在金屬的一角，再將整塊金屬一壓，整個凹痕都破裂開來，形狀也改變了。熊靠在牆的一邊，用一隻熊掌舉起巨大的牽引機靠邊放好，彎身檢視扭曲的轉子。

這時，他注意到萊拉的身影。萊拉覺得一陣恐懼的寒意襲來，因為他是如此巨大又陌生。萊拉站在四十碼外的鐵鏈籬笆邊看著熊，她想熊可以在一、兩步內像撥開蜘蛛網般地除去兩人之間所有的障礙，一想到此，她幾乎轉身逃開，可是潘拉蒙說：「等等！讓我過去跟他說話。」

潘拉蒙現在是隻燕鷗，不等萊拉說話，他已飛過籬笆，停在籬笆後的冰地上。籬笆再過去一點有扇開著的門，萊拉可以跟在他身後過去，可是她心不甘情不願地待在原地。潘拉蒙注視她一會兒，接著變成一隻獾。

萊拉知道潘拉蒙接下來要怎麼做。精靈不能離開他們的人類幾碼之遠，如果她站在籬笆旁，而他維持鳥的形狀，他就沒辦法接近熊，所以他打算要拉扯她。

萊拉又生氣又哀傷。潘拉蒙的獾掌深深陷入泥土中，慢慢前進。當精靈牽扯著兩人間的聯繫時，是一種怪異的折磨，部分因為胸口間深刻的痛，部分則因異常緊張的悲哀和情愛。萊拉心裡清楚潘拉蒙的感受和她一樣，每個人在成長的階段都做過這類的測試：看看他們之間到底能分開多遠，最後總在相聚後如釋重負。

潘拉蒙拉得更緊了些。

「潘！別這樣。」

潘拉蒙沒有停住。熊動也不動地看著。萊拉的心痛得難以忍受，喉間也一陣哽咽。

「潘……」

她跑過小門，在雪泥上掙扎地跑向他。潘拉蒙變回野貓，跳入她的懷中，他們緊緊抱在一起，兩人都發出顫抖的聲音。

「我以為你真的會……」

「不會……」

「我不敢相信會這麼痛……」

萊拉生氣地抹開眼淚，開始大聲啜泣，潘拉蒙坐在她懷中，她知道自己情願死也不要和他分開，面對這樣的心痛，會使她哀痛欲絕、驚懼不已。至少她死了，他們仍然會在一起，就像約旦學院地窖裡的學者一樣。

女孩和精靈抬頭看看孑然一身的熊。他沒有精靈。他孤孤單單，總是孤孤單單。萊拉心中升起一種同情和溫柔的感覺，她幾乎想伸手摸摸他粗厚的毛皮，可是一雙冷酷凶惡的眼睛阻止她這麼做。

「歐瑞克．拜尼森。」她說。

「怎麼樣？」

「法王和克朗爺爺嘗試把你的甲冑找來給你。」

熊沒有說話，顯然，他正在衡量他們成功的機會。

「但我知道你的甲冑在哪裡，」她說：「如果我告訴你，或許你可以自己去拿回來，我不知道。」

「妳怎麼知道的？」

「我有一個符號解讀器。我想我應該告訴你，歐瑞克，既然他們先騙了你。我覺得那是不對的，他們不該這麼做。法王打算跟希斯曼爭論這點，可是不管他說些什麼，他們大概都不會還給你。如果我告訴你，你會加入我們，幫我們到波伐格拯救小孩嗎？」

「會。」

「我……」萊拉並不想多管閒事，可是無法抑制住自己的好奇心。她說：「歐瑞克，你為什麼不乾脆利用這裡的金屬打造甲冑？」

「因為它們一點用也沒有。妳看。」他一面說，一面還用巨掌舉起引擎蓋，就像開罐器一樣，輕易地撕開了它。「我的甲冑是用天鐵製造的，而且是特別為我量身打造。熊的甲冑就是靈魂，就像妳的精靈是妳的靈魂一樣。妳可以把他拿開……」一面指指潘拉蒙，「用一個裝滿鋸木屑的洋娃娃代替。那就是其中的差別。現在，我的甲冑在哪裡？」

「聽著，你必須答應我不要復仇。他們拿走甲冑是做錯了，可是你必須忍受這點。」

「好。事後沒有復仇。我會盡全力拿回甲冑。如果他們膽敢反抗，就是死路一條。」

「甲冑藏在牧師房子的地下室。」她告訴他：「牧師認為裡面有個鬼魂，他嘗試念咒召喚它。但甲冑就藏在那裡。」

熊用後腳站起來，看看西方。在陰暗的天空中，夕陽最後一道餘暉正照在他的臉上，一種奶油、明亮的黃白色。萊拉可以感覺到從這隻生物身上散發出來的力量，就像熱浪一樣。

「我必須工作到太陽下山，」他說：「今天早晨我答應這裡的主人了，我還得做幾分鐘。」

「從我站的地方，太陽已經下山了。」萊拉指出，從她的角度來看，太陽已消失在西南方的石岬後。

熊四足落地。

「沒錯，」他說，現在他就和她一樣身在陰影中。「孩子，妳叫什麼名字？」

「萊拉·貝拉克。」

「那我欠妳一份情，萊拉。」他說。

熊轉身蹣跚地離開，接著開始加快速度穿過凍原，萊拉極力奔跑也追不上他。可是她仍然拔腿快跑，潘拉蒙變成海鷗，竄上空中觀察熊往哪個方向前進，並對地上的萊拉大叫正確的方向。

歐瑞克離開雪橇維修站後，沿著狹窄的街道飛奔，先轉入城中主要大道，再穿越總督府的中庭。那裡懸掛著國旗，還有一個哨兵正規律地來回走著，熊繼續往下狂奔經過街底的女巫領事館。這時，哨兵才了解發生什麼事，他正絞盡腦汁想出對策時，歐瑞克已轉過靠近海港的街角。

人們停步觀望，紛紛讓路給熊。哨兵向空中發射了兩槍，開始追趕，可惜這個英勇的舉止因他在溜滑的斜坡上跌倒而前功盡棄，最後哨兵緊抓住附近的欄杆，才維持住平衡。萊拉緊追在哨兵身後，她穿過希斯曼總督府時，注意到有幾個人走到中庭內，看看到底發生什麼事，她覺得自己好像看到克朗爺爺也在其中。萊拉沒有停步，她往下快跑向街角，那時哨兵已追趕上熊了。

牧師宅是附近最老舊的一棟建築，也是用最昂貴的磚塊建造的。前門口有三道臺階，上面散落著一些製造火柴棍木料的碎屑。屋內突然傳來尖叫聲、撞擊聲，及更多木塊撕裂的聲音。哨兵猶豫不決地站在屋外，槍已經上膛。當他注意到附近已開始聚集一些旁觀者，人們也從窗內向外張望時，他知道自己必須採取行動，他跑進屋內前還先對空鳴槍。

過一會兒，整棟房屋似乎開始搖晃。三道窗戶的玻璃碎了，有塊瓦片從屋頂上掉落，有個女僕驚恐地飛奔而出，她的精靈母雞也跟在身後咯咯叫。

屋內傳來另一聲槍響，接著是扯著嗓子的咆哮聲，僕人開始放聲尖叫。牧師像是發射出來的砲彈一樣，被人從屋內丟出來，伴隨他的是發瘋似振翅亂飛的精靈鵜鶘與他受傷的自尊。萊拉聽到有人發出命令聲，轉頭一看，看見一隊武裝警察正跑過街角，有人拿著手槍，有人還拿著來福槍，而約翰．法和粗壯、焦躁的希斯曼也尾隨在後。

一聲撕裂碎片的巨響，使他們全都轉頭朝屋子看去。一樓的窗戶，很明顯是地窖的門口，伴隨著玻璃的碎聲和木頭裂聲，終於被扭轉扯開。這時，尾隨歐瑞克進屋的哨兵也跑出屋子，站定後面對地窖的窗戶，來福槍還掛在他的肩上。這次窗戶終於被整個撕開，歐瑞克從裡面爬出來，一隻武裝的熊。

沒有甲冑的熊已不容小覷，有了甲冑，更是令人喪膽。盔甲本身已出現些紅鏽，鐵片間主要是用鉚釘粗糙地連接住：大片凹陷失色的金屬片相互連結，身子移動時，金屬片間發出尖銳的摩擦聲。頭盔的形狀如熊的口鼻一樣向前凸，眼睛部分露出細縫，頭盔下巴部分空無一物，可以讓熊任意撕碎咬齧。

哨兵又射擊幾槍，警察也舉起武器，可是歐瑞克抖落子彈的模樣，就像它們是雨滴一般。哨兵還來不及閃躲，身上盔甲鏗鏘作響的熊已經上前，一把將他擊倒。哨兵的精靈是隻哈士奇犬，這時跳上前去對準熊的喉嚨一咬，可是歐瑞克藐視的神態，彷彿那只是隻蒼蠅。熊用巨掌將哨兵拖到面前，彎身張開巨顎。萊拉心裡清楚接下來會發生什麼事：歐瑞克會把哨兵的腦袋當成雞蛋一樣咬破，接著會是一場浴血大戰。他們會在這裡耽擱得更久，可能永遠也無法離開，不管有沒有熊。

萊拉想也不想就衝向前去，把小手放在熊身上一塊盔甲沒有覆蓋住的弱點（就在頭盔和肩甲之間，熊在低下頭時，會露出那塊空間）。萊拉模糊地看到生鏽金屬片間黃白色的毛皮，她把手指伸進去，潘拉蒙馬上變成野貓，跳到同一地點捍衛萊拉。歐瑞克一動也不動，拿著來福槍的警察也瞄準他們。

「歐瑞克！」萊拉氣急敗壞地低聲說：「聽著！你欠我一份情，對吧。現在你可以還債了，照我說的話做。不要和這些人打，轉身和我一起離開。我們需要你，歐瑞克，你不能留在這裡，和我一起到海港邊，甚至不要回頭看。讓克朗爺爺、約翰．法和那些人商量，他們會順利把事情解決。放開這個人和我一起走……」

熊緩慢地張開他的大嘴。哨兵的頭看起來潮溼，還流著血，臉色一片灰白，瞬間就暈過去了。熊和萊拉一起離開後，他的精靈則過去安撫他。

沒有人移動。他們看著熊在有著野貓精靈的小女孩囑咐下，轉身離開哨兵。歐瑞克步履沉重地走在萊拉身邊，穿過人群走向海港，人們也紛紛閃躲讓路。

萊拉整個心思都放在熊的身上，沒看到身後所引發的困惑，熊離開後，人們的恐懼和憤怒也開始發酵。萊拉走在熊的身邊，潘拉蒙在前面帶路，彷彿替他們清除路障。

他們走到港邊時，歐瑞克低頭用熊掌解開頭盔，把它鏗鏘地摔在冰凍的地上。吉普賽人從咖啡館裡跑出來，因為他們感到有什麼大事即將發生了。在甲板上暈黃電子燈的照射下，他們看到熊將身上剩下的盔甲抖落，把甲冑在碼頭邊疊成一座小山。他一言不發，走到岸邊縱身入海，沒有激起一絲漣漪就消失了。

「發生什麼事了？」湯尼說。他聽到上方街道傳來憤怒的聲音，城裡的人和警察正朝他們的方向走來。

萊拉盡可能告訴他們事情的經過。

「他去哪裡了？」湯尼說：「他不會把甲冑留在地上吧？他們一到這裡，就會把甲冑拿走的！」

萊拉也擔心他們真會這麼做，街角出現了一個警察，接著是更多警察，最後希斯曼、牧師和二、三十個市民也出現了，約翰．法和克朗爺爺則在後面努力想跟上他們。

他們看見碼頭邊的人群後就止步，接著有個人出現了。手長腳長的史科比，正蹺腳坐在熊的甲冑上，手中拿著萊拉有生以來看過最長的手槍，正漫不經心地瞄準希斯曼的大肚皮。

「你們似乎沒有好好照顧我朋友的盔甲。」他像是沒話找話說：「怎麼說，看看上面的鏽！我猜裡面大概還有飛蛾。現在你們站在原地不准動，等熊帶著潤滑油回來。我想你們也可以回家讀報紙，隨便你們。」

「他回來了！」湯尼說，一面指著碼頭另一端。歐瑞克從水中浮現，身後似乎還拖著什麼黑色的東西。熊一爬上碼頭後先抖抖身子，一大片水珠朝四面八方飛濺，一直抖到他的毛皮蓬鬆後為止。他彎身用嘴銜著黑色的東西，一路拖到甲胄小山旁。那是一隻死海豹。

「歐瑞克，」飛行員說，人雖然懶散地站著，手槍卻穩穩地對準希斯曼。「你好呀。」

熊抬頭看看他，短促地咆哮了一聲，開始用熊掌撕開海豹的身體。萊拉驚訝地看著他把海豹皮撕下，扯出一條條皮下脂肪，用脂肪塗抹他的甲冑，還小心地將重疊的金屬板一塊塊安排妥當。

「你和這些人一起？」熊一面工作一面問史科比。

「當然，我猜我們兩個同時都受雇了，歐瑞克。」

「你的熱氣球在哪裡？」萊拉對史科比說。

「打包放在兩個雪橇裡，」他說：「老闆來了。」

約翰．法、克朗爺爺、希斯曼與四個武裝警察走到碼頭邊。

「熊！」希斯曼以尖銳、嚴厲的聲音說：「現在，你可以和這些人一起離開。可是我告訴你，如果你再踏進這座城一步，你會被處以極刑。」

歐瑞克看也不看他一眼，繼續將海豹脂肪塗抹在盔甲上，小心專注的態度讓萊拉想起，這就像是自己對潘拉蒙的關注。正如熊所說的：甲冑是他的靈魂。希斯曼和警察一起離開了，旁觀者也漸漸散開，只剩下少數幾個還在一旁圍觀。

約翰．法將手掌圈住大叫：「吉普賽人！」

吉普賽人早已準備就緒，自從他們一上岸後，就蠢蠢欲動想要動身，雪橇已經整裝好，狗群也蓄勢待發。

約翰．法說：「朋友們，上路的時機到了。現在我們全體集合，路已經為我們敞開。史科比先生，您準備好了嗎？」

「一切就緒，法王。」

「歐瑞克，您呢？」

「等我武裝完畢。」熊說。熊已將甲冑塗好油，因為不想浪費海豹肉，就用牙齒抬起海豹屍體，丟到史科比較大的雪橇上，最後把盔甲一併放上。熊輕鬆處理甲冑的模樣令人歎為觀止：光是鐵板幾乎就有一吋厚，可是他舉起鐵片的模樣，彷彿它們只是件絲袍。熊在一分鐘內就打理完畢，這次再也沒有生鏽的刺耳聲。

半個鐘頭內，探險隊已朝北方出發。天空中閃爍著幾百萬顆星子，與瑩瑩發光的月亮。雪橇一路行過高低不平的石子路，直到抵達城邊才進入平順的雪地，周遭的聲音也轉變為雪橇安靜壓過雪上的嘎扎聲和木材的碎裂聲。狗群開心地向前衝，行動也變得更為快速平穩。

萊拉全身裹緊坐在克朗爺爺的雪橇後，只露出眼睛張望，她低聲對潘拉蒙說：「你看到歐瑞克了嗎？」

「他跟在史科比的雪橇旁。」潘拉蒙回頭看看後回答，他現在是隻貂，正蜷曲在萊拉狼獾皮風帽上。

在他們的正前方，也就是北方的山上，白色弧形和環狀的北極光開始發光、搖動。萊拉半睜開眼睛眺望極光，想著自己能在極光下快速向北地前進，雖然帶著濃濃的睡意，也是種完美、充滿悸動的快樂。潘拉蒙掙扎著想對抗她的睡意，可是睡意實在太濃了，因此就變成小老鼠躲在她的風帽中。他可以告訴萊拉該在什麼時候醒來，但在朦朧中，他感覺到一隻貂鼠、一個夢或當地無害的精靈，正尾隨在一連串的雪橇後方，還在緊密相鄰的松樹幹間輕巧地迴盪著，潘拉蒙突然不安地想起一隻猴子的影像。

第十二章
迷失的男孩

雪橇隊在前進幾個小時後，終於停下來用餐。吉普賽人忙著生火並融雪取水，歐瑞克則在附近看著史科比將海豹肉烤熟。約翰．法對萊拉說：

「萊拉，現在妳看得清楚那個儀器嗎？」

月亮高掛在空中，極光散發出來的光芒蓋過月光，可是相當善變。萊拉的眼力很好，她在毛皮衣內搜尋半天，最後掏出黑色天鵝絨袋子。

「可以，我看得很清楚。」她說：「反正我已經知道大部分象徵圖案的位置了。法王，我該問什麼？」

「我想知道更多有關波伐格的武力。」他說。

萊拉想也不想，手指就將指針轉向頭盔、獅鷲和坩堝的圖案，接著感到心思集中在正確的意義上，就像三度空間的複雜圖形。指針馬上開始旋轉、倒轉、向前轉動，彷彿蜜蜂對著蜂巢跳舞以傳遞訊息。萊拉冷靜觀察整個過程，心滿意足地等待答案慢慢浮現，逐漸澄清。她讓長針任意舞動，直到意義明確為止。

「法王，就像女巫的精靈說的。那裡有一隊韃靼人在看守基地，整個地方都用電線圍住了。他們不認為自己會受到攻擊，符號解讀器是這麼說的。可是法王……」

「孩子，怎麼了？」

「它還告訴我另一件事。在下個山谷靠近湖邊的村落，那裡的村民正為一個鬼魂所苦。」

約翰．法不耐煩地搖搖頭說：「那沒什麼關係。這些森林本來就會有各式各樣的靈異鬼怪。告訴我有關韃靼人的部分，例如他們一共有多少人？裝備如何？」

萊拉盡責地詢問，並報告答案：

「一共有六十個配備來福槍的韃靼人，他們有幾項大型甲冑，有點像是大砲；還有火砲投擲器。另外還有……他們的精靈全都是狼，探測儀是這麼說的。」

這項答案在年紀稍長的吉普賽人中引起一陣騷動，因為這些人參加過類似的戰役。

「西伯斯克軍團有狼精靈。」其中一人說。

約翰．法說：「我從沒碰過比他們更凶猛的敵人，我們必須像老虎般戰鬥。我們應該向熊請教，他是個精明的戰士。」

萊拉也失去耐心了，她說：「但法王，這個鬼魂……我想它是那些孩子其中一人的鬼魂！」

「嗯，萊拉，即使它是，我們也是無能為力。六十名配備來福槍的西伯斯克戰士，還有火砲投擲器……史科比先生，請過來這裡一下。」

飛行員來到雪橇隊旁時，萊拉溜過去和熊說話。

「歐瑞克，你來過這裡嗎？」

「一次。」他用低沉單調的聲音回答。

「這附近有個村落，對不對？」

「越過山脊。」他說，眼光落向四處散布的樹林之間。

「很遠嗎？」

「對妳還是對我來說？」

「我。」她說。

「太遠了。但對我並不遠。」

「那你到那裡要花多久？」

「我可以在下次月亮升起前，從這裡到那裡來回三次。」

「歐瑞克，聽著，符號解讀器告訴我一些事，它告訴我村裡有件重要的事，我必須去處理，可是法王不讓我到那裡去。他只希望能盡快完成任務，我知道那也很重要。可是除非我去那裡看看到底是什麼事，否則就無法知道吞人獸做了些什麼。」

熊一言不發。他像人類一樣地坐著，巨掌收垂在大腿上，躲在口鼻間的黑色小眼睛直視著萊拉的眼睛。他知道她有求於他。

潘拉蒙說話了：「你能帶我們過去，稍後再趕上雪橇隊嗎？」

「可以。可是我答應聽令於法王，而不是其他人。」

「如果我能得到他的允許呢？」萊拉說。

「可以。」

萊拉轉身穿過雪地。

「法王！如果歐瑞克帶我穿過山脊到那座村落，我們可以發現那到底是什麼東西，稍後我們會趕上雪橇隊，他能認路的。」萊拉急著說：「如果以前沒發生過這樣的事，我不會求您。

克朗爺爺，你記得從前那隻變色龍的事嗎？我一開始也不了解，後來我們就知道真相了。這次我有相同的感覺。我無法了解它正確的意義，可是我知道這非常重要。而且歐瑞克知道怎麼去那裡，他說可以在下次月亮升起前來回這裡三次，我和他在一起再安全不過了，對不對？可是他說除非得到法王的允許，否則他不會帶我過去。」

一陣沉默後，克朗爺爺歎氣了，約翰．法則皺著眉頭，藏在毛皮風帽內的雙唇也緊閉著。

約翰．法還來不及說話，飛行員就開口了：

「法王，如果歐瑞克帶著小女孩，她就像和我們在一起時一樣安全。所有的熊都很忠實可靠，我認識歐瑞克很久了，天底下絕不會有任何事讓他自毀諾言。讓歐瑞克照顧她，他會把這件事做好，而且絕不會犯錯。談到速度，他可以跑上幾小時都不會疲倦。」

「為什麼不讓其他人跟著去？」約翰．法說。

「嗯，他們必須走路，」萊拉指出，「雪橇無法越過山脊，歐瑞克在各種地形中跑得比誰都快，而且我很輕，不會延誤他的速度。我答應您，法王，我答應您絕不會花費不必要的時間，而且不會對任何人透露我們的行蹤，或使我們陷入危險。」

「妳確定妳真要這麼做？解讀器沒有騙妳？」

「它從沒騙過我，法王，我也不認為它會。」

約翰．法搓揉下巴。

「嗯，如果結果不壞，我們可以多得到一份資訊。歐瑞克，」他叫道：「你願意聽從這個小女孩的囑咐嗎？」

「我聽命於你，法王。告訴我帶著小女孩到那裡，我一定會做到。」

「很好。你帶她到她想去的地方，並聽令於她。萊拉，我現在命令妳，妳了解嗎？」

「是的，法王。」

「妳前去調查這個東西，一發現真相後，趕快轉身回來。歐瑞克，屆時我們已經啟程，你必須趕上我們。」

熊點點他的巨頭。

「村裡有任何士兵嗎？」熊對萊拉說：「我需要攜帶甲冑嗎？沒有甲冑我們可以前進得更快。」

「沒有，」她說：「歐瑞克，這點我很確定。謝謝您，法王。我一定會照您的吩咐去做。」

湯尼給了她一條海豹肉乾，讓她肚子餓時可以咀嚼。潘拉蒙變成小老鼠躲在萊拉的風帽中，萊拉爬到大熊背上，雙手緊抓住熊的毛皮，並用膝蓋抵住他狹窄的背肌。熊的毛皮相當粗厚，萊拉幾乎被他身上傳來的力量淹沒。彷彿她的身體完全沒有重量，熊轉身快步離開，一路沿著山脊前進，立刻進入低矮的樹林中。

萊拉花了一段時間才習慣熊前進的韻律，並感受到言語無法形容的狂野快感。她正在騎一隻熊呀！弧形和環形的金色極光在空中搖擺，圍繞在他們四周的是極地的酷寒和北地巨大的沉默。

歐瑞克在雪地快速奔馳，熊掌落地時幾乎不曾發出聲音。林子裡的樹木疏落矮小，他們正穿過凍原的邊緣，可是路上有不少荊棘和擋路的樹叢，熊一路扯掉它們，彷彿它們只是蜘蛛網。

他們爬上低處的山脊，在一群露出黑石的山區疾行，不久就離開身後雪橇隊的視線。萊拉想和熊說說話，如果他是人類，她大概早就和他混熟了。但他是如此奇怪、狂野和冷酷，使萊拉平生第一次覺得有些害羞。熊大步跑去，他的巨腳不知什麼是疲倦，萊拉也跟隨著律動騎乘，一言不發。或許熊喜歡這樣吧，她想；在武裝熊的眼裡，她大概只是隻剛脫離襁褓、不斷跌倒的熊寶寶吧。

萊拉過去很少想到自己，因此覺得這個經驗新鮮有趣，可是也有點不自在，事實上，就和騎熊的感覺一樣。歐瑞克快速向前邁進，他以同時移動身體同側兩腳的方式前進，並以平穩有力的律動左右搖晃。萊拉發現自己不能光是坐著不動，她也必須配合熊的節奏。

他們跑了將近一個鐘頭，萊拉雖然渾身痠痛僵硬，卻覺得喜不自勝。此時，歐瑞克突然緩下腳步，最後終於停住了。

「向上看。」他說。

萊拉抬起頭，她得先用手腕側邊擦擦眼睛，天氣實在太冷了，她的眼淚使得眼前一片模糊。萊拉終於看清楚時，不覺對天空中的景象大吃一驚。極光已逐漸褪為蒼白輕晃的微光，可是星子明亮得有如鑽石，在鑽石滿布的蒼穹間，成千上萬個小小的黑色影子，正從南方和東方飛向北方。

「牠們是鳥嗎？」萊拉問。

「她們是女巫。」熊說。

「女巫！她們要幹什麼？」

「或許是飛去作戰。我從沒看過這麼多女巫集體飛行。」

「歐瑞克，你認識女巫嗎？」

「我曾替幾個服務過，也和幾個作戰過。這景象可能會使法王擔憂，如果她們打算飛去協助你們的敵人，你們真該覺得害怕。」

「法王才不會害怕。你就不會覺得害怕吧？」

「目前不會。當我真的害怕時，我會控制恐懼。可是我們最好告訴法王這件事，他們可能還沒看到她們。」

熊移動得較為緩慢了，萊拉繼續看著天空，直到淚珠終於結凍，遮住她的視線為止。飛向北方的女巫數量難以估算，飛行隊伍似乎沒有盡頭。

最後歐瑞克停下來說：「村落到了。」

他們正站在一個凹凸不平、岩石遍布的斜坡上，向下看著一群群木造小屋，旁邊則是一大片平坦的雪地，萊拉猜那是一座凍結的湖。湖上的木造碼頭證實了萊拉的猜測。他們離村落只有五分鐘路程。

「妳要怎麼做？」熊說。

萊拉從他身上跳下來，發現自己幾乎站不住腳。她的臉因為寒冷而僵硬，雙腿則顫抖不停，她抓住熊的皮毛用力踏踏腳，直到自己覺得強壯些為止。

「有個孩子或鬼魂或某種東西在那個村裡。」她說：「或是靠近那個村子，我不確定。我要找到他，如果可能，我要把他帶回去給約翰．法和其他人看。我想他是個鬼，可是符號解讀器說了些我無法了解的事。」

「如果他在戶外，」熊說：「他最好有些禦寒措施。」

「我不認為他已經死了……」萊拉說，可是她實在不確定。探測儀指出一個不可思議又不自然的東西，讓人格外擔憂，可是她是誰呢？艾塞列公爵的女兒。誰又在她的指揮下？一隻力大無比的熊。她怎麼可以透露自己的恐懼？

「我們過去看看就是了。」她說。

萊拉爬到熊的身上，他開始爬下凹凸不平的斜坡，腳步沉穩，不再大步狂奔。村裡的狗群聞到、聽到或感覺到他們的來到，開始害怕地狂嚎，圍場裡的馴鹿也焦躁移動著，牠們的叉角像乾燥的棍子般不停互擊。在安靜的空氣中，大老遠就可以聽到他們的一舉一動。

當他們接近第一批房子時，萊拉左右看看，努力從昏暗中瞧出些端倪，極光已逐漸退去，月亮尚未升起。點點光輝在覆蓋著厚雪的屋頂下亮起，萊拉似乎在窗戶後看到一些慘白的面孔，不禁想像當他們看到一個小女孩騎著一隻大白熊時，嚇得魂飛魄散的感覺。

小村正中央有塊接近碼頭的空地，船隻雖然繫住了，卻埋在雪裡。狗群傳來震耳欲聾的咆哮聲，萊拉心想這一定吵醒了村中每個人。這時，一扇門忽然打開，有個人拿著來福槍出現了。他的精靈是隻狼獾，躍到門邊的柴堆上，將雪灑了一地。

萊拉馬上從熊身上滑下來，站在男人和歐瑞克之間，她想起自己曾對熊說不必攜帶甲冑。

男人開始說些萊拉聽不懂的話，歐瑞克以相同的語言回答，男人接著發出一聲恐懼的呻吟聲。

「他認為我們是惡魔，」歐瑞克說：「我們該怎麼說？」

「告訴他我們不是惡魔，但我們有些朋友倒是惡魔。我們正在尋找……一個孩子。一個奇怪的孩子。告訴他這個。」

熊一說完，男人就指向右方的遠處，開始像機關槍般地連說一氣。

歐瑞克說：「他問我們是不是來把那個孩子帶走。他們很怕它。他們一直想把它趕走，但它總是會回來。」

「告訴他我們會把它帶走，可是他們不該那樣對待它。它在哪裡？」

男人開始解釋，還萬分恐懼地比手畫腳。萊拉好擔心他的來福槍會誤射出子彈。他的話一說完，就急忙回到屋裡甩上門。萊拉看到每扇窗戶上都貼著一張臉。

「那個孩子在哪裡？」

「在魚屋。」熊告訴她，並向碼頭跑去。

萊拉跟在他身後，也不禁提心吊膽。熊朝一間窄小的木屋跑去，抬起鼻子在空中左聞右嗅，等他走到門旁後，他說：「在裡面。」

萊拉覺得自己心跳如鼓，幾乎喘不過氣來。她舉起手來敲門，又覺得有點荒謬，便深深吸口氣後準備大叫，又不知道該說些什麼。噢，現在四下一片漆黑！她應該帶一盞燈來的⋯⋯

萊拉別無選擇，她不希望熊認為她是個膽小鬼。熊曾提到他可以控制自己的恐懼，這正是她該做的事。她拉起門鎖上的馴鹿皮帶，用力向前推開因霜凍結住的門，門猛然打開了。萊拉將門下的淺雪堆踢到一旁，才能將門拉開些。潘拉蒙很沒用，變成一隻貂前前後後地跑著——一個白色的影子在白色地上發出害怕的小小叫聲。

「潘，別這樣！」她說：「變成一隻蝙蝠，飛進去替我看看⋯⋯」

潘拉蒙不肯答應，也不願說話。萊拉從沒看過他這樣，除了有次她和羅傑到約旦學院地窖中，把精靈圓幣亂放在錯誤的頭顱中。潘拉蒙似乎比萊拉還要害怕。至於歐瑞克呢，他只是躺在附近的雪地上，沉默地觀望著。

「出來，」萊拉盡可能地大叫：「出來！」

小屋裡寂靜無聲。萊拉把門再打開些，潘拉蒙變成野貓，一下跳入她懷中，不斷推擠著她，並說：「走開！別待在這裡！噢，萊拉，走開！轉身走開！」

萊拉一面想辦法抓住潘拉蒙，一面注意到歐瑞克起身了，她轉身看到通往村落的小路上，有個提著燈籠的身影正朝他們走來。這人走到可以對話的距離時，就提起燈照出他的臉龐：那是張寬大、線條分明的臉，眼睛幾乎消失在上千條皺紋中了。他的精靈是隻極地狐狸。

他開口說話了，歐瑞克接著說：

「不只這個孩子變成這樣，他在森林裡看過其他相同的孩子。有時候他們一下就死了，有時候他們不會死。他認為這個小孩很倔強，死了可能對他比較好些。」

「問他我能不能借用他的燈。」萊拉說。

熊說話了，男人馬上將燈交給她，神情肯定地點點頭。萊拉了解男人正是為了拿燈而來，她向男人道謝，男人點點頭開始退後，慢慢退離她、小屋和熊。

萊拉突然想到：如果這孩子是羅傑該怎麼辦？她用盡全力祈禱這不會是羅傑。潘拉蒙又變回貂，緊抓住萊拉，他的小爪子緊緊勾住她的禦寒外套。

萊拉舉起燈，走進小屋中——她當下就目睹了奉獻委員會所做的好事，也知道他們所說孩子做的犧牲是什麼意思。

一個小男孩蜷縮在木造晒乾架旁，架上懸掛著無數除去內臟的魚乾，所有的魚乾都像木板一樣僵硬。男孩手裡緊抓著一條魚乾，就像萊拉緊抓著潘拉蒙一樣——用雙手緊抱在胸前。一條魚乾，那是小男孩唯一剩下的東西——因為他已失去精靈了。吞人獸把他的精靈割掉了，這就是「切割」的意義。這是一個被切割的小孩。

第十三章 擊劍

萊拉第一個反應是轉身逃開或噁心作嘔。沒有精靈的人，就像沒有臉孔或胸膛被劃開、心臟被掏出來的人一樣，是不自然又可怖的東西，只有在噩夢中才會出現，而不是在大白天會碰到的事。

萊拉緊抓著潘拉蒙，她的頭開始發暈，噁心感也陣陣湧上來，全身流出的冷汗比夜更涼。

「萊特，」男孩問：「妳找到我的萊特了嗎？」

萊拉心裡很清楚他在問什麼。

「沒有。」萊拉虛弱又害怕地回答。接著她問：「你叫什麼名字？」

「托尼．馬克瑞斯，」他說：「萊特到哪裡去了？」

「我不知道……」萊拉說，還努力吞下口水以克服噁心感。「吞人獸……」她的話還沒說完，就一頭衝出小屋，獨自一人坐在雪地上。當然，她從未真正孤獨過，潘拉蒙總是在她身邊。噢，如果她與潘拉蒙就像男孩和萊特一樣被切開！這是天底下最可怕的事了！萊拉忍不住啜泣起來，潘拉蒙也開始嗚咽，他們對這個有缺陷的男孩有說不出來的同情和悲痛。

萊拉又站起來了。

「來吧，」她用發抖的聲音叫他，「托尼，出來吧。我們會把你帶到安全的地方。」

魚屋內出現一陣騷動，托尼在門邊出現了，手裡仍抓著那條魚乾。托尼穿的衣服看起來夠暖和，包括填塞得鼓鼓的煤絲外套和皮靴，可是這些衣物看起來像是二手貨，和托尼的身材也不合。在極光逐漸消退的微光照射下，在雪地中，托尼比萊拉第一眼看到他時——在燈光照射下靠著晒魚架的模樣——更迷惘，也更讓人憐憫。

帶燈過來的村民向後退得更遠了，還出聲對他們大叫。

歐瑞克翻譯說：「他說妳必須付錢買那條魚。」

萊拉想叫熊過去殺了那人，但她只是說：「我們幫他們把孩子帶走，他們付得起一條魚的代價。」

熊說話了，那人喃喃自語了些什麼，沒和他們爭論。萊拉把燈放在雪地上，牽著托尼的手來到熊的身旁。他無助地走來，對近在眼前的龐然大物既不意外也不恐懼，萊拉幫他爬上熊背時，他只說了：

「我不知道萊特到哪裡去了。」

「我也不知道，托尼。」她說：「可是我們會……我們會懲罰吞人獸。我答應你，我們一定會。歐瑞克，我也可以坐在你身上嗎？」

「我的甲冑比小孩重多了。」他說。

萊拉也爬到熊身上，坐在托尼身後，還教托尼抓住熊又長又粗硬的毛皮。潘拉蒙坐在她的風帽中，感覺溫暖又舒服，和萊拉非常親近，心中也對托尼同情不已。萊拉知道潘拉蒙希望能過去抱抱這個有缺陷的小男孩，去舔舔他、替他取暖，就像所有精靈都會做的一樣。當然，巨大的禁忌阻止他付諸行動。

他們穿過村落、爬上山脊。村民臉上流露複雜的表情，雖然心中恐懼萬分，但也因小女孩和大白熊帶走這個恐怖殘缺的生物而鬆了一口氣。

萊拉心中的兩種感覺不斷地交雜掙扎：厭惡感和同情心，最後同情心終於獲勝。她把手環繞在男孩細瘦的肩上，以確保他的安全。返回雪橇隊的路程比來時更冷、更艱困，也更黑暗，可是時間似乎飛逝得更快了。歐瑞克絲毫不見倦意，萊拉騎術精良，不用擔心自己會掉下來。她臂膀中凍僵的男孩，輕得很容易就扶住，可是他的反應很遲鈍，熊前進時，他只是僵硬地動也不動，從另一個角度來說也很難扶住。

有缺陷的男孩仍不斷說話。

「你說什麼？」萊拉問。

「我說她會知道我去哪裡了嗎？」

「會，她會知道的。她會找到你，我們也會找到她。好好抓緊，托尼。我們離那裡不遠了……」

熊大步往前飛奔。他們追上吉普賽人後，萊拉才了解自己有多疲倦。雪橇隊正停下來讓狗群休息，突然間他們全都出現在眼前：克朗爺爺、法王和史科比，全都上前要幫助萊拉，但在看到萊拉的小同伴時，卻沉默地往後退了退。萊拉全身僵硬，甚至無法放開圍繞著男孩的臂膀，約翰．法輕輕將他們分開，並一把將萊拉抱下來。

「老天，這是什麼？」他說：「萊拉，孩子，這就是妳找到的東西？」

「他叫托尼，」萊拉從凍僵的嘴脣裡吐出幾個字，「他們切掉了他的精靈，這就是吞人獸做的好事。」

男人們恐懼地向後退，出乎萊拉意料之外，熊卻出聲斥責他們。

「你們都應感到羞恥！想想看這孩子做了什麼！你們或許沒有勇氣，但至少不要表現出來。」

「歐瑞克，你說的沒錯。」約翰．法說，並轉身下令：「替孩子們生火煮些熱湯。克朗，你的帳篷搭好了沒？」

「約翰，搭好了。帶她過來吧，我們會幫她取暖……」

「還有那個小男孩……」有人說：「他也可以吃東西和取暖，即使他的……」

萊拉想告訴約翰．法有關大批女巫飛過的事，可是他們都忙碌著，她也覺得疲倦不堪。接下來的幾分鐘是一陣忙亂，似乎到處都充滿了燈光、柴火煙味、人們前後跑動的身影。之後，貂潘拉蒙輕輕咬了萊拉的耳朵，她醒來發現熊的大臉就在離她幾吋處。

「女巫的事，」潘拉蒙輕聲說：「我把歐瑞克叫來了。」

「噢，對了。」她喃喃自語，「歐瑞克，謝謝你帶我過去又帶我回來。我可能會忘記告訴法王有關女巫的事，你最好過去跟他說。」

她聽到熊的承諾，這下可以好好睡大覺了。

萊拉醒來時，天光看起來像是早上。東南方的天空一片慘白，空氣中瀰漫著灰色的霧氣，吉普賽人像臃腫的鬼魂在其間移動，人人正忙著把裝備放回雪橇，並替狗群套上挽繩。

萊拉躺在克朗爺爺的雪橇上看著這一切，身上覆蓋著一大堆毛皮。潘拉蒙早就醒了，在變回他最喜歡的貂時，正努力試著變成一隻極地狐狸。

歐瑞克在附近的雪地上沉睡，他的頭靠在巨大的雙掌間。克朗爺爺已經起床了，正忙東忙西，他看到潘拉蒙的身影時，就一拐一拐地過來搖醒萊拉。

萊拉看到他走過來時，坐起來說話。

「克朗爺爺，我終於知道我先前不了解的意思了！探測儀說鳥，又說不是，看起來完全沒道理，因為這表示沒有守護精靈，我覺得這是不可能的……怎麼了？」

「萊拉，抱歉告訴妳這些，在妳替那男孩做了這麼多之後，他在一小時前過世了。他沒辦法安定下來，也無法待在一個地方，他一直詢問他的精靈：她到哪裡去了，她會不會很快就來了之類的話；他緊抓住那條魚乾，彷彿它是……噢，我沒法形容，孩子。最後他合上眼睛倒下來，那是他第一次看起來很安詳，就像所有死去的人一樣，因為死人的精靈也跟著消失了。他們嘗試替他挖個墳墓，可是地面硬得像是鐵塊。所以約翰・法命令搭起火架，他們決定要將他火葬，至少他不會被獵食腐屍的動物吃掉。

「孩子，妳做了件勇敢的好事，我非常以妳為榮。現在我們了解這些邪惡的人做了什麼，也比先前更看清職責所在。妳該做的事就是休息和吃東西，昨晚妳一下就睡著了，但在這種溫度下必須吃東西，才不會過於衰弱……」

克朗爺爺正忙得團團轉，他一面把毛皮塞好，並將伸縮繩緊緊繞過雪橇固定住，又將纏繞著的韁繩解開。

「克朗爺爺，小男孩現在在哪裡？他們將他火葬了沒？」

「還沒，他正躺在那裡。」

「我想過去看看他。」

克朗爺爺無法拒絕，萊拉已看過比死屍更糟糕的事了，這可能會使她覺得平靜些。潘拉蒙變成白色的野兔，在萊拉身邊優雅地蹦跳著，她則踉蹌地沿著雪橇隊，走到一些正在堆著木柴的人身邊。

男孩的屍體躺在路旁一條毛毯下。萊拉跪下來掀開毯子。一個男人原本想制止她，但其他人搖搖頭。

她低頭看著這個可憐的男孩，潘拉蒙也爬近一些。萊拉脫掉連指手套，用手指碰碰他的眼睛，像大理石一樣冰冷。克朗爺爺說對了，可憐的小托尼和其他人在死亡時與精靈分離的模樣沒有兩樣。噢，如果他們膽敢將潘拉蒙帶離她的身邊！萊拉將潘拉蒙掃到身邊用力抱抱他，彷彿要將他貼近自己的心臟。而可憐的小托尼只有一小片魚乾……

咦？魚乾到哪裡去了？

萊拉將毯子整個掀開，發現魚乾不見了。

她立刻站起來，憤怒地看著周遭的人。

「他的魚乾到哪裡去了？」

人們困惑地停下動作，不確定她在說些什麼；雖然有些人的精靈知道萊拉指的是什麼，還互相看看對方。其中有個男人遲疑地笑了笑。

「你還敢笑！如果你敢笑他，我就撕開你的肺！那是他唯一剩下的東西，一片老魚乾，那是他對他精靈所有的愛和善意！誰把魚乾拿走了？魚乾到哪裡去了？」

潘拉蒙變成咆哮的雪豹，和艾塞列公爵的精靈一模一樣，萊拉並沒有注意到；她只看得到事情的對與錯。

「放輕鬆，萊拉，」有人說：「放輕鬆，孩子。」

「誰拿走了魚乾？」萊拉生氣地說，吉普賽人退後一步以躲避她的氣焰。

「我真的不知道，」一個人抱歉地說：「我以為那是他的食物。我認為從他手中拿開是種敬意。萊拉，只是這樣。」

「那魚乾現在到哪裡去了？」

那人很不自在地說：「我想他再也不需要了，就給我的狗吃了，抱歉。」

「我不會接受你的道歉，只有他有這個權利。」萊拉說，還轉身跪下來，將手放在男孩冰凍的臉頰上。

這時，她腦海中突然靈光一現，手伸到皮衣裡亂掏。拉開禦寒大衣時，一陣冷風襲入。幾秒鐘後就找到她要的東西了，她從小皮包中拿出一枚金幣，再把全身包裹住。

「我要向你借刀子。」她對那個拿走魚乾的人說。男人給了她，萊拉問潘拉蒙說：「她叫什麼？」

潘拉蒙知道她指的是什麼，說：「萊特。」

萊拉用左手緊抓住金幣，把刀子當作鋼筆來用，將遺失的精靈名字深深刻在金幣上。

「我希望，如果我像對待約旦學院的學者一樣待你，或許能稍微彌補。」萊拉對小男孩悄聲說，並撥開男孩的嘴脣，試著把金幣塞到他嘴裡。這過程並不容易，但她還是做到了，最後再將他的下頷合上。

萊拉把刀子還給男人，在晨間的薄霧中轉身回到克朗爺爺的身邊。

他從火堆邊直接倒給她一杯湯，萊拉貪婪地喝下。

「克朗爺爺，我們要拿女巫怎麼辦？」她說：「我不知道你的女巫是不是其中一員。」

「我的女巫？我不這麼認為，萊拉。她們可能會飛往任何地方。女巫的世界中有各種大事，我們卻沒辦法看到；我們聳聳肩、一笑置之的東西，她們卻可能因此神祕發病；我們也無法了解她們發動戰爭的原因；還有凍原中小植物開花時，所帶來的喜悅和悲傷……萊拉，我希望我能看到她們飛行。我一直希望能看到那樣的景觀。現在先喝了那杯湯。妳還要多喝些嗎？還有些正在鍋中煮的麵包。孩子，趕快吃下，我們馬上就要出發了。」

食物讓萊拉恢復精神，先前在她靈魂中的寒意也逐漸融化了。她和其他人一起觀看缺陷小孩躺在葬禮的柴堆上，約翰．法開始禱告時，她低下頭，閉上眼睛。有人噴灑煤油並點燃火柴，大火頃刻間燃燒起來。

小男孩火葬後，他們隨即啟程。這是一趟朦朧的旅程，大雪紛飛，天地間只能看見前方奔馳中的灰色狗影，聽到雪橇踉蹌前進與嘎嘎作響的聲音，感受到刺骨的寒凍。大片大片如汪洋旋轉的雪片，只比天空暗些，又比地面明亮些。

狗群繼續往前狂奔，牠們高舉著尾巴，吞吐出煙霧般的熱氣。一行人迅速往北方邁進，當蒼白的正午降臨時，薄霧籠罩整個世界。他們停在小丘的山坳間吃喝休息，並拿出羅盤定位。約翰．法問史科比如何利用熱氣球擔任偵測工作，這使萊拉想起那隻飛行間諜，便問克朗爺爺那個關著小東西的菸盒怎麼樣了。

「我把它緊緊塞好，」他說：「就在那個背囊最底下，但沒什麼好看的。就像我所說的，我會像在船上時把它看好。老實說，我不知道以後我們該怎麼處理它；或許我們可以把它丟到火礦裡，這樣說不定可以解決它。萊拉，妳別擔心。只要我看守著它，妳就會很安全。」

萊拉找個機會把手伸到因結霜而僵硬的帆布背囊中，偷偷撈出小菸盒。事實上，萊拉的手還沒接觸到菸盒，就可以感覺到它製造出來的嗡嗡聲。

趁克朗爺爺和其他領袖說話時，萊拉把菸盒拿給歐瑞克看，並說出她的鬼主意，因為萊拉想起，歐瑞克可以輕鬆地撕裂引擎蓋。

熊聽了萊拉的話，拿起一個餅乾錫盒的蓋子，靈巧地摺成小小扁平的圓柱形。萊拉驚愕地觀看熊的巧手：他和大部分的熊不同，有著與食指相對的大拇指，可以將東西握住處理。歐瑞克天生對金屬的韌性和靈活性非常熟稔，他只要拿起金屬一、兩次，東摺西扭，就可以用熊掌摺出一個圓形。他現在就這麼做，先將周圍摺入，直到金屬片成為一個有邊緣的圓柱體，最後他還做了一個蓋子可以蓋住。萊拉吩咐他做兩個：一個和菸盒一樣大小，另一個比菸盒稍微大些，裡面可以塞進些苔蘚地衣之類的東西，以降低噪音。大功告成時，它就和探測儀的形狀、大小完全一樣。

歐瑞克製作完盒子後，開始大嚼一塊凍得像木頭一樣的馴鹿腿，萊拉則坐在他身邊。

「歐瑞克，」她說：「沒有精靈會不會很難過？你不覺得寂寞嗎？」

「寂寞？」他說：「我不懂這句話的意思。他們告訴我天氣很冷，我不知道寒冷是什麼意思，所以我也不懂寂寞的意思。熊是獨居的動物。」

「那斯瓦巴的熊呢？」她說：「那裡有成千上萬隻，對不對？我聽人家說的。」

歐瑞克一言不發，一把撕開馴鹿關節，聽起來像是斷裂的圓木。

「抱歉，歐瑞克。」她說：「我希望我沒有冒犯你，我只是太好奇了。這主要是因為我父親，所以我對斯瓦巴的熊族更為好奇。」

「妳父親是誰？」

「艾塞列公爵。現在他被囚禁在斯瓦巴了。我想吞人獸背叛了他，付錢給熊去看守他。」

「我不知道這件事。我不是斯瓦巴的熊。」

「我聽說你過去……」

「沒錯。我曾經是斯瓦巴的熊，但我再也不是了。我殺了一隻熊，結果遭到放逐作為懲罰。我被剝奪階級、財富和武器，被送到人類世界的盡頭。我找得到工作時就作戰或擔任辛苦的勞力工作，並將我的記憶淹沒在酒中。」

「你為什麼要殺死另一隻熊？」

「憤怒。熊之間的憤怒應該可以想辦法解決，我卻失去控制。我殺死了他，就被公正地處罰了。」

「所以你從前也是富有又位居高階呀，」萊拉覺得不可思議地說：「歐瑞克，你就跟我父親一樣！那和我出生後的故事一模一樣。我父親也殺了人，結果他們奪走了他的財富。不過這是在他變成斯瓦巴囚犯前很久的事了。我不知道任何有關斯瓦巴的事，只知道它位在遙遠的北地……那裡全都被大雪覆蓋住嗎？你可以穿過結冰的海到那裡嗎？」

「不是從這裡的海岸。位在它南方的海洋有時會結冰，有時不會。妳需要一艘船。」

「或許是一架熱氣球。」

「熱氣球，沒錯。但妳需要正確的風向。」

熊繼續啃咬馴鹿腿，萊拉突然想起女巫飛過夜空的情景，但她什麼也沒說。相反，她開始詢問歐瑞克有關斯瓦巴的種種，興致勃勃地聆聽緩慢移動的冰河、上百隻海象躺在大浮冰上、海裡充滿了海豹、獨角鯨（牠們有又長又白的長牙）在冰洋上互相撞擊、巨大陰森的鐵海岸、超過幾千呎高的峭壁上，汙穢的峭壁鬼族在那裡棲息並俯衝而下；在煤場和火礦裡，熊鐵匠鍾鍊大塊鐵片、用鉚釘固定後成為盔甲……

「歐瑞克，既然他們拿走你的甲冑，你從哪裡得到這副的？」

「我在新尚巴拉利用天鐵打造的。沒有甲冑前我是不完整的。」

「所以熊可以製造自己的靈魂……」萊拉說。天底下的新鮮事可真不少。「誰是斯瓦巴的王？」她繼續說。「熊族有領袖嗎？」

「奧夫．雷克森。」

這個名字聽起來有點耳熟，萊拉從前聽過，到底是在哪裡？說話的人不是熊，也不是吉普賽人。提到這個名字的是一個學者，當時以一種精確、賣弄和懶洋洋的傲慢聲調說出來的，正是約旦學院學者的聲音。萊拉試著努力回想。噢，這是她多麼熟稔的聲音。

她終於想起來了：那是在院長休息室，當時學者正在聆聽艾塞列公爵的演說。說話的人是帕門講座教授，他說了些有關奧夫．雷克森的事。當時他用龐瑟彪恩一詞，可是萊拉並不懂這句話的意思，也不知道他是隻熊。此外，教授還說了些什麼？好像是斯瓦巴王愛慕虛榮，喜歡諂媚之類的事。另外還有些東西，但她實在想不起來了，自從那天之後，已經發生了這麼多事……

「如果妳父親是斯瓦巴熊族的囚犯，」歐瑞克說：「那他永遠也無法逃走，那裡沒有木頭可以製造船隻。假使他是貴族，他會受到公平對待。他們會提供他一間房子居住，一個僕人服侍他，還會有食物和油料。」

「歐瑞克，熊族會不會打敗仗？」

「不會。」

「或許會被欺騙吧？」

熊停止咬齧，直視著萊拉。他說：「妳永遠無法擊敗武裝熊族。妳看過我的盔甲，現在看看我的武器。」

熊將肉丟到地下，伸出熊掌，掌心向上，讓她可以看個清楚。每塊黑色的肉趾都覆蓋上至少一吋厚的角質層，每隻熊爪至少有萊拉的手掌般長，如利刃般銳利。萊拉滿心訝異地用手摸摸他的熊掌。

「只要一擊就可以打破海豹的腦袋，」他說：「或打斷一個人的背脊，或扯下他的四肢。而且我也可以用咬的，在特洛塞德時，如果妳不阻止我，我可以像對付雞蛋一樣咬破他的腦袋。談了這麼多熊的力量，現在來談談欺騙的小伎倆。妳沒辦法欺騙一隻熊。妳想要證據？拿一根小棍子來和我擊劍。」

萊拉興致勃勃地想試試，就從雪地樹叢間折下一根小樹枝，她拔掉樹枝旁所有的嫩枝，把樹枝左右搖晃當成一把長劍。歐瑞克向後坐下靜靜等待，前掌放在大腿上。萊拉準備好從後面對付他，但萊拉並不想真刺他，熊看起來很平靜祥和，所以她只是虛裝聲勢，假裝左右亂刺，並沒有真刺下去的意圖。萊拉重複了好幾次，熊卻動也不動。

萊拉最後決定直接刺向熊，可是並不是很用力，只是將棍子點到他的肚皮。熊掌立刻伸出，將棍子拂到一旁。

萊拉震驚之餘，又試了一次，結果還是一樣，熊移動得比她快多了。萊拉興致高昂地開始刺擊，她像劍擊者般耍弄輕劍，但沒有一次能碰觸到熊的身體。他似乎在事前就知道她的心思，當她往他的腦袋刺去時，熊只是用巨掌將棍子無害地擋開，萊拉佯裝攻擊時，他卻連動也不動。

萊拉變得有些心浮氣躁，出手也開始不擇手段，刺、削、劈、砍，沒有一次不被熊的雙掌擋下。她開始四下移動，可是沒有一擊不被擋開，沒有一刺不被撥過。

最後，萊拉終於覺得害怕了，就放下棍子。厚重皮衣下的她大汗淋漓、呼吸困難、筋疲力盡，而熊只是無動於衷地坐著。如果萊拉手中真的是一把劍，如果她真想傷害他，他仍會毫髮未損。

「我猜你能抓住子彈，」她說，並把棍子丟到地上，「你是怎麼做到的？」

「因為我不是人類。」他說：「妳永遠無法欺騙熊。我們看得見這些欺騙的小手段，就像可以看見妳的手腳一樣清楚。我們可以用一種人類早已忘記的方式看穿事情。妳也懂這件事，因為妳可以閱讀符號解讀器。」

「那不一樣，不是嗎？」她說。比起看熊發脾氣的模樣，萊拉覺得當下的情況使她更焦慮。

「這是同樣的道理。」他說：「據我所知，成人無法閱讀解讀器。正如拿我和人類戰士做比較，妳會讀符號解讀器而成人不會的情況也相同。」

「我想也是。」萊拉困惑又不情願地說：「那是否意味著等我長大後，就會忘記該如何閱讀它了？」

「誰知道？我從沒看過符號解讀器，也沒看過別人解讀它。或許妳和其他人不同。」

熊四足落地，又回去大啃生肉。萊拉本來已解開大衣，現在冷風一吹，她又趕緊穿好大衣。不管怎麼樣，這是一段不平靜的插曲。萊拉本想向探測儀詢問一些問題，可是天氣實在太冷了，除此之外，他們正招呼她準備上路。萊拉將歐瑞克做好的錫盒收好，又將空無一物的錫盒放回克朗爺爺的背囊中，她把放著飛行間諜的錫盒和探測儀，一起放入自己腰間的小袋。他們開始啟程後，她又覺得開開心心了。

吉普賽人的領袖們答應史科比，在下個休息點時會把熱氣球充氣，讓他可以飛到空中偵測。萊拉自然想上去瞧瞧，他們自然也禁止她上去；所以萊拉就和史科比一起搭乘雪橇，一路上還囉唆個不停。

「史科比先生，你要怎樣才能飛到斯瓦巴？」

「妳需要一個可操縱的天然氣引擎，有點像是飛船，或溫和的南風。但老天，我才沒那個膽呢。妳曾看過那個地方嗎？那是個最荒涼、空無一物、最不友善的世界盡頭。」

「我只是在想，如果歐瑞克想回去……」

「他會被殺死。歐瑞克已經被放逐了，如果他膽敢回去，他們會把他碎屍萬段。」

「史科比先生，你要如何替氣球充氣？」

「有兩種方法。我可以將硫酸倒在鐵銼屑上製造氫氣，等它釋放出氫氣後慢慢將氣球充氣。另一個方法就是在靠近火礦的地方，找到地下瓦斯的出口。這裡的地底有很多瓦斯和石油。如果有必要，我可以從石油中製造瓦斯，煤礦也可以，製造瓦斯並不是件難事。最快的方法就是用地下瓦斯，一個好的地孔可以在一小時內將熱氣球充飽。」

「熱氣球可以載幾個人？」

「必要時可以載六個人。」

「你載得動歐瑞克和他的甲冑嗎？」

「我曾辦到過一次，是在通古斯克戰役中，我從韃靼人手中拯救他，當時他正斷糧斷水，韃靼人打算活活餓死他，我飛進去把他救出來。聽起來很容易，但老天知道，我必須估計這個老傢伙的重量，還必須猜測當時他建造的地下堡壘下是否有地下瓦斯。但我可以從空中猜測下方是哪種土壤，我猜當時的挖掘工作應該不困難。妳知道，熱氣球降落時必須讓瓦斯漏氣，但沒有新的瓦斯又不能起飛。不管怎樣，我們辦到了，甲冑也沒事。」

「史科比先生，您知道韃靼人在人的頭顱上穿洞嗎？」

「噢，當然知道。他們做這件事已經有幾千年的歷史了。在通古斯克戰役中，我們逮捕了五個戰俘，其中三個人的頭顱上有洞。有個人還有兩個洞。」

「他們對自己人也穿洞呀？」

「沒錯。他們先把頭皮沿著圓弧割開，掀開頭皮露出下面的頭蓋骨，再從頭蓋骨上割出一個小圓圈。整個過程進行得非常小心，以免穿透大腦。最後他們再將頭皮縫回去。」

「我以為他們是把敵人的頭顱穿洞！」

「噢，那妳就大錯特錯了。這是一項特權，如此一來，神祇才能對他們說話。」

「你曾聽說過一個叫作古曼的男人嗎？」

「古曼？當然。兩年前我飛越葉尼塞河時，遇到他的一個探險隊員。當時古曼打算和某個韃靼部落一起定居。事實上，我想他自己的頭顱上就有一個洞。這是要加入部落的一部分儀式，但告訴我故事的那個隊員，對此所知不多。」

「所以……如果他被當成一個榮譽的韃靼人，他們為什麼要殺死他？」

「殺死他？他死了嗎？」

「是呀，我親眼看到他的腦袋。」萊拉自豪地說：「我父親找到的。他在展示給牛津約旦學院的學者時被我看到的。他們甚至剝掉了他的頭皮。」

「誰把頭皮剝掉的？」

「嗯，韃靼人，至少學者們是這麼認為……或許不是。」

「或許那根本就不是古曼的頭顱，」史科比說：「妳父親可能是故意誤導學者。」

「我想可能是，」萊拉深思說：「當時他正向他們募款。」

「他們看到那個頭顱後，就給他錢了？」

「對呀。」

「不錯的戲法。人們在乍看到那種東西時都會相當錯愕，他們通常不會仔細檢查。」

「特別是學者。」萊拉說。

「嗯，這點妳比我更清楚。如果那真是古曼的頭顱，我想一定不是韃靼人把他的頭皮剝掉的。他們只剝敵人的頭皮，不會剝自己人的，而古曼已經被韃靼人領養了。」

雪橇前行時，萊拉還在思考這些事。她腦袋中像有洶湧的激流不斷衝擊，每件事都有了自己的意義：吞人獸和他們的殘酷、他們對「塵」的恐懼、極光中的城市、陷身斯瓦巴的父親、她母親……她現在人在哪裡？探測儀、飛向北方的女巫；還有可憐的小托尼、飛行間諜、歐瑞克令人驚異的劍擊術……

萊拉終於沉沉入睡了。他們也一分一秒地接近波伐格。

第十四章
波伐格的燈火

吉普賽人一直沒聽到考爾特夫人的消息，這使克朗爺爺和約翰．法格外憂心，他們刻意不讓萊拉知道，可是他們並不了解，萊拉其實也非常牽腸掛肚。萊拉很怕考爾特夫人，也經常會想到她，雖然萊拉已經認定艾塞列公爵是她的「父親」，卻從未把考爾特夫人當成「母親」。主要是因為潘拉蒙異常厭惡考爾特夫人的精靈金猴子，萊拉也因他偷窺自己的祕密而渾身不舒服，特別是關於探測儀的祕密。

他們一定在暗中追逐她，這是不需自欺欺人的，飛行間諜就是最好的證明。

但敵人真正出擊時，卻不是考爾特夫人。吉普賽人打算停下來讓狗群休息、修理幾架雪橇、磨銳攻擊波伐格的武器。約翰．法也希望史科比能找到足夠的地底燃料，替較小的熱氣球充氣（顯然他有兩個熱氣球），飛到空中勘探地形。氣球飛行員史科比對氣候的知識不輸水手，他說很快就會降下一場大霧。他說的一點也沒錯，等雪橇隊一停下來，一場濃密的大霧就從天而降。史科比知道自己此時升空會一無所獲，因此只能甘於檢查自己的裝備，即使一切早就整備得妥妥當當。接著，毫無預警地，黑暗中突然一連射出幾支箭。

三個吉普賽人應聲倒地，一聲不響地死去，沒人注意到。直到他們倒在狗群的韁繩上，或僵硬地躺在地上，附近的人才發現有異，但一切都太遲了，更多箭朝他們飛來。有些人抬頭張望，對箭枝射進木頭或冰凍帆布上製造出迅速、不規律的鏗鏘聲感到困惑。

約翰．法是第一個回過神的人，他從雪橇隊中間高聲發號施令。人們凍僵的四肢服從地開始移動，但更多箭枝如雨般射來，箭雨的尖端沾染著死神的信息。

萊拉站在開闊的空地上，無數箭枝劃過她的頭頂。潘拉蒙比她先聽到箭聲，立刻變成一隻豹將她撞倒，使她不至於成為明顯的箭靶。萊拉撥掉眼中的雪，轉身看看發生什麼事，濃霧中似乎充斥著混亂和噪音。她聽到一聲有力的吼聲，及歐瑞克全副武裝，從雪橇上沉重地跳入濃霧時的鏗鏘刮削聲，接著是尖叫、嚎叫、咀嚼和撕裂聲，還有重擊、害怕的叫聲及熊在擊殺人時發出的憤怒吼聲。

他們到底是誰？萊拉至今尚未發現敵人的身影。吉普賽人立刻衝去防衛雪橇，結果（連萊拉都可以看出來）卻使自己成為顯著的攻擊目標，他們戴著手套和連指手套，很難扣下來福槍的扳機，在不間斷的箭雨猛攻下，萊拉只聽到四、五聲槍響。時間一秒一秒過去，愈來愈多人倒地不起。

噢，約翰．法！萊拉焦急地想著：您沒有預料到這點，而我也沒有幫到您！

萊拉只有短短幾秒鐘可以自責，潘拉蒙突然發出咆哮聲，接著有什麼東西——另一隻精靈——撲向他並把他撞倒，萊拉馬上覺得呼吸困難，彷彿有幾隻手抓住她，抬起她，用臭氣沖天的連指手套堵住她的嘴，防止她叫喊，將她丟到另一雙手中，最後將她摔到雪地上。萊拉頭昏眼花、呼吸困難、全身痠痛，她的雙手被扯在背後，連肩膀都發出喀啦聲，有人用繩子把她的雙手捆綁在一起，還用風帽蓋住她的頭阻止她尖叫，萊拉在情急之下，只來得及大喊：

「歐瑞克！歐瑞克！救命！」

熊聽得到她的求救聲嗎？她無法確定，她被丟來丟去，最後被甩到堅硬的平面上，這個像雪橇一樣的東西開始搖搖擺擺地前進。四下充滿了令人困惑的狂野聲音，她彷彿聽到歐瑞克的吼叫聲，卻是在老遠處。萊拉在高低不平的路上顛簸著、雙臂被綁住、嘴巴被塞住，還因為憤怒和害怕而忍不住啜泣。周遭的人說的都是些聽不懂的話。

「潘！」

「我在這裡，噓，我來幫妳呼吸透氣。別動……」

老鼠潘拉蒙的小掌在風帽間撥了撥，直到她的嘴巴可以透出氣為止。萊拉大口呼吸著冰凍的空氣。

「他們是誰？」她輕聲說。

「看起來像韃靼人。我猜他們射中了約翰．法。」

「不……」

「我看見他跌倒。但他對這類攻擊應該有所準備。我們都知道這點。」

「但我們應該幫他！我們早該看看探測儀的！」

「安靜。假裝不省人事的樣子。」

他們聽到鞭子甩動與飛奔狗群的嚎叫聲。從在雪橇上被扭扯與顛簸的程度看來，萊拉明白他們行進得有多快，她努力想聽聽戰鬥的聲音，能聽到的只有遠處傳來模糊的槍聲、附近柔軟狗掌踏在雪地上的沙沙聲，和雪橇前進的聲音。

「他們要把我們帶到吞人獸那裡。」萊拉低聲說。

萊拉突然想到「切割」一詞，全身也被恐懼籠罩，潘拉蒙緊靠在她身邊。

「我會抵抗的。」他說。

「我也會，我會殺了他們。」

「歐瑞克也會，等他發現之後，會活活劈死他們。」

「我們離波伐格有多遠？」

潘拉蒙也不知道，他們猜大概不到一天的路程。

雪橇奔馳了一段時間後，萊拉全身凍得痙攣，苦不堪言，雪橇前進的速度減緩了些，有人粗魯地掀開蓋在萊拉頭上的風帽。

萊拉在狼獾風帽下與顫動的燈籠光線中，抬頭看見一張粗獷的亞洲臉孔。他的黑眼睛裡閃爍著一種滿足感，尤其在看到潘拉蒙從萊拉的禦寒大衣中溜出來，露出白色的貂齒嘶嘶作響時。男人的精靈是隻巨大的狼獾，她對潘拉蒙怒吼，潘拉蒙卻不為所動。

男人拉起萊拉，讓她靠在雪橇側邊坐著。萊拉不斷往一側倒，因為她的手仍被綁在背後，男人將她雙腳捆綁好後，鬆開她手上的繩子。

在下著雪的濃霧中，萊拉可以看出這個男人和雪橇駕駛都異常魁梧有力，雪橇也維持著完美的平衡感，和吉普賽人比起來，這些人就像是在自家土地上一樣。

男人說話了，萊拉卻一頭霧水。男人又試了試別的語言，結果還是一樣。最後他開口說了英語。

「妳名字？」

潘拉蒙警戒地豎起鬃毛，萊拉立刻了解他的意思。這些人並不知道她是誰！他們綁架她並不是因為她與考爾特夫人間的糾葛，或許他們並不是吞人獸的手下。

「莉琪・布魯克斯。」她說。

「莉西・布魯格斯。」他發音不正確地重複一遍，「我們帶妳到很好的地方，很好的人。」

「你是誰？」

「山蒙德人。獵人。」

「你們要帶我去哪裡？」

「很好的地方，很好的人。妳有龐瑟彪恩？」

「用來保護我們。」

「沒用！哈哈，熊沒用！我們抓到妳了！」

他開始放聲大笑，萊拉克制住自己，一語不發。

「那些人誰？」另一人問她，用手指指來時路。

「商人。」

「商人……做什麼買賣？」

「毛皮、酒精，」她說：「菸草。」

「他們賣菸草，買毛皮？」

「對呀。」

他對同伴說了些什麼，另一人簡短回應。兩人說話時雪橇仍然向前飛奔，萊拉想辦法坐得更舒服些，並分辨出他們正朝哪個方向前進。大雪紛飛，天色已暗，萊拉冷得無法四下張望，只好躺下來。她和潘拉蒙可以感覺到對方的想法並力持鎮定，可是一想到約翰・法可能死了……克朗爺爺怎麼樣了？歐瑞克有辦法殺死別的山蒙德人嗎？他們會設法營救她嗎？

萊拉首次開始自艾自憐。

過了很久，男人搖搖她的肩膀，給了她一條馴鹿肉乾嚼。肉乾又臭又硬，可是萊拉餓壞了，而且肉乾裡有她需要的營養。萊拉吃了肉乾後覺得好多了，她把手緩緩伸到毛皮大衣內，確定探測儀仍安好無恙，又小心翼翼地把裝著飛行間諜的錫罐塞入毛皮靴中。潘拉蒙變成小老鼠，盡量將錫罐推到最裡面，一直塞到馴鹿皮綁腿的底端為止。

大功告成後，萊拉閉上眼睛。恐懼使她覺得疲憊，很快地，她就不安穩地睡著了。

萊拉在雪橇行進速度改變時醒轉，因為雪橇前行的狀況突然變得平順。她睜開眼，頭上明亮的燈光使她覺得暈眩，她將風帽拉下些後才往外張望。雖然全身都凍僵了，她仍嘗試坐直身子，並辨識出雪橇正快速經過一排高聳的柱子，每根柱子上都掛著一盞亮晃晃的電子燈。等她認清方向後，他們已穿過燈光大道盡頭一扇敞開的金屬門內，最後進入一個寬廣空間，看起來類似空盪盪的市場或遊戲運動場。這塊空間大概有一百碼寬，看起來平坦、滑順且白淨，四周都用高大的金屬圍籬圍住。

雪橇終於在運動場的盡頭停住，在厚厚的積雪中，他們面對著一棟或一群矮小的建築。雖然看不太清楚，但萊拉似乎看到每棟建築間都有些隧道相互連接，隧道也在雪堆中鼓鼓地突出來。另一側有根堅固的金屬旗杆，萊拉覺得這旗杆看起來有點眼熟，卻想不起來在哪看過。

萊拉還來不及仔細觀察，雪橇裡的人就割斷綁在她腳踝上的繩子，還粗魯地將她丟出雪橇外，另一個男人則大叫著要狗群安靜下來。幾碼外，一棟建築的門開了，上方的電子燈光也流瀉出來，像探照燈一樣地找尋著他們的位置。

萊拉的綁架者將她向前推推，彷彿在炫耀自己的戰利品，可是手仍緊抓住萊拉，還說了些什麼。一個穿著煤絲禦寒大衣的人，也以相同的語言回答他，接著萊拉看到他了：他既不是山蒙德人也不是韃靼人，反而像是約旦學院的學者。男人看了看她，還特別看了看潘拉蒙。

山蒙德人又說話了，男人對萊拉說：「妳會說英語？」

「會。」她說。

「妳的精靈已經定型了嗎？」

這是個出人意料的問題！萊拉一時語塞，但潘拉蒙已經以自己的方式回答了，他變成一隻獵鷹，從萊拉的肩上飛向男人的精靈——巨大的土撥鼠，土撥鼠迅速地對潘拉蒙一擊，並在潘拉蒙迅速展翅飛過時吐口水。

「我知道了。」男人似乎很滿意，潘拉蒙則飛回萊拉的肩上。

山蒙德人似乎在期待什麼，波伐格男人點點頭後，脫掉連指手套，把手伸到口袋裡。他拿出一個細繩編成的小錢包，算了算幾個沉重的金幣，放到獵人手中。

兩個男人點了點金幣，各自拿取一半，小心收好。他們頭也不回地回到雪橇上，駕駛揮動鞭子，吆喝狗群，快速駛離空地，向燈光大道飛奔，最後消失在黑暗中。

男人打開門。

「趕快進來。」他說：「裡面溫暖又舒服，別在外面待太久。妳叫什麼名字？」

他說一口標準的英語，聽不出來是哪裡的口音。他就像萊拉在考爾特夫人家遇到的人一樣：時髦、有教養、地位顯赫。

「莉琪．布魯克斯。」她說。

「進來，莉琪。從現在起，我們會照顧妳，妳再也不用擔心了。」

他比她還怕冷，即使萊拉在戶外待的時間比他長得多，他很不耐地想趕快回到溫暖的建築中。萊拉決定扮演遲鈍、傻呼呼、心不甘情不願的小女孩，就拖著腳進入門檻很高的建築內。這棟建築一共有兩道門，中間還有一大塊空間，溫暖的空氣無法散逸到外面。一進入內門後，萊拉馬上熱得汗流浹背，不得不敞開大衣、風帽推到腦後。

他們置身在一個約八呎寬的方形空間中，正前方是個類似在醫院裡可以看到的接待桌，左右各有一條走廊。建築內燈火通明，四下都是發亮的白色平面和一塵不染的不鏽鋼。空氣中飄散著食物的味道，一種熟悉的食物——煙燻豬肉和咖啡，可是隱藏在這層味道之下的，則是淡淡的、永遠揮不去的醫院藥物味道，還有就是從四周牆壁傳來持續的嗡嗡聲，低得幾乎聽不見，這是一種如果不想辦法適應，就會使人發瘋的聲音。

潘拉蒙變成金翅雀在她耳邊低語：「裝傻裝笨，裝慢裝鈍。」

成人們低頭看著她：包括帶她進來的男人、另一個穿著白色外套的男人，以及穿著護士制服的女人。

「英國人，」第一個男人說：「顯然是商人。」

「往常的獵人？老故事？」

「我只能分辨出是相同的部族。克拉拉修女，妳可以接手照顧這個小女孩嗎？」

「當然，大夫。親愛的，和我一起來。」護士說，萊拉乖乖地跟她走。

她們走過短短的走廊，右邊有幾扇門，左邊則是食堂，食堂裡還傳來刀叉碰撞聲、談話聲和食物的香味。萊拉猜護士的年齡大概和考爾特夫人相仿，有種俐落、單調和理性的味道，她會縫合傷口或更換繃帶，卻別想聽她親口說故事。她的精靈（萊拉注意到他時，心中不覺一涼）是隻蹦蹦跳跳的白色小狗（萊拉不知道自己為什麼會有心寒的感覺）。

「親愛的，妳叫什麼名字？」護士說，還打開一扇厚重的門。

「莉琪。」

「莉琪什麼？」

「莉琪・布魯克斯。」

「妳幾歲了？」

「十一歲。」

曾有人告訴萊拉，她看起來比同年齡的小孩矮小，不管這意味著什麼，卻從未影響到萊拉的自信心。可是萊拉知道她可以利用這項事實，使莉琪看起來害羞、焦慮、沒有分量，所以在走入房間時還特別縮了縮脖子。

萊拉心中多少期待別人會問她，她是從哪裡來的、她怎麼來到這裡之類的問題，所以早在心中想好了答案，可是她發現這個護士不僅缺乏想像力，連好奇心也付之闕如。克拉拉修女似乎認為波伐格位在倫敦近郊，小孩子可能隨時都會出現。她傲慢、乾淨的小精靈不時跟在她身邊跑跳，看起來也和她一樣俐落、單調。

房間內有張沙發、一張桌子、兩張椅子、一個檔案櫃、裝著藥物和繃帶的玻璃櫃，還有一只清洗盆。一進入房內，護士就脫掉萊拉的大外套，把它丟到閃閃發亮的地板上。

「親愛的，把剩下的衣服也脫掉。」她說：「我們會簡單地檢查妳是否健康，有沒有長凍瘡或感冒，我們也會給妳乾淨的衣服和讓妳淋浴。」她還特別附加這句。萊拉已經很久沒有更衣或清洗了，在這樣的高溫下，這項事實也變得更明顯。

潘拉蒙鼓翅抗議，但萊拉給了他一個臉色阻止他。萊拉一件件脫掉衣服時，潘拉蒙則停憩在沙發上，她儘管對此感到既厭惡又羞恥，但還記得要裝傻裝笨地服從命令。

「莉琪，妳的腰包。」護士說，並用她強壯的手指幫萊拉解開。護士打算將腰包放在其他衣服上，可是走到一半時忽然停步，她觸摸著探測儀的邊緣。

「這是什麼？」護士說，一面解開防水油布。

「只是一個玩具，」萊拉說：「這是我的。」

「親愛的，我知道了，我們不會拿走的。」克拉拉修女一面打開天鵝絨布，一面說：「這真漂亮，不是嗎？好像一個羅盤。進去浴室。」護士一邊說，一邊放下探測儀，順手一把掀開角落裡的煤絲浴簾。

萊拉不甘願地走入熱水下，全身擦抹上肥皂，潘拉蒙則站在浴簾桿上。兩人心裡都清楚，潘拉蒙不能表現得過於活潑，因為傻瓜的精靈通常也是傻呼呼的。萊拉清洗拭乾後，護士替她量體溫，檢查她的眼睛、耳朵和喉嚨，還替她量身高體重，並且將結果記錄在書寫板上。最後她給萊拉睡衣和睡袍，這些衣服看起來都很乾淨，品質也不錯，可是就像托尼．馬克瑞斯的禦寒衣物一樣，有種二手貨的味道。萊拉覺得渾身上下都不對勁。

「這不是我的衣服。」她說。

「沒錯，親愛的。妳的衣服需要好好清洗。」

「我可以拿回我的衣服嗎？」

「可以吧。會，當然會。」

「這是什麼地方？」

「實驗基地。」

這算什麼答案，若是萊拉就會指出這一點，還會開口質疑，可是她認為莉琪可能不會，就笨手笨腳地穿上睡袍，不再多話。

「我要我的玩具。」當她穿好衣服時，固執地說。

「親愛的，拿去吧。」護士說：「妳不想要一個可愛的絨毛玩具熊嗎？還是一個漂亮的洋娃娃？」

護士打開一個抽屜，裡面有些柔軟的玩具，彷彿死屍般地躺著。萊拉站在抽屜前面，故意思考了幾秒鐘，挑出一個填充布娃娃，有雙大而空洞的眼睛。萊拉從沒玩過洋娃娃，但她知道該怎麼做，就心不在焉地抱在胸前。

「我的腰包呢？」她問，「我希望把我的玩具放在裡面。」

「好吧，去拿吧。」克拉拉修女說，她正在一張粉紅色的紙上填寫表格。

萊拉掀起她不甚熟悉的睡衣，把防水布小袋綁在腰上。

「我的大衣和靴子呢？」她問，「我的連指手套和其他東西呢？」

「我們會替妳清洗。」護士想也不想地說。

電話鈴忽然響了，護士拿起電話回話，萊拉迅速拿起裝著飛行間諜的小錫罐，和探測儀一起放入小袋中。

「莉琪，走吧。」護士說，一面將電話放下，「我們替妳找東西吃，我想妳大概餓壞了。」

萊拉跟在克拉拉修女身後走進食堂，十幾張白色圓桌上布滿了碎屑和黏答答的圓印子，大概是隨意將飲料放在桌上造成的，用過的盤子和刀叉則堆在一輛不鏽鋼小推車上。食堂裡沒有窗戶，但有一整面牆掛著一張營造亮度與空間感的熱帶沙灘海報，上面有蔚藍的天空、白色沙灘和椰子樹。

那個帶她進來的男人，從吧檯中替她拿些食物，裝在托盤中。

「吃掉。」他說。

萊拉知道沒必要餓肚子，就將燉肉、馬鈴薯泥混合著調味品吃得精光，接下來還有一碗罐頭桃子和冰淇淋。萊拉吃飯時，男人和護士坐在另一張桌旁悄聲談話，等她吃飽後，護士給她帶來一杯熱牛奶，並拿走托盤。

男人過來坐在萊拉的正對面，他的精靈是土撥鼠，不像護士的精靈那樣單調、缺乏好奇心，但只是有禮地坐在他肩上觀看和聆聽。

「現在，莉琪，」他說：「妳吃飽了沒？」

「吃飽了，謝謝。」

「我希望妳能告訴我，妳是從哪裡來的。可以嗎？」

「倫敦。」她說。

「妳大老遠跑到這麼北邊來做什麼？」

「和我爸一起來的。」萊拉小聲說。她的雙眼低垂，躲過土撥鼠的注視，假裝快要哭出來的模樣。

「和妳父親？我了解了。他在這裡做什麼？」

「做買賣。我們帶來一大堆新丹麥的菸草，賣出去後買一些毛皮。」

「妳父親一個人來嗎？」

「不是。還有叔叔和別人。」萊拉模糊地說，不確定山蒙德獵人到底對他說了些什麼。

「莉琪，妳父親為什麼會帶妳來？」

「兩年前他帶我哥哥來，他說下次會帶我一起來，但他從來沒實現。所以我就一直問他，最後他終於帶我來了。」

「妳幾歲了？」

「十一歲。」

「很好，很好。嗯，莉琪，妳是個幸運的小女孩。這些找到妳的獵人，把妳帶到再好不過的地方了。」

「他們並沒有找到我，」萊拉滿腹狐疑地說：「有一場打架，他們的人很多，還有箭……」

「噢，我不這麼認為。我想妳一定和妳父親那一幫人走散迷失了。這些獵人發現妳自己一個人，就直接把妳帶來這裡。莉琪，這就是事情發生的經過。」

「我看見他們打架，」她說：「他們射了很多支箭，而且……我要我爸爸。」萊拉大聲說，覺得自己快哭了。

「嗯，在他來之前，妳待在這裡會很安全。」醫生說。

「但我看見他們射箭！」

「哈，妳以為妳看見了。莉琪，這通常會在極度寒冷的狀況下發生。妳睡著了，做了個噩夢，妳沒辦法分辨哪些是真、哪些是假。沒有人打架，別擔心。妳父親很安全，他很快就會開始找妳，最後會找到這裡，這裡是方圓幾百哩內唯一一棟建築，最後他會驚訝地發現妳也平平安安的！現在克拉拉修女會帶妳到宿舍，妳會碰到許多和妳一樣，在野外走失的小男孩和小女孩。去吧。明天早上我們再聊。」

萊拉緊抓著洋娃娃站起來，潘拉蒙跳到她肩上，護士開門帶領他們出去。

她們穿過更多走廊，萊拉忽然覺得疲倦不堪，她不斷打呵欠，連抬起穿著羊毛拖鞋的腳都有些困難。潘拉蒙也垂下頭，他變成小老鼠躲在睡袍的口袋中。萊拉似乎看見一排床鋪、小孩子的臉孔、一個枕頭，最後她頭一沾枕就呼呼大睡了。

有人搖了搖她。萊拉第一個反應就是用手摸摸腰間的小袋，確定兩個錫罐都平安後，她試著張開眼睛。天啊，好難呀，萊拉從沒有這麼愛睏過。

「起床！起床！」

幾個聲音在她耳邊低語。萊拉用盡全力，彷彿要將一塊大圓石推上斜坡，最後終於清醒了。

就著門口懸掛的低瓦數電子燈黯淡的燈光，萊拉看見三個女孩正包圍著她。萊拉無法看清楚她們，她的眼睛正緩緩地調整焦距，這些女孩似乎和她一樣大，而且她們都說英語。

「她醒來了。」

「他們給她吃安眠藥。一定是……」

「妳叫什麼名字？」

「莉琪。」萊拉喃喃自語。

「有更多孩子會來嗎？」其中一個女孩問道。

「不知道。只有我一個。」

「他們在哪裡抓到妳的？」

萊拉掙扎著想坐起來，她不記得自己有吃安眠藥，但他們可能把藥放在飲料裡。她的腦袋裡像是塞滿了絨毛，眼後也有輕微、規律的疼痛。

「這是什麼地方？」

「不知名的地方，他們不肯告訴我們。」

「他們通常一次會帶來一個以上的小孩……」

「他們會做些什麼？」萊拉試著要問話，並努力讓混沌不清的腦袋集中注意力，潘拉蒙也掙扎著想要醒來。

「我們不知道。」這個女孩幾乎是女孩們的發言人。她個子很高，紅髮，任何動作都有快速抖動的感覺，具有濃厚的倫敦口音。「他們測量我們，還做了些檢查……」

「他們測量『塵』。」另一個女孩說，她看起來很友善，微胖、黑髮。

「妳什麼都不知道。」第一個女孩說。

「真的啦。」第三個女孩說，她看起來很順從，手中抱著她的兔子精靈。「我聽他們說的。」

「他們把我們一個個帶走，這是我們唯一知道的事情。沒有人會再回來。」紅髮女孩說。

「有一個男孩，對吧，」胖女孩說：「他認為……」

「別告訴她那個！」紅髮女孩說：「現在不要。」

「這裡也有男生嗎？」萊拉說。

「有呀。我們有很多人，我猜大概有三十個人。」

「還更多，」胖女孩說：「大概四十個。」

「不過他們會把我們一個個帶走，」紅髮女孩說：「他們通常會帶來一大堆小孩，這裡就會擠滿了人，最後卻一個個消失了。」

「他們是吞人獸，」胖女孩說：「妳知道吞人獸吧。我們都很怕他們，結果我們自己也被抓住了……」

萊拉覺得自己終於慢慢醒來。除了小白兔精靈，其餘兩個女孩的精靈都站在門邊聆聽，每個人說話的聲音都像是耳語。萊拉開口問她們的名字。紅髮女孩叫作安妮，黑髮胖女孩叫作貝拉，細瘦的女孩是瑪莎。她們不知道男孩們的名字，因為男孩和女孩在大部分的時間都分開。這些人對她們並不壞。

「這裡還算不錯，」貝拉說：「我們沒有太多事可做，除了給我們做檢查、叫我們做運動，然後他們就會測量我們、量體溫之類的事。真的滿無聊的。」

「除了考爾特夫人來的時候。」安妮說。

萊拉努力阻止自己叫出聲來，潘拉蒙忽然用力揮動翅膀，連女孩們都注意到他的異樣。

「他很緊張，」萊拉說，嘗試安撫潘拉蒙，「他們一定是給我們吃了安眠藥，就像妳說的，我們都覺得昏昏沉沉的。考爾特夫人是誰？」

「那個設計騙我們的人，至少騙了我們大部分的小孩。」瑪莎說：「別的小孩也在談論她，每次她一來，妳就知道有些孩子會消失了。」

「她很喜歡看小孩子，當那些人把我們帶走時，她喜歡看那些人怎麼對付我們。有個叫作賽門的男孩，他認為那些人在殺死我們時，考爾特夫人就在旁邊觀看。」

「他們會殺死我們？」萊拉渾身發起抖來。

「一定是，因為沒有人會回來。」

「他們也會對精靈做很多事。」貝拉說：「替他們量體重、做檢查等等……」

「他們碰觸妳們的精靈？」

「沒有啦！老天！他們把體重計放在那裡，妳的精靈必須站在上面變形，他們就會記錄下來，還會拍照。最後他們會把妳放進某個櫃子裡測量『塵』，他們老是在測量『塵』，從沒停過。」

「什麼『塵』？」萊拉說。

「我們不知道。」安妮說：「從太空來的『塵』，但不是真正的灰塵。如果妳身上沒有『塵』，那樣最好，但每個人身上最後都會出現『塵』。」

「妳知道我從賽門那裡聽到什麼嗎？」貝拉說：「他們說韃靼人在腦袋裡鑽一個洞，讓『塵』進去。」

「是啊，他什麼都知道。」安妮輕蔑地說：「下次考爾特夫人來時我會問她。」

「妳才不敢呢！」瑪莎佩服地說。

「當然敢。」

「她什麼時候會來？」萊拉說。

「後天。」安妮說。

萊拉整個背脊都發涼了，潘拉蒙也爬過來靠近她。萊拉只有一天的時間找到羅傑，並盡可能了解這個地方，最後成功地逃走或是被拯救出去。如果所有的吉普賽人都被殺死了，誰能幫這些小孩在冰天雪地的野外活下去呢？

女孩繼續聊天，萊拉和潘拉蒙卻躺在床上想辦法取暖，兩人心裡都很明白，在小床周遭的幾百哩內，除了恐懼之外，一無所有。

第十五章
守護精靈牢籠

萊拉並不是個杞人憂天的小孩；相反，她樂觀、實際，除此之外，她的想像力也不怎麼豐富。正是因為缺乏想像力，才會認為大老遠趕來拯救她的朋友羅傑，是件可行的事；即使思考過這個問題，任何有想像力的孩子，在深思過幾種方法後，也會馬上了解到這是個不可能的任務。身為一個實際的小騙子，並不意味著充滿豐富的想像力，許多高明的騙子完全缺乏想像力，因此使他們的謊言聽起來更可信。

所以，萊拉最後還是落入奉獻委員會的手中了，可是她對於發生在吉普賽人身上的事，並沒有太過苦惱驚恐。這些人都是優秀的戰士，即使潘拉蒙親眼看到約翰·法被箭射中，他也有可能看走眼；即使潘拉蒙沒有看錯，約翰·法可能只是身受輕傷。萊拉會落入山蒙德人的手中只是運氣太壞，但吉普賽人很快就會趕來拯救她，如果他們做不到，天底下也沒有任何事會阻止歐瑞克趕來；最後他們會坐在史科比的熱氣球內，一起到斯瓦巴救出艾塞列公爵。

在萊拉的心中，事情就是這麼簡單。

第二天，萊拉在宿舍中醒來後，又對眼前的一切充滿好奇心，還做好面對挑戰的準備。萊拉一心希望能找到羅傑——特別是在羅傑先注意到她之前。

萊拉並沒有等得太久。早上七點半時，住在不同宿舍的孩子們，分別被負責照顧的護士叫醒，梳洗穿衣後，就和其他人一起到食堂裡用早餐。

羅傑就在那裡。

他和另外五個男孩坐在門邊的桌前。排在食物陳列臺前的隊伍正好經過羅傑的桌旁，萊拉假裝把手帕掉到地上，蹲下身來在羅傑椅旁撿手帕，讓潘拉蒙有機會和羅傑的精靈花雞莎西里談話。

莎西里忽然興奮地揮動翅膀，潘拉蒙必須變成野貓，跳過去壓住她低聲說話。幸運的是，孩子們精靈間的扭打稀鬆平常，沒人會特別注意，可是羅傑的臉色一下就轉白了，萊拉從沒看過這麼青白的面孔。羅傑抬頭看看，萊拉給他一副平板、傲慢的臉色，羅傑臉上的血色恢復了，彷彿突然充滿了希望、興奮和喜悅。潘拉蒙必須用力搖晃莎西里，阻止羅傑高聲大叫，並跳上前去歡迎他的約旦學院玩伴。

萊拉轉過頭，盡量裝作不屑一顧的神態，雙眼骨碌碌地看著她的新朋友，讓潘拉蒙去解釋事情的經過。四個女孩拿著裝有玉米片、吐司麵包的托盤，圍坐在一塊，排除任何外來者，以便能討論小道新聞。

你沒辦法把一大群孩子聚集在一塊卻不給他們事做，所以波伐格多少像個學校，填滿了許多根據時間表安排的活動，如體育課和藝術課。除了休息和吃飯時間，男孩和女孩都隔離開來。早上過去一大半了，在護士教導的縫紉課結束後，萊拉才找到機會和羅傑說話。這一切必須進行得很自然，卻不容易做到。這裡孩子的年齡多半相仿，在這階段，通常男孩只和男孩說話、女孩只和女孩說話，男孩和女孩會故意忽視對方。

萊拉在食堂內又找到一個機會，這是孩子們進來喝飲料、吃餅乾的點心時間。萊拉叫潘拉蒙變成蒼蠅，飛去和坐在隔桌的莎西里說話，兩人則安靜地坐在自己的團體中。你的精靈在做別的事時，你無法專心和別人聊天，因此萊拉和別的女孩一起喝牛奶時，就裝作怏怏不樂、難搞的模樣。萊拉一半的心思正放在精靈間小小嗡嗡的對話中，無法費神聆聽別人的對話，直到她聽見一個有亮麗金髮的女孩提到一個名字，不覺猛然坐直了身子。

那個名字是托尼．馬克瑞斯。萊拉把注意力轉到說話女孩的身上時，潘拉蒙和羅傑精靈間的耳語也遲緩下來，兩個孩子都開始聆聽女孩說的話。

「不，我知道他們為什麼要帶走他。」她說，別的小腦袋則開始在她身邊聚集。「因為他的精靈不會變形。他們認為他應該比實際年齡大之類的，他不是小孩子。但托尼的精靈不會改變，是因為托尼自己腦袋裡很少想些什麼。我看過她改變，她的名字叫萊特……」

「他們為什麼對精靈這麼感興趣？」萊拉說。

「沒人知道。」金髮女孩說。

「我知道。」一個聽了對話的男孩說：「他們想知道，如果殺死你的精靈，你會不會跟著死掉。」

「那他們為什麼要一再對不同的小孩做這件事？」有人說：「他們只要做一次就行了，不是嗎？」

「我知道他們做些什麼。」第一個女孩說。

每個人都把注意力放在她身上。孩子們不想讓這裡的員工知道他們在談些什麼，即使是好奇地聆聽時，也都裝作一副疏離、漫不經心、無所謂的態度。

「做什麼？」有人說。

「他們找到托尼時，我正好和他待在一起。我們在被單儲放室裡。」她說。

她滿臉通紅，彷彿在等待別人的嘲弄和譏笑，但沒人說話。所有的孩子都很鎮靜，甚至沒有人微笑。

女孩繼續說：「我們在裡面安安靜靜的，可是護士進來了，就是那個說話輕聲細語的護士。她說：『托尼，出來吧，我知道你在這裡，出來吧，我們不會傷害你……』托尼說：『那我會怎樣？』她說：『我們只是要讓你睡覺，然後替你進行一個小手術，你醒來後會健康又安全。』可是托尼並不相信她。他說……」

「鑽洞！」有人說：「他們就像韃靼人一樣要在你頭上鑽洞！跟你賭！」

「閉嘴！護士還說了些什麼？」另一人說。這時已有十幾個小孩聚集在金髮女孩的桌前了，他們的精靈也焦急地想知道接下來發生什麼事，每隻小動物都張大眼睛、神情緊張。

女孩繼續說：「托尼想知道他們會對萊特怎樣。護士說：『她也會睡覺，就和你一樣。』托尼說：『妳打算殺死她，對不對？我知道你們會怎麼做。我們都知道會發生什麼事。』護士說：『不會，當然不會。只是一個小小的手術。小小的切割。根本就不會痛，讓你睡著只是要確保安全。』」

整個食堂忽然安靜了，原本監督他們的護士離開一會兒，通往廚房的食物陳列臺也關上了，沒人可以聽到他們的對話。

「怎樣的切割？」一個男孩問，他的聲音又安靜又害怕。

「她只說，那會使你長大。她說每個人都會有一次，所以大人的精靈不會再改變。他們都做過這種切割手術，使精靈永遠都不會再變，這也是你長大的原因。」

「但是……」

「這個意思是……」

「所有大人都做過這個切割手術嗎？」

「那麼……」

所有的聲音都中斷了，彷彿他們全都被切割了，每個人的眼睛都望向門口。克拉拉修女正站在那裡，單調、溫和、不帶一點感情，她身邊站著一位穿著白色外衣的男人，萊拉從沒見過他。

「布里姬．馬吉妮。」他說。

金髮女孩發抖地站起來，她的松鼠精靈緊抓住她。

「是的，大夫？」她說，幾乎聽不見聲音。

「喝完妳的牛奶後，和克拉拉修女一起過來。」他說：「剩下的人趕快跑去上課。」

孩子們乖乖地將馬克杯放在不鏽鋼小推車上後，安靜地離開。除了萊拉外，沒有人看布里姬一眼，女孩的臉上布滿了恐懼。

早上接下來的課程是運動。基地中有個小型體育館，在漫長的極地長夜中，孩子無法到戶外運動，因此在一個護士的監督下，不同團體的孩子輪流在體育館中運動。他們會編成不同的隊伍，將球丟著到處跑。萊拉一輩子也沒玩過這類遊戲，一開始時每玩必輸。可是她學得很快，有運動細胞，又是天生的領導者，很快就喜歡上這個運動。孩子們大聲叫嚷，精靈也跟著尖聲叫嚻，小小的體育館內很快就忘記了所有的恐懼，當然，這也是運動主要的功效。

午餐時，孩子在食堂內排隊，萊拉發現潘拉蒙對她啁啾一叫，轉身一看，發現比利．可斯塔正站在她身後。

「羅傑告訴我妳在這裡。」他輕聲說。

「你哥哥來了，還有約翰．法和一大群吉普賽人，」她說：「他們來帶你回家。」

比利高興得差點叫出來，卻用力壓抑成為一聲咳嗽。

「叫我莉琪，」萊拉說：「絕不要叫我萊拉。告訴我你知道的一切。」

他們坐在一起，羅傑也在附近。午餐時要聊天比較容易，因為孩子們在桌子和食物陳列臺間來來去去，整個食堂內都擠滿了人。在刀叉、盤碟的鏗鏘聲中，比利和羅傑盡量告訴萊拉他們知道的一切。比利聽一個護士說，動了手術的人多半會被帶到南方稍遠的宿舍去，這也解釋了托尼為什麼會在野外晃蕩的原因。可是羅傑有件真正有趣的事要告訴她。

「我找到一個藏身處。」他說。

「真的？哪裡？」

「看到那張圖片沒？」羅傑指的是熱帶沙灘的大照片。「如果妳看看右邊角落的正上方，妳可以看見一個天花板的鑲板。」

天花板是由許多片長方形鑲板組成，嵌在金屬螺絲的架構內，圖片上方的鑲板角落微微突出。

「我在看到那個後，」羅傑說：「猜想其他的鑲板可能也和這個一樣，所以我就把它們抬起來，結果它們全都鬆開了，全部都被抬起來了。有天晚上，我和一個男孩在我們的宿舍裡試試看，不過，這是在他們把他帶走之前發生的事了。那上面有個空間，妳可以在裡面爬行……」

「你在天花板上爬多久？」

「我不知道。我們只爬了一點點。我們想如果時機到了，可以爬到上面躲起來，但他們大概還是找得到我們。」

萊拉並不把這個新發現當作藏身處，而是一條高速公路。這是她來此後所聽到最棒的消息了。可是他們的對話忽然被打斷，有個醫生用湯匙敲敲桌子開始說話。

「聽著，孩子們，」他說：「好好聽清楚。我們會定期舉行消防演習。這時，最重要的是每個人都要穿好禦寒衣物，冷靜地離開建築物。今天下午我們會舉行消防演習，鈴聲響起時，你們一定要停止所有活動，聽從身邊大人的指示。記住他們帶領你們逃離的路徑，這就是真正火災發生時你們離開的路徑。」

嗯，萊拉想，她有個好主意了。

下午第一節課時，萊拉和四個女孩在做「塵」的測試。醫生們並沒有說明他們到底在做什麼，可是明眼人很快就猜出來。她們一個個被帶到實驗室中，使她們個個都提心吊膽，多殘酷呀，萊拉心想，如果她不幸死了卻沒有狠狠痛擊他們一頓，會多不甘心！但他們似乎還不打算進行那個手術。

「我們要做些測量。」醫生解釋。很難分辨出這些人的差異：男人全都穿著白色外衣，身上帶著書寫板和鉛筆；女人看起來也一個樣，身穿制服，有著那種詭異、單調、冷靜的態度，使她們看起來像姊妹一般。

「昨天我已經測量過了。」萊拉說。

「哈，今天我們要做不同的測量。站在那個金屬板上……噢，先脫掉妳的鞋子。如果妳願意，妳可以抓住妳的精靈。看前面，對了，注視那個小小綠色的燈。好女孩……」

有個東西突然一閃。醫生叫她轉頭，接著向左轉、向右轉，每次都有一個東西喀噠一響，燈光也跟著閃起。

「好了。現在過來這個機器旁，把妳的手放進管子裡，不會傷害妳的，我保證。伸直妳的手指，好了。」

「你在測量什麼？」她說：「『塵』嗎？」

「誰告訴妳是『塵』？」

「有個女孩，我不知道她的名字。她說我們全身都是灰塵。我身上沒有灰塵，至少我這麼認為。我昨天才淋浴過。」

「哈，那是不一樣的灰塵。妳沒辦法用正常視力看到它們。這是一種特殊的灰塵。現在握緊妳的拳頭……很好。好了。現在妳四處摸一下，會摸到一個像是把手的東西……摸到了嗎？抓住它，好女孩。現在把妳另一隻手放在這裡……放在這個黃銅球體上。很好，不錯。現在妳會感到一種輕微的刺痛，不用擔心，這只是輕微的電子流……」

潘拉蒙變成他最緊張和警覺的野貓模樣，徘徊在儀器間，發亮的雙眼中充滿了不信任，他還不時回到萊拉身邊摩挲一番。

萊拉確定他們現在不會對她進行那項手術，而裝扮成傻里傻氣的莉琪似乎也很安全，於是她冒險問了個問題。

「你們為什麼要切掉別人的精靈？」

「什麼？誰告訴妳這些？」

「一個女生，我不知道她的名字。她說你們切掉別人的精靈。」

「胡說八道……」

可是他看起來非常焦躁。她繼續說：

「因為你們把小孩一個個帶走，他們再也沒有回來。有人認為你們殺死了他們，可是別人說的不一樣，這個女生告訴我你們切掉……」

「這不是事實。我們帶走孩子，是因為那些孩子離開的時間到了，他們都長大了。我想妳的朋友杞人憂天。完全不像她所說的！別胡思亂想。妳的朋友是誰？」

「我昨天才到這裡的，我不知道他們的名字。」

「她長得怎麼樣？」

「我忘記了。我猜她有棕色的頭髮……淡棕色，或許吧……我不知道。」

醫生走過去對護士悄悄說了些什麼。兩人在商量時，萊拉看看他們的精靈，護士的精靈是隻漂亮的鳥，和克拉拉修女的小狗一樣整潔、缺乏好奇心；醫生的精靈則是隻大飛蛾，兩隻生物都沒有移動。他們都很清醒，因為鳥的眼睛非常明亮，飛蛾的觸角也無力地抖動著，可是他們看起來都死氣沉沉，正如萊拉所猜想。或許他們一點都不焦慮或好奇吧。

醫生走回來後，繼續做檢查，他分別替萊拉和潘拉蒙量體重、從特殊的螢幕中觀察她、測量她的心跳、叫萊拉待在一個小管口下，管口嘶嘶作響並噴出一種類似新鮮空氣的味道。

檢查做到一半，鈴聲大作，還持續不斷響著。

「火災警報器，」醫生歎了一口氣說：「好了，莉琪，跟著貝蒂修女離開吧。」

「醫生，所有戶外大衣都在宿舍樓下。她不能穿著這樣就出門，您認為我們應該先到樓下嗎？」

醫生很不高興實驗做到一半被打斷，煩躁地彈彈手指。

「我想這類演習只是一種作秀。」他說：「讓人厭惡。」

「昨天我來的時候，」萊拉一心想要幫忙，「克拉拉修女把我其他的衣服放在她檢查我的第一個房間，就是隔壁那間。我可以穿上它們。」

「好主意！」護士說：「那趕快呀。」

萊拉心裡竊喜，匆忙地跟在護士身後，拿回她貨真價實的毛皮、綁腿和靴子，並在護士穿上煤絲外衣時，趕快穿上自己的禦寒衣物。

她們一起跑出去後，看見建築的大廣場前，大約有一百多個大人和小孩在亂闖，有些人興奮異常，有些人煩躁不堪，有些人則一臉困惑。

「看吧，」有個大人說：「演習很值得一試，這樣才知道真正發生火災時，會是怎樣的混亂場面。」

有人不斷在吹哨子、揮動雙手，可是沒人理他。萊拉看到羅傑後，對他打打手勢。羅傑拉拉比利的手臂，三個孩子很快就加入如漩渦般亂跑的孩子群中。

「如果我們到四處看看，沒有人會注意到。」萊拉說：「他們會花很長的時間才能數清人頭，我們可以說我們跟別人走，結果迷路了。」

等大部分的成人都朝別處看時，萊拉抓起一把雪，壓成一個鬆軟的雪球，隨便丟到一群人中，瞬間所有的孩子開始打起雪球大戰，空中也飛滿了雪片。孩子的大笑聲，壓住大人想要控制情勢的叫聲，站在角落的三個孩子很快就失去了蹤影。

地上的積雪很深，他們前進得很遲緩；但沒關係，反正也沒人跟蹤。萊拉和兩個小男生攀爬過一個隧道的弧頂後，發現他們面對一個像是月球表面的地方：在黑色的天空下，白色的小丘和窟窿規律地排成細長一列，還在四周燈光的照射下發出反光。

「我們在找什麼？」比利說。

「不知道。只是隨便看看。」萊拉說，並帶頭往一個低矮的正方形建築前進。這棟建築和其餘建築稍微有些距離，建築的角落還掛著一盞低瓦數的電子燈。

他們身後的喧鬧聲還是和先前一樣嘈雜，聽起來卻遙遠多了。很明顯，孩子們正盡情享受自由，萊拉希望他們能撐得愈久愈好。她拐過正方形建築的角落，想要找到窗戶。這棟建築從屋頂到地面的距離大概有七呎左右，和其餘建築不同的是，這裡沒有隧道連接到基地。

建築物沒有窗戶，但有一扇門。上面的招牌用紅字寫著：嚴禁進入。

萊拉將手放在門把上，還來不及轉動，羅傑突然說：

「看！一隻鳥！或是……」

羅傑要說的是……「他」，或只想表示他的疑惑，因為從黑色天空俯衝而下的不是鳥，而是萊拉過去曾看過的東西。

「那是女巫的精靈！」

凱薩舉起雄偉的翅膀，降落時還拍打起一堆雪。

「妳好，萊拉。」他說：「我跟隨妳來到這裡，但妳沒有注意到。我一直在等妳出來戶外。發生什麼事了？」

萊拉迅速告訴他事情的經過。

「吉普賽人呢？」她問：「約翰．法好嗎？他們擊敗山蒙德人了嗎？」

「大部分的人都很安全。約翰．法受傷了，但不礙事。抓妳的人是獵人和奇襲者，他們通常攻擊旅人的隊伍，因為擅長單打獨鬥，所以比大型隊伍要來得靈巧快速。吉普賽人還有一天的路程才會趕到這裡。」

兩個男孩驚恐地看著凱薩，及萊拉和他一副很熟悉的模樣。當然，他們從未看過精靈不和人類一起出現的畫面，對女巫的事情也所知不多。

萊拉對他們說：「聽著，你們最好過去把風。比利，你到那邊，羅傑，你到我們剛才來的那條路去。我們不會花太多時間。」

男孩們照她說的話跑開，萊拉轉身面對大門。

「妳為什麼想進去裡面？」凱薩問。

「因為他們在這裡做的事。他們切掉……」萊拉降低聲音，「他們切掉別人的精靈。小孩子的。我猜他們可能在這裡做這件事。至少，裡面有些東西，我打算進去看看，可是門鎖上了……」

「我可以開門。」凱薩說，拍擊他的翅膀一、兩次，將雪丟向門去。他這麼做時，萊拉聽到門鎖轉動的聲音。

「進去時小心。」凱薩說。

萊拉打開門，將地上的雪往後推開，鑽進門內，凱薩也跟在她身後。潘拉蒙又擔心又害怕，但他不要女巫的精靈看到，就飛到萊拉的胸前，躲到毛皮大衣深處。

萊拉的眼睛一適應室內的光線，立刻恍然大悟。

牆邊一排排架上的玻璃櫃中，裝滿了缺陷小孩的精靈：像鬼一樣的貓、鳥、老鼠或其他動物，每隻都又困惑、又害怕，還像煙霧一樣慘白。

凱薩生氣地叫了一聲，萊拉緊抓住潘拉蒙說：「別看！別看！」

「這些精靈的主人都到哪裡去了？」凱薩說，還氣得一直發抖。

萊拉對他解釋和托尼相遇的經過，還往後看看這些被囚禁的精靈，他們蒼白的面孔緊壓在玻璃櫃上，還可以聽見他們痛苦和悲慘的模糊叫聲。在低瓦數電子燈黯淡燈光的照射下，萊拉看到每個櫃子前都有張姓名卡，沒錯，一個空櫃子外面的卡片寫著：「托尼．馬克瑞斯」，另外還有四、五個放著姓名卡、卻空空如也的櫃子。

「我要讓這些可憐的東西離開！」萊拉氣憤地說：「我要打爛櫃子讓他們出來……」

萊拉四處看看想找東西敲碎櫃子，卻什麼也沒找到。凱薩忽然說：「等等。」

凱薩是女巫的精靈，年紀也比她大，還比她強壯多了。萊拉必須照他的話做。

「我們必須讓人認為，是有人忘記關上櫃子和鎖門。」凱薩解釋，「如果妳打破玻璃，把腳印留在雪地上，妳認為自己的偽裝能維持多久？妳得維持到吉普賽人來才行。現在照我說的做：拿一些雪進來，等我告訴妳時，輪流將一點雪吹向每個櫃子。」

萊拉跑到外面去，羅傑和比利仍在把風，廣場上仍充滿了尖叫聲和笑聲，因為才過了一分多鐘而已。

萊拉捧了一大把鬆散的雪片，照著凱薩的話做。當她把雪吹向每個櫃子前，凱薩在喉嚨間製造出一種喀啦聲，櫃子的門扣也打開了。

等所有的櫃子都打開後，萊拉將第一道門抬上來，一隻燕子馬上飛出來，但在飛走前就跌落到地上。凱薩彎身溫柔地用喙輕推著將她扶正，燕子變成一隻小老鼠，搖搖擺擺、一臉困惑。潘拉蒙跳向前去安撫她。

萊拉迅速地打開所有的門，幾分鐘內，所有的精靈都自由了。有些精靈想說說話，他們全都擠在萊拉腳旁，甚至想靠在她的綁腿上，但禁忌阻止他們這麼做。萊拉心裡明白原因，這些可憐的東西，他們想念主人身體熱呼呼的體溫，就像潘拉蒙會做的一樣，渴望將自己貼在主人的心跳處。

「現在，趕快，」凱薩說：「萊拉，妳趕快跑回去和其他孩子混在一起。勇敢些，孩子。吉普賽人正盡快趕來。我一定要想辦法幫助這些可憐的精靈找到他們的主人……」他靠近萊拉低聲說：「但他們永遠也無法合而為一了。他們已經永遠被拆散。這是我所見過最惡毒的事了……別管妳的腳印，我會將它們蓋住。快走……」

「噢，拜託！在你走前請告訴我！女巫……女巫們不是可以飛嗎？有天我看到她們飛過天空，我不是在做夢吧。」

「不是，孩子，怎麼啦？」

「她們拉得動熱氣球嗎？」

「當然可以，但是……」

「帕可拉會來嗎？」

「現在不是解釋女巫國度政治情勢的時機。現在各方勢力都已經介入了，帕可拉必須捍衛自己部落的利益。但這裡發生的事，可能是別處事件的一部分。萊拉，妳必須趕快進去。快跑，快跑！」

萊拉開始飛奔。羅傑正瞪大眼睛看著蒼白的精靈趺趺撞撞地走出建築物，此時他穿過厚雪朝萊拉走去。

「他們……就像約旦學院地窖裡的……他們是精靈！」

「沒錯，安靜。別告訴比利。先別告訴任何人，我們回去吧。」

在他們身後，凱薩正揮動強而有力的翅膀，用白雪覆蓋住他們留下來的足跡。在他附近，迷失的精靈或群聚在一起，或搖搖晃晃地走開，還因為迷惘和渴望而發出淒涼的低叫聲。所有腳印都覆蓋住後，凱薩轉身面對這群蒼白的精靈。他開口說話後，一個個精靈開始轉變，看得出來他們必須花費多大的工夫，等他們全都變成鳥，彷彿雛鳥一般，跟隨著女巫的精靈，拍拍翅膀、趺下來了、又跟在他身後小跑，歷盡千辛萬苦，才終於起飛。他們飛成歪歪扭扭的一行，在漆黑的天空下有如幽靈般青白，最後慢慢升高。有些精靈衰弱又行蹤不定，有些則失去意志而開始往下墜落，但巨大的灰鵝轉身飛來，把他們輕輕推回隊伍中，溫柔地帶領他們消失在黑色的天空下。

羅傑拉拉萊拉的手臂。

「趕快，」他說：「他們幾乎已經結束了。」

兩人蹣跚地加入比利，他正躲在主建築的角落對他們招手。孩子們現在已經累了，或者大人重新掌握了控制權。人們開始凌亂地排隊進入大門，還不時推擠衝撞。三個孩子從角落溜去加入群眾，他們還來不及說話，萊拉就先開口了：

「把話傳給每個孩子——他們得做好逃亡準備。他們必須知道戶外大衣放在哪裡，等我們一發出信號，他們必須趕快拿到大衣後跑出去。他們一定要守住這個祕密，知道嗎？」

比利點點頭，羅傑則說：「信號是什麼？」

「火災鈴聲。」萊拉說：「等時機到了，我會弄響它。」

孩子們等著被清點人數。可是奉獻委員會顯然對經營學校一竅不通：孩子們沒有分成固定的小組；成人必須將每個孩子在名單上打勾，可是孩子的名字又沒有照姓氏筆畫排列，這些大人似乎完全不習慣該怎樣管小孩。雖然孩子不再到處亂跑，空氣中還是充滿了疑惑的氣氛。

萊拉也注意到這點，這些人對此完全不在行。從很多方面來說，他們相當懶散，例如他們會對消防演習發牢騷，也不知道該把戶外大衣放在哪裡，他們無法令孩子們好好排隊。萊拉知道自己可以充分利用他們的疏懶。

他們幾乎點完名後，另一件事引起大家的注意，對萊拉來說，這簡直是雪上加霜。

她和別人一樣先聽到聲音。每個人都抬頭找尋飛船的蹤跡，飛船瓦斯引擎規律的聲音，在寂靜的空氣中聽起來分外響亮。

幸運的是，飛船出現的方向正好和灰鵝飛行的方向相反，這也是唯一值得安慰的事。很快地，飛船的身影出現了，人們開始發出興奮的耳語。飛船圓胖的形狀在燈光大道上飄浮，船前和船艙內輝煌的燈光也向下照射。

駕駛員減速後，開始進行調整高度的複雜手續。萊拉終於了解那根堅固旗杆的用處了：不用說，那是根停泊杆。大人開始將孩子帶進建築內時，每個人都轉身朝後指指點點，地勤人員爬到停泊杆的梯子上，準備連接停泊電纜。飛船的引擎正不斷怒吼，地上的雪也捲成漩渦，船艙的窗內浮現了幾張乘客的臉龐。

萊拉看了看，錯不了的。潘拉蒙忽然緊抓住她，瞬間變成野貓，還憤怒地嘶嘶作聲。有著美麗深色頭髮的考爾特夫人，正好奇地向外張望，金猴子也坐在她的膝上。

第十六章　銀色鍘刀

萊拉立刻把頭低下，藏進她的狼獾風帽內，和別的小孩一起拖拉著腳進入大門。她稍後還有時間去擔心兩人面對面時該說些什麼，現在必須先解決其他問題：她得將毛皮大衣藏在一個毋需許可就能輕易拿到的地方。

幸運的是，室內正一片大亂。大人忙碌地想趕走孩子，給從飛船下來的客人清路，所以沒人在看守。萊拉脫掉防寒大衣、綁腿和靴子，盡可能將它們捆成一個小包，然後從擁擠的走廊溜進宿舍。

她快速地將鎖櫃拉到角落，爬上去站好，用手推天花板。鑲板果然如羅傑所說的被抬起來了。她把靴子和綁腿全塞到裡面，遲疑一陣子，又把探測器從小袋中拿出來，塞到防寒大衣最內層的口袋後再推進去。

她跳下來，將鎖櫃推回原位，對潘拉蒙悄聲說：「直到她看到我們以前，我們還是假裝呆呆的，然後告訴她我們被綁架了。絕不要提到任何有關吉普賽人或歐瑞克的事。」

萊拉現在恍然明白：正如羅盤的指針受極地吸引，她本性中的恐懼都指向考爾特夫人。截至目前為止，萊拉所見的一切，甚至包括殘酷的切割，她都可以忍受，因為她是個堅強的孩子。可是一想到那張甜蜜的臉龐、溫柔的聲音以及金猴子玩鬧的形象，就不禁臉色蒼白，感覺一陣噁心。

可是吉普賽人就要來了。只要想到這點，再想想歐瑞克，她告訴自己，絕不要輕言放棄。她走向食堂，那裡正傳來陣陣喧鬧的噪音。

孩子們正排隊等著領取熱牛奶，有些孩子還穿著煤絲大衣。談話的主要內容圍繞著飛船和裡面的乘客。

「那是她……還有金猴子精靈……」

「你也是被她抓到的？」

「她說她會寫信給我爸媽，我猜她根本就沒有……」

「她從沒告訴我們，其他小孩都被殺死了。她從沒提到那樣的事。」

「那隻猴子，他最可惡——他抓住我的卡羅莎，幾乎殺死她——我忽然覺得全身虛弱……」

他們就像萊拉一樣害怕。萊拉找到安妮等三人後坐下。

「聽著，」她說：「妳們能守住祕密嗎？」

「可以！」

三張臉轉向她，期待之情溢於言表。

「我有一個逃亡計畫，」萊拉安靜地說：「有些人會來救我們，他們大概在一天內抵達。說不定更早些。我們該做的事，就是等信號一出現，趕快拿著防寒大衣跑出去。不要等來等去。妳們必須趕快跑。如果妳們沒有拿到防寒大衣和靴子之類的東西，會活活凍死。」

「什麼信號？」安妮問。

「火警鈴聲，就和下午的那個一樣。一切都已經就緒。所有的孩子都會知道，大人除外。特別是她。」

孩子們的眼睛因希望和興奮而閃閃發亮。不久，這個消息就傳遍整個食堂，萊拉感到食堂內的氣氛也跟著改變了。在外面時，孩子們原本精力充沛地玩耍，但一看到考爾特夫人，就被歇斯底里的恐懼征服；現在他們的談話卻變得節制、有條理。萊拉訝異地發現希望所帶來的影響。

萊拉看著門口，小心謹慎，還準備隨時低下頭來，外面已傳來大人的聲音，不一會兒，考爾特夫人出現了。她微笑地看著食堂內開心的孩子，每個人的身邊都擺著熱飲和蛋糕，溫暖、衣食無虞。一種小小的戰慄立刻傳遍了整個食堂，每個孩子都坐直身子，安靜地盯著她。

考爾特夫人微笑了，一言不發地離開。孩子們慢慢又開始說話。

萊拉說：「他們會在哪裡談話？」

「或許是在會議室內，」安妮說：「有次他們把我們帶到裡面，」安妮說，指的是她和她的精靈。「那裡大概有二十個大人，其中一人向大家講話。我得站在那裡照他說的做，例如我的克瑞林能離開我多遠。後來他把我催眠，做了些別的事……那是一個大房間，裡面有一大堆桌子椅子，還有個小講臺。會議室就在前面辦公室後面。嘿，我猜他們打算假裝消防演習進行得很順利。我猜他們也很怕她，就和我們一樣……」

接下來的時間中，萊拉和女孩們緊緊地待在一塊兒，多觀察，少說話，想盡辦法不要太引人注目。當天剩餘的活動包括運動、縫紉和晚餐，最後是在客廳裡遊玩：這是間大而破舊的房間，裡面有棋盤遊戲、幾本破爛的書本和一張乒乓球桌。有段時間，萊拉和其他孩子忽然注意到有些祕密活動正在進行，大人匆忙地跑前跑後，或站在一起焦慮地談論。萊拉猜他們已發現精靈逃跑了，心想他們不知是怎麼發現的。

萊拉並沒有看見考爾特夫人，這倒讓她鬆了一口氣。上床時間到了，萊拉知道她必須告訴其他女孩她的祕密。

「聽著，」她說：「會不會有人來看我們有沒有睡覺？」

「他們只會來看一次，」貝拉說：「他們只是將燈閃一下，並沒真的仔細看。」

「很好，我打算到處去看看。有個男孩告訴我天花板上的通道……」

萊拉開始解釋，話還沒說完，安妮就插嘴了：「我也要跟妳去！」

「不要，最好不要，如果只有一個人失蹤會比較容易些。妳們可以說妳們都睡著了，不知道我去哪裡了。」

「如果我和妳一起去……」

「會更容易被逮到。」萊拉說。

兩人的精靈都注視著對方，潘拉蒙是隻野貓，安妮的克瑞林則是隻狐狸，兩隻小動物都開始顫抖，潘拉蒙發出最低、最柔的嘶聲，並露出牙齒，克瑞林向一旁靠去，開始漫不經心地舔毛。

「好吧。」安妮服從地說。

孩子間的爭鬥由精靈間來定案，是稀鬆平常的事，當一方接受另一方的領導時，他們的主人也會接受結果，並不會心生怨恨，萊拉知道安妮會照著她的話做。

每個女孩都捐出自己的衣服，讓萊拉在臥鋪上堆出有人躺在上面的模樣，她們還發誓絕不會對任何人透露這件事。萊拉站在門邊聆聽，確定沒人往這個方向過來後，跳到鎖櫃上，推開鑲板爬了進去。

「什麼都別說。」她對下面三張觀望的小臉低聲說。

她將鑲板放回原位後，向四下張望。

萊拉蹲在由梁柱架構支撐的窄小金屬通道中。天花板上的鑲板有點透明，有時底下的燈光會透上來。在昏沉的光線中，萊拉看到這個狹隘的空間（大概只有兩呎高）可以通往四面八方。通道間擠滿了金屬輸送管和導管，很容易在裡面迷了路。她小心避過鑲板，將全身重量放在金屬上，只要她不製造出噪音，就可以輕易從基地的這頭鑽到那頭。

「潘，這就像那時候在約旦學院一樣。」她低聲說：「躲在院長休息室裡偷看。」

「如果妳沒那麼做，一切都不會發生了。」他小聲回應。

「所以得靠我來還原了，對不對？」

萊拉先定出方位，找出會議室大概的方向後，開始匍匐前進。這不是一趟簡單的旅程，她必須手腳並用。這地方因為過於窄小，連蹲著都很困難，她常常必須從正方形的輸送管下方擠過，或跨過發熱的管子。萊拉認出她爬進的金屬通道連接到內牆上方，她一爬入裡面，就觸到讓人感到安全的堅實底部，但牆道相當狹窄，還有尖銳的邊緣，她的指節和膝蓋全都割傷了，不久後，她就覺得渾身痠痛、抽筋，而且沾滿灰塵。

萊拉大概知道自己身在何處，她也可以看到宿舍正上方黑漆漆的皮衣小包，那可以引導她回到原地。萊拉從通道上可以看見下方漆黑一片，而輕易分辨出哪些房間是空的。她也不時聽到下方說話的聲音，就會停下來聆聽，卻發現是廚房裡的廚師，或護士待在類似約旦學院的休息室中。他們談的都是些無趣的東西，所以萊拉繼續前進。

最後她來到估計應是會議室的地方。她向前一看就知道自己找對地方了，會議室上方並沒有導管，不管是通風或導熱管都朝下延展，因此上面是塊寬廣的長形鑲板空間，燈管也都均勻地四下分布。萊拉將耳朵靠在鑲板上，聽到一個男人喃喃的說話聲，她知道自己到了目的地。

萊拉仔細聆聽，慢慢匍匐接近說話者上方。她全身趴在金屬導管上，盡可能側著頭偷聽。她還偶爾聽到刀叉聲或將酒瓶中的酒倒入玻璃杯時的碰撞聲，看來他們正一面用餐一面討論。下方一共有四個人的聲音，包括考爾特夫人。其餘三個都是男人，他們似乎在討論逃走的精靈。

「誰負責監督那個區域？」考爾特夫人如音樂般的輕柔聲音問。

「一個叫作麥凱的研究生。」其中一個男人說。「但有自動裝置可以預防這類事情發生……」

「沒有效。」她說。

「關於這點，它的確有效，考爾特夫人。麥凱向我們保證，他在今天十一點鐘離開建築時，有鎖上所有的牢籠。外門當然無法打開，因為他是由內門進入、離開，就像往常一樣。此外，必須輸入密碼才能開啟的電腦鎖，也留下他進出的紀錄。除非他按部就班行事，否則警報器會鈴聲大作。」

「但警報器沒有響。」她說。

「它的確響了。倒楣的是，它響起時，每個人都在戶外進行消防演習。」

「後來你們回到室內……」

「不幸的是，兩個警報器設定在同一條電路上；這是設計錯誤，我們會加以修正。那意味著消防演習結束後，我們一關掉火災警報器時，實驗室的警報器也跟著關掉了。可是這個意外應該還是會立刻發現，因為我們在這種特殊的情況下，通常會做一次全面檢查。但那時候，考爾特夫人，您毫無預警地出現了，如果您仔細回想，當時您特別要求實驗室的所有職員到您的房間去。結果，沒有人回到實驗室，直到會面結束。」

「我了解了，」考爾特夫人冷冷地說：「在這種情況下，精靈可能在消防演習期間被放走。嫌疑犯可能是基地中任何一個成人。你考慮過這點嗎？」

「您曾想過這可能是某個小孩做的嗎？」有人說。

考爾特夫人一言不發，第二個男人繼續說：

「每個成人都有自己的任務，每項任務都需要他們全力以赴，而每項任務也圓滿地達成了，沒有職員會打開那扇門。沒有人。所以可能是從外面來的人刻意下手的；或其中一個孩子找到那裡，打開門和牢籠，最後又回到主建築前。」

「你打算如何進行調查？」她說：「不，還是別告訴我你要怎麼做。庫博醫生，請你了解，我不是吹毛求疵。我們必須格外小心，讓兩具警報器使用同一條電路是個可怕的錯誤，必須立刻修正。或許負責警衛的韃靼軍官可以協助你調查？我只是建議而已。對了，消防演習時，這些韃靼人在哪裡？我想你也考慮過這點吧？」

「是的，我們考慮過，」男人警覺地說：「每個衛兵都全神貫注地巡邏。他們有詳細的紀錄。」

「我相信你已全力以赴，」她說：「嗯，結果還出了這個紕漏，真是可惜。這件事就到此為止吧。告訴我有關新的分離器的事。」

萊拉胸口一涼。這個詞只意味著一樣東西。

「哈，」醫生說，對終於可以轉變話題如釋重負。「我們有很大的突破。在第一個模型中，我們無法完全克服病人因震驚而死的風險，現在已經全面改進了。」

「斯克林人可以用雙手做得更好。」先前從未開口的一個人說。

「他們可是練習了好幾世紀。」另一個人說。

「有很長一段時間，撕裂是唯一的選擇，」主要發言人說：「但這對施行的成人造成無比的壓力。如果您還記得，我們因壓力帶來的焦慮而解雇不少人。但最大的突破，是結合麻醉與『梅史達特』電子解剖刀。我們把因手術驚嚇而引起的死亡率降低到百分之五。」

「新的儀器呢？」考爾特夫人說。

萊拉開始發抖，血衝到耳裡，貂潘拉蒙則緊靠在她身邊，低聲說：「安靜，萊拉，他們不會那麼做……我們不會讓他們這麼做……」

「是的。艾塞列公爵的有趣發現，正是啟發我們發展新方法的關鍵。他發現錳鈦合金具有將身體和精靈隔離的性質。對了，艾塞列公爵怎麼了？」

「或許你還沒有聽說，」考爾特夫人說：「公爵目前正在死刑的緩刑中。他被放逐到斯瓦巴的一個條件，就是得完全放棄他的學術工作。不幸的是，他還是想辦法弄到他所需要的書籍和材料，他在異教方面的研究，已深入到使我們不能留下活口的地步。不管如何，教會風紀法庭已為他的死刑展開辯論，或許很快就會執行了。醫生，你的新儀器該怎麼使用？」

「啊……是的……您說，死刑？上帝慈悲……我很難過。對了，這個新儀器。我們一直調查，在病人意識清醒時進行切割，會發生什麼事。當然，這無法和梅史達特步驟一起進行。因此我們發明了一種類似鍘刀的裝置，我想您可以如此形容。刀鋒由錳鈦合金製成，我們將孩子放在一個合金網打造的小隔間，類似一個小櫃子，精靈則放在另一個相連的小隔間中。因為隔間相連，兩人間的聯繫仍然存在；接著我們放下鍘刀，斬斷兩人間的聯繫。如此一來，他們就成為分離的個體了。」

「我想親眼看看。」她說：「愈快愈好。可是現在我已經很疲倦，想要休息了。明天我要看看全部的孩子，查出到底是誰打開了門。」

接著是椅子靠攏的聲音、禮貌的客套話，最後是關門聲。萊拉聽到其他人又坐下來繼續談話，但比先前安靜多了。

「艾塞列公爵到底要做什麼？」

「我想他對『塵』的想法和我們不同。這是重點。他的觀點過於異端，你知道，教會風紀法庭絕不容許與官方說法相異的觀點。除此之外，他也要實驗……」

「實驗？有關『塵』？」

「噓！別這麼大聲……」

「你認為考爾特夫人會不會做出對我們不利的報告？」

「不，不會，我想你應付得很得體。」

「但她的態度讓我很擔心……」

「你認為她不夠學術化？」

「沒錯。具有一種個人興趣的味道。我不喜歡那麼說，但她幾乎可稱得上殘忍。」

「這個字眼有點強烈了。」

「你記得第一個實驗吧，她可是迫不及待看到他們被扯開……」

萊拉再也忍不住了，她小聲叫出來，同時全身肌肉一緊，開始發抖，結果腳踢到一根支柱。

「趕快！」

「在天花板上……」

「那是什麼聲音？」

椅子推到一旁的聲音、跑步聲、一張桌子拖過地板的聲音。萊拉試著爬回去，但空間實在太狹窄，她才退後幾碼，身邊天花板的鑲板突然被推開，她正好面對一張錯愕的面孔。兩人之間的距離近得可以讓萊拉看清他嘴上每根鬍鬚。男人和萊拉一樣震驚，但他有更多的活動空間，他立刻將一隻手伸到裡面抓住她的手。

「一個孩子！」

「別讓她跑了……」

萊拉的牙齒陷入男人長著雀斑的手臂上，他叫出聲來，卻沒有鬆手——即使萊拉已經咬出血來。潘拉蒙不斷咆哮、吐口水，但無濟於事，男人比萊拉強壯多了，他不斷地往下拉扯，最後，萊拉急切地抓住支柱的另一隻手終於放鬆了，她的半個身體已被拉入房內。

萊拉一聲不吭，她的腳勾住上方金屬的尖銳邊緣，上下顛倒地拚命掙扎，憤怒地用手指抓、用牙齒咬、用拳頭打，還不斷吐口水。下方的男人則因為疼痛和拚命使力而不住喘氣呻吟，他們還是不斷用力拉扯。

突然，她全身力氣都消失了。

西。

彷彿有個外星人的手，突然伸到她不應被任何人碰觸的體內，拉扯著某種深沉、珍貴的東西。

萊拉覺得暈眩、昏沉、不舒服、噁心且震驚。

有個人正抓著潘拉蒙。

這人用雙手抓住萊拉的精靈，可憐的潘不停發抖，因恐懼和厭惡幾乎發瘋。潘拉蒙變成野貓，他身上的毛髮一會兒因虛弱而變得黯淡，一會兒又發出類似電子警報器的光輝……他蜷曲著面對萊拉，而她伸出雙手想抱抱他……

他們還是掉下來了，他們被抓住了。

萊拉感覺到這些手……這是不被允許……不該碰觸……大錯特錯……

「只有她一個人嗎？」

有個人看看天花板上方的空間。

「似乎只有她一個……」

「她是誰？」

「新來的孩子。」

「薩摩耶獵人帶來的……」

「沒錯。」

「你不會認為她……那些精靈……」

「有可能。可是光靠她一人不可能辦到吧？」

「我們應該告訴……」

「我想那會壞了很多事，不是嗎？」

「我贊成。最好什麼都別讓她知道。」

「我們該怎麼做？」

「她不能回到孩子群那裡。」

「不可能！」

「我認為，似乎只有一件事可行。」

「現在？」

「沒辦法。我們不能等到明天，她會想看。」

「我們自己來做。沒必要讓他人知道。」

這個指揮一切的人，並非抓住萊拉或潘拉蒙的人。他正用大拇指敲自己的牙齒。他的眼珠子不斷閃爍、游移、看東看西，從沒定住。最後他點點頭。

「現在。我們現在就做。」他說：「否則她會讓事跡敗露。至少這個震驚會讓她住嘴。她不會記得自己是誰、曾看見什麼、聽見什麼……來吧。」

萊拉一句話都說不出來，她甚至無法呼吸。男人抱著她穿過基地、穿過空盪盪的慘白走廊、穿過有著電子力嗡嗡作響的房間、穿過孩子們和精靈一起入睡（同床共枕、分享同一個夢）的宿舍。萊拉每分每秒看著潘拉蒙，他伸出前掌要她抱，他們的眼睛沒有離開過對方。

一扇有著大型轉輪的門打開了，還發出嘶嘶聲。房間內光線異常明亮，白色磁磚和不鏽鋼讓人目眩。萊拉感覺到的恐懼，幾乎是一種身體上的痛苦，這的確是身體的疼痛呀。他們將萊拉和潘拉蒙拉到一個銀白色的網狀籠內，上方懸掛著一把銀白色的刀鋒，會把萊拉和潘拉蒙永遠分開。

萊拉終於重新找到自己的聲音，開始放聲尖叫。叫聲在明亮的表面之間清晰地迴盪，厚重的大門卻封鎖住聲音，萊拉可以尖叫到聲嘶力竭，外面卻聽不到一絲一毫。

潘拉蒙彷彿回應了她的呼喊，他從這些令人痛恨的手中掙脫而出，變成獅子、老鷹，伸出凶惡的爪子撕抓著他們，巨大的翅膀猛烈揮動，接著他成為狼、熊、臭鼬，猛衝、咆哮、撕裂，一連串迅速的變形讓人眼花撩亂，還不時跳躍、高飛，從一處衝到另一處，使笨手笨腳的男人撲了空。

當然，這些人也有精靈。這不是二對三，而是二對六。一隻獾、貓頭鷹和狒狒都試著壓住潘拉蒙，萊拉對這些精靈大叫：「為什麼？為什麼你們要這麼做？幫我們！你們不該幫他們！」

萊拉激動地又踢又咬，抓住她的人不斷喘氣，最後終於短暫鬆手——萊拉掙脫了，潘拉蒙像閃電般衝向她，萊拉瘋狂地將他緊緊抱在胸前，潘拉蒙的貓爪深深嵌入她的皮膚中，但每一份痛對她來說都這麼珍貴。

「不要！不要！不要！」萊拉哭著說，轉身背靠著牆，決心捍衛潘拉蒙到死。

但這些人又衝向她，三個巨大凶猛的男人，而萊拉只是個孩子，又驚又怕。他們拉開潘拉蒙，將萊拉丟到網籠的一邊，並抓住仍在掙扎的潘拉蒙，走向另一邊。兩人中間有個網狀的隔間，但他仍然是她的一部分，他們也還聯繫在一起。在一、兩秒鐘內，他仍是她最親愛的靈魂。

在男人不斷的喘氣聲、萊拉自己的啜泣聲，和潘拉蒙高聲瘋狂的咆哮間，萊拉聽到一聲嗡嗡聲，接著看見一個男人（還流著鼻血）開始操縱一組開關。另外兩人抬起頭來，萊拉的眼睛追隨他們的目光。巨大的銀白刀鋒緩緩升起，還閃爍著晶亮的光輝。萊拉完整生命中的最後一刻，將會是她所面臨過最悲慘的遭遇。

「這是在幹什麼？」

一個輕柔、音樂般的聲音：她的聲音。一切都靜止了。

「你們在幹什麼？這是哪個孩……」

「孩子」一詞還沒有說完，考爾特夫人已認出萊拉。萊拉淚眼朦朧地看著夫人步履蹣跚地倚著一張椅子，那張美麗、從容的臉龐，霎時竟顯得神情憔悴、一臉驚怖。

「萊拉……」她低語。

金猴子如閃電般從她身旁躍出，將潘拉蒙拉出網籠，萊拉自己也從裡面跌出來。潘拉蒙從猴子熱心的猴掌中掙脫出來，跌跌撞撞地投向萊拉的臂膀。

「不要，不要。」萊拉的氣息吹拂著潘拉蒙的毛髮，他也將自己鼓動的心跳靠向萊拉的。

他們如船難的劫後餘生者般互擁著，在荒蕪的海灘上發抖。萊拉模糊地聽到考爾特夫人對男人說話的聲音，甚至無法辨別夫人說話的語氣為何。最後她們一起離開這個可恨的房間，夫人半抱半扶著萊拉走過走廊，穿過一扇門，進入一個充滿香味與柔和燈光的房間。

考爾特夫人溫柔地將萊拉放在床上，萊拉用力過猛、緊抱住潘拉蒙的雙手，竟忍不住發起抖來。有隻手輕柔地摩挲著萊拉的頭。

「我親愛、親愛的孩子，」甜蜜的聲音說：「妳怎麼會跑到這裡來了呢？」

第十七章 女巫

萊拉無法自抑地呻吟、發抖，彷彿從冰凍的水裡被拉出來，她的心臟幾乎凍僵了。潘拉蒙只是躺在她衣內，緊貼著她的肌膚，慶幸萊拉能恢復原樣，同時還留意到考爾特夫人正忙著準備飲料；更重要的是，金猴子堅硬的小小手指正快速搜遍萊拉身體，這點只有潘拉蒙察覺到。最後，金猴子還特別碰一下萊拉腰間小防水布袋中的東西。

「親愛的，坐起來喝下這個。」夫人說，還將溫暖的手臂伸到萊拉背後扶她坐起來。

萊拉禁不住咬牙切齒，可是在收到潘拉蒙的思緒後就立即放鬆。他想著：「只要保持偽裝，我們就安全。」萊拉睜開眼，發現眼中都是淚水，她覺得又驚又羞，忍不住哭了又哭。

夫人發出憐惜聲，把飲料放在金猴子的手裡，她自己則用一條有香味的手帕替萊拉擦眼淚。

「親愛的，想哭就盡量哭吧。」夫人溫柔地說。萊拉一聽，當下就決定停止哭泣。她努力抑制眼淚，閉緊雙脣，勉強壓抑住仍在胸中洶湧的淚水。

潘拉蒙也在玩弄相同的把戲：愚弄他們，愚弄他們。他變成小老鼠，從萊拉手中爬去聞聞金猴子手裡握著的飲料。裡面沒毒，只是甘菊茶。他爬回萊拉的肩膀對她低語：「喝下去。」

萊拉坐起來，雙手捧著溫熱的杯子，一面吹涼，一面喝下。她雙眼低垂，決定努力偽裝下去，這將是她這一生中最大的考驗。

「萊拉，親愛的。」夫人低聲說，還搓揉她的頭髮。「我以為我們永遠失去妳了！到底發生什麼事了？妳迷路了嗎？有人把妳從公寓中帶走嗎？」

「對呀。」萊拉小聲說。

「親愛的，是誰？」

「一個男人和一個女人。」

「宴會中的客人？」

「大概是。他們說妳需要樓下的一些東西，我下樓去拿，結果他們就抓住我，用車把我載到別的地方。他們停車後，我趕快溜到車外，東躲西躲，他們抓不到我。我也不知道自己在哪裡……」

另一陣啜泣襲來，使萊拉忍不住打哆嗦，但這次較緩和了，她假裝是自己的故事所引起的。

「我到處晃蕩想找路回家，可是這些吞人獸抓住我……他們把我和別的小孩放進貨車，把我們帶到一棟大房子裡，我不知道自己身在哪裡。」

隨著分秒過去，萊拉每說出一句話，就覺得多一點力量流回她身體。她正在做一件絕頂困難、有點熟練但又無法預料後果的事——說謊。萊拉覺得自己又控制住情勢了，這種感覺就和控制複雜的探測儀一樣。她所說的一切，必須避免過於牽強；她必須模糊地描述地點，還得編出一些合理的細節，總之，她必須成為說謊高手。

「他們把妳關在那棟建築物內多久？」夫人問。

萊拉進入運河以及與吉普賽人相處的時間，大約是兩個禮拜，她必須將此列入考慮。萊拉編了一個和吞人獸前往特洛塞德的故事，然後是大逃亡，還生動精采地敘述了她在城內觀察到的細節；接著是自己到艾納森酒吧當女侍、替一個牧場家庭短暫地工作了一陣子、最後被薩摩耶人抓住帶到波伐格的經過。

「然後他們要……他們要切掉……」

「噓，親愛的，噓。我會查清楚到底發生了什麼事。」

「他們為什麼要那麼做？我又沒有做錯事！這裡的孩子都害怕得要死，但沒有人知道是怎麼回事。這真的很恐怖，比任何事都還要糟糕……考爾特夫人，他們為什麼要那麼做？他們為什麼會這麼殘忍？」

「好了，好了……親愛的，妳已經安全了。他們絕不會再對妳那麼做。現在妳人在這裡，妳已經安全了，永遠不會再面臨這類危險。沒有人會傷害妳，親愛的萊拉，沒有人會傷害妳。絕對沒有人可以傷害妳……」

「可是他們這樣對待別的小孩！為什麼？」

「噢，親愛的……」

「這是因為『塵』，對不對？」

「他們告訴妳這件事？醫生告訴妳這些？」

「孩子們都知道這件事。所有的孩子都在談這件事，大人卻不知道！他們幾乎對我做出這件事……妳一定要告訴我！妳沒有權利守住這個祕密，再也沒有權利！」

「萊拉……萊拉，萊拉。親愛的，這些都是複雜又困難的概念，包括『塵』和別的事。小孩子毋需擔心這個。親愛的，醫生這麼做是為了小孩子好。『塵』是很糟糕、很不好、很邪惡和不道德的東西。大人和他們的精靈受到『塵』的影響太深，對他們來說一切已經太遲了。我們無法幫助他們……但如果給小孩動小小的手術，意味著從此以後他們就安全了。『塵』再也不會黏在他們身上，他們就安全、快樂又……」

萊拉想到小托尼，身體忽然向前傾，乾嘔起來。夫人向後挪移不再說話。

「親愛的，妳還好吧？去洗手間……」

萊拉用力吞吞口水，擦擦眼淚。

「妳不需要對我們這麼做，」她說：「妳可以不管我們。我猜如果艾塞列公爵知道這是怎麼回事，絕不會允許任何人這麼做。如果他也沾上了『塵』，還有妳、約旦學院的院長和其他大人也都有『塵』，那一定沒什麼關係。等我離開這裡以後，一定要告訴全世界的小孩這件事。如果這是件好事，妳為什麼要阻止他們對我下手？如果這真是件好事，妳應該讓他們繼續進行，還覺得高興才對。」

考爾特夫人搖搖頭，給了一個充滿憂傷和智慧的微笑。

「親愛的，」她說：「良藥苦口，而如果妳不高興，自然也會使別人不開心……可是這並不表示妳的精靈就會跟妳分開。他還會在！老天，這裡很多大人也動過那個手術。護士看起來都很開心，不是嗎？」

萊拉眨眨眼，忽然了解護士們詭異、單調、缺乏好奇心的原因，還有她們搖搖晃晃的精靈，看起來似乎老在夢遊。

萊拉不願多說，閉緊嘴。

「親愛的，沒有人會不先做些測試，就在孩子身上動手術。也絕不會有人把小孩子的精靈帶走！整件事就只是一個小小的切割手術，從此以後天下太平。永永遠遠！妳看，當妳年紀還小時，精靈是最棒的朋友和同伴，可是到了青春期——妳很快就會到達這個年齡——親愛的，精靈會帶來一堆擾人的想法和感覺，這也讓『塵』有了可趁之機。只要在青春期前，動一個小小的手術，妳就永遠不用再苦惱。妳的精靈也會伴隨在妳身邊，只是……沒有聯繫住罷了。就像……就像是最棒的寵物，妳可以這麼說。全世界最棒的寵物！妳難道不喜歡嗎？」

噢，邪惡的說謊家，哈，她說的全都是些無恥的謊言！即使萊拉不知道這些是謊言（如托尼和被關在牢籠裡的精靈），她也會痛恨這個說法。她最親愛的靈魂、心中最珍貴的同伴，不但被切除，還降格為一個在身旁小跑的寵物？萊拉痛恨得怒火中燒，在她懷中的潘拉蒙也變成他最醜陋、邪惡的模樣，一隻臭鼬，開始咆哮。

可是他們什麼也沒說。萊拉緊抱著潘拉蒙，讓夫人搓揉她的頭髮。

「喝掉甘菊茶，」夫人柔聲說：「我會叫他們在這裡替妳鋪床。妳不用回去和其他女孩睡在宿舍，現在我又找到我的小助手了。我最心愛的助手！全世界最棒的助手。親愛的，我們搜遍整個倫敦找妳，妳知道嗎？我們叫警察翻遍陸上每個城鎮。噢，我好想妳！妳不知道，再找到妳讓我有多開心……」

夫人說話的當兒，金猴子一直在旁煩躁地晃蕩。他一會兒坐在桌上搖晃尾巴，一會兒攀上夫人在她耳邊低語，一會兒又尾巴高蹺地踱步。他的行為暗示了夫人逐漸失去的耐心，最後她終於忍不住了。

「萊拉，親愛的，」她說：「我想約旦學院院長在妳離開前給了妳什麼東西，對不對？他給了妳真理探測儀。問題是，那不是他的東西，只是讓他保管。這是件很珍貴的東西，不該隨便帶著亂跑……妳知道，全世界只剩下兩、三個了！我想院長交給妳，是希望妳能交給艾塞列公爵。他叫妳不要跟我說，對不對？」

萊拉撇了撇嘴。

「是的，我了解了。嗯，沒關係，親愛的，妳並沒有告訴我，對不對？所以妳並沒有違背對院長的諾言。但聽著，親愛的，我們應該好好保管探測儀。因為它太珍貴、太脆弱了，我們絕不可以讓它遭到任何危險。」

「為什麼艾塞列公爵不可以擁有探測儀？」萊拉動也不動地說。

「因為他做的事情。妳知道他已經被放逐了，他的心思過於危險邪惡。他需要探測儀去完成他的計畫，可是相信我，親愛的，世人並不希望他拿到探測儀。約旦學院院長錯了。現在妳知道了，所以最好讓我拿走，對不對？這可以免去妳隨身攜帶的麻煩，還有照顧時的擔驚受怕，而且妳一定覺得很奇怪，這個老東西會有什麼用處……」

萊拉不明白，自己從前怎麼會認為這個女人聰明又迷人呢？

「親愛的，如果妳身邊有探測儀，最好讓我保管。它就在妳腰帶的小包中，對不對？沒錯，把它這樣收好，很聰明……」

夫人把手伸到萊拉的裙子旁，開始解開僵硬的防水油布。萊拉全身肌肉緊張，金猴子則趴在床鋪另一端，滿心期待地發抖，黑色的小手掩著嘴。夫人將腰帶從萊拉的腰間扯走，開始解開小包。她的呼吸變得很急促，取出黑色天鵝絨後打開它，卻發現歐瑞克做的錫罐。

潘拉蒙又變成了貓，全身緊繃，準備溜走。萊拉也慢慢將腿抽離夫人，放到地板上，等時機一到便可以拔腿就跑。

「這是什麼？」考爾特夫人覺得好笑地說：「多好玩的舊錫罐！親愛的，妳把探測儀放在裡面確保安全嗎？還有這些苔蘚……妳真的很小心，對不對？另一個錫罐，錫罐中的另一個錫罐！用來保護它！親愛的，是誰做了這個？」

夫人忙著打開罐子，沒耐心等待答案。她從自己的手提袋中，拿出一把多功能小刀，抽出刀刃後刺入錫罐蓋中。

凶猛的嗡嗡聲立刻響遍整個房間。

萊拉和潘拉蒙一動也不動，夫人困惑又好奇，便拔開蓋子，金猴子也彎身看個仔細。就在這混亂的一刻，黑色的飛行間諜從錫罐中猛然衝出，狠狠地撞在金猴子的臉上。

金猴子大叫著後退，夫人也覺得痛苦不堪，她和金猴子同時因疼痛和恐懼而放聲大叫，接著小惡魔改變方向衝向夫人的胸部、喉嚨和臉龐。

萊拉毫不遲疑。潘拉蒙跳向門邊，她也立刻跟在他身後，萊拉打開門開始狂奔，這輩子她從來沒跑得這麼快過。

「火災警報器！」潘拉蒙飛奔在前大叫。

萊拉在下一個角落看到按鈕，急忙用拳頭打破玻璃。她繼續往宿舍快跑，一路上打破一個又一個警報器，人們開始出現在走廊中，來來回回找尋火源。

這時，萊拉正好接近廚房，潘拉蒙突然提醒她一件事，她轉身跑進廚房。沒多久就打開所有的瓦斯開關，並在最近的角落點了一根火柴。接著她從架子上拖下一包麵粉，對準桌邊用力一摔，袋子破了，白色麵粉飄散在空中。萊拉曾聽人說過，如果把麵粉放在靠近火焰處會導致爆炸。

萊拉盡快衝回宿舍。現在走廊上已經擠滿了人：孩子們東奔西跑、興奮不已，「逃亡」一詞已經傳遍各處。年紀大一點的孩子，開始往存放衣物的儲藏室跑去，並吆喝年幼的孩子跟在身後。大人們則嘗試控制一切，但沒人知道出了什麼事，到處都是人們大喊、推擠、尖叫和衝撞的聲音。

萊拉和潘拉蒙像魚般穿梭其中，一頭衝回宿舍。他們一到達宿舍，身後傳來一陣沉悶的爆炸聲，搖撼了整座建築。

宿舍裡的女孩都已經逃走，裡面空無一人。萊拉將鎖櫃拖到角落，爬上去將大衣從天花板上拉出來。她特別摸了摸探測儀，它還在。萊拉迅速穿好衣服，將風帽向前拉，燕子潘拉蒙正在門邊等著，叫道：

「趁現在！」

她馬上衝出去。幸運的是，一群孩子已經找到禦寒衣物，正穿越走廊朝正門跑去，萊拉加入這群人的行列，全身大汗淋漓，心跳加速，她很清楚，如果不逃走就只有死路一條。

出口已經堵住，因為廚房裡的火勢蔓延得太快，不知是麵粉還是瓦斯的緣故，反正有東西使部分屋頂塌陷下來。人們爬過扭曲的支柱和梁架，想辦法逃出去呼吸刺骨的冷空氣。到處充斥瓦斯味，接著又是一聲爆炸，這次比第一聲更響亮，也更接近。有幾個人應聲倒地，到處都是害怕和痛苦的尖叫聲。

萊拉掙扎著想站起來，潘拉蒙在其餘精靈的叫聲和振翅聲中對她大叫：「這邊！這邊！」萊拉想辦法從瓦礫堆中爬出屋頂，現在她終於呼吸到冰凍的空氣，她希望別的孩子都已找到他們的戶外大衣，如果沒有大衣，即使能逃離基地，最後還是會活活凍死。

建築內真的出現火焰了。萊拉在墨黑的天空下，看見火焰在建築邊緣燒出一個大洞。大人和小孩都站在主要入口處，比起下午的消防演習，這回大人表現得更焦躁不安，孩子們也更害怕，簡直嚇壞了。

「羅傑！羅傑！」萊拉叫道，貓頭鷹潘拉蒙一面叫，一面找尋羅傑。

不一會兒，兩人都找到了對方。

「叫他們跟我一起走！」萊拉對羅傑大叫。

「他們不會的……他們都嚇壞了……」

「告訴他們，這些人怎麼對待失蹤的小孩！他們用一把大刀割掉他們的精靈！告訴他們，你下午看到什麼……那些我們放出來的精靈！告訴他們如果不逃走，這些人會怎麼對付他們！」

羅傑嚇得喘不過氣，等他鎮定下來後，就跑到最近一群猶豫不決的小孩旁，告訴他們這個消息，萊拉也如法炮製。聽到這個消息後，有些孩子驚嚇得大叫，還害怕地抓緊他們的精靈。

「和我一起來！」萊拉叫道：「有個救援小組快來了！我們必須離開廣場！快點，跑！」

孩子們照她的話做，一個個穿過廣場朝著燈光大道前進，他們的靴子踩在緊實的雪中，發出急促的碎裂聲。

身後的大人正大聲吼叫，建築的另一部分也開始搖晃倒塌。火花在空氣中噴出，火焰也滾滾向前，發出類似裂帛的巨響。接著又是一聲轟然巨響，只是這次更接近、更劇烈。萊拉從沒聽過這樣的聲音，可是她瞬間了解是怎麼一回事：是韃靼人狼精靈的咆哮。萊拉覺得自己從頭到腳幾乎都麻木了，有些孩子害怕地回頭張望，有些已經跌跌撞撞地停下。第一批不知疲倦、腳步快速的韃靼守衛已慢跑趕上他們，來福槍也已經上膛，身邊則伴隨著大步跳躍的狼精靈。

接著是另一批，又一批。他們全身都包裹緊密，而且都沒有眼睛——至少無法從擋雪頭盔的細縫間看清楚他們的眼睛。唯一能看到的，就是來福槍身末端的圓黑點點，以及不斷流口水的狼精靈的黃色眼睛。

萊拉步履蹣跚。她做夢也沒想到這些狼會有這麼恐怖。看著這些淌著口水的大牙，她一想到波伐格的人們如何隨意打破禁忌，就忍不住全身發抖……

韃靼人跑到燈光大道的入口處站成一排，他們的精靈彷彿受過訓練般，很有紀律地站在身邊。接著出現第二排，更多韃靼人加入，愈來愈多人排在他們身後。萊拉萬念俱灰，想著：孩子沒辦法跟軍人打。這和在牛津的泥巴仗不同，和將泥塊丟到燒磚塊小孩的身上更是完全兩樣。

或許並沒有兩樣！萊拉記得自己曾將一大堆泥巴丟到一個壓在她身上的燒磚男孩的大臉上，那男孩只好停下來抹掉眼中的泥土，另一個城裡小孩便趁機跳到他身上。

萊拉此時正站在泥堆中，只不過這次是雪泥堆罷了。

就像她在那天下午做的一樣，不過這次可嚴肅多了。萊拉抓起一堆雪丟向最靠近的一個士兵。

「對準他們的眼睛！」萊拉大叫，接著又丟出一堆。

其他孩子也加入攻擊行動，有些人的精靈懂得迅速飛到雪球旁，將雪球直接對準眼睛細縫的目標推去，所有精靈都開始有樣學樣地照做。沒多久，韃靼人開始東倒西歪地吐口水、罵髒話，並忙著把雪堆從眼前的窄縫撥開。

「趕快！」萊拉尖叫，立刻衝向門口的燈光大道。

孩子們一個個跟在她身後，一面躲避狼群張開的巨顎，一面用盡全力衝向大道後寬廣黑暗的空間中。

身後的軍官突然發出一聲嚴厲的命令，排成一行的來福槍已經上膛，接著是一聲尖叫和一大片緊張的死寂，此時，天地間只能聽到孩子們的腳步聲和喘氣聲。

韃靼人正在瞄準目標，而且他們絕不會失手。

韃靼人還來不及開火，一個士兵突然傳來窒息的喘氣聲，接著是其他韃靼人驚訝的叫聲。

萊拉停下來轉身，看到一個男人倒在雪地中，背上插著一支灰羽箭，身體不斷翻滾扭曲，口吐鮮血，其他士兵也四下張望，看看到底是誰放的箭，卻看不到箭手的身影。

另一支箭從空中直直射下，射中一個韃靼人的後腦勺，他應聲倒地。軍官大叫一聲，每個人都抬頭看看漆黑的天空。

「女巫！」潘拉蒙說。

正是她們：優雅、參差不齊的黑色身形迅速地從天空飛過，身後則傳來雲松枝上小針劃破天空的聲音。萊拉正看得發呆時，一個女巫俯衝而下射出一支箭，另一個男人應聲倒地。

所有的韃靼人都舉起來福槍，對準天空，卻不知該瞄準哪裡：天上只有陰影和雲，一連串箭雨則射向他們。

軍官看到孩子們幾乎逃光了，便下令小隊上前追趕他們。有些孩子開始放聲大叫，接著是更多尖叫聲，孩子們再也不肯向前走了，反而困惑地往回跑，因為他們被燈光大道後的怪獸身影嚇壞了。

「歐瑞克！」萊拉叫道，心中充滿喜悅。

武裝的熊似乎完全感覺不到身上甲冑的重量，加速向前猛衝。他像個陰影般與萊拉擦肩而過，直接衝撞韃靼人，士兵、精靈和來福槍全都被撞散到四方。歐瑞克停下來，利用一點衝力旋身，伸出兩隻巨掌，對最靠近身邊的士兵迎頭痛擊。

一隻狼精靈縱身跳向他，歐瑞克在半空中就將她撕爛，她跌到雪地上時，燦爛的火花從她嘴中流出，最後她開始嘶嘶作響，咆哮幾聲後就消失了。她的主人立時斃命。

韃靼軍官面對這次雙重攻擊，毫不遲疑。他發出一連串命令，軍隊立刻分成兩個小隊：其中一隊想辦法解決女巫，較大群的軍力則用來對付武裝熊。韃靼人的軍隊英勇無比，他們四人為一組，單腳跪下射擊，彷彿正在進行射擊訓練，即使歐瑞克巨大的身形衝向他們，也不為所動。沒多久，他們全都一命嗚呼。

歐瑞克又開始攻擊，扭扯、撕裂、咆哮和衝撞，所有的子彈如黃蜂或蒼蠅般飛向他，他卻毫髮無傷。萊拉趕快催促孩子們，離開燈光大道進入黑暗中。他們一定得逃跑，因為波伐格的大人比這些韃靼人更險惡。

萊拉又叫又推地催促孩子再度前進。當身後的燈光轉變成雪地上長長的陰影時，萊拉不覺被極地深沉的夜色和乾淨的冷清所感動，她向前一跳，就像潘拉蒙正在做的一樣，一隻快樂跳躍的雪地野兔。

「我們要去哪裡？」有人說。

「除了雪之外，那裡什麼也沒有啊！」

「救援小組很快就到了，」萊拉告訴他們：「大概有五十個以上的吉普賽人。我猜有些人是你們的親戚，所有失去小孩的吉普賽人都派一些人來這裡了。」

「我不是吉普賽人。」一個男孩說。

「沒關係。他們還是會把你帶走。」

「帶到哪裡？」有人挑毛病地說。

「回家。」萊拉說：「那是他們來這裡的目的——拯救你們，我帶領吉普賽人來這裡帶你們回家。我們只要再走遠一點，就會找到他們了。熊是和他們一起來的，所以他們應該不會離這裡太遠。」

「你看到那隻熊了沒？」有個男孩說：「當他把那隻精靈撕爛時——就像有人把他的心臟挖出來一樣，就那樣死了！」

「我從來不知道精靈也會被殺死。」有人說。

現在孩子們開始聊天了，興奮和放鬆使每個人變得七嘴八舌。只要他們持續向前走，聊天也不礙事。

「那是真的嗎？」一個女孩說：「他們在那裡做的事？」

「對呀。」萊拉說：「我從未想過我會看到沒有精靈的人。可是在來這裡的路上，我們找到一個沒有精靈的男孩。他一直問她的下落、她在哪裡、會不會再找到她。他叫作托尼．馬克瑞斯。」

「我知道他！」有人說。另一人也說：「對呀，他們在一個禮拜前把他帶走了……」

「嗯，他們割掉了托尼的精靈。」萊拉說，心裡明白這句話會帶來的影響。「我們找到他後不久，他就死了。那些人把所有割掉的精靈都關在那個正方形建築中的牢籠裡。」

「那是真的，」羅傑說：「萊拉在消防演習時放走他們。」

「對呀，我也看到他們了！」比利說：「一開始時，我不知道他們是什麼，後來我看到他們和那隻鵝一起飛走了。」

「他們為什麼要那麼做？」有個男孩問：「他們為什麼要割掉別人的精靈？那是虐待！他們為什麼要那麼做？」

「因為『塵』的緣故。」有人不確定地猜想。

男孩不屑地笑了。「『塵』！」他說：「根本沒有這種東西！那是他們編出來的！我才不信呢！」

「唉，」有人說：「看那艘飛船怎麼了？」

他們全都轉頭觀望。在炫目的燈光中，戰鬥仍在進行，巨大的飛船無法再自由地飄浮在停泊杆上，它的一端開始向下傾斜，後方則升起一個球形體……

「史科比的熱氣球！」萊拉叫道，還高興地拍手。

其餘孩子一臉困惑。萊拉繼續催促他們向前，心想史科比不知道是如何把熱氣球帶到這裡的。他要做的事顯而易見，這主意多高明啊！他打算利用敵人飛船的瓦斯來充氣，如此一來，不但可以輕鬆脫逃，還可以妨礙飛船的追殺！

「快點，繼續走，不然你們會活活凍死。」萊拉說。有些孩子冷得不斷發抖或呻吟，他們的精靈也用又高又細的聲音大哭。

狼獾潘拉蒙看不順眼，就對著躺在女孩肩上輕聲啜泣的松鼠精靈破口大罵。

「鑽進她的大衣裡！把自己變大一點，幫她取暖！」他吼叫著，女孩的精靈立刻發抖地鑽進禦寒大衣中。

問題是煤絲大衣並不像真的毛皮那麼保暖，不管襯了幾層中空的煤絲纖維都一樣。有些孩子看起來就像飄浮的蒲公英種子，蓬鬆龐大，可是這些大衣是在離寒地千里之外的工廠和實驗室裡製造出來的，無法抵禦嚴寒。萊拉的毛皮大衣看起來又臭又舊，卻真的保暖。

「如果我們不趕快找到吉普賽人，他們可能快撐不下去了。」萊拉對潘拉蒙說。

「那麼，叫他們繼續走啊。」潘拉蒙說：「如果他們現在躺下來，就沒救了。妳記得克朗爺爺曾說過……」

克朗爺爺曾告訴他們許多他自己到北地旅行的故事，考爾特夫人也是——假設她的故事是真的。兩人都很清楚地指出，必須不停地向前走。

「我們還要走多久？」一個小男孩說。

「她只是要我們出來好殺死我們。」一個女孩說。

「我情願出來也不要待在那裡。」有人說。

「我就不會！基地裡面很溫暖，那裡有食物、熱飲和其他東西。」

「但全都著火了！」

「那我們來這裡後要怎麼辦？我猜我們一定會餓死……」

萊拉的心中充滿黑色的問號，那些問號四下奔竄彷彿女巫，行動矯捷，又無法碰觸，可是就在她無法觸及的某處，洋溢著她無法了解的榮耀和快感。

這倒給了她一些力量，萊拉將一個女孩從雪堆中拉起來，又把一個偷懶的男孩向前推，並對他們大叫：「繼續走！跟著熊的腳印！他跟吉普賽人一起來，所以他的腳印會把我們帶到吉普賽人那裡！繼續走！」

大片雪花紛紛落下，很快就會將歐瑞克的腳印完全覆蓋住。現在他們已看不到波伐格的燈光，熊熊的火勢也轉成淡淡的微光，唯一的光線來自遍地白雪的瑩光。厚厚的雪花則遮住了天空，看不到月光或北極光，可是如果仔細觀看，孩子們還是可以找到歐瑞克跑過後留下的痕跡。萊拉對孩子們使出渾身解數：鼓勵、恫嚇、毆打、拉扯、罵髒話、推扶，而潘拉蒙（正在觀察每個孩子的精靈）則告訴萊拉孩子們需要什麼樣的幫助。

我一定會把他們帶到那裡，萊拉不斷對自己說。我大老遠跑來這裡救他們，我一定會把他們帶到安全的地方。

羅傑也仿效萊拉的作法，比利則在前面領路，因為他的眼力最好。但落雪實在太濃密，孩子們必須一個拉著一個，免得迷路。萊拉心想，或許我們可以全部躺下來，緊緊靠在一起取暖，就像……在雪裡挖一個洞……

萊拉忽然聽到一些聲音，似乎是引擎的咆哮聲，那不是笨重飛船所發出的聲音，而是像大黃蜂般高聲的嗡嗡作響。聲音不斷在附近迴盪。

接著是咆哮聲……狗群？拉雪橇的狗群？這個聲音也因為聽起來太遙遠而無法確定，同時還被千千萬萬、被陣風吹得四處紛飛的雪花遮蓋住了。那可能是吉普賽人的狗群、凍原中的野靈，或被解放的精靈哭著找尋迷失的小孩。

萊拉開始看到一些東西……雪中出現一些燈光，不是嗎？這一定是鬼魂……難道他們繞著圈子走，最後又回到了波伐格？

但這些是小小的黃色燈光，而不是耀眼的白色電子燈。燈光移動，嚎叫聲也逐漸接近，萊拉還無法確定自己是否在做夢，就被一群熟悉的身影圍繞住了，穿著毛皮的男人將她抱起來：約翰．法粗壯的臂膀將她舉到空中，克朗爺爺放聲開懷大笑。在大風雪中，萊拉看到吉普賽人將孩子們抱到雪橇上，用毛皮蓋在他們身上，給他們海豹肉咀嚼。湯尼．可斯塔也在那裡，緊緊抱住比利，輕輕搥他，高興地把比利又抱又搖。而羅傑……

「羅傑要跟我們在一起，」萊拉對克朗爺爺說：「一開始我就是要來救他的，我們會一起回到約旦學院。那是什麼噪音……」

又是那個引擎的咆哮聲，彷彿是發瘋的飛行間諜，只是比飛行間諜嘈雜幾千倍。

有人對她迎頭痛擊，萊拉瞬間跌得四腳朝天，潘拉蒙無法護衛她，因為金猴子……考爾特夫人……

金猴子正抓住潘拉蒙扭打、齧咬，潘拉蒙迅速變換不同的模樣回擊，以至於無法看清他的模樣：他不斷狠刺、推拉、撕扯。而夫人藏在毛皮中的臉孔不帶感情，冷冷地將萊拉扯到摩托雪橇後，萊拉就像她的精靈一樣，正使盡吃奶的力量掙扎。雪花紛飛，她們似乎被隔絕在自己小小的風暴中，雪橇的電子頭燈只照出幾吋外厚重、飛旋的雪片。

「救命！」萊拉大叫，吉普賽人在漫天雪花中什麼都看不清楚。「救救我！克朗爺爺！約翰．法！噢，老天，救命！」

考爾特夫人用北韃靼語高聲發布命令。一陣大風將雪吹開，一整隊帶著來福槍的韃靼人就在那裡，身旁跳著正在呼嚎的狼群精靈。韃靼人頭目看到夫人正和萊拉扭打，就像對待洋娃娃一樣，單手將萊拉舉起來丟到雪橇上，萊拉目瞪口呆地躺在上面，兩眼昏花。

來福槍開火了，接著又一聲，吉普賽人立刻了解發生了什麼事。可是看不到目標就隨便開火非常危險，因為可能會誤射自己人。現在韃靼人緊靠在一起，圍住吉普賽人的雪橇隊，所以可以任意對雪地發射，吉普賽人卻不敢隨便開火，以免誤射萊拉。

噢，萊拉又怨恨又疲倦！

雖然覺得頭昏眼花，但她仍坐起身子，發現潘拉蒙還在和金猴子搏命，狼獾潘拉蒙的下顎緊緊咬住金猴子的臂膀，他不再變換形狀，只是不屈不撓地堅持著。而那又是誰？

不會是羅傑吧？

唉，正是羅傑，他正對著考爾特夫人拳打腳踢，還用腦袋撞她，最後卻被一個韃靼人一舉擊倒，就像把蒼蠅趕走一樣輕鬆。現在看起來彷彿鬼魅處處：白色、黑色、快速飛過眼前的綠色鼓翅聲、參差不齊的影子、高速前進的燈光……

一個巨大的漩渦將雪幕掀開，歐瑞克一躍而進，身上都是鏗鏘作響的鐵器聲。不一會兒，這個巨大的下顎開始左咬右啃，巨掌撕裂這些穿著層層衣物的胸腔，白色的牙齒、黑色的鐵器、紅色潮溼的毛皮……

有什麼強大的東西將萊拉拉起，升高，再升高。她也一把抓住羅傑，將他從考爾特夫人手中拉開，雙手死命地抓牢他，兩個孩子的精靈都變成了鳥，一起發出刺耳的叫聲，還吃驚地看著身旁這個巨大、鼓翅的生物。這時，萊拉看到一個從高空飛下、參差不齊的影子，近得幾乎可以碰觸到她。女巫手上拿著一把弓，蒼白裸露的臂膀（在冰凍的空氣中！）使盡全力扯滿弓，對著三呎外身穿鎧甲的韃靼人怒目而視的眼縫中射去……

箭在空中疾馳，最後停在韃靼人的背後，男人的狼精靈正一躍而起，來不及落地就消失了。

升高！萊拉和羅傑在半空中，發現自己正用逐漸失去力氣的手指緊抓著一根雲松枝，坐在上面的年輕女巫神情緊張，優雅地保持平衡，接著她開始向左傾，旁邊有個巨大的東西隱約浮現，下頭有塊地面。

兩個孩子一起從雪花中跌落到史科比熱氣球吊籃旁的雪地上。

「趕快進來，」史科比說：「帶著妳的朋友。妳看見熊了嗎？」

萊拉看見三個女巫正將熱氣球套在一塊石頭上，並將有浮力的瓦斯袋固定在地面上。

「趕快進來！」萊拉對羅傑說，一面爬入吊籃的皮製邊緣，翻身跌入籃底的雪堆中。不一會兒，羅傑也跌在她身上。此時，一種介於半吼叫、半咆哮的噪音，開始搖晃著大地。

「趕快，歐瑞克！上船，老傢伙！」史科比對著他大叫，熊從吊籃側面翻入，壓彎了吊籃的木條，發出可怕的嘰嘎聲。

一陣輕軟的漩渦暫時吹開所有的雪和霧，萊拉突然看清周遭的情勢：她看見在約翰．法指揮下，一群吉普賽戰士正將韃靼人的後衛逐漸逼回被大火焚盡的波伐格；她還看見其他吉普賽人正忙著照顧安全搭上雪橇的孩子，用溫暖的毛皮包裹住他們；萊拉還看見克朗爺爺靠在枴杖上，焦急地東張西望，他秋色般的精靈也在雪地裡東跳西躍地張望。

「克朗爺爺！」萊拉大叫：「在這裡！」

老人聽見女孩的叫聲，驚訝地抬頭看著繫著繩子的熱氣球，女巫則拉著繩子末端，萊拉從吊籃裡瘋狂地向他揮手。

「萊拉！」他叫道：「妳很安全吧，女孩？妳很安全嗎？」

「就像以前一樣安全！」萊拉回答：「再見，克朗爺爺！再見！把所有的孩子都帶回家！」

「只要我活著，我們一定會這麼做！好好走吧，孩子……好好走……好好走，我親愛的……」

此刻，史科比打出手勢，女巫們鬆開繩子。

熱氣球立刻升高，以一種萊拉不敢相信的速度衝上雪花片片的空中。不一會兒，地面就在霧中消失了。他們繼續攀升，速度愈來愈快，萊拉相信就連火箭也無法像這個熱氣球，以這麼快的速度離開地面。萊拉躺在吊籃底，緊抓住羅傑，兩人都被加速度壓在籃底。

史科比興高采烈地大笑，還瘋狂地發出德州牛仔特有的叫聲。歐瑞克鎮靜地卸除甲冑，用靈巧的熊掌勾開所有的連鎖，輕鬆一扭，就扯開它們，最後他把分離的鐵片堆成一座小山。就在吊籃外某處，萊拉可以聽到雲松針和女巫衣裳在風中鼓動的颼颼聲，女巫們正伴隨他們一起進入高空。

萊拉逐漸恢復呼吸、平衡感和心跳，最後坐起來向四周瞧瞧。

吊籃比她想像中大多了，環繞在吊籃邊的是幾個堆著哲學儀器的架格，還有一疊毛皮、一瓶氧氣筒，以及幾個因為形狀太小或太奇怪，而無法在逐漸上升的厚霧中辨別出來的東西。

「那是雲嗎？」萊拉問。

「沒錯。把妳的小朋友包在毛皮中，免得他變成冰柱。這裡雖然已經夠冷了，待會兒還會更冷。」

「你是怎麼找到我們的？」

「依賴女巫。有個女巫小姐想和妳說話。等雲飄開後，我們會先定位，然後坐下聊天。」

「歐瑞克，」萊拉說：「謝謝你來救我們。」

歐瑞克咕噥一聲，坐穩後開始舔乾毛皮上的鮮血。歐瑞克的體重使吊籃傾向一側，可是這不打緊。羅傑看起來有點緊張，但歐瑞克對他視若無睹，彷彿他只是飄下來的一片雪花。萊拉心滿意足地貼在吊籃邊，站著時下巴剛好抵住邊緣，她張大眼睛朝漩渦般的雲朵望去。

不到幾秒鐘，吊籃已穿過雲層，迅速向上攀升，直奔天堂。多美麗的景觀呀！

在他們的正上方，熱氣球膨脹成一個巨大的弧形。弧形上方，極光正在燃燒，萊拉從未見過這麼亮麗壯觀的極光。極光圍繞在他們四周，或者說，他們也成為極光的一部分了。一大片熾熱的白光開始晃動分離，彷彿天使鼓動著雙翼；層層冷光滑落到無形的峭壁中，最後掉入旋轉的水潭內，或懸掛成一片巨大的瀑布。

萊拉震驚得幾乎喘不過氣，她低下頭，卻看到一幅更壯麗的景象。視力可及處，包括四面八方的地平線內，滾動著無盡的白浪。柔軟的山峰和煙霧瀰漫的斷層自地面升起，四下散布各處，但大部分是一大片結實的冰層。

在這些東西之上，則是三三兩兩、成群結隊的小小黑影，這些參差不齊的身形看起來非常優雅，她們正是坐在雲松枝上的女巫。

女巫高速飛行，看起來毫不費力，她們圍繞著熱氣球，不時往一邊側飛導航。其中一位女巫，也就是將萊拉從考爾特夫人手中救出的弓箭手，直接飛到吊籃的一側，萊拉首次可以看清她的容貌。

女巫很年輕——至少比考爾特夫人年輕。她的皮膚白皙，有雙明亮的綠眼，身上穿的就像別的女巫一樣，是一條條黑色絲布，沒有毛皮、風帽或連指手套，似乎一點都不怕冷。在她的眉間還掛著一小串紅花。她坐在雲松枝上的模樣，彷彿正在騎馬。在萊拉驚歎的注視下，身在一碼外的女巫飛近籃邊。

「萊拉？」

「是！妳是帕可拉？」

「是的。」

萊拉看得出來為什麼克朗爺爺會深愛著她，又為什麼為此心碎，雖然她在不久以前還對這兩件事一無所知。他愈來愈老，又老又衰弱；女巫卻可以永保青春。

「妳的符號解讀器還在嗎？」女巫說，聲音就像極光高亢狂野的歌聲，萊拉幾乎因為甜美的聲音而聽不出話中的意義。

「在。在我口袋裡，很安全。」

巨大的振翅聲說明另一個生物的來到，他伴隨在她身邊飛翔：灰色的鵝精靈。他對女巫短短地說了幾句話，然後繞著熱氣球向外盤旋，並不斷升高。

「吉普賽人摧毀了波伐格。」帕可拉說：「他們殺死了二十二個守衛和九個職員，並將還沒化為灰燼的建築放火燒掉。他們打算將它完全毀滅。」

「那考爾特夫人呢？」

「消失了。」

「那小孩呢？所有的小孩都安全了嗎？。」

「每一個都很安全。」

帕可拉大喊一聲，其餘女巫開始盤旋飛近熱氣球。

「史科比先生，」她說：「請你將繩子遞過來。」

「夫人，我心存感激。我們還在上升中，我想我們還會繼續不斷攀升。妳們要用幾個人才能把我們拖到北地？」

「我們很強壯。」帕可拉答道。

史科比將一圈粗繩固定在包覆皮革的鐵環上，所有連結吊籃與瓦斯袋的繩子都集合穿過這鐵環。固定之後，史科比將繩子末端丟出去，六個女巫立刻朝著繩子飛去，一把抓住繩端，開始拉扯，並促使雲松枝朝著北極星的方向飛去。

當熱氣球開始朝正確的方向前進，潘拉蒙變成燕鷗蹲踞在吊籃邊。羅傑的精靈也溜出來東張西望，不久後又爬回去，因為羅傑很快就睡著了。歐瑞克也呼呼大睡。只有史科比清醒著，他沉靜地咀嚼細長的雪茄，並檢視所有儀器。

「所以，萊拉，」帕可拉說：「妳為什麼要去找艾塞列公爵？」

萊拉嚇了一跳，「當然是把探測儀拿給他！」她說。

顯然，萊拉從沒想過這個問題。接著她回想自己當初的動機……這是好久以前的事了，她幾乎已經忘得一乾二淨。

「或是……幫他逃走。沒錯。我們要去幫他逃走。」

雖然萊拉嘴裡這麼說，可是這聽起來似乎很荒謬。從斯瓦巴逃走？這是不可能的任務！

「反正試試看就是了。」萊拉堅定地說：「怎樣？」

「我想有些事情必須讓妳知道。」帕可拉說。

「有關『塵』的事？」

這是萊拉最想知道的事。

「是的，還有別的。但妳現在已經很累了，這會是趟漫長的旅程。我們可以等妳醒來後再聊。」

萊拉打了個大呵欠，幾乎持續整整一分鐘，至少感覺上像一分鐘。萊拉還想掙扎，可是無法抗拒突如其來的睡意。帕可拉將手攀扶在吊籃邊，摸摸萊拉的眼睛，萊拉立刻倒在地板上，潘拉蒙也飛下來，變成一隻貂，爬到萊拉脖子上睡覺。

女巫的雲松枝緊靠在熱氣球旁，以穩定的速度向北方的斯瓦巴前進。

第三部　斯瓦巴

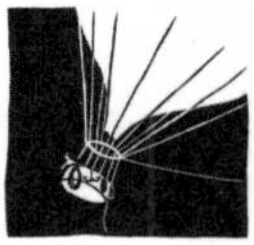

第十八章
霧與冰

史科比將幾塊毛皮蓋在萊拉身上，她緊靠著羅傑，蜷著身子，兩個孩子在熱氣球向極地前進時沉沉睡著。史科比不時檢查各種儀器，嘴裡嚼著一根永不點燃的雪茄，這裡離易燃的氫氣太近，他絕不會冒險點火。他將身上的毛皮大衣緊緊裹住。

「這個小女孩很重要，對吧？」幾分鐘後史科比開口問。

「比她想像中更重要。」帕可拉說。

「意思是說這一路上還會有更多武力威脅嘍?您了解，我是站在一個得實際賺錢維生的人的立場說話。如果沒事先談妥賠償事宜，我承擔不了破產或橫死的風險。我並不想讓這次探險失色，相信我，夫人。約翰・法和吉普賽人付我的錢，足以支付我在時間、技術及熱氣球裝備上的花費，僅止於此，這並不包含戰爭保險費。夫人，容我告訴您，我讓歐瑞克在斯瓦巴登陸，會被視為宣戰。」

史科比輕巧地將嘴裡嚼爛的菸草葉吐到吊籃外。

「所以我想知道我們可能會面臨的戰鬥和破壞。」他把話說完。

「也許會發生戰爭，」帕可拉說：「可是你過去曾經作戰過。」

「當然，但那是有酬勞的。事實上，我原以為這只是單純的運輸契約，也比照收費。但現在我不太確定了，經過先前那場小騷動後，我不確定我的運輸責任應延伸到什麼程度。例如我是否該冒著生命與裝備的危險加入熊族間的戰爭。或這個小女孩在斯瓦巴的敵人，脾氣是否像在波伐格的那位一樣壞。我會提到這些，只是沒話找話說而已。」

「史科比先生，」女巫說：「我希望能回答你的問題。但我唯一能說的是，我們所有人，包括人類、女巫、熊族，都已捲入一場戰爭，雖然並非所有人都知道它的存在。不管你在斯瓦巴是否會面臨危險，或你是否能安然脫險，你都已被召募，你已經武裝，算個軍人了。」

「嗯，這似乎有點草率。我以為每個人都有權利選擇，是否要拿起武器作戰。」

「對此我們沒有選擇的權利，正如我們無法選擇是否要出生一樣。」

「噢，但我喜歡有選擇。」史科比說：「我喜歡選擇接什麼工作、去哪些地方、吃什麼東西、和哪些人坐下來聊天閒扯淡。難道妳不會偶爾想做一次選擇嗎？」

帕可拉想了想，說：「史科比先生，或許我們對『選擇』的定義不同。女巫一無所有，所以我們對保值或賺錢毫無興趣。至於你提到介於兩者之間的選擇，當你活了好幾百年後，你知道那些機會總會一再出現。我們的需求不同。你必須維修熱氣球，讓氣球維持良好的情況，這需要花費時間和精力，我可以了解這點。但飛翔對我們來說，只是從雲松上折下一截樹枝，而雲松枝到處都是，多不勝數。我們感覺不到寒冷，因此不需保暖的衣物，除了互助合作外，我們毋需以物易物。如果有個女巫需要某些東西，別的女巫會送給她。如果發生戰爭，代價多寡也不是我們衡量應否參戰的重點。另外，我們也不像熊族一樣有榮譽感。侮辱熊族是件致命的事，但對我們來說……卻無法想像。你如何能侮辱女巫？就算侮辱了又怎麼樣？」

「嗯，我多少同意這點，實在不用為了小事大動干戈，但是夫人，希望您明白我的困境。我是個單純的熱氣球飛行員，我希望退休後能舒服地過日子。買一小塊地，養幾頭牛、馬……您注意到了，沒什麼了不起的。我不需要皇宮、奴隸或成堆的金塊，只要有向晚吹過鼠尾草的微風、一根雪茄和一杯威士忌。問題是，這些都要錢，所以我以飛行交換金錢，每次工作完畢，我會將一些黃金寄回富國銀行。夫人，當我存夠了錢，我會賣掉熱氣球，買一張前往格文斯敦港的汽船票，再也不離開地面。」

「史科比先生，這是我們之間另一項差異。女巫情願死也不願放棄飛行，飛行是我們最完整的本質。」

「我看得出來，夫人，我很羨慕您，但我沒有像您一樣的滿足感。對我來說，飛行只是一項工作，而我只是個技術員。我或許可以調整瓦斯引擎活門或連結電子迴路。但您看，這是我所做的選擇，這是我的自由選擇。這也是為什麼我會認為這場未曾告知我的戰爭，是件麻煩事兒。」

「歐瑞克和他們國王之間的爭端，也是這場戰爭的一部分。」帕可拉說：「這孩子注定要在其中扮演重要的角色。」

「您提到注定，」史科比說：「彷彿這是無法改變的。我不確定我會喜歡自己被戰爭召募，卻對此一無所知。您能告訴我，我的自由意志在哪裡嗎？但這個孩子似乎是我所遇到的人當中，最具自由意志的人了。您是要告訴我，她只是個類似上了發條的機械玩具，正走上一條她無法改變方向的道路嗎？」

「我們都是命運的一部分，可是我們必須表現出不是的模樣，否則我們會絕望致死。」女巫說：「有個有趣的預言與這孩子有關：她注定要來終結命運。但她必須對此毫不知情，彷彿這是她的天性所致，而非命運的擺布。如果別人告訴她該如何做，一切就會功虧一簣；死亡會橫掃所有世界，屆時絕望將戰勝一切，永永遠遠。宇宙將只是連鎖機械裝置，盲目、缺乏思想、感情和生命……」

兩人同時低下頭來看萊拉，她熟睡的臉孔（只能從風帽間看到一點）掛著小小、固執的皺眉。

「我想她多少也知道這點，」熱氣球飛行員說：「至少看起來已經準備妥當。那個小男孩呢？您知道她一路趕來，只為了從那些壞人手中救出他嗎？他們是小玩伴，過去在牛津或什麼地方。您知道這事嗎？」

「是的，我知道。萊拉攜帶一件非常重要的東西，命運似乎利用她當信差，將這樣東西帶給她父親。她千里迢迢來這裡拯救她的朋友，卻不知道她的朋友是被命運帶來北地，為了使她跟隨而來並將東西交給她父親。」

「嗯，這就是您的解讀嗎？」

女巫首次顯得不太肯定。

「似乎是如此安排……但史科比先生，我們無法看透幽暗不明的事，也可能是我解讀錯了。」

「我是否能請教，為什麼您也捲入這件事？」

「我們發自心底反對他們在波伐格進行的事。萊拉與他們為敵，因此我們是她的朋友，這點再清楚不過。但也是出於我的部落和吉普賽人之間的友誼，這必須追溯到當初克朗救了我一命，所以我們會應他所求。另外我們和艾塞列公爵之間也有義務關係。」

「我了解了。你們為了吉普賽人的緣故，將熱氣球拉到斯瓦巴。可是這份友誼包括將我們從斯瓦巴拉出來嗎？或是我得等待仁慈的風向，或熊族善意的回應？當然，我會問這些，只是種善意的詢問。」

「史科比先生，如果我們能助你回到特洛塞德，我們一定會辦到，但我們不知道在斯瓦巴會面臨些什麼。熊族的新王做了幾項新的改變，老方法已經過時了。降落也許會異常困難。我不知道萊拉要怎麼找到她父親，也不知道歐瑞克想做些什麼，我只知道他的命運和她息息相關。」

「夫人，我也不知道。我認為歐瑞克將自己當成她的保護者。您知道，她幫他將甲冑找回來。誰知道熊真正的感覺？但如果一隻熊曾深愛過人類，這就是最佳範例了。至於在斯瓦巴降落，這從來就不是件簡單的事。當然，如果您能幫我找到正確的方向，我心中的重擔就會減輕許多。如果我能替您做些什麼以為回報，儘管讓我知道。不過您能告訴我，在這場無形的戰爭中，我到底是站在哪一方？」

「我們都在萊拉這一方。」

「毫無疑問。」

他們繼續往前飛行。熱氣球下方的雲層，使他們無法辨別行進速度有多快。當然，一般而言，熱氣球本身相對於風速是靜止的，保持飄浮狀況，隨著氣流移動。但現在熱氣球被女巫拉扯，是逆風前進而非順風飛行，因此也產生一些風阻。笨重的氣球不像流線形的飛船能減輕阻力，因此座籃也東搖西晃，比一般飛行更顛簸。

史科比對自己的舒適與否倒不在乎，他比較在乎儀器，他花些時間確定儀器都扎實地固定在主支柱上。根據高度計，他們幾乎在一萬呎高空，氣溫則是零下二十度。史科比經歷過比這更低的氣溫，可是也低不了多少，他希望氣溫不要再下降了。他展開原先作為緊急露營用的帆布，鋪蓋在前方熟睡中的孩子身上擋風，然後背對著背，靠在他的老戰友歐瑞克身上睡著了。

萊拉醒來時，月亮高掛在空中，眼前的一切都鑲上了銀邊，包括滾動的雲層表面和熱氣球索具上長條的冰霜和冰柱。

羅傑呼呼大睡，史科比和歐瑞克也一樣。女巫女王卻穩定地飛翔在吊籃邊。

「我們離斯瓦巴有多遠？」萊拉問。

「如果不是逆風，大概再過十二個小時就到了。」

「我們要在哪裡降落？」

「這得看天氣。我們會試著避開峭壁，那裡有些生物喜歡騷擾所有會動的東西。如果可以，我們會讓妳降落在內陸，躲開雷克森的宮殿。」

「等我找到艾塞列公爵後會怎樣？他會回牛津嗎？我不知道該不該告訴他，我已經知道他是我父親了。他可能希望繼續假裝是我伯父。我一點都不了解他。」

「萊拉，他不會回牛津的，他有些事情必須在另一個世界中完成。艾塞列公爵是唯一可以搭起那個世界和這個世界之間橋梁的人，可是他需要一些協助。」

「真理探測儀！」萊拉說：「約旦學院院長把探測儀交給我，我猜他本來想說些有關公爵的事，可是他找不到機會。我就知道他不是真心要對公爵下毒。公爵必須解讀探測儀，才會知道該如何搭橋嗎？我猜我一定可以幫他，我可以把探測儀解讀得跟別人一樣好。」

「我並不清楚。」帕可拉說：「他到底會怎麼做，以及他的任務是什麼，我們無法得知。有些能量對我們說話，另一些能量又在這些能量之上，連最高的能量也藏著一些祕密。」

「探測儀可以告訴我！我現在就可以讀……」

可是實在太冷了，萊拉沒辦法握住探測儀。她緊緊裹住身子，還拉下風帽抵擋刺骨的寒風，只留下線般的細縫往外看。前方遠處，六、七個坐在雲松枝上飛行的女巫，正拉著從熱氣球下方吊環延伸出去的長繩子。星子如鑽石般明亮，冷冽又堅定地閃爍著。

「帕可拉，妳為什麼不會冷？」

「我們會覺得冷，但我們並不介意，我們不會因此受到傷害。如果我們為了禦寒把身體層層裹住，就無法感受到其他事物，例如星子的閃爍、極光的音樂，或者最棒的，月光輕撫過我們肌膚時絲般的感覺。為了這個，我們情願受冷。」

「我可以感覺到這些嗎？」

「不行，如果妳脫掉毛皮大衣，妳會凍死。還是包緊一點吧。」

「帕可拉，女巫可以活多久？克朗爺爺說幾百年，但妳看起來還很年輕。」

「我大概三百多歲。年紀最大的女巫媽媽大概有一千歲，總有一天，亞比—阿卡會來接走她。總有一天，她也會來接我走。她是死亡女神，當她笑容可掬地前來，妳就知道離開的時候到了。」

「有男巫嗎？還是只有女巫？」

「有些男性替我們工作，如特洛塞德的領事。我們也把一些男性當成情人和丈夫。萊拉，妳還這麼年幼，以致無法了解這些，但我還是要告訴妳，以後妳就懂了：男人如蝴蝶般飛過我們眼前，他們是短暫的季節性生物。我們深愛著他們，因為他們勇敢、自豪、美麗且聰明，可是他們幾乎立刻就消逝了。他們死得這麼早，我們的心持續不斷受苦。我們替他們生育小孩，如果是女娃就會成為女巫，如果是男娃就是人類，但一眨眼的工夫，他們就走了，被擊倒、殺害或迷失了。我們的兒子也一樣。男孩在成長的過程中，會以為自己永遠不會死，但他母親知道這不是事實。每經歷一次，這過程就會變得更痛苦些，直到最後妳終於心碎了。或許那時亞比—阿卡才會出現，接妳離開吧。她比凍原還要老。或許，對她來說，女巫的生命就像男人對我們來說一樣短暫。」

「妳愛克朗爺爺嗎？」

「是的，他知道嗎？」

「我不知道，但我知道他深愛著妳。」

「當他拯救我時，他是個年輕、強壯、驕傲的美男子。我瞬間就墜入愛河。我可以為他改變我的本性、拋棄星子的閃爍和極光的音樂，我願意放棄飛行——那一刻，我毫不猶豫地放棄一切，成為吉普賽船上的妻子，替他煮飯、與他共枕、為他生小孩。但行為可以改變，本性卻不能，我是女巫，他是人類。我和他在一起很久，直到我替他生下一個孩子……」

「他從沒告訴我這些！是女孩嗎？一個女巫！」

「不是，是個男孩。他在四十年前因為傳染病死了，那傳染病來自東方。可憐的孩子，他像蜉蝣般地來去這個世界，將我的心完全撕碎，正如過去一樣。克朗也深受打擊。後來我的部族召喚我回去，因為亞比—阿卡將我母親接走了，我得成為部落女王，因此我必須離開。」

「後來妳有再見過克朗爺爺嗎？」

「沒有，但我聽到他的消息。我聽說他被斯克林人的毒箭射傷時，派人送了草藥和符咒助他復元，但我並沒有堅強到可以去見他。我聽說經過這件事後，他變得衰老了，智慧卻與日俱增，他大量學習和研讀，我為他與他的美好感到驕傲。但我並沒有去見他，我的部落經歷了幾次危險，女巫戰爭似乎一觸即發。此外，我認為他會將我遺忘，重新找到一個人類妻子……」

「他沒有。」萊拉堅決地說：「妳應該去看看他。他仍深愛著妳，我看得出來。」

「但他可能會羞愧於自己的衰老，我不希望讓他有那種感覺。」

「或許他會。可是妳至少應該寫信給他，我覺得應該這麼做。」

帕可拉沉默了很久。潘拉蒙變成一隻燕鷗，飛到她的雲松枝上停留了一會兒，承認他們可能有點冒犯了。

萊拉接著說：「帕可拉，為什麼我們會有精靈？」

「每個人都這麼問，但沒有人知道答案。只要有人類存在，就會有精靈。這使人類不同於其他動物。」

「對！我們和牠們不一樣……就像熊族。這些熊非常奇怪，對不對？妳認為他們很像人類，但突然他們就變得很奇怪、凶暴，妳覺得自己永遠都不了解他們……妳知道歐瑞克對我說些什麼嗎？他說他的甲冑對他而言，就像精靈和人類的關係。他說那是他的靈魂。這點他們和我們就不同，因為他自己製造出甲冑。歐瑞克遭放逐時，原來的甲冑被沒收，後來他找到一些天鐵打造出新的甲冑，就像製造出新的靈魂一樣。我們可沒辦法製造我們的精靈。後來特洛塞德的人灌醉歐瑞克、偷走他的甲冑，我找到甲冑後他就把它搶回來……但我不了解的是，他為什麼要到斯瓦巴？他們會和他作戰，他們會殺了他……我喜歡歐瑞克，我好喜歡他，我真希望他沒有和我們一起來。」

「他曾告訴過妳他是誰嗎？」

「只有他的名字。但那是特洛塞德的領事告訴我們的。」

「他是貴族，一位王子。事實上，如果他沒有犯下大罪，現在他可能是熊族之王了。」

「他告訴我他們的國王叫作奧夫．雷克森。」

「在歐瑞克遭放逐後，雷克森才成為國王。當然雷克森是位王子，不然他也不會成為國王；但他的小聰明有點像人類，他廣結聯盟、締結條約，不像熊族一樣喜歡住在冰造的堡壘，卻住在新建的皇宮。他主張和人類國家交換大使，並在人類工程師協助之下發展火礦……他手腕老練、心機深沉。有些人說他故意挑釁歐瑞克犯罪，造成歐瑞克最後的放逐，其他人則說即使他沒有這麼做，他還是會鼓勵熊族這麼想，因為這可以建立他技巧高明、老謀深算的名聲。」

「歐瑞克到底做了什麼？妳知道，我喜歡歐瑞克的一個原因，是因為我父親也做了一些事，結果遭到處罰。我覺得他們兩個很相似。歐瑞克告訴我他殺死了另一隻熊，但從沒告訴我原因。」

「那主要是因為一隻母熊。當時歐瑞克殺死的那隻公熊，不願在明顯落敗時表示投降。對這些驕傲的熊來說，熊族絕不可能錯認真正的勝利者，失敗者總是會投降，但這個戰敗者沒這麼做。聽說雷克森用法術迷惑他，或事前給他吃了迷亂心智的草藥。不管怎樣，這隻年輕的熊不肯放棄，歐瑞克也被他的脾氣沖昏了頭。這件案子不難審判，年輕的熊應該受傷，但不應被殺。」

「不然他就會是國王。」萊拉說：「我在約旦學院時，從帕門講座教授那裡聽到有關雷克森的事，教授到過北地，還和他見過面。他說……我希望我能記得他說了些什麼……我想是雷克森用計得到寶座之類的……但妳知道，歐瑞克曾告訴我，熊族不會被伎倆所騙，還示範給我看。但他們似乎都中計了，歐瑞克和另一隻熊。或許只有熊可以欺騙熊，人類卻沒有辦法。除了……特洛塞德的人，他們讓他中計了，對不對？他們灌醉他後偷走他的甲冑。」

「當熊表現得像人類一樣，或許就容易中計。」帕可拉說：「當熊表現得像熊時，或許就不會。通常熊不會喝酒。歐瑞克想藉酒忘記被放逐的恥辱，這也讓特洛塞德的人有機可乘。」

「哈，沒錯，」萊拉點點頭說，她對這個想法感到非常滿意。萊拉對歐瑞克崇拜得五體投地，她很高興他高貴的本質能夠得到印證。「妳真聰明。」萊拉說：「如果妳沒告訴我這些，我絕對想不出來。我猜妳大概比考爾特夫人還聰明。」

他們繼續向前飛。萊拉在口袋裡找到一些海豹肉乾，開始嚼了起來。

「帕可拉，」過了一會兒，萊拉又開口了，「什麼是『塵』？似乎所有的麻煩都是因為『塵』而引起，只是從來沒有人告訴我那是什麼。」

「我也不知道。」帕可拉說：「女巫從來就不擔心『塵』。我只能告訴妳，哪裡有牧師，哪裡就有對『塵』的恐懼。當然，考爾特夫人不是牧師，但她是教誨權威有力的代理人，她設立了奉獻委員會，並說服教會出錢支付波伐格的開銷，這主要是因為她對『塵』的興趣。我們並不了解她對『塵』的感覺。但我們不了解的事本來就很多，例如韃靼人在頭顱上穿洞，我們對此也覺得訝異。所以『塵』可能很奇怪，我們也對它很好奇，可是我們並不會焦慮地想把東西切割開來測試它。那是教會的事。」

「教會？」萊拉說。她突然想起什麼：記得有一次在沼澤區和潘拉蒙聊天時，談起到底是什麼東西使探測儀中的指針轉動，他們曾經想到加百利學院主祭壇上的光子機，以及基本粒子是如何推動小小風標，祝禱師說明基本粒子和宗教間的關係。「有可能。」她點點頭說：「畢竟，教會將大部分事物都視為機密。可是大部分的教會事物都很古老，據我所知，『塵』並不古老。不知道艾塞列公爵會不會告訴我……」

萊拉又打了個呵欠。

「我最好躺下來。」萊拉對帕可拉說：「否則我可能會凍僵。在地上已經夠冷了，但我從來沒這麼冷過。如果再冷些，我可能會凍死。」

「躺下來，把自己包緊一點。」

「好。如果我會死掉，我情願死在上面，也不要死在那下面。他們把我放在那刀鋒下時，我以為我們會死掉……我們兩個都這麼認為。噢，那真殘忍。但我們現在要躺下來了，到了後叫醒我們。」萊拉說著就躲到一堆毛皮下面，她身體的每個部分都因為過冷而笨拙、疼痛不堪，她盡量靠近熟睡中的羅傑。

四個旅者繼續航行，他們睡在結冰的熱氣球內，飄向充滿岩石、冰河、火礦和冰堡的斯瓦巴。

帕可拉向史科比大叫，他立刻就醒了，因為過冷而有些頭重腳輕，可是他隨即注意到吊籃的擺動有些不對勁。吊籃猛烈搖晃，強風正吹襲著熱氣球，拖曳繩子的女巫幾乎無法抓住繩子。如果女巫放手，熱氣球會立刻被吹離航道，史科比往方向盤瞄一眼，立刻算出他們可能會以每小時一百哩的速度飄向新尚巴拉。

「我們在哪裡？」萊拉聽到史科比大叫。萊拉自己也在半睡半醒間，劇烈的晃動讓她感到不適，全身冷到麻木。

萊拉無法聽到女巫的回答，從她半開合的風帽間看出去，在電子燈光下，史科比緊抓住支柱，拉住那條連到上方氣球內的繩子。他用力一扯，彷彿想避開一些阻礙，抬頭望向晃動中的一片漆黑，最後將繩子繞在懸吊環上的止滑栓上。

「我要放掉一些瓦斯！」他對帕可拉大叫：「我們往下降，現在的位置太高了。」

女巫也回答了些什麼，萊拉還是聽不清楚。羅傑也醒來了，吊籃的嘎嘎聲足以叫醒睡得最沉的人，更別提搖晃和碰撞了。羅傑的精靈和潘拉蒙像猴一樣緊抱在一起，萊拉則專心躺平，盡量不要恐懼得跳起來。

「沒關係，」羅傑說，聽起來似乎比萊拉還樂觀。「我們很快就會降落了，然後生火取暖。我的口袋裡有些火柴，這是我從波伐格的廚房裡偷來的。」

熱氣球不斷下降，不久，他們就被冰凍的厚雲層團團包住。吊籃中的零碎雜物和小東西到處亂跳，每樣東西都在瞬間變成朦朧一片，這是萊拉從未見過的大霧。不一會兒，帕可拉突然又大喊了一聲，史科比將繩子從止滑栓上鬆綁放開。繩子從史科比的手中向上彈出，在穿過索具時甚至壓過嘎嘎聲、亂流和風的嚎叫聲，萊拉聽到並感到頭上一陣巨響。

史科比看到萊拉張大了眼睛。

「那是瓦斯閥，」史科比高喊，「它利用彈簧將瓦斯留住。現在我將它拉下，有些瓦斯就從上方漏出，我們會失去浮力然後開始下降。」

「我們是不是快要……」

萊拉的話還沒說完，突然，有個可怕的生物出現了。牠大概有人類的一半高，長著皮革似的翅膀，還有尖銳的爪子，正攀過吊籃的一側朝史科比撲去。這個生物頭顱扁平，雙眼外凸，嘴巴像青蛙般寬扁，嘴裡還散發難聞的惡臭。萊拉連叫都來不及叫，歐瑞克就站起來將牠一掌擊走。牠跌出吊籃外，尖叫一聲後消失了。

「峭壁鬼族。」歐瑞克簡短地說。

不久後，帕可拉又出現了，她抓住吊籃的一邊緊急地說：

「峭壁鬼族正在攻擊我們。我們會將熱氣球拉到地面上，我們必須開始防衛。他們正在……」

萊拉沒有聽完後面的句子，卻聽到撕裂的破碎聲，接著所有東西都倒向一邊。巨大的撞擊使三個人全都跌向歐瑞克堆放甲冑的那一邊，因為吊籃震動得過於猛烈，歐瑞克必須用巨掌將他們壓住。帕可拉又消失了。外面的嘈雜聲驚心動魄：萊拉每次一聽到峭壁鬼族發出的尖叫聲，就會看到牠們從低空掠過，還會聞到牠們身上噁心的惡臭。

接著又出現一陣突來的顛簸，所有人都摔到籃底，吊籃也開始以可怕的速度打轉降落。他們似乎已和頭上的熱氣球脫離，再也沒有什麼東西可以阻止他們下降。接著又是一陣顛簸撞擊，吊籃快速地從一邊晃向另一邊，彷彿他們正在石牆間跳躍。

萊拉看到的最後一個畫面，是史科比用長管手槍瞄準一個鬼族的臉開火。萊拉閉上眼睛，嚇得抓緊歐瑞克的毛皮。吶喊、尖叫及風的鞭打和嚎叫聲，吊籃發出的嘎嘎聲就像是被虐待的動物，曠野中充滿了可怕的噪音。

最後，出現了前所未有的激烈晃動，萊拉整個人甩出籃外。她緊抓的拳頭被震開，跌出來時幾乎喘不過氣，因為感覺過於混亂，也搞不清楚上下左右。在她覆蓋著風帽的臉上，充滿粉狀、乾燥、冰冷、結晶般的東西……

是雪，萊拉跌落到雪堆中。她累得無法思考，只能直挺挺地躺在雪地裡，幾秒鐘後，才虛弱地吐出口中的一些雪，並且開始徐徐吹氣，直到有足夠的空間呼吸為止。

萊拉全身上下似乎沒有一處特別疼痛，只是覺得自己無法呼吸。她小心地移動手、腳、手臂，最後抬頭。

她幾乎什麼都看不見，風帽中仍塞滿了雪，雙手彷彿有千斤重，最後她舉起手來撥開眼前的雪，看到一個只有灰色、淺灰色、深灰色和黑色的世界，在其間飄動的霧彷彿幽靈。

唯一能聽到的聲音，就是高空中峭壁鬼族的尖叫聲，還有遠處海浪拍打在岩石上的聲音。

「歐瑞克！」萊拉叫道。她的聲音虛弱又顫抖，她又叫了一次，沒有人回答。「羅傑！」她叫道，結果還是一樣。

整個世界大概只剩下她一個人了。這當然不是真的，潘拉蒙從她的禦寒大衣中爬出來，變成小老鼠和她作伴。

「我檢查過探測儀了，」潘拉蒙說：「它沒事，沒損壞。」

「潘，我們迷路了！」萊拉說：「你看到那些峭壁鬼族了嗎？還有史科比對他們開火？老天保佑我們，希望他們不會飛下來這裡……」

「我們最好找到吊籃，」潘拉蒙說：「或許吧。」

「我們最好不要出聲呼救。」萊拉說：「我剛剛叫出聲了，或許我最好不要出聲，以免他們聽到。真希望知道我們在哪裡。」

「搞不好我們知道後會更難過。」潘拉蒙指出，「我們可能在峭壁底下，沒有路可以爬上去，等霧散後，鬼族可能會看到我們。」

萊拉休息了幾分鐘後，開始四下摸索，最後發現自己掉落在兩塊覆冰的岩石間。冰凍的濃霧籠罩住大地，一邊是海浪拍擊聲，按照聲音來推斷，大概是在五十碼外；另一邊的上方，仍傳來峭壁鬼族淒厲的叫聲，可是似乎已平靜多了。萊拉在昏暗之中，只能看到兩、三碼外之處，連潘拉蒙的貓頭鷹眼也無濟於事。

萊拉痛苦地尋找出路，還不斷在粗糙的岩石間顛簸滑倒。她朝著與海浪聲相反、往海灘處的上方爬去，除了岩石和雪之外，什麼都沒看到，也沒有熱氣球或任何人的蹤跡。

「他們不可能就這樣消失了。」萊拉輕聲說。

潘拉蒙變成貓，在前方遠一點的空地上徘徊，他忽然看到四個沉重的沙袋，全都破裂了，裡面的沙粒四下散落，幾乎已經結冰。

「該死，」萊拉說：「他一定是把沙袋拋下後又起飛了……」

萊拉用力吞下喉頭間的硬塊，或胸口間的恐懼，或是兩者都有。

「噢，老天，我好怕噢，」她說：「我希望他們都很安全。」

潘拉蒙回到她懷裡，變成小老鼠爬回她的風帽內，這樣別人就看不見他。萊拉聽到一個聲音，有東西在岩石間摩擦作響，她立刻轉頭看看是什麼。

「歐瑞克！」

萊拉立刻把沒說完的話吞回去，那根本不是歐瑞克。那是一隻陌生的熊，身穿光亮的盔甲，滿布著結霜的露珠，頭盔上還有一根羽毛。

熊動也不動地站在六呎外的地方，萊拉心想這次死定了。

熊張嘴咆哮，回聲從峭壁間彈回來，引發上空更多尖叫聲。霧中又走出一隻熊，又一隻。萊拉站著不動，緊握著小拳頭。

熊群沒有移動，第一隻熊開口了：「妳的名字？」

「萊拉。」

「妳從哪裡來？」

「天上。」

「熱氣球？」

「是。」

「跟我走。妳現在是犯人了。動作快。」

萊拉又累又怕，她跟在熊群身後，在堅硬而滑溜的岩石間跌跌撞撞地前進，心中暗忖，這次該如何用她的三寸不爛之舌，說出一條生路。

第十九章
囚犯

熊群帶領萊拉爬上峭壁間的小峽谷，那裡的霧比海邊還要濃厚。他們愈向上爬，峭壁鬼族的叫聲和海浪的撞擊聲就變得愈遙遠，唯一能聽到的，就是海鳥永無止境的鳴叫。他們在岩石和雪堆間沉默地前進，萊拉張大眼睛想看透四周的灰色世界，豎起耳朵想聽到朋友們的聲音，但她可能是整個斯瓦巴島上唯一的人類，而歐瑞克可能已經身亡了。

熊隊長一言不發，直到爬上平地為止。他們停下腳步，根據海浪聲判斷，萊拉猜想他們已來到峭壁頂端。她不敢隨便逃走，生怕會跌落山谷。

「向上看。」當一陣微風將沉重的霧簾吹開時，熊說。

天光黯淡，萊拉向前看了看，發現自己正站在一座高大宏偉的石堡前。城堡至少與約旦學院的最頂端處一般高，卻雄偉壯觀多了，上面雕刻著一場場戰事，包括：戰勝的熊族和落敗的斯克林人；被鐵鏈鎖住的韃靼人，最後淪為火礦奴工；全世界的飛船都攜帶禮品和貢物來向熊王雷克森朝貢。

至少這是熊隊長的詮釋，萊拉得把他的話當真。因為建築外觀和壁架上的雕刻，全都讓塘鵝和賊鷗霸占，牠們不時呱呱作響、尖聲大叫，或在頭頂上盤旋，牠們的糞便幾乎覆蓋建築的每個角落，放眼四下都是陳年堆積的汙垢。

熊群似乎沒看到這些，他們領頭穿過高大的拱門，結冰的地上也滿是鳥群濺灑的穢物。進入庭院、高階、出入口，每個重要的關卡都有武裝熊詢問來者通行密語。他們的甲冑光可鑑人，頭盔上還有羽飾。萊拉不免將她所看到的每隻熊和歐瑞克做比較，心中總認為歐瑞克才是最棒的。和這些熊相比，歐瑞克總是更有力、優雅，他的甲冑也是貨真價實，上面蓋滿了鏽鐵、血汙和戰鬥造成的凹痕，一點也不像眼前這些美觀、上釉、裝飾過的盔甲。

他們愈往內走，溫度也開始升高，某種氣味也變得更濃。雷克森宮殿中的味道讓人退避三舍：腐臭的海豹脂肪、糞便、血漬及種種殘渣。萊拉將風帽推到腦後，讓自己涼快些，但還是忍不住皺鼻子。她希望熊族無法讀出人類的表情。每隔幾碼就有個鐵托架，上面懸掛著鯨脂燈，但即使在閃爍的燈影中，也無法判斷自己腳下踩的到底是什麼。

最後他們在一扇厚重的鐵門前停步。熊守衛將一個巨大的門閂拉開，隊長突然用巨掌揮向萊拉，將她推入門裡，萊拉還來不及站好，身後的門已經閂上了。

眼前一片漆黑，潘拉蒙變成螢火蟲，在面前發出一點瑩瑩的光輝。他們發現自己置身一間窄小的牢房，四面牆壁因潮溼而冒出水滴，裡面只有一張石凳。遠處的角落有個類似破布的東西，萊拉猜想那可能是被褥，這就是牢房內全部的東西了。

萊拉坐下來，摸摸衣內的探測儀，潘拉蒙則停在她肩上。

「潘，探測儀被撞了很多次。」她低聲說：「希望沒有撞壞。」

潘拉蒙飛到她的手腕上照明，萊拉開始專心思考。她感覺到另一個自己，即使身處這種險境，還能鎮定下來解讀探測儀的意義，的確有點不可思議。這已經成為她心智的一部分，即使最複雜的問題，也能像運用四肢的本能，自動轉換成相關的象徵圖案，一點也不費神。

萊拉開始移動雙手，心中想著：「歐瑞克在哪裡？」

答案馬上就出現：「離此一天的路程。他在妳降落後就被熱氣球帶走，現在正匆忙趕來。」

「羅傑呢？」

「和歐瑞克在一起。」

「歐瑞克會怎麼做？」

「即使困難重重，他也決定闖入宮中拯救妳。」

萊拉放下探測儀，心中卻更焦慮。

「他們絕不會讓他這麼做，對不對？」她說：「這裡的熊太多了。潘，真希望我是個女巫，你就可以離開這裡傳遞消息，這樣我們就可以好好計畫一番……」

萊拉忽然嚇了一大跳。

一個男人的聲音從幾呎外傳來，問道：「妳是誰？」

萊拉嚇得跳起來尖叫。潘拉蒙馬上變成一隻蝙蝠，開始放聲大叫，在萊拉逐漸後退靠向牆壁時，在她頭頂上亂飛。

「咦？咦？」男人又開口了，「誰在那裡？說話！說話！」

「潘，再變成螢火蟲。」她發抖地說：「但不要太靠近他。」

小小的螢光在空中飛舞，繞著說話者的腦袋打轉。那堆破毯根本不是被褥，而是個蓄著灰色鬍鬚的男人，被鎖鏈拴在牆壁旁。他的雙眼因潘拉蒙的螢光而發亮，糾結的長髮披在肩上。他的精靈是隻疲憊不堪的蛇，正躺在他的大腿上，潘拉蒙偶爾飛近時，就開始吞吐舌頭。

「你叫什麼名字？」

「強森．山提亞。」他說：「我是格洛斯特大學皇家欽定的宇宙學教授。妳是誰？」

「萊拉．貝拉克。他們為什麼把你關起來？」

「惡意和嫉妒……呃，妳從哪裡來的？」

「約旦學院。」她說。

「什麼？牛津？」

「對。」

「呃，那個流氓崔洛尼還在那裡嗎？」

「帕門講座教授？在呀。」她說。

「真的？我的天！呃，他們早該逼他辭職。大騙子！剽竊者！自以為是的蠢才！」

萊拉發出不予置評的聲音。

「他發表有關伽瑪射線光子的論文了嗎？」教授說，還將臉移向萊拉。

萊拉向後退了幾步。

「我不知道。」萊拉說，接著她說謊的老習慣又出現了。「等等，」她說：「我現在想起來了。他說他還需要再確認一些數據，還有……他說他打算寫些有關『塵』的論文。沒錯，就是這樣。」

「無賴！小偷！下流！惡徒！」老人叫道，口沫橫飛，全身開始劇烈顫動，萊拉真擔心他痙攣發作。教授用拳頭敲擊著小腿，睡意惺忪的精靈也從他的大腿上滑下來。

「對呀，」萊拉說：「我一直都認為他是個小偷、惡徒，還有你說的那些。」

皇家欽定教授似乎沒注意，這個骯髒的小女孩恰巧出現在他牢房裡，還認識那個折磨他心智的人，也算是件怪事。萊拉心想，不用說他是瘋了，可憐的老頭，可是他可能知道些重要的消息。

萊拉小心翼翼地靠近他，但沒有近到讓他可以碰到她，只讓潘拉蒙的螢光能照亮他。

「崔洛尼教授從前最喜歡吹噓他有多了解熊王。」她說。

「吹牛！呃，呃，我認為他在吹牛，裝腔作勢的騙子！研究完全沒有新意！不管做什麼，都是從別人那裡偷來的！」

「對呀，沒錯。」萊拉熱心地說：「當他真的做了些什麼，他卻完全搞錯了。」

「沒錯！沒錯！完全正確！沒有才華、想像力，從頭到腳的假貨！」

「我的意思是，例如，」萊拉說：「我猜你對熊族就知道的比他多。」

「熊族，」老人說：「哈！我可以寫一篇關於他們的論文！所以他們才會把我關起來。」

「為什麼？」

「我太了解他們了，他們不敢殺我。他們沒膽，雖然真的很想。我知道。我有些朋友，有勢力的朋友！」

「對呀，」萊拉說：「我猜你是個最棒的老師。」她繼續說：「因為你這麼有智慧，見聞又廣。」

即使老人真的發瘋了，他僅剩的一點常識卻忽然浮現，他嚴厲地看著萊拉，似乎懷疑她正在諷刺他。可是萊拉和這類疑神疑鬼、愛胡思亂想的學者打交道可久了，她直視著他，眼中充滿敬意，教授似乎心安了。

「老師，」他說：「老師……沒錯。我可以教書。給我優秀的學生，我會點燃智慧之火。」

「你的智慧不該就這樣浪費，」萊拉鼓勵道：「這些知識應該傳遞下來，這樣人們才會記得你。」

「沒錯。」他嚴肅地點點頭，「孩子，妳相當有見地。妳叫什麼名字？」

「萊拉，」她再告訴他一次：「你能教我有關熊族的事嗎？」

「熊族……」他猶疑。

「我真的很想知道有關宇宙學、『塵』和其他事情，可是我不夠聰明，你需要更聰明的學生去學那些東西。但我可以學習有關熊族的知識，你可以告訴我有關他們的事。我們可以把這個當作練習，然後慢慢再學『塵』一類的事，或許吧。」

他點點頭。

「是的，」他說：「是的，我想妳說的對。微宇宙和超宇宙間的確有種聯繫！孩子，星星都是活的。妳知道嗎？在那兒每件東西都是活的，而且都有宏大的目的！妳知道，宇宙充滿了意圖。每件事都有目的，妳的目的就是要提醒我這點。很好，很好……我在絕望中幾乎忘記了這些。很好！太好了，我的孩子！」

「所以你見過熊王？雷克森？」

「是的，噢，是的。妳知道，我是受邀來此的。他本來打算設立一所大學，讓我擔任副校長。這大概會使我成為皇家極地學會的眼中釘吧，嘿。還有那個流氓崔洛尼！哈！」

「後來發生什麼事了？」

「我被一些不足掛齒的鼠輩背叛了。當然，崔洛尼也是其中之一。妳知道，當時他也在這裡，在斯瓦巴。他四處說謊、詆毀有關我的資歷。誹謗！詆毀！到底是誰發現巴納德—史托克斯假說的？嗄？是山提亞，鄙人在下我。崔洛尼無法接受這個事實，撒了漫天大謊，雷克森就把我丟到這裡。妳等著看，有一天我會離開這裡。我會成為副校長，噢，沒錯！屆時崔洛尼就得跪著求我乞憐吧！皇家極地學會出版委員會冷落我的貢獻吧！哈！我將會揭穿這一切！」

「等歐瑞克回來時，我想他會相信你。」

「歐瑞克．拜尼森？等他沒有用的。他永遠都不會回來。」

「他正在趕過來。」

「那他們會殺死他。妳知道，他再也不是熊了，他是個流亡者。妳看，就像我一樣，降級者。沒有熊擁有的權利。」

「但如果歐瑞克真的回來了，」萊拉說：「如果他向雷克森挑戰……」

「噢，他們不會允許的，」教授斷言，「雷克森永遠也不會認同歐瑞克有權向他挑戰。歐瑞克沒有這個權利，他現在就像是海豹、海象，但不是熊。更糟糕的是，他可能淪為韃靼人、斯克林人那種等級。他們不會讓他像熊一樣光榮作戰，他們會在他接近時，用火砲投擲器砸死他。沒有希望。毫不留情。」

「噢，」萊拉說，胸中忽然湧出苦水，「熊族的其他犯人呢？你知道他們被關在哪裡？」

「其他犯人？」

「像是……艾塞列公爵。」

教授突然畏縮地向後退到牆邊，警告似地搖搖頭。

「噓！安靜！他們會聽到！」他小聲說。

「為什麼不可以提到艾塞列公爵？」

「這是禁止的！很危險的！雷克森不准任何人提到他。」

「為什麼？」萊拉說，還向前靠近，輕聲說話，以免嚇著教授。

「囚禁艾塞列公爵，是奉獻委員會委託雷克森的一項特別任務，」老人低聲回答：「考爾特夫人來此親自面見雷克森，還提供雷克森一切獎賞，以除掉艾塞列公爵。我也知道這件事，那時我是雷克森的寵臣。我見過考爾特夫人！還和她長談了很久。雷克森對她非常迷戀，老是喋喋不休地提到她，還說願意為她做任何事。如果她要公爵被關在千里之外，這也不是問題，只要考爾特夫人開口。他甚至要將首都重新以她的名字命名，妳知道嗎？」

「所以雷克森不會讓任何人去見艾塞列公爵？」

「不會！永遠也別想！可是他也很怕公爵。雷克森身在一場詭譎的賭局中。不過他很聰明，懂得兩面討好。他軟禁艾塞列公爵，以取悅考爾特夫人。但他也讓公爵擁有想要的一切儀器，以取悅公爵。但這種平衡是無法持久的，太不穩定了。想要兩面討好，嘿？這種情況很快就會瓦解，我有這方面的情報。」

「真的？」萊拉說，可是她的心思早已飛得老遠，正在認真思考他剛剛說過的話。

「沒錯。妳知道，我的精靈的舌頭可以嘗到機率。」

「對呀，我的也是。教授，他們什麼時候會讓我們吃飯？」

「吃飯？」

「他們有時會給我們一些食物吧，不然我們會餓死。地上有些骨頭，我猜這是海豹骨，對不對？」

「海豹……我不知道，可能吧。」

萊拉站起來，一路摸索到門邊。門上當然沒有門把，也沒有鑰匙孔，整扇門緊緊地與牆密合，連光也透不進來。萊拉將耳朵貼在門邊聆聽，什麼聲音也沒有。身後的老人開始喃喃自語，她聽到他虛弱地轉身躺向另一側時，牽動鎖鏈發出的聲音，不一會兒他就開始打呼了。

萊拉又摸索回到石凳上。潘拉蒙已厭倦當個小燈籠，就變成蝙蝠。這對他來說再好也不過了，萊拉坐在那裡咬指甲時，他就安靜地四下亂飛、吱吱叫。

忽然，萊拉腦裡靈光一現，終於想起帕門講座教授在院長休息室內說過的話。在歐瑞克首次提到雷克森的名字時，有個記憶就一直蠢蠢欲動，現在它終於浮出來了：帕門講座教授說，雷克森最想要的東西就是守護精靈。

當時她無法了解教授話中的意義，因為他用「龐瑟彪恩」一詞來描述熊族，她既不知道教授正在討論熊族，也不知道雷克森並不是人類。每個人都有精靈，所以聽起來完全沒道理。現在一切水落石出。她所聽到有關熊王的每件事也都言之成理：雷克森的願望就是當一個人，有自己的精靈。

萊拉心中突然浮現一個計畫，一個妙計，能令雷克森做出他通常拒絕去做的事，幫歐瑞克恢復應得的寶座，最後可以協助她前往艾塞列公爵被囚禁的地方，將探測儀交給他。

這個想法像肥皂泡沫一樣形成，細緻地發光，萊拉不敢正視它，以免它破碎。她在心裡逐漸熟悉這個想法，讓它閃爍發亮；最後，她轉個念頭，開始想別的事。

萊拉快睡著時，門閂突然發出喀噠聲，門打開了，燈光流瀉進來。她馬上站起來，潘拉蒙也趕快溜進她的口袋。

熊守衛彎著頭叼起一大塊海豹肉，準備將它甩進來時，萊拉已站在他身邊開口了：

「帶我去見雷克森。如果你不這麼做，就是自找麻煩。這非常緊急。」

守衛一鬆下顎，海豹肉就掉到地上，他抬起頭。熊的表情很難理解，可是他看起來似乎很生氣。

「這是有關歐瑞克．拜尼森的事。」萊拉趕快說：「我知道一些他的消息，熊王也必須知道。」

「告訴我，我再把消息傳給他。」守衛說。

「這有點不對吧，沒有人應該比熊王先知道這件事。」她說：「對不起，我不是故意無禮，但你知道，法律規定熊王有權最先知道。」

或許守衛有些遲鈍，他停了停，把肉塊丟到牢房裡後說：「好吧，和我一起來。」

守衛將萊拉帶到戶外，使她滿懷感激。大霧已經消散，高牆圍住的庭院上空，綴滿了閃閃發亮的星星。守衛和另一隻熊商量了一會兒，後者過來和她說話。

「妳不能想見雷克森時就去見他。」他說：「妳必須等他召見妳。」

「但這是個很緊急的消息，」她說：「有關歐瑞克的事。我相信國王陛下會想知道的，可是我不能告訴任何人，你難道不了解嗎？這是不禮貌的，如果知道我們對他大大不敬，他大概會氣炸了。」

這句話似乎起了作用，或足以使他大惑不解，停下來三思。萊拉相信自己對情況的詮釋沒錯：雷克森引進這麼多新規定，結果沒有一隻熊知道該如何應付，她正好可以充分利用這種不確定，來達到她面見熊王的目的。

這隻熊離去詢問等級比他更高的熊，沒多久，萊拉就被帶入宮中，只是這次是帶到最高總部。這裡並沒有比別處乾淨多少，因為所有的臭味，全都被厚厚一層令人作嘔的香水味蓋住，使這裡的空氣比牢房內還糟糕。萊拉先在走廊上等著被召見，進入前廳後，又在一座巨門外等待，當熊群開始討論、爭吵和來回穿梭時，她趁機四下看看這些可笑的裝飾：牆壁塗抹著厚厚的金箔粉，有些已經剝落或因潮溼而碎裂，豪華地毯上則布滿穢物。

巨門終於打開了。六座水晶燈齊放光芒，室內鋪著深紅色地毯，空氣中飄浮著更濃郁的香水味，十多隻熊全都注視著她，他們身上沒有盔甲，卻穿戴著飾品：金色的項鏈、紫色的羽毛頭飾和鮮紅色的飾帶。最奇怪的是，室內到處都是鳥類，燕鷗和賊鷗棲息在石灰飛簷上，偶爾衝下來銜起從水晶燈上巢內掉出來的小魚塊。

在房間盡頭的高臺上，宏偉的王座高高升起。王座用強韌厚重的花崗岩打造，但就像雷克森宮殿中的每件東西一樣，過度裝點著花飾、金箔和花綵，遠遠看去就像一座金光閃爍的大山。

坐在寶座上的，是萊拉從來也沒見過的魁梧巨熊。雷克森比歐瑞克還要雄偉粗壯，他的臉部肌肉活潑多變、表情生動，甚至有種她從未在歐瑞克臉上看到過的人類表情。雷克森注視著她時，她覺得好像是一個人從這雙眼睛後面看著她，有點像她在考爾特夫人家時看過的那種熟悉權力結構的政客。熊王脖子上掛著一串沉重的金鏈，上面裝飾著俗麗的珠寶，而每根熊爪上（幾乎有六吋長）還覆蓋著一片金葉。這些東西在他身上造成一種雄壯有力、精力充沛、手腕高強的效果，熊王魁梧的身軀足以撐住這些荒謬的裝飾，所以看起來不會過於愚蠢，反而有種原始的壯麗。

萊拉畏縮不前。忽然，她的錦囊妙計似乎變得太渺小而不值一提。

可是她仍走向雷克森，接著她看見雷克森手上似乎抓著什麼東西，還把它放在膝上，就像人類會讓貓或精靈坐在那裡一樣。

那是個很大的填充娃娃，有張呆滯的人臉。它的穿著完全仿效考爾特夫人，甚至和她本人看起來有些神似。熊王正假裝他有個精靈，萊拉立刻了解她很安全。

萊拉慢慢走向王座，並且鞠了個九十度的大躬，潘拉蒙則靜止不動地坐在她的口袋裡。

「偉大的國王，我們向您致敬。」她沉靜地說：「或者應該說是我向您致敬，而不是他。」

「不是誰？」熊王說，他的聲音比想像中還要輕些，可是聲調抑揚有致。他說話時，還用一隻熊掌揮去群集在嘴前的蒼蠅。

「陛下，歐瑞克．拜尼森。」她說：「我有一些很重要的祕密要向您報告，我認為我應該私下告訴您。」

「有關歐瑞克．拜尼森？」

萊拉向前走近，小心翼翼地避過地上的鳥群，還不時用手趕走臉上的蒼蠅。

「有關守護精靈的祕密。」萊拉悄聲地對熊王說。

熊王的表情立刻轉變了。她無法理解熊王的表情，但無疑的，他非常在意這個話題。忽然，他從寶座上起身，大吼一聲，對熊群發布命令。熊群隨即鞠躬退後朝門邊移動，被吼聲驚動的鳥群也在頭頂上亂飛亂叫，直到牠們重新在巢內安靜下來為止。

當覲見廳內只剩下雷克森和萊拉時，他急切地轉向萊拉。

「怎麼樣？」他說：「告訴我妳是誰，還有這個有關守護精靈的事！」

「我正是一隻守護精靈，國王陛下。」她說。

熊王動也不動。

「誰的？」他說。

「歐瑞克的。」萊拉答道。

這是萊拉說過最危險的一句話。她知道熊王若非過於錯愕，大概當下就會把她劈死了。萊拉繼續說：

「抱歉，國王陛下，在您傷害我之前，請讓我告訴您整件事的經過。您可以看得出來，我是冒著生命危險前來的，我也無法對您造成任何傷害。事實上，我想幫助您，這正是我來此的原因。歐瑞克是第一個得到守護精靈的熊，但這應該發生在您身上。我情願是您的精靈而不是他的，所以我會來見您。」

「怎麼做？」熊王屏息問：「一隻熊如何能得到精靈？為什麼是他？妳怎麼能離開他這麼遠？」

飛離熊王嘴邊的蒼蠅就像小小的文字一樣。

「很簡單，我就像女巫的精靈一樣，您知道他們可以離開主人幾千哩遠吧？就像那樣。至於他是如何得到我的，這件事發生在波伐格。您聽說過波伐格吧，考爾特夫人或許對您提過那個地方，但她並沒有告訴您那裡所有的事。」

「切割……」他說。

「是的，切割，那只是一部分，切除精靈。但他們還做別的事，例如製造人工精靈、在動物身上做實驗等。歐瑞克聽到這個消息時，他自願加入實驗，看他們是否能替他製造出精靈，他們真的做到了，那就是我。我的名字是萊拉。人類的精靈是動物的形狀，所以熊的精靈是人類的形狀。我是他的精靈，我可以看穿他的心思、知道他正在做什麼、他在哪裡，以及……」

「他現在在哪裡？」

「在斯瓦巴，正全力趕來。」

「為什麼？他要什麼？他一定是瘋了！我們會把他碎屍萬段！」

「他要我。他要把我討回去，雷克森，我希望變成您的精靈。波伐格的人在看到熊擁有精靈後，變得更強大有力，就決定中止這項實驗。如果我願意幫他，他可以領導所有的熊群反抗您，這也是他前來斯瓦巴的原因。」

熊王憤怒地大肆咆哮。他的吼聲驚天動地，水晶燈上的水晶開始叮噹作響，大廳中每隻鳥類都放聲尖叫，連萊拉的耳內也嗡嗡作響。

可是她能應付這個場面。

「這正是我深愛您的原因，」她對熊王說：「您如此熱情、強壯又睿智。我不希望他來領導熊族，所以我必須離開他前來告訴您，您才是真正的熊王。有個辦法可以將我從他身邊帶走，使我成為您的精靈。如果我不來此告訴您，您就無法知道這個天大的祕密，您會像對付一般被放逐的熊一樣對付他，我的意思是，不正式和他對決，卻用火砲投擲器或其他方法殺死他。如果您真的那麼做，我就會像一道光線般和他一同死去。」

「但是妳……妳怎麼可能……」

「我可以變成您的精靈，」萊拉說：「只要您和他一對一決鬥殺死他，他的力量就會流向您，我的心思也會流向您，我們就會合而為一。您可以把我送到遠方偵查，或將我留在身邊，隨您安排。如果您願意，我可以幫您進攻波伐格，替您寵愛的熊臣製造精靈；要是您希望成為天下唯一擁有精靈的熊，我們也可以摧毀波伐格。雷克森，我們可以一起做很多事，只要我們合而為一！」

萊拉說話的當兒，發抖的手藏在口袋裡緊握著潘拉蒙。潘拉蒙變成一隻小老鼠，盡可能動也不動。

雷克森興奮難抑地來回走動。

「單打獨鬥，」他說：「我？我一定要和歐瑞克打？這是不可能的！他是個流亡者！這怎麼可以？我怎麼可以和他作戰？這是唯一的辦法嗎？」

「這是唯一的辦法，」萊拉說，心裡又希望不是。隨著時間分秒流逝，雷克森看起來就更巨大、更凶猛些。她深愛著歐瑞克，雖然對他信心十足，但不確定歐瑞克是否能打敗這隻巨熊中的巨熊。可是這是他們唯一的希望，如果他被遠方的火砲投擲器打中，那就半點希望都沒了。

忽然，雷克森轉過身。

「證明給我看！」他說：「證明妳是隻精靈！」

「好吧。」她說：「我可以這麼做，簡單得很。我可以發現天底下只有您知道的祕密，只有精靈能做到這點。」

「告訴我，我殺死的第一個生物。」

「我必須在房裡獨自進行，」萊拉說：「當我變成您的精靈後，您就可以觀看我怎麼做。可是目前這必須私下進行。」

「妳可以在隔壁的房間進行，找到答案後再回來。」

萊拉進門後，發現自己身在一間以火把照明的小房間中，裡面除了一個放著生鏽銀器裝飾的桃花心木櫃外，什麼也沒有。她拿出探測儀，開始詢問：「歐瑞克在哪裡？」

「四個小時外的路程，正加速前進中。」

「我怎樣才能告訴他我做了這件事？」

「妳必須信任他。」

萊拉焦慮地想著，歐瑞克大概已經累壞了。她立刻意識到自己沒做到探測儀剛剛才告訴她的事：她並不信任他。

萊拉念頭一轉，開始詢問雷克森的問題。他殺死的第一個生物是什麼？

答案出現了：他父親。

萊拉進一步詢問，才知道雷克森在年輕時，曾隻身前往冰原進行他第一次獵殺探險，結果遇見一隻離群索居的熊。兩隻熊在爭論後大打出手，最後雷克森殺死了他。他發現對方竟是他父親時（熊族多半由母親撫養長大，很少看到父親），隱瞞了此事。除了雷克森與萊拉，世上沒人知道這個祕密。

萊拉將探測儀放在一旁，思索該如何告訴熊王。

「諂媚他！」潘拉蒙輕聲說：「那是他最想聽到的。」

萊拉打開門，發現雷克森正在等她，帶著勝利、狡猾、焦慮和貪心的表情。

「怎麼樣？」

萊拉在熊王面前跪下，將頭碰觸到他粗壯的左前掌（熊族是左撇子）。

「萬分抱歉，雷克森！」她說：「我不知道您比我想像中更強壯偉大！」

「這是什麼意思？回答我的問題！」

「您所殺死的第一個生物是您的父親。雷克森，我想您是新的神。您一定是，只有神才有力量那麼做。」

「妳知道！妳看得到！」

「是的，如我所說，我是精靈。」

「告訴我另一件事。當考爾特夫人在此時，她答應我哪件事？」

萊拉又回到無人的房間中，詢問探測儀這個問題，然後回答熊王。

「她答應您，即使您沒有精靈，她也會向日內瓦的教誨權威要求，讓您受洗成為基督徒。嗯，我想她永遠都不會這麼做。雷克森，老實說，如果您沒有精靈，他們大概永遠也不會同意。我想她對此心知肚明，卻沒說實話。如果讓我成為您的精靈，那麼受洗這件事會變得輕而易舉，那時沒有人能和您爭論。您可以要求受洗，他們也無法拒絕您。」

「沒錯……是的。這正是她說的。沒錯，一字不差。所以她欺騙了我？我信任她，她卻欺騙了我？」

「是的，她騙了您。但這不要緊。抱歉，雷克森。希望您不介意我告訴您，歐瑞克離這裡只有四小時的路程了，或許您最好告訴您的守衛熊，不要像往常般攻擊他。如果您願意為了我和他一戰，必須准許他進入宮殿。」

「沒錯……」

「當他來時，我最好假裝我仍然屬於他，告訴他我迷路了之類的。他不會知道的。您打算告訴其他的熊，我是歐瑞克的精靈，如果您打贏了他，我就會成為您的精靈這件事嗎？」

「我不知道……我該怎麼做？」

「我想您最好先別提這件事。等我們合而為一後再想出最好的方法。您現在要做的，就是向熊族解釋，即使歐瑞克是個流亡者，仍然要讓他與您對決。他們無法了解這點，所以我們必須找個理由。我的意思是，雖然他們會遵從您的命令，但如果找個正當的理由，他們只會更加景仰您。」

「沒錯。我該怎麼說？」

「告訴他們……告訴他們，為了使您的熊國更加穩固，您召喚歐瑞克前來作戰，而優勝者將永遠領導熊族。您看，如果您讓歐瑞克的現身看來像是您自己的主意，熊群會更加佩服您。他們會認為您有能力從遠方召喚他回來，他們會認為您可以做所有的事。」

「沒錯……」

偉大的熊王完全招架不住了。萊拉也發現這種操縱熊王的能力，讓人幾乎有種飄飄欲仙的感覺，如果不是潘拉蒙用力咬了咬她的手，提醒她仍然處在險境，她可能會開始不知輕重。

萊拉及時清醒過來，謙遜地退後幾步觀察和等待。雷克森坐立難安地對熊群下達命令，替他準備競技場。這時，歐瑞克對此仍一無所知，只是一步步接近熊國，萊拉一心希望自己能有機會告訴他，這場攸關生死的大決戰。

第二十章 決鬥

打鬥在熊群間非常頻繁，而且是項非常繁複的儀式。但熊殺死另一隻熊則很罕見，如果真的發生，多半是因為意外，或出於誤解，如發生在歐瑞克身上的例子。而單純的謀殺案，如雷克森殺死生父，則更少見。

偶爾在某些情況下，解決紛爭的唯一方法，就是置對方於死地。在這種極端的情況下，全套儀式也會全盤上演。

當雷克森宣布歐瑞克正火速趕來，一場戰鬥即將上場後，競技場清理乾淨了，甲冑官也從火礦坑中上來檢視雷克森的盔甲。每一顆鉚釘都仔細檢查，每一個鎖鏈都經測試，每塊鐵片也用最細的砂磨過。熊王的爪子受到的關注也不下甲冑本身：戴在爪上的金葉取下，每根六吋長的爪子磨尖，而且磨成最致命的銳度。萊拉看著這些，胃中的酸水也開始洶湧。歐瑞克就不會受到這樣的禮遇，他在冰原上已經不吃不睡地奔馳二十四小時，熱氣球著地時還可能受了傷，萊拉卻替他預約了這場連他自己都還不知道的惡戰。雷克森用一隻剛殺死的海象來測試爪子的銳度，像撕裂紙張般地劃開牠的肌膚，還用海象的腦袋測試他拳擊的強度（只需兩擊，海象腦袋就像顆蛋般碎裂了）。事已至此，萊拉不得不向雷克森編個藉口，一個人躲起來害怕地痛哭。

通常會鼓勵萊拉的潘拉蒙，這次也不表樂觀。萊拉唯一能做的，就是詢問探測儀：它說歐瑞克還剩下一小時的路程，並再度對她說，她必須信任他；而且（這比較難讀出來）萊拉甚至覺得探測儀在斥責她，竟重複詢問相同的問題！

此時，格鬥的消息已傳遍整個熊族，競技場上的每個角落都擠滿了觀眾。位居高階的熊群擁有最好的觀賞位置，另外有個特別區，專門保留給母熊，當然也包括雷克森的妻子們。萊拉對母熊感到萬分好奇，她對她們幾乎一無所知，但這次她沒時間到處閒晃詢問問題。相反，她緊跟在雷克森身邊，觀察他身邊的廷臣，猜想他們的位階一定高於外面一般的熊群。她還試著猜測他們身上穿戴著各種羽毛、徽章和標記的意義。萊拉還注意到，有些位階最高的熊群，隨身也帶著類似雷克森布娃娃守護精靈的人形玩偶，或許熊王在開啟這個新時尚時，貴族熊也藉著模仿他來討好他。萊拉好整以暇地發現，熊王丟棄自己的洋娃娃後，熊群表現得有點手足無措，不曉得該如何處理自己的洋娃娃。他們該跟著丟掉嗎？洋娃娃已經不流行了嗎？他們該怎麼做呢？

宮中到處洋溢著這種情緒，連萊拉也留意到了。熊群再也不知道他們是什麼，他們和歐瑞克不同，後者單純、自信且絕對。而這些熊群似乎長期以來都籠罩在一種不確定感中，尤其當他們面面相覷再看向雷克森時。

熊群注視萊拉時，並沒有掩飾對她的好奇心。萊拉謙遜地跟在熊王左右，不發一語，別的熊直視她時，她便低下頭避免目光接觸。

大霧已經消失，空氣也變得清新乾淨，彷彿知道這是個罕見的機會。萊拉推算歐瑞克即將現身時，正午時分一陣短暫的光明剛好降臨。萊拉顫抖著站在競技場邊一塊緊密的小雪堆上，抬頭注視空中幽微的天光，全心渴望見到襤褸、優雅的黑色身影朝她的方向跑來；或看到極光中隱藏的城市，她可以無懼地在陽光下，走入那裡寬廣的大道；或看到可斯塔媽媽粗壯的臂膀，每次她在場時，總會飄著一股親切的魚味和烹煮的香味……

萊拉發現自己已經淚流滿面，淚水一流出幾乎就凍結，她痛苦地將它們抹開，心中恐懼到了極點。可是不懂得哭泣的熊族，不知道她怎麼了，只能猜測這是人類一種沒有意義的行為。當然，潘拉蒙不能如往常般地安慰她。她把手放入口袋中，堅定地握住他溫暖的老鼠身體，潘拉蒙則用鼻子蹭蹭她的手指頭。

在萊拉身邊，鐵匠們正忙著替熊王的甲冑進行最後的調整。熊王站起來時像座巨大的鐵塔，磨亮的不鏽鋼正閃閃發亮，上面還用金線鑲嵌住光滑的鐵片。用來防衛頭部上方的頭盔，是用發光的銀灰色甲殼打造，眼縫很深，還有貼身的鏈甲內襯作為護衛。看到這些，萊拉了解自己真正背叛了歐瑞克，歐瑞克缺乏這類防禦裝備，他的甲冑只能保護他的背部和側面。萊拉注視著雷克森，光滑體面、強而有力，她忽然覺得渾身不舒服，還交雜著愧疚和恐懼。

她說：「抱歉，國王陛下，如果您還記得我先前對您說的……」

她顫抖的聲音在空氣中聽起來細微又虛弱。在雷克森眼前，三隻熊正舉起目標物，好讓他完美的熊爪一舉砍下。此時他轉過有力的頭顱。

「怎麼了？怎麼了？」

「記得我跟您說過，我最好先向歐瑞克說明，而且假裝……」

萊拉的話還來不及說完，瞭望塔上的熊群忽然放聲大吼。每隻熊都知道是怎麼回事，興奮之情溢於言表。他們已經看到歐瑞克的身影了。

「可以嗎？」萊拉緊急地說：「您知道，我會愚弄他。」

「當然，當然，趕快去吧。趕快去鼓勵他！」

雷克森因為滿腔憤怒和興奮，幾乎說不出話來。

萊拉離開他身邊，穿越空曠乾淨的競技場，在身後的雪地上留下一串小小的腳印，站在另一端的熊群讓出一條路給她。當他們巨大的身體向兩側分開時，地平線在眼前展開，在蒼白的天光下看起來很陰鬱。歐瑞克在哪裡？萊拉什麼也沒看見。但瞭望塔的位置很高，上面的守衛可以看到目前她還看不見的遠方。萊拉唯一能做的，就是在雪地上朝前方踽踽獨行。

萊拉還沒看到歐瑞克，他就先看到她了。一陣跳躍、金屬沉重的鏗鏘聲及雪花的騷動後，歐瑞克已來到她身旁。

「噢，歐瑞克！我做了一件糟糕的事！我親愛的歐瑞克，你必須和雷克森打鬥，可是你還沒準備好……你又累又餓，而且你的甲冑……」

「什麼糟糕的事？」

「我告訴他你快來了，這是我從符號中讀到的。而他一心一意想變成人類，想要有隻精靈，再也等不及了。所以我就用計騙他，告訴他我是你的精靈，我打算遺棄你，變成他的精靈，可是他必須先和你決鬥。否則，親愛的歐瑞克，他們永遠也不會給你機會戰鬥，他們會在你接近王宮前就把你燒死……」

「妳用計騙了雷克森？」

「對呀。我騙他同意和你光明正大地決鬥，而不是像對待流亡者一樣地殺死你，戰鬥的勝利者將成為熊族國王。我必須這麼做，因為……」

「萊拉．貝拉克？不，妳是蓮花舌萊拉。」他說：「和他作戰是我唯一想做的事。走吧，我的小守護精靈。」

萊拉看著歐瑞克老舊的甲冑，單薄又凶猛，真是替歐瑞克感到十分自豪。

他們一起朝巨大的熊王宮殿前進，競技場位於牆腳邊平坦開闊的空地上。熊群聚集在城垛上，白色的熊臉填滿了每一扇窗，巨大的身形連成一道緊密的白牆，上面有點點黑色的眼睛和鼻子。最靠近歐瑞克和萊拉的熊群向旁站開，讓出一條可以容納歐瑞克和他守護精靈的路，每隻熊的眼睛都注視著他們。

歐瑞克在熊王面前的競技場停了下來。熊王從突起的雪堆上步行下來，兩隻熊面對面，只有幾碼之遙。

萊拉緊靠在歐瑞克身邊，幾乎感受到他身上巨大的動能，正製造出驚人的電子力。萊拉迅速摸摸他頭盔邊的脖子說：「好好打，親愛的歐瑞克。你是真正的國王，他不是。他什麼也不是。」

接著她向後退下。

「熊族！」歐瑞克大吼。回音在宮殿的牆壁之間迴盪，鳥群也驚飛離巢。他繼續說：「這場競技的條件如下：如果雷克森殺了我，他會永遠成為熊族國王，無人膽敢挑戰或多言。如果我殺了雷克森，我將成為你們的國王。我的第一道命令是摧毀那座宮殿，那個充滿贗品、金屬片的香水屋，然後將所有的黃金和大理石丟到海裡。鐵器才是熊族的金屬，黃金不是。雷克森汙染了斯瓦巴，我來此做大掃除。雷克森，我向你挑戰。」

雷克森向前跳了一、兩步，彷彿再也忍不住。

「熊族！」這次輪到他吼叫：「歐瑞克接受我的邀請來此，是我召喚他來的，所以應該由我來設定這次競技的條件，內容如下：如果我殺死歐瑞克，他的身體將被撕爛，撒向曠野，餵食峭壁鬼族。他的頭顱將陳列在我的宮殿內，他的記憶將被銷毀。提到他的名字將是唯一死刑……」

熊王滔滔不絕地說著，接著兩隻熊再度發表言論。這是儀式的一部分，必須嚴格遵守。萊拉看著兩隻截然不同的熊：雷克森看起來體面有力，身強體健，力量驚人，盔甲金碧輝煌，驕傲得像個王者；反觀歐瑞克，看起來小多了，雖然她從未想到歐瑞克也會有看起來很渺小的時候，裝備還少得可憐，盔甲生鏽又有凹痕。但他的武器是他的靈魂，是他親手打造出來的，非常適合他，兩者已經合而為一。雷克森並不滿意他的盔甲，他還要另一個靈魂。歐瑞克沉著冷靜，雷克森卻焦躁不安。

萊拉注意到熊群也在私下比較。歐瑞克和雷克森代表的不僅是兩隻熊，還是截然不同的熊國，兩種未來，兩種命運。雷克森已帶領他們走向一個方向，而歐瑞克將會帶領他們走向另一個。當一種未來展開時，另一種也會永遠結束。

在競技儀式的第二階段，兩隻熊開始在雪上焦躁地徘徊著，向前推進，晃動頭顱。觀眾動也不動，但他們的眼睛都隨著兩隻熊移動。

最後戰士靜止沉默下來，兩隻熊站在競技場兩端遙遙相對。

忽然，隨著一陣怒吼聲和漫天亂飛的雪片，兩隻熊同時開始向前跨步。彷彿兩塊巨石原本穩穩坐落在兩座相連的山頭上，最後卻讓地震給震垮了。巨石從山頂上開始加速衝下，滾過裂縫，將樹木撞成碎片，狠狠互撞，結果碎裂成粉末，碎屑也四下亂飛：這就是兩隻熊對撞的情況。兩熊互撞所造成的回聲，在靜止的空氣中傳開，又從宮殿牆壁上反傳回來。可是兩隻熊並未如相撞的岩石一樣被摧毀，他們全都跌向一側。首先爬起來的是歐瑞克，他柔軟地扭身，一把抓住雷克森，後者的盔甲因為衝撞而受損，使他無法輕易抬頭。歐瑞克立刻往他頸間脆弱的空隙一口咬下，耙出白色的毛皮，再將爪子勾住雷克森頭盔下緣，一把將頭盔擰開。

雷克森感到危險將至，吼叫著扭動著，就像萊拉曾看過歐瑞克在水邊抖水時，將身上水珠四下灑落在空中一般。歐瑞克跌落下來，滾離雷克森的身體。接著是一陣金屬扭轉的聲音，雷克森高高地站起來，憑自身的力量就將背後的鐵片拉直。彷彿大雪崩落，他一頭衝向正忙著起身的歐瑞克。

萊拉覺得自己的呼吸，隨著歐瑞克跌倒時的重擊而中止了，連她腳下的土地也開始搖晃。歐瑞克如何能倖存呢？他四腳朝天地摔倒，掙扎扭動想讓四足落地，雷克森將牙齒深陷入歐瑞克的頸間，熱血飛濺在空中。其中一滴飛落到萊拉的皮衣上，她用手緊緊按著它，彷彿是一種愛的見證。

歐瑞克將後足插入雷克森的鏈甲內襯裡，使盡全力向下拉扯，結果將鏈甲前半部扯落下來。雷克森踉蹌地側步離開，低頭查看新造成的損害，給了歐瑞克重新爬起來的機會。

兩隻熊隔著一段距離站定，拚命大口喘氣。雷克森被自己的鏈甲羈絆，原先的防衛現在已成為累贅：它牢牢繫在熊王身體底部，卻拖在他的後足邊。可是歐瑞克的情況看起來更糟，他頸間的傷口正大量出血，呼吸也變得更加沉重。

熊王還來不及拆卸下這些叮噹作響的鏈甲，歐瑞克就往他身上一躍，把他撞翻在地，還猛戳他裸露在頭盔外的頸部，因為頭盔邊緣已經有部分彎曲了。熊王將歐瑞克用力甩落，兩隻熊又開始對撞，地上的雪也隨之四下飛濺，讓人看不清楚到底是誰占了上風。

萊拉屏氣凝神地觀看，緊緊地捏痛了雙手。她彷彿看到雷克森在歐瑞克的腹間撕開一道傷口，但那不可能是真的，一會兒後，在一陣騷亂的雪片爆炸後，兩隻熊都像拳擊手般直挺挺地站著，歐瑞克用他有力的巨爪撲向雷克森的臉，雷克森也凶殘地回擊。

萊拉則因為這些痛擊的力道而忍不住顫抖起來。這就像是一個巨人揮舞著巨錘，上面還裝上五根不鏽鋼尖釘……

鐵器撞擊鐵器、牙齒衝撞牙齒，兩隻熊劇烈地喘氣，巨足在緊實的地上發出雷般的響聲。周遭的雪地上到處都滴濺著鮮血，幾碼內都是踩踏過的猩紅泥土。

此時，雷克森的盔甲看起來分外可笑，鐵片全已磨損、扭曲，鑲嵌在內的黃金也被扯出來或沾上濃稠的鮮血，頭盔早就不見了。歐瑞克狀況較佳，雖然看起來醜陋無比，盔甲雖然凹陷，至少完整無缺，在熊王巨掌一擊時可以擔任保護作用，還能躲過這些六吋長的凶殘爪子。

可是雷克森比歐瑞克巨大、強壯多了，而歐瑞克疲倦、飢餓，又失血過多。他的傷口分布在腹部、雙臂和頸子，而雷克森只有後掌流血。萊拉渴望能幫助她的摯友，但她能做些什麼？

目前的情況逐漸對歐瑞克不利。他跛著腳走路，大家都注意到，每次他將左前掌放在地上時，前掌幾乎無法承擔住他身體的重量。歐瑞克也不再用左掌揮擊，他右掌的威力也變得相當虛弱，和幾分鐘前他所揮出猛爆有力的巨拳完全兩樣。

熊王也注意到這點。他開始嘲笑歐瑞克，用一些如斷手斷腳、哭哭啼啼的熊寶寶、吃垃圾、馬上就會見閻王之類的話語來譏諷他，還不斷左右猛力揮拳，這回歐瑞克再也躲不開。他一步步地後退，還彎身承受不斷冷笑的熊王如雨點般的重拳。

萊拉淚如雨下。她最親愛、勇敢、無懼的保護者馬上就要死了，但她不能背叛地閉眼不看他，如果這時歐瑞克抬頭看她，會看到她晶亮的眼中裝滿了愛與信任，而不是懦弱地把臉藏起來或害怕地縮肩。

萊拉繼續觀看，她的眼淚使她無法看清發生了什麼事，所以她也看不出個所以然來，至少熊王就沒有看出來。

事實上，歐瑞克不斷退後，只是想找塊乾淨且乾燥的立足處，以及一塊可以跳上去的堅硬岩石，而那隻沒用的左掌，其實仍然強壯有力、完好無缺。熊不會被詭計欺騙，可是正如萊拉稍早告訴歐瑞克的話，雷克森並不想當熊，他想要變成人，因此歐瑞克正對他使計。

最後，歐瑞克終於找到他需要的東西：一塊深陷在永凍土上的堅硬岩石。歐瑞克背靠著它，雙腳肌肉拉緊，等待適當的時機。

這個時刻終於來臨，熊王用後足站立，咆哮吼叫著他的勝利，並輕蔑地將頭轉向歐瑞克看似虛弱的左掌。

歐瑞克開始移動。彷彿是一千哩外的海洋中，蓄勢待發的海浪，在深邃的大洋中不激起一絲波紋，到達淺灘時，卻捲起萬丈巨浪，將海邊的住民嚇得心驚膽戰，最後更以勢不可當的力量衝撞陸地……歐瑞克跳起來面對熊王，從他所站立的乾燥岩石上爆發，用殘暴的左掌一把撕裂熊王缺乏防衛的下顎。

這是致命的一擊。熊王的下顎被整齊地割斷，幾碼內的雪地上都是噴灑的鮮血。

熊王軟而無力的鮮紅舌頭懸掛在他被劃開的喉嚨內，他忽然變得無聲無息、無法啃咬且無能為力。這正是歐瑞克所要的，他向前猛撞，對準熊王的喉嚨撕咬，先將熊王東扯西扯，並把他巨大的身軀咬離地面，接著又摔回地面，彷彿他只是水邊的一隻海豹。

歐瑞克撕開熊王的腹部，他的生命就在歐瑞克的巨齒下消失了。

最後還剩下一項儀式。歐瑞克用牙齒將死去熊王未受保護的胸部皮肉撥開，暴露出紅白相間的狹長肋骨，看來彷彿一艘倒放的木船。歐瑞克在肋骨間扯出雷克森冒著熱氣的猩紅色心臟，在雷克森的子民前將心臟吃了下去。

接著是一陣喝采與混亂，所有的熊都想擠到前面向征服者歐瑞克致敬。

歐瑞克的聲音在喧鬧聲中升起。

「熊族！誰是你們的王？」

他得到盛大的回應，震天的吼叫有如暴風雨，能將屋頂木瓦都掀起來。

「歐瑞克．拜尼森！」

熊族知道下一步該怎麼做。徽章、飾帶和羽毛頭飾都被扯下來丟掉，還丟在腳底下輕蔑地亂踩，立刻就遭遺忘。他們現在是歐瑞克的子民，真正的熊族，不是不太確定的半人類，充滿了折磨的自卑意識。熊群蜂擁進皇宮，開始將最高樓塔的大理石塊推倒，又用有力的巨掌搖撼城垛的牆壁，直到石頭被搖鬆，翻落峭壁，掉落下方幾百呎處的碼頭為止。

歐瑞克不理會他們，自顧自地解開甲冑，處理身上的傷口，可是他還來不及開始，萊拉就已跑到他身邊，在猩紅色的冰凍雪地上跳腳，並大呼小叫，阻止熊群摧毀王宮，因為裡面還有些囚犯。熊群沒有聽到她的聲音，但歐瑞克聽到了，他大吼一聲，命令他們全停下來。

「人類囚犯？」歐瑞克問。

「是的……雷克森把他們關在地牢……應該先把犯人帶出來，找個地方安置，否則他們會被滾下的落石砸死……」

歐瑞克迅速下達命令，幾隻熊馬上前往皇宮放出犯人。萊拉轉身面對歐瑞克。

「讓我幫你……我要確定你沒有傷得太重，親愛的歐瑞克……噢，我希望這裡有繃帶或什麼東西！你腹部的傷口好可怕……」

有隻熊將一團一口大小的綠色冰凍物放在歐瑞克的腳前。

「血苔，」歐瑞克說：「萊拉，幫我把它壓在傷口上，用上層的皮肉將它覆蓋住，然後把雪放在上方直到冰凍為止。」

歐瑞克不讓別的熊來照顧他，雖然他們全都興致勃勃地想要幫忙。此外，萊拉的小手靈巧多了，她也一心一意想要幫忙。於是這個小女孩彎身靠向偉大的熊王，把血苔蓋在傷口上，用冰雪凍住肌膚直到止血為止。萊拉完成後，她的連指手套已被歐瑞克的血浸透，但他傷口的血止住了。

那時，所有的囚犯——十來個人類，不斷顫抖、眨眼，聚在一塊——已從皇宮出來了。萊拉心想，和教授說話並沒有意義，因為那個可憐人已經瘋了，她很想知道其餘犯人是誰，但還有更急迫的事必須先做。萊拉並不想分散歐瑞克的注意力——他正在下達命令，熊群則連走帶跑地做這做那——可是她焦慮地想知道有關羅傑、史科比和女巫的消息，而且她又累又餓……她想自己最好乖乖的不要礙事。

萊拉在競技場上安靜的一角彎身躺下，潘拉蒙變成狼獾幫她取暖，還模仿熊族的方式將雪堆在她身上，她很快就睡著了。

有什麼東西正在蹭她的腳，一隻陌生的熊說話了：「蓮花舌萊拉，熊王要見妳。」

萊拉幾乎被活活凍死，她沒辦法張開眼睛，因為眼皮已經被凍住了，潘拉蒙用舌頭舔融她眼皮上的冰，萊拉看到月光下一隻年輕的熊和她說話。

她想站起來，卻跌倒了兩次。

熊說：「騎在我身上。」他彎下寬廣的熊背，讓萊拉爬上。熊開始往險峻的山窪飛奔而下，所有的熊都聚集在那裡。萊拉半抓半掛在熊身上，想盡辦法不要跌下。

在熊群中，有個小小的身影突然向她狂奔而來，他的守護精靈也跳起來歡迎潘拉蒙。

「羅傑！」萊拉叫道。

「歐瑞克叫我躲在雪裡，他去把妳帶來……我們從熱氣球上跌出來，萊拉！在妳跌出去後，我們又飛行了很久，史科比先生放出更多瓦斯，結果我們撞上一座山，我們從一個妳絕對無法想像的陡坡上跌下來！我不知道史科比先生和女巫們到哪去了，只剩下我和歐瑞克。他直接回來這裡找妳，他們告訴我有關這場戰鬥……」

萊拉向四周張望。在一隻老熊的指示下，人類囚犯正在搭建一間由浮木和帆布破片組成的避難所。他們似乎很高興能有工作做，其中一人還敲打燧石取火。

「那裡有些食物。」那隻叫醒萊拉的年輕熊說。

雪地上有隻新鮮的海豹。熊用爪子撕開海豹，教她如何找到腎臟。萊拉生吃一片：既柔軟又溫暖，滋味好得無法想像。

「把油脂也吃掉。」熊說，還替她撕下一截油脂，吃起來就像榛實味的鮮奶油。羅傑遲疑了一下，也跟著萊拉吃了起來。他們貪心地大吃特吃，幾分鐘後，萊拉已完全清醒，身體也覺得暖和起來。

萊拉擦擦嘴後四下看看，卻沒看到歐瑞克。

「國王正在和顧問們商量，」年輕的熊說：「他會在妳吃過東西後見妳。跟我來。」

熊帶領他們穿越高處的雪堆，來到一處熊群用雪塊建造的城牆內。歐瑞克坐在一群老熊的中央，他站起來歡迎她。

「蓮花舌萊拉，」他說：「過來聽聽他們告訴我的話。」

歐瑞克並沒有對熊群解釋萊拉的身分，或許他們早就知道了。他們為她讓出一些空間，奉若上賓，彷彿她是個女王。極光在北極的天空中優雅地閃爍著，萊拉坐在好友歐瑞克的身邊，心中覺得真是驕傲無比。她也加入熊群的對話。

原來雷克森會得到熊國的領導權，主要是憑藉符咒之力。有些熊認為他是受到考爾特夫人的影響，她在歐瑞克被放逐前曾造訪過雷克森，還送給他無數禮物，歐瑞克對此卻一無所知。

「考爾特夫人給他一種藥。」一隻熊說：「雷克森把藥給亥拉森吃，結果讓他忘了自己是誰。」

萊拉猜想這個亥拉森就是歐瑞克殺死的那隻熊，他的死亡也造成歐瑞克的流亡。所以考爾特夫人是幕後黑手。另外還有更多內幕。

「人類的法律禁止考爾特夫人做一些她計畫中的事，但斯瓦巴並不採用人類的法律。她想在這裡設立一個類似波伐格的基地，只是有過之而無不及，雷克森正打算答應讓她進行這件事。但這違反熊國的風俗習慣：人類可以來這裡拜訪，或被囚禁，但絕不能來此居住工作。她一點一點加深對雷克森的影響，而他則控制住我們，直到我們成為替她跑腿的生物。而我們唯一的職責，就是看管她打算製造出來的仇恨……」

一隻老熊如此敘述。他的名字叫作艾撒森，過去擔任顧問，在雷克森的統治下吃了不少苦。

「萊拉，考爾特夫人現在在做什麼？」歐瑞克問：「一旦她聽到雷克森的死訊，她會怎麼做？」

萊拉拿出探測儀。可是天光太暗，無法看清楚，歐瑞克下令拿來火把。

「史科比怎麼了？」萊拉在等待火把時問：「還有女巫呢？」

「女巫遭受另一個女巫部族攻擊。我不知道她們是否和切小孩的人有關，可是她們為數眾多地在空中巡邏，並在暴風雨時攻擊我們。我沒看到帕可拉到底怎麼樣了。至於史科比，在我和男孩跌出熱氣球後，又重新起飛了。妳的符號解讀器會告訴妳他們的命運。」

一隻熊從雪橇中拉出一只冒煙的木炭大鍋，還把流著樹脂的樹枝放入中央，樹枝馬上就著火了。萊拉藉著火光閱讀探測儀，並詢問有關史科比的消息。

答案是史科比還在空中漂泊，他隨著吹往新尚巴拉的風飄浮，但他並未被峭壁鬼族所傷，在與另一個女巫部族的衝突中也全身而退。

萊拉把這件事告訴歐瑞克，他滿意地點點頭。

「只要他在天上，就會平安無事。」歐瑞克說：「考爾特夫人呢？」

這個答案異常複雜，指針的順序在不同的圖案中搖擺，使萊拉困惑了很久。熊群相當好奇，可是出於對歐瑞克的尊敬及他對萊拉的尊重，因此沒有出聲，最後萊拉摒除心中雜念，再度陷入探測儀的恍惚狀態中。

指針又開始在圖案間轉動了。萊拉一了解它的模式後，立刻陷入一陣恐慌。

「它說她正……她一聽說我們朝這方向飛來，就搭乘配備機關槍的飛船趕來……我想就是這樣……他們正朝斯瓦巴飛來。當然，她還不知道雷克森已被打敗，但她很快就會發現了，因為……噢，對了，有些女巫會告訴她，她們會從峭壁鬼族口中得知。歐瑞克，我猜空中到處都有他們的間諜。她打算過來……假裝要幫助雷克森，其實是要將他的權力接收過去，還有從海上來的韃靼人，幾天內就會到這裡了。

「等她一來這裡，她會先到囚禁艾塞列公爵的地方，置他於死地。因為……現在很清楚了，我以前並不了解這部分，歐瑞克！這正是她要殺死艾塞列公爵的原因：她知道他打算做些什麼，對此異常恐懼，她想要自己完成這件事，早一步獲得掌控權……這一定是天空中的城市，一定是的！她打算搶先得到它！現在它又告訴我另一件事……」

萊拉趴在探測儀上方，狂熱地注視著不斷跳動的指針。但它移動得太快了，萊拉幾乎跟不上：羅傑從她肩後看去，注意到指針幾乎沒停下來過，只見萊拉轉動的手指和指針間快速飛舞地對話，就像是極光本身讓人困惑、無法想像的語言。

「沒錯，」她最後說，將探測儀放在大腿間，從她深沉的恍惚狀態中醒來，眨眨眼後歎口氣。「沒錯，我懂了。她又在跟蹤我了。她要我身上的一樣東西，艾塞列公爵也要這個。他們需要這個東西……去做這個實驗之類的……」

萊拉沉默了，還深深吸了口氣。有件事讓她覺得很困擾，但她不知道那到底是什麼。她相信這個重要的東西是探測儀，畢竟考爾特夫人曾想得到它，不然還會是什麼呢？但它說不是，因為探測儀有不同的方式指稱自己，但這次並沒有指向這個符號。

「我想應該是探測儀。」她不太高興地說：「從頭到尾我都這麼想，我必須在她得到探測儀前，將它交給公爵。如果她得到了，那我們全都完了。」

萊拉說完後，渾身都疲憊不堪。她覺得自己虛弱悲傷到骨子裡去了，死亡彷彿像是種解脫，但歐瑞克的典範阻止她屈從。萊拉將探測儀放在一旁後坐直身體。

「她離我們多遠？」歐瑞克說。

「只有幾個小時的路程。我想我應該盡快將探測儀交給公爵。」

「我和妳一起去。」

萊拉沒有和他爭辯。歐瑞克下令組織武裝部隊，陪伴他們前往北地的最後一段旅程。萊拉動也不動，保留精力。她覺得自己在解讀探測儀的最後階段時，似乎錯過了某些東西。她閉上眼睛睡著了，可是很快就被叫醒，動身出發。

第二十一章 公爵的歡迎禮

萊拉和羅傑分別騎在年輕熊的背上，歐瑞克則毫無倦意地跑在最前方，一群配備火砲投擲器的小組殿後。

這趟旅途漫長又艱辛。斯瓦巴的內陸處處崇山峻嶺，陡峭的峽谷和溪谷交錯其間，氣候更是酷寒。萊拉回想先前和吉普賽人前往波伐格時，搭乘雪橇平順前進的過程，與此時一比，是多麼快捷舒適呀！這裡的空氣比起她先前經歷過的更刺骨；或許她騎乘的熊並不像歐瑞克那麼腳步輕盈；或許她根本累壞了。簡而言之，一切都變得更艱辛了。

萊拉不清楚他們前進了多久，或整段旅程到底有多遠。她只知道，老熊艾撒森在熊群準備火砲投擲器時對她說的話。艾撒森曾參與商討艾塞列公爵囚禁事宜的過程，他對這一切還記憶猶新。

首先，他說斯瓦巴熊族對待艾塞列公爵，無異於其他政治家、國王或一些被放逐到這個荒涼島嶼的鬧事者。這些囚犯應該都很重要，否則多半立刻會被自己人處決；而這些人對熊族來說，可能價值不菲：如果有天他們的政治生涯起死回生，他們可能會回到本國重掌統治權，熊族將因此得利。

艾塞列公爵的情況，就和其他幾百個流亡者的境遇雷同。可是有些事卻使看守他的獄卒異常警覺，那就是環繞著公爵的一種神祕氛圍，以及和「塵」相關、一種超自然存在的危險。將公爵帶來此地的這群人，顯然對此感到驚惶失措；另外就是有關考爾特夫人和雷克森間的私人通訊。

熊族從沒看過像公爵一樣自大專制的人。他甚至還主導雷克森，老是氣勢逼人地與熊王滔滔雄辯，最後還說服熊王讓他選擇自己的住所。

公爵對第一個住所的抱怨是，地點過低。他要住在高地，一個比裊裊炊煙、火砲投擲器的喧鬧，以及鍛造工作處更高的地方。公爵提供熊族他理想住所的藍圖，並告訴他們應該蓋在哪裡。公爵用黃金賄賂熊群，又對雷克森恩威並施，熊族雖然覺得非常困惑，還是樂意替他工作。不久，面北的房子建造好了：那是一棟寬闊、堅固的房子，壁爐裡燃燒著熊族拖拉上來的大煤塊，還有鑲嵌真正玻璃的大窗。公爵定居在此，一個如國王般的囚犯。

公爵開始蒐集各種實驗室所需的材料。

他全神貫注地思考所需的書籍、設備、化學原料及各類工具、儀器。詭異的是，不管是經由哪個管道，這些東西最後還是抵達了。有時是堂而皇之地送來，有時則由訪客走私進來；公爵堅持他有會晤訪客的權利。公爵從陸路、海運和空運，陸續收到他所需要的東西，在歷經六個月的囚犯生涯後，他有了自己想要的一切。

公爵開始工作、思考、計畫、估算，並等待他所需的最後一項材料，以完成這個會使奉獻委員會喪膽的行動。而這一刻正逐漸接近。

歐瑞克在山腳停下，讓孩子們下來活動凍得發僵的筋骨。萊拉首次有機會看到囚禁她父親的監獄。

「向上看。」歐瑞克說。

在一大片布滿雜亂岩石和冰塊的斷裂斜坡上，有條辛勤清理出來的小徑，一路蜿蜒到聳立的危巖上。天空中看不見極光，但有閃閃發亮的星群。黑暗、狹隘的危巖頂端，有棟燈火通明的大房子。裡面的燈光不是煙霧瀰漫、閃閃爍爍的脂肪燈，也不是慘白的電子燈，而是溫暖、奶油色的石腦油燈。

窗內透出的燈火，也顯示出公爵可怕的力量。這些玻璃都異常昂貴，而在這樣冷峻的氣候中，大片玻璃也會浪費不少熱氣。對他們來說，公爵的財富和影響力，顯然比雷克森俗麗的宮殿龐大多了。

孩子們最後一次爬上熊背，歐瑞克領頭爬上斜坡朝屋子前進。屋子的庭院埋在深厚的雪中，矮牆圍繞在四周。歐瑞克推開庭院的小門時，他們聽到屋內深處響起了鈴聲。

萊拉爬下熊背時，幾乎站不住腳。她幫羅傑下來，兩人互相扶持，跌跌撞撞穿過深及大腿的雪地，朝門前的階梯走去。

噢，屋內會多溫暖呀！噢，終於可以好好睡一覺！

萊拉想找到門鈴的搖繩，但不等她搖鈴，門已經打開了。屋內有個點燈的小玄關，以避免屋內的熱氣散發出來，而站在燈下的是個萊拉認識的人：公爵的男僕索羅德，還有他的精靈安芙。

萊拉虛弱地將風帽推到腦後。

「是誰……」索羅德開口問，看清來者後，他說：「不會是萊拉吧？小萊拉？我在做夢嗎？」

索羅德打開身後的內門。

這是間建有石造壁爐的大廳，壁爐中的火正熊熊燃燒，溫暖的石腦油燈火照在地毯、皮椅、光亮的木頭上……這是萊拉離開約旦學院後就再也沒看過的景致，她忍不住哽咽起來。

艾塞列公爵的雪豹精靈開始咆哮。

萊拉的父親站在那裡，黑亮的眼睛熠熠生輝，強而有力的臉上，起初顯出粗暴、勝利、躍躍欲試的神態，接著突然變得面無血色，還恐懼地瞪大雙眼，因為他認出眼前的小女孩，正是他的親生女兒。

「不！不！」

他搖搖晃晃地向後退，伸手緊抓住壁爐架。萊拉驚愕得無法動彈。

「出去！」公爵叫道：「轉身出去，離開這裡！我沒有召喚妳來！」

萊拉一句話都說不出來。她欲言又止，最後終於說出：

「不，不，我來是因為……」

公爵似乎嚇壞了，他不斷搖頭，還舉起雙手，似乎要防止她走近。萊拉不敢相信自己的出現，竟會給他帶來如此的壓力。

萊拉上前去安撫公爵，羅傑焦慮地陪她前進，他們的精靈也鼓動翅膀進入溫暖的大廳。過一會兒，公爵一手撫過眉頭，稍微鎮定下來，他的臉上稍稍恢復血色後，低頭看了看兩個孩子。

「萊拉，」公爵說：「妳是萊拉？」

「是的，艾塞列伯父。」萊拉心想，這不是認父的好時機。「我替您將約旦學院院長的真理探測儀帶來了。」

「當然，妳做得很好。」他說：「他是誰？」

「羅傑．帕斯洛，」她說：「他是約旦學院的廚房小弟。但是……」

「你們是怎麼來這裡的？」

「我正要告訴您，歐瑞克在外面，他帶我們來的。他和我一路從特洛塞德來這裡，然後我們用計騙了雷克森……」

「歐瑞克是誰？」

「一隻武裝的熊。他帶我們來這裡。」

「索羅德，」公爵叫道：「替孩子準備熱水澡和食物，他們需要好好睡一覺。他們的衣服髒死了，替他們找些衣服穿上。現在就去，我去跟這隻熊聊聊。」

萊拉忽然覺得一陣暈眩，或許是因為熱氣，或許是因為瞬間放鬆的緣故。她看著僕人離開大廳，公爵則走到玄關並將門關上，萊拉立刻倒坐在附近的椅子上。

不一會兒，索羅德過來和她說話。

「小姐，跟我來。」他說。萊拉掙扎著跳起身，和羅傑一起到溫暖的浴室中。柔軟的浴巾掛在加熱的欄杆上，在石腦油燈照射下，一缸熱水散發著蒸氣。

「你先洗，」萊拉說：「我坐在外面，我們可以聊天。」

羅傑起先因為水溫的熱度而退縮，最後終於進入浴缸內清洗。不管是在艾瑟斯河或查威爾河，兩人經常和別的小孩一起裸泳，可是這次情況不同。

「我很怕妳伯父，」門後傳來羅傑的聲音，「我的意思是，妳爸爸。」

「最好叫他伯父，有時候我也很怕他。」

「我們剛進來時，一開始他並沒有看到我，他只看到妳。那時他嚇壞了，直到他看見我，才鎮定下來。」

「他只是太震驚了，」萊拉說：「如果你看到一個意外出現的人，你也會這樣。他上次看到我時，是在約旦學院的院長休息室。難怪他會嚇一跳。」

「不是，」羅傑說：「不只是這樣，他像一隻狼之類的盯著我看。」

「你想太多了。」

「不，他比考爾特夫人更讓我害怕，真的。」

羅傑用水潑灑身體，萊拉則拿出探測儀。

「你要我替你問問看探測儀嗎？」萊拉問。

「唉，我不知道。有些事情我情願不要知道。在吞人獸到達牛津後，我所聽到的每件事似乎都很糟糕。例如我現在知道，這個熱水澡很棒，五分鐘後我可以用那邊溫暖的浴巾。等我擦乾身體後，我會想些好吃的東西，但之後就不知道了。或許等我吃過飯後，我希望能在舒適的床上好好睡一覺，但之後我就不知道了。萊拉，我們曾看過一些糟糕的事，對不對？未來可能會出現更多不好的事情。我情願不要知道未來會發生什麼，我只要享受現在。」

「沒錯，」萊拉虛弱地說：「我也有同感。」

萊拉把探測儀放在手中把玩了一會兒，只是尋求一點安慰，並沒有轉動轉輪，只讓迅速移動的指針一次又一次地旋轉。潘拉蒙也沉默地看著探測儀。

兩人洗過澡後，吃些麵包和乳酪，喝了些酒和熱開水。索羅德說：「男孩可以上床睡覺了。萊拉小姐，公爵大人希望在圖書室裡見妳。」

萊拉發現公爵在一間窗戶遙對著冰凍海洋的房間中。寬大的壁爐裡點著煤火，石腦油燈幾乎關到最小，這樣房內人影和屋外星光才不會相互反射。公爵斜坐在壁爐旁最大的扶手椅內，向萊拉指指面前的椅子。

「妳的朋友歐瑞克正在外面休息，」他說：「他喜歡寒凍。」

「他告訴你他和雷克森決鬥的經過嗎？」

「有，但省略了細節。我明白他現在是斯瓦巴的國王，這是真的嗎？」

「當然是真的，歐瑞克從不說謊。」

「他似乎自認是妳的保護者。」

「不，那是因為約翰．法叫他要照顧我，所以他才會這麼做。他只是遵守約翰．法的命令。」

「約翰．法和這件事有什麼關係？」

「如果您先告訴我一件事，我就會告訴您。」她說：「您是我父親，對不對？」

「沒錯。怎麼樣？」

「沒怎麼樣，您應該事先告訴我。您不應該隱瞞這種事，因為等當事人發現後，會覺得自己很愚蠢，而且這非常殘忍。如果讓我知道我是您的女兒會有什麼差別？您可以在多年前就告訴我真相，您可以叫我守住祕密，我一定會做到，不管當時我有多小，如果您告訴我，我就一定會做到。我一直對自己能守住祕密這點很自豪——如果您曾要求我守住這個祕密的話。但您從未這麼做。您讓別人知道，卻從沒告訴我。」

「誰告訴妳的？」

「約翰．法。」

「他有告訴妳母親的事嗎？」

「有。」

「那我就沒什麼好補充了。我並不想被一個自大的小孩質詢和指責。我要知道一路上妳看到什麼和做了些什麼。」

「我給您帶來了那個該死的探測儀，不是嗎？」萊拉忍不住大喊，淚水盈眶。「從約旦學院開始，不管發生什麼事，一路上我都小心照顧它，最後我學會如何使用它。一路上我都帶著它，即使我早就可以放棄它，安全地待在別處，您卻連聲謝謝也不說，看到我也沒有表現出很高興的模樣。我不知道自己為什麼要這麼辛苦，可是我還是做到了。我努力不懈地去做，即使在雷克森臭烘烘的宮殿裡，被熊群團團圍住，我只有孤孤單單一人，卻仍然不放棄，為了到您這裡，我用計騙雷克森和歐瑞克決鬥……可是等您真的看到我時，卻好像快昏倒了，好像我是什麼討厭的東西，希望永遠都不要看到我。艾塞列公爵，您不是人，也不是我父親，我父親絕不會那樣待我。父親應該要愛他們的女兒，不是嗎？您並不愛我，我也不愛您。我愛克朗爺爺，我也愛歐瑞克。我愛一隻武裝熊勝過我自己的父親。我猜歐瑞克也比您更愛我。」

「妳自己說他是遵從約翰．法的命令。如果妳要這麼濫情，我不想再浪費時間和妳說話。」

「那把您該死的探測儀拿走，我要和歐瑞克回去。」

「去哪裡？」

「回宮殿裡。等考爾特夫人和奉獻委員會抵達時，歐瑞克可以和他們打。如果他失敗了，我也會跟他一起死去，我才不在乎。如果他贏了，我們會召喚史科比過來，我可以和他與他的熱氣球一起離開，然後……」

「史科比是誰？」

「熱氣球飛行員。他把我們帶來這裡，可是我們迫降了。拿去，這是探測儀，完好無缺。」

公爵動也不動，萊拉把探測儀放在壁爐附近。

「我應該告訴您，考爾特夫人正在趕來斯瓦巴的路上，她一聽到雷克森發生了什麼事，就會立刻趕來這裡。她會搭乘飛船，和很多士兵一起來，他們會遵照教誨權威的命令，把我們全都殺光光。」

「他們永遠也不會找到我們。」公爵鎮定地說。

他如此鎮定放鬆，萊拉也漸漸不那麼激動。

「您不能確定。」她猶疑地說。

「是的，我很確定。」

「您還有另一個探測儀？」

「我毋需探測儀就知道這件事。萊拉，現在我要知道妳如何來到這裡。從頭開始，全部告訴我。」

於是萊拉開始敘述躲在院長休息室的經過，接著吞人獸抓走了羅傑，她和考爾特夫人在一起……每一件發生過的事。

這是個很長的故事，等萊拉說完後，她說：「有件事我想知道，我想我有權利知道，就像我有權利知道我是誰一樣。既然您沒告訴我那件事，那麼您必須告訴我這件事當作補償。所以，『塵』是什麼？為什麼每個人都那麼怕它？」

公爵看了看她，似乎在猜想她是否能了解他要說的話。他從沒這麼嚴肅地看著她，萊拉心想，直到現在，他還像所有的大人哄騙小孩一樣對待她。但公爵似乎認為萊拉已經準備好了。

「『塵』使探測儀產生作用。」他說。

「哈……我就知道！還有呢？他們是怎麼發現它的？」

「教會多少注意到它的存在。多年來，他們一直都有關於『塵』的訓誡，只是不以『塵』稱之罷了。

「很多年前，有個莫斯科維人叫作魯薩可夫，他發現一種新的基本粒子。妳聽過電子、光子和中子吧？它們被稱作基本粒子，因為它們無法再被分解：除了它們本身之外，裡面再也沒有別的東西。嗯，這種新粒子的確是基本粒子，卻非常難以測量，因為它不以尋常的方式作用。魯薩可夫無法理解的是，這種新粒子似乎群聚在有人類的地方，它彷彿被人類吸引，特別是成人。它也被小孩吸引，但要等到小孩的精靈固定形狀後。在青春期時，小孩開始強烈吸引住『塵』，最後它就像附著在成人身上一樣，也附著在這些長大的小孩身上。

「所有類似的發現，都會影響教會的教義，因此必須由在日內瓦的教誨權威宣布。可是魯薩可夫的新發現過於詭異，因此教會風紀法庭的檢察官懷疑魯薩可夫是邪說異端。檢察官在實驗室中進行驅魔，在宗教審判所中對魯薩可夫進行質詢，最後他們終於明白魯薩可夫並沒有說謊：『塵』的確存在。

「他們必須面對『塵』到底是什麼的疑問。根據教會的本質，他們只會選擇一樣東西。教誨權威決定『塵』是原罪的具體證據。妳知道原罪是什麼嗎？」

萊拉撇撇嘴。這就像她在約旦學院被問到一知半解的東西一樣。「多少知道。」她說。
「不，妳不知道。到桌邊的書架上把《聖經》拿來。」
萊拉照著父親的話做，將厚重的黑皮書交給他。
「妳記得亞當和夏娃的故事嗎？」
「當然，」她說：「她不該吃那個水果，可是蛇誘惑了她，所以她就吃了。」
「後來怎麼樣了？」
「嗯……他們就被趕出來了，神將他們從伊甸園裡趕出來。」
「神告訴他們不能吃那樣水果，否則他們會死去。記得嗎？他們像小孩一樣裸身，生活在伊甸園中，他們的精靈可以隨意變換形狀。可是發生了這件事。」
公爵翻到〈創世記〉第三章並念出聲來。

女人對蛇說，我們可以食用園內樹上的果實。但神說，花園正中間那棵樹上的果實，你們不應食用它，你們也不應碰觸它，否則你們會死亡。

蛇對女人說，你們當然不會死亡。因神知道，你們食用果實的那日，你們的眼界將會開展，你們的精靈將會固定形狀，你們將如神一樣，明辨是非善惡。

當女人知道那樹的果實甜美，顏色鮮美漂亮，可顯示精靈的真實模樣，她摘下果實食用，並交給她的丈夫食用。

他們得以看清一切，也看到精靈的真實模樣，並和他們說話。

男人和女人在了解他們的精靈後，他們知道自身有了重大改變，以前他們似乎和地上、空中所有的生物和諧相處，彼此之間沒有差異；現在他們看到彼此的差異，他們明瞭是非善惡。他們覺得羞恥，就把無花果葉縫在一起，掩飾他們赤裸的身體……

公爵合上書本。

「因此，世界出現了罪惡，」他說：「罪惡、羞恥和死亡。人類的精靈定型的那一刻，這些東西就出現了。」

「但是……」萊拉試著反駁：「但這不是真的，對不對？不像化學或工程那類的真實，對不對？這世界上沒有『真的』亞當和夏娃？卡森頓學者告訴我這只是神話。」

「傳統上，卡森頓學位提供給自由思想家，其職責就是挑戰一般學者的信仰，他自然會如此告訴妳。如果妳假設亞當和夏娃是虛數，就像負數的開方根一樣，雖然沒有它真實存在的證據，但妳若把它放在方程式中，妳就可以計算到許多包含它存在的證據。

「總之，在過去幾千年來，教會一直這麼教導大眾。當魯薩可夫發現『塵』時，至少證明了當人們由天真變得世故時，某些現象的確會發生。

「其實，《聖經》也曾提到『塵』一詞。教會一開始稱它為『魯薩可夫粒子』，後來有人指出在〈創世記〉第三章末，神指責亞當食用果實的有趣經文。」

公爵又翻開《聖經》，指給萊拉看。萊拉念出來：

直到你在土地上辛苦流汗後，方能食用麵包；因為你從中獲得食物；因為你是塵，你終將回歸塵……

公爵說：「教會的學者對這段經文始終大惑不解。有人認為應該將『你終將回歸塵』翻譯為『你應該服從塵』，其他人則認為這整句經文，只是『土地』和『塵』這兩個詞間的雙關語，它真正的意義應該是，神承認他自己某部分的本性也是有罪的。因為經文本身的訛誤，沒有人同意這種說法，也沒人能這麼做。但這是個不應浪費的絕妙好詞，所以這種粒子最後會被稱為『塵』。」

「那吞人獸呢？」萊拉說。

「就是奉獻委員會……是妳母親那幫人。她聰明地抓住建立自己權勢的機會，她是個非常聰明的女人，我猜妳大概也注意到了。教誨權威樂見不同的機構蓬勃發展。他們可以利用彼此、打擊對方，如果其中一個機構成功了，就假裝他們從頭到尾都支持這個機構，如果失敗了，就宣稱這個叛徒機構從未正式獲得許可。

「妳知道，妳母親一直很有野心。起先，她嘗試利用一般管道取得權力，也就是婚姻，可是那條路不通，我想妳已經聽說了，因此她必須向教會求助。可是她無法像男性一樣——變成牧師或類似的職業——因此必須用非正統的方式，她得建立自己的地位和影響力以達成目標。專攻『塵』是個很好的選擇，每個人都懼怕它，但沒人知道該怎麼做。當她提議主導這項調查時，教誨權威也覺得如釋重負，全力提供她金錢和各類資源。」

「可是他們切割……」萊拉說不出口來，話語哽咽在她喉間。「你知道他們在做什麼！為什麼教會讓他們做出那樣的事？」

「這是有先例的，過去曾發生過類似的事。妳知道閹割的意思嗎？這意味著切除男孩的性器官，如此一來，男孩永遠都不會出現第二性徵。閹割後的男孩一輩子維持高音，這對教會音樂助益良多，因此教會允許這類事情存在。有些閹割者變成偉大的歌者、頂尖的藝術家；可是大多數的人則變成肥胖、不完整的男人，有些人則因為手術失敗而死。教會並不在意這個小小的切割。這是有先例的。尤其過去沒有麻醉手術、消毒繃帶和適當的醫護照顧，現在這個方法比起過去的老方法更加乾淨，也更人道。」

「才不！」萊拉激動地說：「一點也不！」

「不，當然不。所以他們必須在遙遠黑暗的北地進行這件事。教會也很樂意讓像妳母親這樣的人來主導。誰會懷疑如此迷人、關係良好、甜蜜又明辨是非的女性呢？這是一項非官方的祕密行動，若有必要，教誨權威也會否定妳母親所做的一切。」

「一開始，是誰想到『切割』這個主意？」

「是妳母親的主意。她猜測青春期發生的兩件事可能相關：精靈的轉變，以及『塵』開始附著在身上。如果將精靈和身體分開，或許我們永遠都不會被『塵』——也就是原罪——侵擾。問題是，有沒有可能不殺死一個人而將精靈和身體分開？你母親曾到世界各地旅行，也見過各種五花八門的事。例如，她曾到非洲旅行，非洲人有種將奴隸變成『還魂屍』的技術。還魂屍沒有自己的意志，它會日夜不停地工作，不會逃跑，也不會抱怨。它看起來有點像是屍體……」

「那是沒有精靈的人！」

「沒錯。因此她發現的確有可能將精靈和人分離。」

「還有……湯尼．可斯塔告訴我北方森林中有種可怕的鬼魂，我猜他們也是相同的東西。」

「沒錯。總之奉獻委員會想出這個主意，主要也因為教會過於在意原罪。」

公爵的精靈抖了抖耳朵，公爵將手放在她美麗的頭上。

「他們進行切割時，還會發生一件事，」公爵繼續說：「他們不知道的是，介於身體和精靈間的能量異常驚人，在進行切割的過程中，所有的能量會在瞬間消散。他們並未注意到這點，反而認為這是驚嚇、怨怒或過於憤怒所造成的，他們訓練自己對此毫無感覺，也錯過了它的可能性，因此從未想到去利用它……」

萊拉再也坐不住了。她走到窗旁，心不在焉地注視一望無際、荒涼的黑暗。他們真的很殘忍，不管發現原罪到底有多重要，他們對托尼．馬克瑞斯和其他人所做的一切還是太殘忍，這是無法自圓其說的。

「那麼你在做什麼？」萊拉說：「你也做切割嗎？」

「我對另一些事感興趣。我認為奉獻委員會做得還不夠，我要找到『塵』的起源。」

「起源？它是從哪裡來？」

「從極光中可以看到的其他宇宙。」

萊拉轉身，看到她父親躺在扶手椅上，懶洋洋卻強大有力，殘暴的眼神就和他的精靈一模一樣。她並不愛他，也不信任他，卻因為他在這個荒地蒐集到的奢侈品及他野心的力量而崇拜他。

「這個宇宙到底是什麼？」她說。

「幾千億個數不清、卻又共存的宇宙之一。幾世紀來，女巫對這件事一直都很清楚。五十年前，有個神學家以數學證據證明它們的存在，卻被逐出教會。但這是事實，誰也無法否認。

「沒有人想過可以從一個宇宙穿越到另一個宇宙，我們認為這會違反基本常理。嗯，我們錯了，我們可以從空中學到教訓。如果光能夠穿越它，我們也能。萊拉，我們必須學習如何看它，就像妳學會如何使用探測儀。

「現在那個世界以及每個宇宙都成為一種可能性。舉例來說，如果妳丟出一個銅板，結果可能是人頭或數字，我們不知道最後會出現哪一面。如果出現人頭，意味著出現數字的可能性就會瓦解。在那一刻之前，兩種可能性的機率是均等的。

「但在另一個世界中，最後卻出現數字這一面。當這件事發生時，兩個世界因此分隔開來。我利用丟銅板這個例子，試著清楚解釋整件事。事實上，這些『可能性—瓦解性』發生在基本粒子的層次，可是它們出現的方式是一樣的：在某一刻，有好幾種不同的可能性並存，下一刻，只有一種可能性會產生，其餘可能性就不存在了。而在別的世界，這些可能性卻出現了，因此它們的確也出現過。

「我打算進入極光後面的世界，」公爵說：「我認為這是宇宙中『塵』的起源地。妳曾在院長休息室中，看到我放映給學者看的幻燈片，也看到『塵』從極光中傾瀉流向這個世界。如果光可以穿越宇宙間的障礙，『塵』也可以，既然我們可以看見那座城市，那我們就可以在其間建立一座溝通的橋梁。這需要一種巨大的爆發能量，可是我知道該怎麼做。那裡的某個地方是天底下所有『塵』、死亡、原罪、悲慘和毀滅的出處。萊拉，人類無法不看到某件事而不去毀滅它，那就是原罪。我打算去毀滅它。而死亡將會永遠終結。」

「所以他們把你關在這裡？」

「是的。他們對此非常懼怕。這是可以理解的。」公爵和他的精靈同時起身，兩者都顯得驕傲、美麗又致命。萊拉坐著一動也不動。她很怕她的父親，卻非常崇拜他。她認為他發瘋了，但她又怎能確定呢？

「上床睡覺吧。」他說：「索羅德會告訴妳床鋪在哪裡。」

公爵轉身離開。

「您忘記探測儀了。」她說。

「哈，沒錯。但我現在並不需要它。」他說：「反正少了書我也無法使用它。妳知道嗎？我認為約旦學院院長打算把它送給妳。他真的告訴妳，要妳把探測儀拿來給我嗎？」

「噢，對呀！」萊拉說。但她又想了一遍，很快就了解，事實上，院長從沒說過那樣的話，她卻一直如此假設。否則他為什麼要把探測儀給她呢？「沒有。」她說：「我不知道。我以為……」

「嗯，我不需要它。萊拉，它是妳的了。」

「可是……」

「孩子，晚安。」

萊拉一句話也說不出來，她滿腹狐疑，卻無法開口詢問她想問的問題。她拿起探測儀，將它包裹在黑天鵝絨布中，坐在壁爐旁，看著父親離開房間。

第二十二章 背叛

萊拉醒時，有個陌生人正在搖她的手臂，潘拉蒙驚醒後也開始咆哮，萊拉認出眼前的陌生人是索羅德。他手裡提著一盞石腦油燈，手卻不停發抖。

「小姐……小姐……趕快起來。我不知道該怎麼辦。他沒說一句話就離開了。小姐，我想他已經瘋了。」

「什麼？發生什麼事？」

「小姐，是公爵。妳上床睡覺後，他幾乎精神錯亂了。我從沒看過他這麼瘋狂過。他在雪橇上打包了一堆儀器和電池，綁在狗群後就離開了。小姐，他還帶走了男孩！」

「羅傑？他帶走了羅傑？」

「公爵叫我把男孩叫醒並替他穿衣，我沒想到要多問……我從未想過……男孩不斷問著妳，可是公爵只要他一人……小姐，妳記得妳剛進門時的情景嗎？公爵在一看到妳時，不敢相信自己的眼睛，並要妳趕快離開嗎？」

萊拉覺得頭昏腦脹，疲倦又恐懼，完全無法思考，只能說：「是啊……然後呢？」

「小姐，公爵需要一個小孩來完成他的實驗！公爵有種特殊的能力可以得到他想要的東西，他只要召喚一些東西就會……」

萊拉的腦袋轟然作響，彷彿她想壓抑一些從意識中即將浮現的想法。

她從床上爬起來，伸手抓住衣服，又突然崩潰，一陣激烈絕望的尖叫聲淹沒了她。萊拉想將這種絕望感發洩出來，可是它比她想像中還要巨大，彷彿絕望本身將她發洩出來了。萊拉想起公爵的話：連結身體和精靈間的能量相當驚人；在建立不同世界間的橋梁時，需要爆發巨大的能量……

萊拉終於了解自己做了什麼。

她一路掙扎著來此，只是替公爵帶來一樣東西，她一心以為自己知道公爵要什麼，結果他根本就不要探測儀，他要的是一個小孩。

萊拉替他帶來了羅傑。

這也是公爵在一看到她時，大喊「我沒有召喚妳！」的原因。他召喚一個小孩，可是命運卻帶來了他的親生女兒。至少當時他是這麼想的，直到她向旁邊一站，讓他看到身旁的羅傑。

噢，這椎心的痛苦！萊拉一心以為她拯救了羅傑，但她這麼辛苦，卻只是為了背叛他……

萊拉瘋狂地發抖啜泣，這不可能是真的。

索羅德想安慰她，可是他不了解她為何如此哀痛，只能焦慮地拍拍她的肩膀。

「歐瑞克……」她啜泣著，將僕人推開。「歐瑞克在哪裡？那隻熊？他還在外面嗎？」

老人無助地聳聳肩。

「幫我！」萊拉說，因為虛弱和恐懼而全身發抖。「幫我穿衣服。我要走了。現在！動作快！」

索羅德把燈放下，照著她的話做。萊拉以一種專制的口氣下達命令，像極了她父親，除了她的臉龐已被淚水浸溼，嘴唇還不停顫抖。潘拉蒙在地板上徘徊，尾巴不停搖晃，他的毛皮看起來幾乎發光了。索羅德匆忙替她拿來僵硬、臭氣沖天的大衣，並幫她穿上。等所有的鈕扣都扣上、口袋都蓋上後，萊拉往大門衝去。她感覺寒氣像把劍般刺向她的喉嚨，臉頰上的淚水也馬上凍住。

「歐瑞克！」她叫道：「歐瑞克！快來，我需要你！」

接著是雪堆移動、金屬鏗鏘作響的聲音，歐瑞克出現了。他一直在飄落的雪中安詳地睡著。索羅德提著燈站在窗邊，從燈籠投射出來的光線中，萊拉看到一顆無法辨清面孔的頭顱、深邃的眼窩與在紅黑金屬下發著微光的白色毛皮，萊拉覺得自己想要抱住他，從他穿戴著鐵盔和布滿冰屑的毛皮上尋求慰藉。

「怎麼了？」他說。

「我們必須趕上艾塞列公爵。他抓走羅傑了，他打算要……我不敢想像……噢，歐瑞克，求求你，趕快走，親愛的歐瑞克！」

「上來吧。」他說，萊拉立刻跳到他背上。

熊王毋需詢問她該往哪個方向走：雪橇的軌跡從庭院中直指平原，歐瑞克向前跳躍跟隨痕跡前進。歐瑞克的前進節奏幾乎已成為萊拉身體的一部分，她可以反射性地穩穩坐好。他正以前所未見的速度，跑過覆蓋在地面岩礫間的厚雪層，盔甲的鐵片也在萊拉的身下搖晃出規律的節奏。

在他們身後，其他的熊也輕鬆地追隨著，還將火砲投擲器一塊帶來了。月亮高懸空中，前方的路看得一清二楚，銀光遍灑了雪的國度，就像在熱氣球上時所看到一樣清亮無比：這是個明亮銀色和深邃黑色的世界。公爵雪橇留下的軌跡，直指向一排鋸齒狀山丘。這些山形詭異、高聳，朝天空伸展，顏色就像探測儀的天鵝絨布一樣墨黑。他們並沒有看到雪橇的蹤影，可是在山脈最高峰的側面，似乎有個如羽毛般移動的影子。萊拉向前看去，用力睜大眼睛。潘拉蒙則盡可能飛高，用他貓頭鷹銳利的視力查看。

「沒錯，」潘拉蒙說，稍後降落在她的手腕上。「那是公爵，他正瘋狂鞭打狗群，有個小孩坐在後面……」

萊拉覺得歐瑞克變換了速度，似乎有什麼東西吸引他的注意力。歐瑞克的腳步緩慢下來，還抬起頭來東張西望。

「怎麼了？」萊拉說。

歐瑞克沒有回答，他正全神貫注地聆聽，可是萊拉什麼都聽不見。接著她聽到了：一種神祕、巨大、遙遠的沙沙聲和劈啪聲，她曾聽過這種聲音：極光的聲音。一張發光的簾幕不知從哪裡出現了，高掛在北方的空中閃閃發亮。萊拉心想，這些肉眼看不見的、數以億萬計帶電的粒子，也許就是「塵」的粒子，正從大氣層上方散發出輻射的光芒。它最後將會呈現萊拉有生以來見過最激烈、最驚人的景致，彷彿極光也知道下方即將上演的劇碼，因此想以最震撼的效果將它點亮。

可是熊群並沒有抬頭觀望，他們的注意力全放在地面上。畢竟，引起歐瑞克注意力的並非極光。他動也不動地站著，萊拉從他的背上滑下來，知道要讓歐瑞克自由地感覺四面八方，他似乎正因某事而大傷腦筋。

萊拉也向四方張望，她向無垠寬廣的平原看去，看到了公爵的房子，還看到他們先前穿過的雜亂的崇山峻嶺。除此之外，一無所有。極光發出更強烈的光芒，原先那些光幕開始顫顫巍巍地移向一側，接著在上方出現了鋸齒似摺疊與未摺疊的簾幕，每分每秒都在不斷擴大面積、增強亮度，弧形和環狀的極光也從地平線的這一端旋轉到另一端，弓形的光輝直達天頂。萊拉清晰地聽到這股巨大的無形力量，正發出宏亮的嘶嘶聲和颼颼聲。

「女巫！」其中一隻熊叫道，萊拉開心地轉頭，不覺如釋重負。

可是沉重的熊鼻突然將萊拉向前推去，除了喘氣和發抖之外，她幾乎無法呼吸，因為她剛剛站的地方，正好端端地插著一支綠羽箭。箭頭和箭身都插入雪地中。

不可能！萊拉虛弱地想著，但這是真的，另一支箭也從她上方歐瑞克的盔甲上反彈出去。這並不是帕可拉的部族，而是另一個部族。她們在頭上盤旋，十幾、二十個女巫俯衝向下射箭，接著又向上爬升。萊拉罵出每句她知道的髒話。

歐瑞克迅速下令。顯然，熊族是和女巫作戰的老手，他們立刻排出一個防衛的戰鬥隊形。女巫也開始流暢地展開攻擊，可是女巫只能在近距離對準目標放箭，為了不浪費箭枝，她們通常會俯衝下來，在降落到最低點時放箭，然後立刻返身飛離。可是當她們降到最低點，雙手忙著搭弓拉箭時，也是最脆弱的時機，熊族通常會衝上前去，用巨掌將她們拉扯下來。女巫紛紛被扯下地，馬上魂歸九天。

萊拉蹲在岩石旁，看到一個女巫飛下來，正對準她放箭，幸好最後沒射中。萊拉向空中望去，發現大部分的女巫已經脫隊，轉身離去。

萊拉大大鬆了一口氣，可惜好景不長。她們飛離的方向，有更多女巫加入陣營，在半空中和她們會合的，則是一隊發著微光的物體。另外，穿越遼闊的斯瓦巴平原，在極光的光輝下，萊拉聽到了她最恐懼的聲音——瓦斯引擎刺耳而規律的震動聲。載著考爾特夫人和軍隊的飛船迎頭趕上了。

歐瑞克大吼發布另一道命令，熊族又老練地變換成另一種戰鬥隊形。在火紅的天空下，萊拉看到他們迅速卸下火砲投擲器。女巫的先遣部隊也看到了，馬上俯衝發動箭雨攻勢，但大部分熊群非常信任他們的盔甲，只是快速地將投擲器搭設起來：一根長柱呈某個角度伸向空中，另外有個直徑約一碼寬的杯狀或碗狀物，旁邊還有個冒著煙霧和蒸氣的巨大鐵製大槽。

萊拉凝視著大槽，明亮的火焰忽然從裡面噴出，一小組熊群老練地進入戰鬥位置。其中兩隻熊將長長的砲身拉下，另一隻熊則將一鏟火倒入碗狀物中。一聲令下，燃燒的硫磺就朝黑色天空射去。

天空的女巫人數眾多，第一砲射出去時，馬上有三個女巫應聲落下，可是大家很快就看出火砲真正的目標是飛船。飛船駕駛大概從沒看過火砲投擲器，不然就是低估它的威力，他竟直接往熊族飛去，既沒有將飛船拉高攀升，也沒有稍微向兩側閃躲。

此時，熊群才了解飛船上也配備有重武器——架設在吊艙前端的機關槍。萊拉看見熊群身上的盔甲反彈出來的火光，還看到他們擠在一堆尋求保護。萊拉在聽到子彈的噠噠聲前，就嚇得尖聲大叫。

「他們很安全，」歐瑞克說：「這些小子彈不會穿透盔甲。」

火砲投擲器又開始發揮威力了：燃燒著的巨大硫磺直接對準窄艙射去，立刻炸出一個火焰碎片四濺的小瀑布。飛船開始向左移，轉了一個大彎飛開，又飛回在武器旁忙碌不已的熊群。

等飛船又接近時，投擲器的臂狀物開始向下嘎嘎作聲，機關槍馬上亂槍掃射，兩隻熊應聲倒地，歐瑞克發出低沉的咆哮聲。這時飛船幾乎已經飛達頭頂，一隻熊發出命令，裝備完妥的投擲器又向上彈射。

這次硫磺物射中飛船上方的瓦斯袋。飛船堅硬的結構可以支撐充滿氫氣的防水油布，也足以承受小小的摩擦，卻無法承受幾乎一百倍重的燃燒岩石。防水油布一下就被撕裂，硫磺和氫氣接觸後，立刻形成嚴重的大火災。

防水油布馬上變為透明，整個飛船的骨架也歷歷在目，橘紅黃色的地獄之火和黑色天空形成對比，飛船在天上似乎再也支撐不住，不久後，就開始不情願地緩緩迫降了。白色的雪地上跳下小小的黑色身影，火焰也開始晃動延燒，女巫連忙飛下來幫忙，將他們拖離火焰的吞噬。一分鐘後，飛船撞擊在地面上，最後只剩下巨大扭曲的金屬、黑色煙霧以及幾片亂飛的火焰。

飛船上的軍人和其他人（萊拉因距離太遠，還看不到考爾特夫人，可是她知道夫人就在裡面）也沒有浪費時間。女巫幫他們將機關槍拖出來架設好，地面大戰即將上演。

「上來，」歐瑞克說：「他們還能撐好一陣子。」

熊王大聲咆哮，一組熊群離開主要隊形，開始攻擊韃靼人的右翼。萊拉覺得歐瑞克渴望留下來和他的子民一起作戰，可是她的每根神經都在尖叫著：走吧！走吧！她的腦海裡裝滿了羅傑和公爵的影像。歐瑞克知道這些，他轉身朝山上飛奔，遠離戰鬥，讓他的子民制伏住韃靼人。

他們向上攀爬。萊拉張大眼睛想看清楚前方，可是連潘拉蒙的貓頭鷹眼也無法看到山脈側面的任何動靜。公爵雪橇的軌跡還是很明顯，歐瑞克迅速跟隨軌跡大步穿越雪地，將雪片在身後踢得老高。不管發生過什麼事，現在都已單純地成為過去。萊拉遠離了一切，她覺得自己已將整個世界都拋之腦後，他們置身在這麼遙遠的地方，攀升在這麼高聳的山脈，還沐浴在那奇異且恐怖的光線之下。

「歐瑞克，」她說：「你會找到史科比嗎？」

「不管死活，我都會找到他。」

「如果你看到帕可拉……」

「我會告訴她妳做了些什麼。」

「謝謝你，歐瑞克。」她說。

他們沉默了一會兒。萊拉彷彿進入一種超越睡眠或清醒的恍惚狀態中：幾乎像一種有意識的夢境，她夢到自己被熊群帶到星子之間的城市。

萊拉正打算告訴他這件事時，歐瑞克已減緩速度，最後終於停下來了。

「雪橇軌跡繼續往前走，」歐瑞克說：「但我不能再前進了。」

萊拉從他身上跳下來，站在他身邊看看四下的一切。歐瑞克正站在一座峭壁的邊緣，他們不清楚峭壁到底是由冰塊還是岩石組成的，不過這也沒什麼差別。最重要的是，峭壁向下掉入深不可測的深淵中。

公爵雪橇的軌跡前進到峭壁邊緣……然後繼續往前，穿越一座由緊密雪塊所搭成的橋梁。很明顯，這座橋梁先前承受過雪橇的重量，因此在靠近對面峭壁的部分，已產生一道裂縫，近處這側的表面也向下塌陷了幾乎一呎。它可能足以支撐一個小孩的重量，但絕對無法承受一隻武裝熊的體重。

公爵雪橇的軌跡穿越過橋梁，往山上前進。如果她要繼續往前進，就得全靠自己了。

萊拉轉身面向歐瑞克。

「我必須過橋，」她說：「謝謝你做的一切。我不知道當我找到羅傑後，我該怎麼辦。不管我有沒有找到他，我們可能都會死掉。如果我能回來，我會來看你，並向你好好說聲謝謝，歐瑞克王。」

萊拉把手放在他的頭上；歐瑞克就讓手停在那裡，輕輕地點了點頭。

「再見，蓮花舌萊拉。」他說。

萊拉的心因為深情而痛苦地撞擊，她轉身朝橋走去。雪塊在她腳底下崩裂，潘拉蒙飛過橋，在對面降落後鼓勵她上前。萊拉一步步向前進，每走一步，心裡就想著，她到底該迅速跑過去後跳到對面，還是像現在一步步、小心翼翼地前進。她越過橋的一半時，腳下的雪塊突然傳來巨大的斷裂聲，腳邊大片雪塊瞬間滑落，滾入萬丈深淵，橋梁原先的裂縫處又向下塌陷了幾吋。

萊拉站著動也不動。潘拉蒙變成蹲踞著的雪豹，隨時準備向下一跳抓住她。

橋梁終於穩住了。萊拉向前走一步，接著又是一步，她覺得腳下開始塌陷，便用盡全身力量向遠處一跳。她肚子朝下，趴在雪地上，整座橋梁則跌入峭壁中，還在她身後響起柔軟的一聲「轟」。

潘拉蒙的爪子陷在她毛皮大衣中，緊抓著不放。

一會兒後，萊拉睜開眼睛，向前爬離峭壁邊緣。這下再也沒有回頭路了。她站起來對注視著她的熊王搖搖手，歐瑞克以後腳站起來向她道別，迅速轉身朝山下飛奔，前去幫助他的子民，與考爾特夫人及飛船中的士兵作戰。

現在只剩下萊拉孤單一人了。

第二十三章 星橋

等歐瑞克的背影消失後，萊拉忽然覺得全身一陣虛弱，她盲目地轉身摸索著潘拉蒙。

「噢，親愛的潘，我沒辦法前進了！我好害怕，又好累。這一路上都是這樣，我快嚇死了！我真希望不用經歷這些事！」

潘拉蒙變成一隻貓，用鼻子蹭蹭她的頸子，讓她覺得溫暖又舒服。

「我不知道我們該怎麼做，」萊拉啜泣著說：「這真的太難了，潘，我們沒辦法……」

萊拉盲目地抓著他前後搖晃，開始在荒涼的雪地上放聲大哭。

「即使……即使是考爾特夫人先抓到羅傑，我們也沒辦法救他，她會把他帶回波伐格，更糟的是，他們會為了報復而殺死我……潘，為什麼他們要對小孩子做這種事？難道他們這麼恨小孩子，所以要把他們切割開來嗎？他們為什麼要做這件事？」

潘拉蒙也不知道答案，他唯一能做的，就是緊抱著她。漸漸地，狂亂的恐懼感逐漸消散，萊拉又恢復平靜。她是萊拉，雖然又冷又害怕，至少她還是她。

「我希望……」萊拉在脫口說出後就停住了，希望並不能幫她解決任何事。最後她深深吸了口氣，準備再度出發。

月亮已經消失，南方的天空暗不可測，上億的星子彷彿散布在天鵝絨上的鑽石。極光卻比這些星子更燦爛，萊拉從沒見過這麼炫目和戲劇化的景致，極光不斷閃爍、搖晃，奇蹟般的光線穿梭飛舞在空中。就在不斷變換光線的薄霧後，另一個充滿陽光的城市，看起來清晰又真實。

他們爬得愈高，愈能看清腳下荒涼的大地，北方是結冰的海洋，兩塊冰原擠壓成緊密的山脊，除此之外，四下都是平坦、雪白、一望無際的平原，最後和極地連接。而極地本身及其後方則是缺乏特色、生命和顏色的平原，荒蕪得讓人無法想像。東方和西方則聳立著群山，雄偉的高峰尖銳地向上伸出，高聳的斷片和白雪層層堆積，還被風吹刮成如半月刀般鋒利的刀鋒。南方則是他們的來路，萊拉渴切地眺望著，希望能看到親愛的歐瑞克和他的軍隊。但在寬廣的平原上，什麼也沒有。她甚至不確定是否能看到飛船燃燒後的殘骸，或環繞著戰士屍體的猩紅雪地。

潘拉蒙變成一隻高飛的貓頭鷹，降落在她手腕上。

「他們就在山頂後面！」他說：「公爵將所有的儀器都擺出來了，羅傑沒辦法跑開……」

潘拉蒙這麼說時，極光閃爍一陣後又轉暗了，就像電子燈泡的壽命快要結束一般，最後終於熄滅。即使在朦朧中，萊拉仍可以感到「塵」的存在，因為空氣中似乎充滿黑暗的企圖，彷彿是尚未誕生的想法的前身。

黑暗中，萊拉聽到一個小孩叫道：

「萊拉！萊拉！」

「我來了！」萊拉大聲回答，用盡身上最後一分力量，蹣跚地往前跑，掙扎地奔馳在如鬼火般發光的雪地上。

「萊拉！萊拉！」

「我快到了，」她氣喘如牛地說：「快到了，羅傑！」

潘拉蒙焦慮地不斷變換形狀：獅子、貂、老鷹、野貓、野兔、火蜥蜴、貓頭鷹、豹，每種他曾變過的形貌，彷彿是個在「塵」中的萬花筒。

「萊拉！」

萊拉終於爬到山頂上，看見正在發生的事。

星空下的五十碼外，公爵將兩條電線纏在一塊，連結在覆倒的雪橇上，上面的一排電池和其他儀器，早就因為寒凍而凝結出水晶般的霜珠。公爵穿著厚重的毛皮大衣，石腦油燈照亮了他的臉龐。他的精靈趴在公爵身旁，彷彿是人面獅身像，美麗、光滑、充滿斑點的皮毛散發著力量，尾巴則懶懶地在雪中搖擺。

她口中叼著羅傑的精靈。

那個小生物正在掙扎、拍打和搏鬥，她一會兒變成鳥、狗、貓、老鼠，最後又變回鳥，口中時時刻刻叫喚著羅傑的名字。羅傑自己則在幾碼外拉扯，嘗試和內心深處的痛苦拔河，最後則因為悲傷過度和寒凍而叫出聲來。他叫著自己精靈的名字、萊拉的名字；他跑到公爵身旁拉扯他的手臂，公爵只是把他撂到一旁。羅傑又試了一次：大叫、抗議、乞求、啜泣，公爵把他推倒在地，根本就不理他。

他們身處在峭壁邊緣，身後除了無窮盡的黑暗外，一無所有。他們正位在冰凍海洋的一千呎之上。

萊拉憑著星光看見眼前發生的一切：公爵連接電線時，極光突然大放光芒。它彷彿是一根力大無窮、修長的電波手指，不斷遊走在兩端的接頭間，只是這根手指有一千哩長，正不斷浸染著、高升著、波動著、發光著，形成類似瀑布般的光輝。

公爵正在控制它……

或說是將它的力量引導下來：雪橇上一大盤捲輪的電線直接延伸向天空。在烏黑的空中，突然衝下一隻渡鴉，萊拉知道那是個女巫的精靈。女巫自己則在協助公爵，她飛到電線旁把電線拉高。

極光又開始閃耀。

一切幾乎準備就緒。

公爵轉身召喚羅傑。羅傑無助地走了幾步、搖頭並大哭乞求，但還是無助地走去。

「不要！快跑！」萊拉叫道，衝下斜坡跳向羅傑。

潘拉蒙撲向雪豹，從她口中攫走羅傑的精靈，雪豹也瞬間衝向潘拉蒙。潘拉蒙放走羅傑的精靈，兩隻小精靈開始喀喀喀地變換形狀，並轉身和這隻有斑點的野獸搏鬥。

雪豹如針般的爪子左右甩動，咆哮聲甚至蓋過萊拉的尖叫聲。兩個孩子也在和她搏命，或者說是和混濁空氣中的一種物體搏鬥，這些黑暗的企圖，就像不斷下降、流動著、濃厚的「塵」……

極光在上方晃動，起伏的波浪中不斷顯示出一棟建築、一座湖、一排排的棕櫚樹，距離近得讓人以為可以從這個世界一步踏入那個世界。

萊拉向前跳去抓住羅傑的手。

她用力向後拉扯，終於從公爵的手中扯開羅傑，兩人牽著手快跑，可是羅傑突然叫出聲來並開始扭動，雪豹又抓住了他的精靈，萊拉知道那種絞心的痛，一心想要阻止……

可是他們無法阻止一切。

他們身下的峭壁開始滑動。

一整片雪塊毫不留情地崩落……

冰凍的海洋就在一千呎下方……

「萊拉！」

萊拉的心跳加快，混雜著羅傑的劇烈痛苦……

緊抓著的小手……

羅傑的身體突然間鬆軟地倒在萊拉身上，而在上方，則出現了最偉大的景觀……

深邃的蒼穹中，星子密布，突然，彷彿被一支箭刺穿了。

一道光線、一道純粹的能量，猶如彎弓射出的箭般由下朝上飛馳。極光的光瀑和顏色被扯裂了，一種劈開、摩擦、壓碎和破裂的巨大聲音也跟著傳來，彷彿從一個宇宙的盡頭傳到另一個宇宙的盡頭，接著天空出現乾裂的大地……

陽光！

陽光在金猴子的毛皮上反射……

雪岩的塌陷已經中止，或許看不見的岩架阻止它進一步滑落。萊拉看到，在塌陷的山頂雪堆上，金猴子從空中跳出，並往雪豹的身旁一躍，她看到兩隻精靈的鬃毛豎立，警覺又有力。猴子的尾巴高高蹺起，雪豹則來回徘徊。金猴子試探性地伸掌，雪豹則低下頭來，展示一種優雅、肢體上的答禮，接著他們互相碰觸……

萊拉向上一看，考爾特夫人也站在那裡，緊抓著公爵的手臂。他們身旁跳動的光，就像是強烈電子力的火花和光芒。萊拉無助地想像到底發生了什麼事：考爾特夫人大概也穿越過峭壁，一路跟蹤她到這裡了……

她的雙親終於會面了！

令人意想不到的是，兩人竟熱情地擁抱。

萊拉睜大眼睛，羅傑的屍體躺在她的懷中，一動也不動，安靜無聲，就此長眠了。她聽到雙親的對話：

她母親說：「他們永遠也不會允許這件事……」

她父親說：「允許？我們已經超越允許的層次，彷彿又成為孩童了。如果他們願意，我讓人人都可以穿越這座橋。」

「他們會禁止這座橋！他們會封閉這座橋，將所有膽敢嘗試的人逐出教會！」

「太多人仍會想嘗試，他們沒辦法阻止這些人。瑪莉莎，這意味著教會的結束，教誨權威的終結，以及這些世紀以來黑暗的句點！看看天空上的光：那是另一個世界的陽光！現在，感受它照在妳皮膚上的溫暖！」

「艾塞列，他們比任何人都強大！你不知道……」

「我不知道？我？在這個世界上，沒有人比我更清楚教會有多強大！他們卻無法與此相比。無論如何，『塵』會改變這一切。現在已經無法回頭了。」

「這就是你想要的嗎？利用罪惡和黑暗扼殺我們？」

「瑪莉莎，我要打破這一切！我已經做到了。看看海岸邊搖擺的棕櫚樹！妳可以感覺到海風嗎？從另一個世界吹來的海風？感受到它吹拂過妳的頭髮、臉頰……」

公爵將夫人的風帽推開，並將她的頭轉向天空，雙手拂過她的頭髮。萊拉屏氣凝神地觀看，動都不敢動。

夫人抓緊公爵，彷彿一陣暈眩，最後絕望地搖搖頭。

「不……不……他們快來了，艾塞列……他們知道我離開了……」

「那麼和我一起走，離開這個世界。」

「我不敢……」

「妳？不敢？妳的孩子就敢。妳的孩子敢做一切，她會替她母親感到羞恥。」

「那麼把她帶走呀。艾塞列，她是你的，不是我的。」

「不。妳把她帶走，妳嘗試塑造她。妳也想要她。」

「她太粗野、固執了。我來得太晚了……她現在人在哪裡？我跟蹤她的腳印上來……」

「所以妳還是要她？妳曾兩次擁有她，兩次她都溜走了。如果我是她，我也會溜之大吉，而且不斷地跑，快得讓妳找不到下次的機會。」

公爵的雙手緊抱住夫人的頭，他突然熱情地將她拉近，給了她一個熱吻。萊拉覺得這個吻的意義，殘酷大於親愛。她看看他們的精靈，卻看見一種奇怪的景觀：雪豹全身肌肉緊張地蹲踞，用腳掌壓在金猴子身上，猴子在雪地上看起來一副放鬆、幸福和陶醉的模樣。

考爾特夫人忽然激烈地推開他的熱吻說：「不，艾塞列……我該待在這個世界，不是那個……」

「和我一起走！」公爵迫切又威嚴地說：「和我共事！」

「我們沒辦法共事，你和我。」

「沒辦法？妳和我可以打碎宇宙，再黏合它，瑪莉莎！我們會找到『塵』的來源，將它永遠摧毀！妳會希望參與這項偉大事業，別否認這點。儘管對每件事說謊：奉獻委員會、妳的情人——沒錯，我知道波萊爾的事，我並不在乎——對教會、甚至對妳的孩子說謊，但別拒絕妳真正想要的東西……」

兩人的嘴唇再度貪婪地吻著。兩隻精靈也瘋狂地玩耍，雪豹滾在金猴子的背後，猴子用爪子梳理雪豹頸後的毛，雪豹喜悅地發出低低的咆哮聲。

「如果我不跟你去，你會嘗試毀滅我。」夫人說，一面掙脫。

「我為什麼會想毀滅妳？」公爵大笑著說，其他世界的陽光也在他頭的周圍閃爍。「和我一起來，我們合作，不管妳是死是活，我都會照顧妳。如果妳留在這裡，我立刻會對妳失去興趣。別自我陶醉地認為我會想到妳。現在妳可以留在這個世界繼續妳的惡作劇，或是和我一起離開。」

夫人遲疑不決，她閉上眼睛，身體搖搖晃晃，似乎快昏倒了，但她終究平衡住身子，睜開眼睛，裡面充滿了美麗、無盡的悲傷。

「不，」她說：「不行。」

他們的精靈又分開了。公爵伸出手來，用強壯的手指抓住雪豹的毛皮，一言不發地轉身離開。金猴子跳到夫人的懷中，發出苦惱的聲音，並向雪豹離開的方向伸出手來，夫人則淚流滿面。萊拉看到夫人臉上閃閃發光的淚水，知道那是真的淚珠。

她母親轉身，沉默地啜泣、顫抖著，向山下走去，最後消失在萊拉的眼前。

萊拉冷冷地看著她，又抬頭看看天空。

她從未見過蒼穹中如此壯麗的景觀。

懸掛在上方的城市看起來空洞、沉默，似乎是全新打造出來的，正等待人們前來定居；或是正在沉睡中，等待別人將它喚醒。那個世界的太陽照射到這個世界，使萊拉的雙手看起來金光閃閃，也融化了羅傑狼皮風帽上的雪片。羅傑慘白的臉頰變得透明，也使他盲目張大的雙眼看起來像在發光。

萊拉被痛苦和憤怒所扭扯，她該殺死她父親：如果她能撕裂他的心臟，她當下就會付諸行動。他竟然這樣對待羅傑，還這樣對她：用計騙了她……他怎麼敢這麼做？

萊拉仍抱著羅傑的屍體，潘拉蒙似乎在說些什麼，她卻因怒火中燒而聽不見，直到潘拉蒙將野貓爪子壓入她的手臂時才意識到。她眨了眨眼。

「怎麼了？怎麼了？」

「『塵』！」他說。

「你在說些什麼？」

「『塵』。他打算找到『塵』的來源並毀滅它，對不對？」

「他是這麼說的。」

「還有奉獻委員會、教會、波伐格、考爾特夫人和一切，他們也都要毀滅它，對不對？」

「對呀……或阻止它影響人們……怎麼了？」

「如果他們認為『塵』是不好的，那它一定是好的。」

萊拉沒說話，胸中突然湧出興奮感。

潘拉蒙繼續說：

「我們聽他們提到有關『塵』的事，他們都很怕它，妳知道嗎？我們相信他們，即使我們看到他們做了一堆古怪邪惡的錯事……只因為他們是大人，他們都這麼說，所以我們也認為『塵』一定是不好的。但如果它是好的呢？如果它……」

萊拉屏息說：「對呀！如果它真的很好……」

她注視著潘拉蒙，野貓潘拉蒙的綠眼，正因她自己的興奮之情而閃爍發亮。萊拉覺得有點頭暈，彷彿整個世界在她腳下旋轉。

如果「塵」是好的……如果可以尋找、歡迎、珍愛它……

「潘，我們可以去找它！」她說。

這正是他想聽到的話。

「我們可以在公爵到達前先找到它，」他繼續說：「然後……」

這個艱巨的任務突然使他們沉默了。萊拉抬頭看著閃耀的天空，注意到和浩瀚無垠的宇宙相比，她和自己的精靈顯得有多渺小；而和上方深刻的奧祕相較之下，他們知道的這麼少。

「我們可以的。」潘拉蒙堅持，「我們走了這麼遠的路，對不對？我們做得到。」

「潘，我們搞錯了，關於羅傑的事我們都弄錯了。我們以為是在幫他……」萊拉哽咽著，笨拙地親了羅傑僵硬的臉好幾次。「我們做錯了。」她說。

「下次，我們要確認好每件事，並問出我們所能想得到的任何問題。下一次，我們一定能做得更好。」

「我們會孤孤單單的。歐瑞克不能跟隨幫助我們，克朗爺爺、帕可拉、史科比或任何人都不能幫我們。」

「那麼就我們兩個人了。沒關係。反正我們也不是真正孤單，不像……」

萊拉知道他意指托尼．馬克瑞斯，不像波伐格那些迷失的精靈，我們還是一體的，兩者合一。

「而且我們還有真理探測儀，」她說：「對呀。我認為我們該這麼做，潘。我們可以到上面去找『塵』，等我們找到後，就會知道該怎麼做了。」

羅傑的身體在她懷裡靜止不動。萊拉輕輕將他放下。

「我們就這麼做。」她說。

萊拉轉身離開，身後留下的是痛苦、死亡和恐懼，前方則充滿了懷疑、危險和莫測高深的祕密。但他們並不孤單。

萊拉和她的精靈離開從小生長的世界，面向太陽，走入空中。

（第一部完）

主要人物簡介

- 艾塞列公爵（Lord Asriel）：萊拉名義上的「伯父」，有隻雪豹守護精靈。在另一個世界中是活躍、強勢的冒險家，致力探索「塵」。
- 巴納德—史托克斯（Barnard-Stokes）：兩個叛教神學家的名字，他們認為還有許多不可見、無法到達卻具體存在的世界。雖然他們提出的假設被教會壓制、消音，但有些學者認為有充分的數學立論證明其他世界的確存在。
- 歐瑞克·拜尼森（Iorek Byrnison）：原為斯瓦巴熊族，後因殺死另一隻熊被放逐。
- 萊拉·貝拉克（Lyra Belacqua）：一個野氣、頑皮的小女孩，和約旦學院的學者一起生活。她的命運交纏著「塵」的祕密與其他世界存在的可能性，但必須在不了解宿命為何的狀態下，扮演「拯救世界」的角色。
- 法德·克朗（Farder Coram）：吉普賽人，睿智的長者。
- 可斯塔媽媽（Ma Costa）：為吉普賽人領導家族的一分子，熱心忠誠。
- 比利·可斯塔（Billy Costa）：可斯塔媽媽的兒子，遭吞人獸綁架。
- 考爾特夫人（Mrs. Coulter）：女性學者、極地探險家、名流，對萊拉特別有興趣。守護精靈是隻金猴子。
- 約翰·法（John Faa）：吉普賽人的領袖。

- 潘拉蒙（Pantalaimon）：萊拉的守護精靈，常變成蛾或貂的樣子。
- 羅傑・帕斯洛（Roger Parslow）：約旦學院的廚房小弟，萊拉的兒時玩伴、好友。
- 席拉芬娜・帕可拉（Serafina Pekkala）：恩納拉湖區的女巫女王，有一隻鵝精靈。
- 奧夫・雷克森（Iofur Raknison）：用計篡奪武裝熊族王位，想和人類一樣有守護精靈。
- 李・史科比（Lee Scoresby）：來自德州的熱氣球飛行員，曾幫助歐瑞克。

重要名詞簡介

- 真理探測儀（Alethiometer）：一種神祕的儀器，貌似羅盤，用來尋求真相或預測未來。
- 守護精靈、精靈（Dæmon）：類似靈魂的伴侶，人類獨有，性別通常與主人相反。童年時，守護精靈能反映主人的情緒和感情而變換成各種動物；成年後則失去變形的能力，定型為代表主人性格的一種動物。
- 「塵」（Dust）：某種似乎來自天上的神祕物質，會附著在成人身上。「塵」的存在似乎顯示或涵括了人之所以為人的特質。雖然「教會」與其他有力人士或政治團體都對「塵」的本質有不同的認知，但都認為操控「塵」即能得到強大的力量。
- 實驗神學（Experimental Theology）：在萊拉的世界，實驗神學是艱深且重要的研究領域，包括對「塵」的探索。
- 奉獻委員會（General Oblation Board）：一個半私人組織，在法制外運作，不需向教會風紀法庭負責，勢力正逐漸增強。
- 龐瑟彪恩（Panserbjorne）：意指居住在斯瓦巴北方區域的武裝熊族。雖然沒有守護精靈，但可以自行製造與靈魂相仿的特殊盔甲。
- 韃靼人（Tartars）：住在北方的好戰民族，以施行一種可怕的頭皮手術著稱：「鑿洞」（trepanning），即在人的頭蓋骨上鑿洞。

暢／小說
086

黑暗元素三部曲 I ：黃金羅盤

●原著書名：The Golden Compass(Northern Lights) ●作者：菲力普・普曼（Philip Pullman）●內文插畫：菲力普・普曼 ●譯者：王晶 ●封面設計：許晉維 ●協力編輯：沈如瑩、呂佳真 ●國際版權：吳玲緯 ●行銷：艾青荷、蘇莞婷、黃俊傑 ●業務：李再星、陳紫晴、陳美燕、馮逸華 ●副總編輯：巫維珍 ●編輯總監：劉麗真 ●總經理：陳逸瑛 ●發行人：涂玉雲 ●出版：麥田出版／城邦文化事業股份有限公司／地址：10483台北市中山區民生東路二段141號5樓／電話：(02)2500-7696／傳真：(02)2500-1967 ●發行：英屬蓋曼群島商家庭傳媒股份有限公司城邦分公司／地址：10483台北市中山區民生東路二段141號11樓／網址：http://www.cite.com.tw／客服專線：(02)2500-7718｜2500-7719／24小時傳真專線：(02)2500-1990｜2500-1991／服務時間：週一至週五09:30-12:00｜13:30-17:00／劃撥帳號：19863813／戶名：書虫股份有限公司／讀者服務信箱：service@readingclub.com.tw ●香港發行所：城邦（香港）出版集團有限公司／地址：香港灣仔駱克道193號東超商業中心1樓／電話：+852-2508-6231／傳真：+852-2578-9337 ●馬新發行所：城邦（馬新）出版集團【Cite(M) Sdn. Bhd. (458372U)】／地址：41-3, Jalan Radin Anum, Bandar Baru Sri Petaling, 57000 Kuala Lumpur, Malaysia.／電話：+603-9056-3833／傳真：+603-9057-6622／讀者服務信箱：services@cite.my ●麥田部落格：http://ryefield.pixnet.net ●印刷：漾格科技股份有限公司 ●初版：2019年7月 ●定價：480元 ●ISBN：978-986-344-651-4

國家圖書館出版品預行編目資料

黑暗元素三部曲I：黃金羅盤／菲力普・普曼（Philip Pullman）著；王晶譯. -- 初版. -- 臺北市：麥田出版：家庭傳媒城邦分公司發行, 2019.07
面；　公分. --（暢小說）
譯自：The Golden Compass
ISBN 978-986-344-651-4（平裝）

873.57　　108004986

城邦讀書花園
www.cite.com.tw